जिंदगी बुला रही है

जिंदगी बुला रही है

प्रीति शेनॉय

प्रभात पेपरबैक्स
www.prabhatbooks.com

प्रकाशक

प्रभात पेपरबैक्स

प्रभात प्रकाशन प्रा. लि. का उपक्रम

4/19 आसफ अली रोड, नई दिल्ली–110002

फोन : 23289777 • हेल्पलाइन नं. : 7827007777

इ–मेल : prabhatbooks@gmail.com ❖ वेब ठिकाना : www.prabhatbooks.com

संस्करण

प्रथम, 2021

अनुवाद

श्वेता भट्ट

मूल्य

दो सौ पचास रुपए

मुद्रक

आर–टेक ऑफसेट प्रिंटर्स, दिल्ली

ZINDAGI BULA RAHI HAI

novel by Smt. Preeti Shenoy

(Hindi translation of 'WAKE UP, LIFE CALLING')

Published by **PRABHAT PAPERBACKS**

An imprint of Prabhat Prakashan Pvt. Ltd.

4/19 Asaf Ali Road, New Delhi-110002

by arrangement with Srishti Publishers & Distributors

ISBN 978-93-90378-78-4

₹ 250.00

पूर्वी, अतुल

और

सतीश

के लिए

प्रस्तावना

मैं खिड़की के पास बैठी हूँ—बाहर पार्किंग के स्थान को घूरते हुए, नितांत अकेली और लोगों को उनकी दिनचर्या पर निकलते देख रही हूँ। मुझे सुबह उठकर एक और दिन का सामना करने में डर लगता है।

वह पुस्तक, जिसे मैं पढ़ने का प्रयास कर रही हूँ, मेरे बगल में पड़ी है। अब मैं नहीं जानती, मैं क्या कर रही हूँ। घंटे अंतहीन रूप से खिंचते जा रहे हैं। मैं एक असाइनमेंट पूरा करने की भरपूर कोशिश कर रही हूँ, जो मुझे कॉलेज खुलने पर जमा करना है, लेकिन मैं ध्यान केंद्रित नहीं कर पा रही हूँ। मैं अपर्याप्त, बेकार व हीन महसूस कर रही हूँ। मुझे यह रचनात्मक लेखन (क्रिएटिव राइटिंग) का कोर्स कभी नहीं करना चाहिए था। मेरे पास वास्तव में मेरे खुद के विचार नहीं हैं। मेरे प्रोफेसर ने भी यही कहा था। मैं केवल एक दिखावा हूँ, एक ढोंगी; एक ऐसी लड़की, जो अपना एम.बी.ए. पूरा नहीं कर पाई और केवल चीजों से भागने के लिए इस कोर्स में शामिल हो गई। यह सब कितना निरर्थक और दर्दनाक है! आज छुट्टी है, लेकिन जल्दी ही मुझे फिर से कॉलेज जाना होगा और उन सबका सामना करना होगा। मैं यह नहीं करना चाहती। मैं जहाँ हूँ, वहीं रहना चाहती हूँ। एक विचार मेरे दिमाग में साँप की तरह फुफकारकर आता है और जहर उगलता है—

'इस कोर्स को छोड़ दो। यह तुम्हारे लिए नहीं है।'

जितना मैं इस बारे में सोचती हूँ, मेरा यकीन बढ़ता जाता है। मैं सोच रही हूँ कि अपने मम्मी-पापा को कैसे बताऊँगी कि मैं ड्रॉप करना चाहती हूँ—दूसरी बार?

उसी समय मुझे अपने कमरे का दरवाजा खुलने की आवाज आती है। मैं जानती हूँ, मेरे पापा होंगे।

मैं सीधी बैठ जाती हूँ। फिर से दवाएँ नहीं। मुझे यकीन है, मैं इन बेकार दवाओं की वजह से सोच नहीं पाती। मेरे माता-पिता जोर देते हैं कि मैं इन्हें खाऊँ, लेकिन जब मैं दवाएँ लेती हूँ तो मुझे सिर में भारीपन महसूस होता है। मेरी जीभ इतनी मोटी हो जाती है कि मैं बोल नहीं पाती। मैं सोचने में असमर्थ हो जाती हूँ।

'प्लाज, चले जाइए। मैं दवा नहीं लेना चाहती।' मैं उनके बोलने से पहले ही कहती हूँ।

'देखो, मैंने डॉक्टर नीरज से बात की थी और उनका कहना है, तुम ये ले सकती हो। इनसे तुम्हें पहले भी मदद मिली थी, है कि नहीं! सबकुछ ठीक था, याद है?' दवाएँ हाथ में लेकर खड़े मेरे पापा बोले।

'सबकुछ दवाओं की वजह से अच्छा नहीं था, बल्कि इसलिए था, क्योंकि मैंने बहुत कोशिश की थी।' मैं जवाब देती हूँ।

'बेशक, तुमने बहुत कोशिश की थी। अब एक अच्छी बच्ची बनो और इन्हें ले लो।' मेरे पापा हाथ बढ़ाते हुए कहते हैं।

'नहीं, नहीं, नहीं।' मेरी मुट्ठियाँ कसकर भिंची हुई हैं और मैं अपने पापा से आँखें नहीं मिलाती। मैं उन्हें नहीं देखना चाहती, न ही अपनी माँ को, जो उनके ठीक पीछे खड़ी हैं। मैं उनके चेहरों के असहाय भाव, उनकी प्रार्थना करती आँखें, उनकी चिंता को सहन नहीं कर सकती; लेकिन सबसे ज्यादा उनके प्यार की गहराई है, जिसे मैं बरदाश्त नहीं कर पाती। उनके साथ ऐसा नहीं होना चाहिए। मैंने बहुत बरदाश्त कर लिया। मैं अब उनका सामना नहीं कर सकती। मैं इसमें से किसी का हिस्सा नहीं होना चाहती। मैं पिछले एक साल में उन्हें पर्याप्त दर्द दे चुकी हूँ, जब उन्हें मुझको एक मानसिक अस्पताल में भरती करना पड़ा था।

'प्लीज, अंकिता।' मेरे पापा विनती करते हैं। मुझे उनकी आवाज में कराहट अच्छी नहीं लगती।

'नहीं···कुछ मत कहिए। मेरे कमरे में मत आइए। चले जाइए!' मैं चीखती हूँ। मेरी आँखें जल रही हैं, मेरी आवाज ऊँची है।

ऐसा लग रहा है, जैसे मेरे अंदर से कोई और व्यक्ति बोल रहा है!

'सुनो, अंकिता, अगर तुम दवा नहीं लोगी तो तुम्हारी हालत और खराब हो जाएगी। तुम्हें याद नहीं है, क्या हुआ था?' मेरे पापा शांत स्वर में कहते हैं।

'मुझे याद है। मुझे एक-एक चीज याद है।'

'प्लीज, अंकिता। बस, ये एक गोली। ले लो, प्लीज!' मेरे पापा हार मानने को तैयार नहीं हैं।

'भाड़ में जाइए। अभी!' मैं चीखती हूँ।

'अपने शब्दों पर ध्यान दो!' मेरी माँ मुझ पर चिल्लाती हैं। यदि कोई चीज है, जो वे बरदाश्त नहीं कर पातीं तो वो है मेरा पलटकर जवाब देना और मुझे जो करने को कहा जाए, मेरा वह न करना।

'आप···आप चुप रहिए!' मैं और जोर से चीखती हूँ। मैं अब गुस्से से काँप रही हूँ।

मैं एक पेपरवेट उठाती हूँ और अपने पापा के ऊपर फेंकती हूँ। वे इसके लिए तैयार नहीं होते और वह उनके माथे पर जाकर लगता है। उनके हाथ से दवाएँ गिर जाती हैं। उनका हाथ स्वाभाविक रूप से उनके माथे पर चला जाता है। मैं भाव-शून्यता के साथ उनके फटे हुए माथे से तेजी से बहते खून को देखती हूँ। उनका चेहरा दर्द से विकृत हो गया है।

'डायन! देखो, तुमने क्या कर दिया है?' मेरी माँ चीखती हैं और उनकी मदद के लिए दौड़ती हैं।

वे अब पीछे हट गए हैं, दर्द से कराहते हुए और उन्होंने दरवाजे का हैंडल पकड़ लिया है।

मेरी माँ बर्फ लाने के लिए फ्रिज की ओर दौड़ती हैं।

मैं अभी भी वहीं खड़ी हूँ, उन्हें घूरते हुए। मेरे पाँव उसी जगह जम गए हैं। मुझे विश्वास नहीं हो रहा है कि मैंने यह किया है!

मैं उन्हें अपने कमरे से बाहर जाते देखती हूँ। फिर मैं दरवाजा बंद कर लेती हूँ।

मैं बिस्तर पर गिर पड़ती हूँ और जोर-जोर से रोने लगती हूँ। मेरी रुलाई की आवाज मेरे तकिए में दब जाती है। मैं नहीं चाहती कि वे मुझे रोते हुए सुनें। तकिए में मुँह दबाकर रोते व सिसकते हुए मेरा शरीर थरथरा रहा है। मैं अपने अंदर की गहराई से आ रही इन आदिम आवाजों को नहीं पहचानती। मैं तकिए को जोर से दबा लेती हूँ। मैं अपने माँ-पापा के साथ जो कर रही हूँ, उससे मुझे नफरत हो रही है। मैं चाहती हूँ, ये सब खत्म हो जाए।

मुझे और कितना बरदाश्त करना होगा? और कितना? क्या अस्पताल में वे सारे महीने काफी नहीं थे? यह अन्याय है···अन्याय···अन्याय। मैं अस्पताल में बिताए महीने याद करती हूँ—बिजली के झटके से इलाज, ऑक्यूपेशनल थेरैपी, वहाँ पर मेरा जीवन और पढ़ने के लिए मेरा संघर्ष, ताकि मैं सामान्य हो सकूँ। मुझे लगा था, मैं जीत गई। मुझे लगा था, मैं सफल हो गई थी। मुझे लगा था, मैंने अपने मन को जीत लिया था। मुझे लगा था, यह सब पीछे छूट गया था। मुझे लगा था, मैंने इन सब चीजों पर काबू पा लिया है, लेकिन कितनी गलत थी मैं! जिस राक्षस को हारा हुआ मान रही थी, वह प्रतिशोध लेने के लिए लौट आया था!

मेरे पापा से जो दवाएँ गिर गई थीं, वे दरवाजे के पास पड़ी हैं। मुझे उनसे नफरत है। बहुत हो चुकी दवाएँ, डॉक्टर और साइकेट्रिस्ट! मुझे यह सब और नहीं चाहिए।

मेरे दिमाग में तर्क की छोटी सी आवाज बोलती है—'दवाएँ ले लो। ले लो इन्हें।'

वह कहती है। मैं जानती हूँ कि यदि मैं इन्हें नहीं लूँगी तो शायद मुझे एक बार फिर अस्पताल में भरती होना पड़ेगा। मेरे पापा सही कह रहे हैं।

लेकिन दवाएँ सबकुछ ले जाती हैं। मुझे सुन्न, उनींदा बना देती हैं। मैं 'मैं' नहीं रह जाती। वे मेरे विचारों का सफाया कर देती हैं, मेरी कल्पना को खाली कर देती हैं। इन्हें मेरी मदद करनी चाहिए, लेकिन ये बस, मुझे मार देती हैं, अंदर से मार देती हैं।

मुझे अब डर लग रहा है। अगर मैं इस तरह नियंत्रण खोकर अपने पापा को चोट पहुँचा सकती हूँ तो पता नहीं आगे क्या कर सकती हूँ?

मैं दवाएँ उठाती हूँ और कमरे से बाहर निकलती हूँ। पापा सिर पर आइस-पैक लगाकर सोफे पर बैठे हैं। मेरी माँ मुझे गुस्से से घूरती हैं।

'मुझे…मुझे माफ कर दीजिए पापा। मैं, दवा ले लूँगी।' मेरे शब्द अटक जाते हैं। 'आपको ज्यादा चोट लगी है?'

'कुछ नहीं है, अंकिता। बस, छोटा सा कट है।' वे कहते हैं।

मैं फिर से रोने लगती हूँ। मैं जानती हूँ, अब बचने का कोई रास्ता नहीं है। मेरी हालत लगातार बिगड़ती जा रही है।

'प्लीज, आप अपॉइंटमेंट ले लीजिए। मुझे डॉक्टर के पास ले चलिए।' मैं कहती हूँ।

मेरा सबसे बड़ा डर सच हो गया है। दुःस्वप्न एक बार फिर शुरू हो गया है। अपने शरीर में कैद, अपने दिमाग में कैद, मैं अपनी खुद की कैदी हूँ।

बचने का कोई रास्ता नहीं है।

—प्रीति शेनॉय

आभार

मेरे पिता के.वी.जे. कामथ और मेरी माँ, प्रिया कामथ का, जिनसे मुझे मेरी शक्ति, हास्य वृत्ति और लचीलापन विरासत पुस्तक के आरंभ में मिला है।

सतीश, अतुल और पूर्वी का, जिन्हें मुझमें और मेरे काम में विश्वास है।

मेरे पाठकों का, जो मुझ पर इतना प्यार बरसाते हैं और मेरे निकटतम मित्र, मेरी लाइफलाइन का, जिससे मैं नियमित रूप से बात करती हूँ (तुम जानते हो, तुम कौन हो!)।

मेरी शानदार एडिटर और उससे भी शानदार मित्र शिनी एंटोनी का, जिसने इस पुस्तक को बहुत बेहतर बना दिया। उनके इनपुट्स अमूल्य थे।

अरूप बोस एवं जे.के. बोस का और सृष्टि की टीम का, उनके विश्वास और समर्थन के लिए।

लेखक की फोटो के लिए मूर्ति और प्रदीप का।

तकनीकी समर्थन के लिए प्रणव शाह और उनकी टीम का।

मेरे सभी दोस्तों का—उनके प्यार, समझ और सुखद यादों के लिए, जो वे मुझे उपहार में देते हैं।

मंजुला वेंकटस्वामी का, परदे के पीछे से किले को पकड़े रहने के लिए।

लोस्ट्रिस और हीरो का, जो मुझे इतनी खुशी देते हैं।

अनुक्रम

1

बिल्कुल शुरुआत की तरह

बंबई
अक्तूबर 1993

जब आप किसी ऐसी चीज से बच जाते हैं, जिसने आपको लगभग खत्म कर दिया था और धीरे-धीरे सामान्य स्थिति में वापस आ जाते हैं तो आपको लगता है कि अब से सबकुछ ठीक होगा। आप अपने अतीत के दु:स्वप्न पीछे छोड़ने के लिए बेताब होते हैं, आशा के छोटे-से-छोटे संकेत की तलाश में रहते हैं। आप सकारात्मकता के नन्हे-से-नन्हे बिंदुओं को जकड़ लेते हैं, अपने आप को आश्वस्त करते हुए कि यही वे बिंदु हैं, जो एक उज्ज्वल भविष्य की ओर संकेत करते हैं।

मैं भी अलग नहीं थी। मैं उम्मीद से भरी थी और अपना नया जीवन शुरू करने के लिए उत्सुक थी। मैंने अपने अतीत को करीने से बाँधकर, गत्ते के डिब्बों में डक्ट टेप से सील करके अपनी दृष्टि से दूर फेंक दिया था। अब कोई मानसिक अस्पताल नहीं, कोई ऑक्यूपेशनल थैरेपी नहीं, कोई मनोचिकित्सक नहीं। मैं एक नए कॉलेज में नया कोर्स करने जा रही थी—वह भी रचनात्मक लेखन (क्रिएटिव राइटिंग) का! यह हमेशा से मेरा सपना था और मुझे विश्वास नहीं हो रहा था कि अब मैं इसे जी रही थी।

हालाँकि मेरे अंदर का एक छोटा सा हिस्सा एम.बी.ए. कोर्स पर अपने माता-पिता के पैसे बरबाद करवाने के लिए अपराधी महसूस कर रहा था (उन्होंने पूरी फीस अग्रिम में भर दी थी, नॉन-रिफंडेबल)। जिस बात ने वरीयता ली, वह ये थी कि अंतत: मैं 'सामान्य दुनिया' में वापस आ गई थी, एक दुनिया, 'जहाँ से मैं थी' और जल्दी ही वह कोर्स करने वाली थी, जिससे मुझे प्यार था। मुझे इस बात की परवाह नहीं थी कि कॉलेज का समय दोपहर 1 बजे से शाम 7 बजे तक था, क्योंकि क्रिएटिव राइटिंग को अभी भी मुख्यधारा के पाठ्यक्रमों में से एक नहीं माना जाता था, जो सभी सुबह के समय होते थे।

मुझे इस बात की परवाह नहीं थी कि मुझे बंबई में इलेक्ट्रिक ट्रेन में सफर करना पड़ता था। उन ट्रेनों में चढ़ना और उतरना अपने आप में एक कला थी। एक बार उनमें

चढ़ने के बाद आपको पहले से पता होना आवश्यक था कि आपको ट्रेन की किस ओर से नीचे उतरना है, क्योंकि प्लेटफॉर्म किसी भी ओर आ सकता था। तदनुसार, आपको अपने स्थान का चुनाव करके खुद को वहाँ खड़ा करना होता था। धक्का-मुक्की ट्रेन के रुकने के ठीक दस सेकंड पहले शुरू हो जाती थी। आप एक-दूसरे से कसकर सटे हुए मानव शरीरों की भीड़ से, जो एक ही दिशा में जोर लगा रही थी, बच नहीं सकते थे। आप लोगों के उस समुद्र के साथ असहाय होकर बह जाते थे और प्लेटफॉर्म पर पहुँचने के बाद हाँफ रहे होते थे। पहलेवाली मैं यह सब सोचकर ही काँप जाती, लेकिन ये नईवाली मैं थी—नए हौसले से भरी, चलने को तैयार!

मेरे माँ-पापा अभी भी मेरे साथ एक नाजुक फूल की तरह व्यवहार कर रहे थे, हालाँकि मुझे 'नेशनल मेंटल हेल्थ इंस्टीट्यूट' (NMHI) से बाहर आए दो महीने हो चुके थे। वे सुरक्षात्मक थे और हर जगह मेरे साथ जाते थे। मेरी छोटी-से-छोटी इच्छा उनके लिए आदेश के समान थी।

एक रात जब मैंने कहा कि मुझे आइसक्रीम खानी है तो मेरे पापा मुझे जुहू तक ड्राइव करके ले गए, जहाँ हाल ही में एक फैंसी आइसक्रीम पार्लर खुला था।

मुझे अपने प्रति माँ-पापा के इस तरह के व्यवहार की आदत नहीं थी। मुझे लगता था, उन्हें डर था कि मुझे फिर से ब्रेकडाउन न हो जाए। हालाँकि मैं उन्हें मना करती थी, लेकिन मन-ही-मन मुझे अच्छा लगता था।

'मैं अब ठीक हूँ! आपको मेरी हर बात मानने की जरूरत नहीं है।' मैंने आइसक्रीम पार्लर में कहा।

'हम जानते हैं, लेकिन हमारे लिए यह मौका है, तुमसे लाड़ करने का। ये बस, थोड़े समय के लिए है, इसलिए मजे कर लो।' मेरी माँ ने कहा।

'इसके अलावा, मुझे भी तो आइसक्रीम खाने का मौका मिल गया।' पापा ने कहा और हम सब हँसने लगे।

वे मुझे कॉलेज के लिए नए कपड़े खरीदने बाजार ले गए। उन्होंने जोर दिया कि मैं एक नया बैकपैक, नई नोटबुक्स और कुछ अच्छी स्टेशनरी ले लूँ।

'मुझे इन सबकी जरूरत नहीं है।' मैंने हँसते हुए कहा।

'यह एक नई शुरुआत है, अंकिता। जब हम यहाँ आए तो हमने तुम्हारा पुराना कॉलेज बैग और नोटबुक्स किसी को दे दी थीं।' मेरी माँ ने कहा।

जब मैं अस्पताल में थी तो मेरे माँ-पापा ने घर बदल लिया था। यह अपार्टमेंट बांद्रा की एक नई इमारत में था। एक प्रतिष्ठित इलाका—एक तटीय उपनगर, जहाँ एक अच्छा पड़ोस था, विशाल घने पेड़ थे, खूब सारी हरियाली थी और स्विमिंग पूल व जिम जैसी

आधुनिक सुविधाएँ थीं और पैदल जाने जितनी दूरी पर दुकानें व रेस्टोरेंट थे। मेरी माँ को इस जगह से प्यार था। मुझे भी था, लेकिन दूसरे कारणों से। इसका मतलब था कि यहाँ मुझे कोई नहीं जानता था, कोई मेरे अतीत से परिचित नहीं था; कोई उन पागलपन से भरी चीजों के बारे में नहीं जानता था, जो मैंने तब की थीं, जब मुझे बाइपोलर डिसऑर्डर था। मैं एक नई पहचान बनाने के लिए स्वतंत्र थी।

अपने कॉलेज के पहले दिन, संरक्षक के रूप में, अपने माँ-पापा के बिना मैं एक पक्षी की तरह स्वतंत्र महसूस कर रही थी। मैं रेलवे स्टेशन के पूरे रास्ते लगभग नाचती हुई गई। मैं गुनगुना रही थी और मेरे चलते समय-ताल के साथ हिलता मेरा बैकपैक जश्न के समय बजते नगाड़ों की तरह लग रहा था। जब मैं ट्रेन में बैठी और स्टेशन एक के बाद एक तेजी से निकलते गए—मुझे मेरे गंतव्य के निकट ले जाते हुए तो मैं जोश से भरने लगी। एक छोटा लड़का ट्रेन के अंदर आया और एक नई फिल्म का गाना गाने लगा—'बाजीगर, ओ बाजीगर'। वह तीखे स्वर में गा रहा था, दो सपाट पत्थरों से संगीत पैदा करते हुए, जिन्हें वह दक्षता से हाथ में पकड़े हुए एक यंत्र की तरह इस्तेमाल कर रहा था। उसने मुझसे आँखें मिलाते हुए आगे गाया, 'तू है बड़ा जादूगर,' और मुसकराने लगा। मैंने खुशी से हँसते हुए उसकी हथेली में दस रुपए का एक नोट सरका दिया, जो शीघ्रता से गायब हो गया।

चर्चगेट अंतिम स्टेशन था और ट्रेन के धीरे-धीरे करके रुकते ही यात्रियों की भीड़ बाहर निकलने लगी। कॉलेज स्टेशन से थोड़ी ही दूरी पर था। यह कॉलेज—एक ईसाई महिला कॉलेज—मैं जानती थी कि केरला के सेंट एग्नेस की तरह होगा, जहाँ से मैंने अपना ग्रेजुएशन किया था, क्योंकि यह उसकी सहयोगी संस्था थी। भरपूर उत्साह के साथ मैंने कॉलेज की इमारत में प्रवेश किया। वह एक भव्य संरचना थी—एक बहुमंजिला इमारत, जो एक किले की तरह खड़ी थी। प्रवेश पर एक ब्लैकबोर्ड ने हमारा स्वागत किया—'क्रिएटिव राइटिंग कोर्स (रचनात्मक लेखन पाठ्यक्रम) की छात्राओं का नया बैच'—और हमें पाँचवीं मंजिल की ओर निर्देशित किया, जहाँ हमारी कक्षाएँ स्थित थीं।

मुझे यह देखकर आश्चर्य हुआ कि मेरे क्लास रूम में लंबे लाल परदे लगे हुए थे, जो छत से फर्श तक लहरा रहे थे। खिड़कियों से पेड़ों के ऊपरी हिस्से दिखाई दे रहे थे और चारों ओर प्रकृति नजर आ रही थी। टहनियों पर बैठे तोते निश्चित रूप से एक अच्छा शगुन थे। दोपहर का सूरज कमरे में इंद्रधनुषी किरणें बिखेर रहा था, जिसकी रोशनी परदों की लाली से छनकर आ रही थी। मुझे अपने कमरे से फौरन प्यार हो गया। यह तो सेंट एग्नेस से भी अच्छा था!

मैं इतने महीनों से दुनिया से दूर कैद थी। कक्षा में बाकी सबके लिए यह सब

असामान्य या असाधारण नहीं था, लेकिन मैं बेंचों को, ब्लैकबोर्ड को—हर चीज को घूर रही थी। कितना लंबा समय हो गया था, मुझे एक मानसिक अस्पताल के अलावा कोई और संस्थान देखे हुए! मैं इस वातावरण का आनंद ले रही थी, छोटी-से-छोटी चीज को अपने अंदर सोख रही थी।

मुझे हर चीज से प्यार हो गया था! यह स्वर्ग का मेरा अपना व्यक्तिगत टुकड़ा था।

मैं बिल्कुल आगे नहीं बैठना चाहती थी, इसलिए मैं बीच की बेंचों की ओर बढ़ गई और मेरी आँखें उनमें एक खाली जगह तलाशने लगीं।

मेरा नया जीवन शुरू हो चुका था और मैं उसमें छलाँग लगाने के लिए आतुर थी।

□

2

एक कुँवारी की तरह

'शशशश···आओ, आओ, यहाँ बैठो।' एक लड़की ने अपने बगल की सीट थपथपाते हुए कहा। हालाँकि वह बैठी थी, लेकिन यह अनुमान लगाना आसान था कि वह मुझसे कम-से-कम आधा फीट लंबी थी। उसकी लंबाई के बाद जिस चीज पर मेरा ध्यान सबसे पहले गया, वह था उसका दूधिया रंग। वह इतनी गोरी थी कि उसे आसानी से एक विदेशी लड़की समझा जा सकता था। उसके छोटे व भूरे बाल उसकी गहरी भूरी आँखों से मेल खा रहे थे। वह अपनी पीली कुरती और मैरून पैंट में बहुत आकर्षक लग रही थी। मैंने पाया कि वह मुझे फौरन पसंद आ गई थी। क्लास रूम की तरह उसमें भी एक गरमाहट भरी चमक थी।

'हाय, मैं अंकिता हूँ।' मैंने कहा और डेस्क के नीचे अपना बैग रखकर बेंच पर बैठ गई।

'पारुल। तुमसे मिलकर अच्छा लगा।' उसने कहा, 'और यह जानकी है।' उसने अपनी बगल में बैठी लड़की का परिचय दिया। जानकी, जिसकी लंबाई मुझसे काफी कम थी, चिंतित भाव से अपने बैग को खँगालते हुए कुछ ढूँढ़ रही थी।

'हाय!' उसने ऊपर देखे बिना कहा।

'हाय! कुछ खो गया है?' मैंने पूछा।

'हाँ, मेरा ट्रेन पास। मिल ही नहीं रहा है।' उसने परेशान होकर कहा।

'तुम्हारे बैग में ही होगा।' पारुल ने कहा।

तभी मैंने उसे बेंच के नीचे, अपने बैग के पास देखा।

'यही है क्या?' मैंने पास उठाकर उसे देते हुए पूछा।

उसकी आँखों में चमक आ गई।

'थैंक यू! तुमने मेरी जान बचा ली। अरे···मैंने तुम्हारा नाम नहीं सुना।'

'अंकिता।' मैंने कहा।

'तो, तुम दोनों एक-दूसरे को पहले से जानती हो?' मैंने पूछा।

'नहीं, हम अभी-अभी मिले हैं। मैंने इसे भी यहाँ बैठने के लिए बुलाया था। मैं अपने साथियों का चुनाव बहुत सावधानी से करती हूँ। उन्हें मेरा सीक्रेट टेस्ट पास करना पड़ता है।' पारुल षड्यंत्रपूर्ण स्वर में फुसफुसाई।

'ओह! और तुमने चुनाव कैसे किया? हमने क्वालीफाई (अर्हता प्राप्त) करने के लिए कौन सा टेस्ट पास किया?' मैंने पूछा।

'मैं चेहरे पढ़ सकती हूँ। तुम्हारे पास एक दयालु चेहरा है और जानकी के पास भी। उधर उस लड़की को देख रही हो?' उसने पहली पंक्ति में बैठी नुकीले चेहरे और सीधे बालोंवाली एक लड़की की ओर संकेत किया। 'मैं कह सकती हूँ कि वह बहुत दुष्ट है। उससे दोस्ती मत करना।' पारुल ने निश्चितता के साथ कहा।

जानकी हँसने लगी। 'और तुम्हें कैसे पता कि हम अच्छे हैं?' उसने कुरेदा।

'मैंने बताया न, मेरे पास एक सिक्स्थ सेंस (छठी इंद्रिय) है।' पारुल बोली।

मैंने देखा कि जानकी ने सफेद लिनेन टॉप और घुटनों तक की लंबी प्रिंट वाली स्कर्ट के साथ क्रोचेटेड लेस बॉर्डरवाली बहुत फैशनेबल ड्रेस पहनी हुई थी। उसके कंधे तक के बाल पेशेवर तरीके से स्टाइल किए हुए थे और उसने हलकी गुलाबी लिपस्टिक लगाई हुई थी। उसकी पलकें आईलाइनर से रेखांकित थीं, जो उसकी बादाम जैसी आँखों के आकार को और खूबसूरत बना रही थीं। वह काफी आकर्षक लग रही थी। उनकी तुलना में मैं अपने हमेशा वाले जीन्स और टी-शर्ट के पहनावे में और बालों की सीधी सी पोनीटेल में बहुत साधारण लग रही थी। क्लास की अधिकांश लड़कियाँ अच्छे से तैयार होकर आई थीं और मैंने भी अपने मन में अपनी स्टाइल बदलने का फैसला कर लिया।

'तो तुम्हारी पृष्ठभूमि क्या है? तुमने किस कॉलेज से ग्रेजुएशन किया है?' जानकी ने पूछा।

यह एक मासूम, आम सा प्रश्न था; लेकिन मैंने पाया कि मैं अंदर से कठोर हो गई हूँ। मैं नहीं चाहती थी कि उन्हें मेरे अतीत के बारे में कुछ भी पता चले। मुझे सावधान रहना होगा।

'मैं केरला से यहाँ आई हूँ। मैंने वहीं के एक कॉलेज से ग्रेजुएशन किया है।' मैंने एक पल के बाद जवाब दिया।

'ओह! तो तुम बॉम्बे के लिए नई हो!' पारुल बोली।

'हाँ।' मैंने झूठ बोल दिया। वैसे यह पूरा झूठ नहीं था, आधा झूठ था। मैंने सच में केरला से ग्रेजुएशन किया था और फिर बॉम्बे आई थी। मैं किसी भी हालत में एन.एम. एच.आई. की कहानी किसी के साथ साझा नहीं करने वाली थी। जिन लोगों से अभी-अभी मिली थी, उन्हें बताने का तो सवाल ही नहीं था।

'और तुम दोनों ने क्या किया है ?' मैंने जल्दी से उनका ध्यान अपनी ओर से हटाते हुए पूछा।

'मैंने जेवियर्स से लिटरेचर (साहित्य) में बी.ए. किया है।' पारुल बोली।

'और मैंने एस.एन.डी.टी. से बी.कॉम किया है।' जानकी ने बताया।

'मैंने भी बी.कॉम किया है। तो हम दोनों में एक चीज समान है।' मैंने कहा।

'तो फिर तुम दोनों ने क्रिएटिव राइटिंग का कोर्स करने का निर्णय क्यों लिया ?' पारुल ने आश्चर्य से पूछा।

'मुझे कुछ तो करना था, जब तक मेरे पैरेंट्स मेरे लिए एक पति नहीं ढूँढ़ लेते। यह कोर्स केवल एक साल का था, इसलिए मुझे ठीक लगा। मुझे एकाउंटेंसी, मर्केंटाइल लॉ और बी.कॉम में पढ़ाई जानेवाली अन्य बकवास चीजों से नफरत थी, नफरत थी और नफरत थी।' जानकी ने मजाकिया अंदाज में अपनी नाक चढ़ाई।

'ओह ! और तुम्हें यह कोर्स ठीक लगता है ?' पारुल ने आँखें चौड़ी करके पूछा।

मैं जानकी जैसी किसी लड़की से पहले नहीं मिली थी। वह कितनी शांति से घोषणा कर रही थी कि वह कोर्स के बारे में गंभीर नहीं थी और बस, अपनी शादी होने का इंतजार कर रही थी।

'हाँ, शायद ठीक ही है। मैंने कभी इसके बारे में सोचा नहीं।' जानकी बोली।

'क्या ? तुम सच में असली हो क्या ?' पारुल ने हैरानी से पूछा।

जानकी बस, कंधे उचकाकर मुसकरा दी।

'और तुम ? बी.कॉम के बाद क्रिएटिव राइटिंग क्यों ? यह मत कहना कि तुम भी अपनी शादी होने का इंतजार कर रही हो !' पारुल ने मुझे संबोधित किया।

'बिल्कुल नहीं। मुझे कॉमर्स या एकाउंटेंसी से ज्यादा लिखना अच्छा लगता है। मैं किसी पत्रिका या अखबार के लिए लिखना चाहती हूँ।' मैंने कहा।

'मैं भी यही चाहती हूँ। पहले मैंने एम.ए. करने का सोचा था; लेकिन फिर मुझे लगा, यह कोर्स ज्यादा व्यावहारिक था, क्योंकि यहाँ कोर्स पूरा होने के बाद इंटर्नशिप होती है। हमें काम का अनुभव मिल जाता है, जो बहुत अच्छा है।' पारुल बोली।

'हे भगवान्! तुम दोनों कितने सुलझे हुए हो, यार।' जानकी ने कहा, फिर अपने बैग में से ढूँढ़कर एक आईना निकाला और अपने होंठों पर दोबारा लिप ग्लॉस लगाया। मैं सम्मोहित होकर देख रही थी कि उसने वह काम कितनी दक्षता के साथ किया था।

'यहाँ लड़के नहीं हैं। काश, होते!' उसने अपना लिप ग्लॉस और आईना रखते हुए कहा।

'क्या तुम्हारा पिछला कॉलेज को-एड था ?' मैंने पूछा।

'नहीं! मेरे माँ-पापा मुझे कभी को-एड कॉलेज में नहीं जाने देंगे।' जानकी ने मुँह बनाया।

'लोग उनके बारे में ज्यादा ही सोचते हैं। मैं को-एड कॉलेज में गई थी और लड़के बहुत ही बोर होते हैं।' पारुल ने कहा और झूठ-मूठ की जम्हाई ली।

'मैं मानती हूँ।' मैंने कहा, हालाँकि मैंने लंबे समय से लड़कों के बारे में नहीं सोचा था, लेकिन मैं बुरी तरह चाहती थी कि उनके साथ फिट हो जाऊँ और जिस भी विषय पर वे बात करना चाहती थीं, मैं भी करूँ।

उसी समय एक प्रोफेसर ने क्लास में प्रवेश किया। वे जल्दी से अंदर आईं और हाँफते हुए टेबल पर अपनी पुस्तकें रखीं। वे युवा लग रही थीं और उनकी वेशभूषा प्रोफेसरों से काफी अलग थी—वे जीन्स और शर्ट में थीं। सभी लड़कियाँ खड़ी हो गईं।

'हेल्लोSSSSSS,गर्ल्स! मैं नलिनी हूँ।' उन्होंने कहा, 'आप मुझे 'नल्स' कह सकती हैं।'

क्लास में घबराहट भरी हँसी फैल गई, क्योंकि हम नहीं जानती थीं कि वे मजाक कर रही थीं या नहीं।

'बैठ जाओ, बैठ जाओ।' उन्होंने कहा। उनकी आवाज बचकानी और संगीतमय थी। 'मुझे पता चला है कि स्टूडेंट्स वैसे भी प्रोफेसरों को नाम देते हैं तो मैंने सोचा, मैं अपने नाम का चुनाव खुद कर लूँ। अच्छा है न?'

'क्या मजाक है!' पारुल बुदबुदाई।

नल्स ने बताया कि वे कविता पढ़ाएँगी। उन्होंने हमारे पाठ्यक्रम का एक संक्षिप्त अवलोकन दिया और बताया कि कैसे हम अपने आप कविताएँ लिखेंगे!

'कोई प्रश्न?' अपनी बात पूरी करने के बाद उन्होंने पूछा।

क्लास रूम के दूसरे छोर की एक बेंच से एक हाथ ऊपर उठा।

'यस?' नल्स ने उत्सुकता से कहा।

'क्या आप हमेशा क्लास में जीन्स पहनकर आती हैं, नल्स?'

पूरी क्लास हँसने लगी। नल्स भी हँसने लगीं।

'मुझे कोई औपचारिक ड्रेस मिली नहीं। मुझे कपड़े धोने में आलस आ रहा था।' उन्होंने कहा।

'नल्स, मेरा एक प्रश्न है।' क्लास की अगली पंक्ति से एक और आवाज आई।

'यस? बेहतर होगा कि वह मेरे कपड़ों के बारे में न हो।' नल्स ने चेतावनी दी।

'आपका कोई बॉयफ्रेंड है?' हाथ ऊपर करनेवाली लड़की ने पूछा।

'क्यों? क्या तुम उसे चुराने की योजना बना रही हो?' नल्स ने तुरंत मुँहतोड़ जवाब दिया।

एक बार फिर पूरी क्लास में हँसी गूँज गई।

वे हमसे कुछ ही वर्ष बड़ी थीं और कोर्स के प्रति उनका रवैया बहुत लापरवाह-सा लग रहा था। स्पष्ट था कि उन्होंने अपने लेक्चर के लिए कोई तैयारी नहीं की थी। जिस प्रकार की चीजें वे बता रही थीं, वे मेरी आठवीं कक्षा की टीचर ने मुझे सिखाई थीं। मुझे लग रहा था, मेरे साथ धोखा हुआ है। कोर्स के प्रति मेरी अपेक्षाएँ बहुत ऊँची थीं और नल्स, अपने दोस्ताना व्यवहार के बावजूद, मुझे निराश कर रही थीं।

पारुल और मैंने एक-दूसरे की ओर देखा। मैं फौरन समझ गई कि पारुल भी यही महसूस कर रही थी। पारुल ने अपना सिर हिलाया।

'नल्स नट्स (पागल) है।' वह फुसफुसाई।

मैंने जोरों से सिर हिलाया। अपनी आँख की कोर से मैंने देखा कि जानकी बाकी सब लड़कियों के साथ हँस रही थी।

नल्स का लेक्चर खत्म होने के बाद हमें एक ब्रेक मिला। हमने सड़क के पार, कॉलेज के सामने गन्ने के रस का एक स्टॉल देखा, जहाँ ब्रेक के दौरान सभी लड़कियाँ इकट्ठा होती थीं। हम वहाँ रखी अस्थायी बेंचों पर बैठ गईं, जो स्टॉल के मालिक—मनीष नाम के एक अधेड़ आदमी—ने ईंटों व ग्रेनाइट के स्लैब से तैयार की थीं। उसने स्टॉल को अपना ही नाम दिया था और उसके नाम की घोषणा करते भौंडे, लाल अक्षर, जो स्टॉल की बगल में पेंट किए हुए थे, फीके पड़ चुके थे।

सबने अपने-अपने ग्रुप बना लिये थे और पारुल, जानकी व मेरी भी तिकड़ी बन गई थी। पारुल हमें खींचकर ले गई और लड़कियों के एक अन्य समूह से हमारा परिचय कराया। सबकी पृष्ठभूमि अलग थी और क्रिएटिव राइटिंग का कोर्स करने के अलग कारण—कोई यू.एस. जाना चाहती थी (जिसके लिए चार साल की अंडर ग्रेजुएट डिग्री आवश्यक थी), कोई अपने बॉयफ्रेंड के कारण इसी शहर में रहना चाहती थी, कोई साउथ बॉम्बे में ही रहना चाहती थी, लेकिन किसी और कोर्स में प्रवेश नहीं प्राप्त कर सकी।

पारुल और मेरे अलावा कोई भी क्रिएटिव राइटिंग को लेकर वास्तव में गंभीर नहीं था। हालाँकि मुझे इसकी परवाह नहीं थी! मैं इन सब लड़कियों के बीच आकर, इनकी मस्ती और हँसी में शामिल होकर ख़ुश थी। मैं रिप वैन विंकल थी, जो अपनी नींद से बाहर आकर सभ्यता में शामिल हुआ है। मुझे कितने लंबे समय से इन सब चीजों की कमी महसूस हो रही थी। मुझे जिस दुनिया की कमी इतनी बुरी तरह महसूस हुई थी, उसका आनंद लेने के रास्ते में मैं किसी चीज को नहीं आने देने वाली थी।

लड़कियाँ गन्ने का रस पीते हुए उत्साहित होकर नल्स के बारे में बातें और बहस कर रही थीं।

'तुम्हें लगता है, नल्स वर्जिन (कुमारी) होगी?' एक ने पूछा।

'निश्चित रूप से नहीं।'

'तुम कैसे कह सकती हो?'

'उसके चलने के तरीके से। संबंध बनाने के बाद एक औरत अलग तरीके से चलती है।'

'क्या? चलो, जाओ यहाँ से।'

'यह सच है, कसम से।'

'अच्छा, ठीक है, हम सब चलते हैं और तुम अंदाजा लगाओ कि हम में से कौन वर्जिन है, ओ.के.?'

'ओ.के., मैं तैयार हूँ।'

'मैं भी।'

'मैं भी।'

'और मैं भी।'

हँसी के फव्वारों के साथ लड़कियाँ एक के पीछे एक लहराते हुए चलने लगीं और 'कुमारी पहचानकर्ता' ठहाकों व सीटियों के बीच अपना निर्णय सुनाती गई कि उनमें से कौन कुमारी थी और कौन नहीं! लड़कियाँ काफी उपद्रवी थीं; लेकिन पहले भी एक महिला कॉलेज में पढ़ी होने के कारण इस तरह के व्यवहार ने मुझे बिल्कुल भी हैरान नहीं किया। मुझे इसकी आदत थी। जब औरतें इकट्ठा होती हैं और आसपास कोई मर्द नहीं होता तो उनमें एक अलग वेव, एक अलग ऊर्जा होती है। यहाँ वास्तव में बहुत बेवकूफी हो रही थी; लेकिन मुझे छोटी-से-छोटी बेवकूफी में भी मजा आ रहा था।

'तुम्हारी बारी।' अचानक एक लड़की ने जानकी, पारुल और मेरी ओर इशारा करते हुए कहा।

'नहीं, नहीं!' जानकी ने विरोध किया।

'हाँ!' पारुल ने उसे आगे धकेलते हुए दृढ़ता से कहा। मुझे उसके पीछे खड़ा होने के लिए कहा और फिर हमने कुछ कदम चलकर दिखाए।

कुमारी-पहचानकर्ता ने घोषणा की कि पारुल व मैं वर्जिन नहीं थीं और जानकी वर्जिन थी। पारुल की हँसी नहीं रुक रही थी और मुझे भी हँसी आ रही थी। जानकी भी हँसने से आँखों में आए आँसू पोंछ रही थी।

मैं जानती थी, सच क्या था! मैंने केवल चुंबन लिया था और कभी किसी लड़के के साथ सेक्स नहीं किया था, लेकिन शायद इन लड़कियों को लगता था कि कुमारी न होना एक तरह से शान की बात थी। इससे आपका स्तर फौरन ऊँचा हो जाता था। इसलिए मैंने

उनका साथ दिया और जताया कि वह सही थी।

'यह ग्रुप बहुत मजेदार है, यार!' अगले सेशन के लिए क्लास रूम की ओर वापस जाते हुए जानकी ने कहा।

'हाँ! बेवकूफ, लेकिन मजेदार।' पारुल ने सहमति व्यक्त की। मैं उन्हें बता भी कैसे सकती थी कि यह इतना-सा फूहड़ व्यवहार मेरे लिए क्या मायने रखता था! इसलिए मैंने कुछ नहीं कहा और अपने चेहरे पर बड़ी सी मुसकान लिये उनके साथ क्लास में चली गई।

'हमने नल्स की क्लास में कुछ खास नहीं सीखा। कुछ सीखा तो बस, शून्य।' क्लास रूम में प्रवेश करके अपनी सीट पर बैठते हुए मैंने कहा।

'हाँ, लेकिन फिर लाइब्रेरी इसीलिए तो है।' पारुल बोली।

'लाइब्रेरी अच्छी है? तुमने देखी है?' मैंने पूछा।

'हाँ, बहुत ही शानदार है। हम खुद को वे सारे टॉपिक सिखा सकते हैं, जिन्हें नल्स ठीक से नहीं समझातीं।' पारुल बोली।

'उम्मीद है, अगली लेक्चरर बेहतर होंगी।' मैंने टिप्पणी की।

लेकिन हुआ यह कि अगली लेक्चरर और भी बुरी थीं। मिसेज अमृता तुलापुरकर एक अधेड़ महिला थीं, जिनके पास साहित्य में एम.ए. की डिग्री थी और दिलचस्प विषयों को भी उबाऊ बनाने की योग्यता। वे नाक की आवाज में बोल रही थीं और अधिकांश समय वे 'अच्छे लेखन के उदाहरण' के रूप में मोटी-मोटी पुस्तकों से लंबे गद्यांश पढ़कर सुना रही थीं। उनकी क्लास में हमें कोई प्रश्न पूछने की अनुमति नहीं थी। उनके लेक्चर के दौरान जानकी ने अपना सिर डेस्क पर रखा और सो गई। मिसेज तुलापुरकर का उस पर ध्यान भी नहीं गया।

उस दिन जब तक कक्षाएँ पूरी हुईं, सूरज डूब चुका था। मुझे इतनी देर तक घर से बाहर रहने की आदत नहीं थी। एन.एम.एच.आई. के मेरे रक्षित दिनों के बाद यह आमूल परिवर्तन था।

'अच्छा होता, अगर क्लासेज थोड़ा पहले खत्म हो जातीं। कितना अँधेरा हो गया है!' मैंने टिप्पणी की।

'क्यों, तुम्हें अँधेरे से डर लगता है? ड्रैकुला से डरती हो?' पारुल हँसने लगी।

'असल में, मुझे अपनी काँच की स्लिपर खोने का डर है।' मैंने तुरंत जवाब दिया।

'इह! कैसी काँच की स्लिपर?'

'अरे बाबा, सिंड्रेला।' पारुल बोली।

'क्या सिंड्रेला?' जानकी ने भौंहें चढ़ाकर पूछा।

'क्या? तुमने सिंड्रेला का नाम नहीं सुना है? परी कथा की राजकुमारी! तुम किस चीज की बनी हो, लड़की?' पारुल ने हैरानी से कहा।

मैं भी स्तब्ध रह गई। किसी ने सिंड्रेला का नाम कैसे नहीं सुना हो सकता?

'क्या वह मशहूर है?'

'यह एक परी कथा है, जानकी। क्या तुमने परी कथाएँ नहीं सुनी हैं?' मैंने पूछा।

'हमें कहानी की पुस्तकें पढ़ने की अनुमति नहीं थी। केवल कोर्स की पुस्तकें।' जानकी बोली।

'तुम्हारे माँ-पापा क्या करते हैं?' पारुल ने कुछ उत्सुकता से पूछा।

'हीरे,' जानकी ने जवाब दिया, 'हमारा जवाहरात का व्यापार है—मुख्यत: हीरों का। हम एक्सपोर्ट (आयात) करते हैं, लेकिन यहाँ भी बेचते हैं।'

'तुम्हारे परिवार में तो खूब पैसा होगा! तुम कहाँ रहती हो?' पारुल ने पूछा।

हमें पता चला कि वह एक संयुक्त परिवार में रहती थी और उनका ग्रांट रोड पर एक विशाल घर था। उसके दादाजी ने इस व्यापार की स्थापना की थी, जिसे अब उसके पिता और चाचा लोग चला रहे थे। उनके परिवार में कोई नहीं मानता था कि महिलाओं को बाहर जाकर काम करना चाहिए। शिक्षा महत्त्वपूर्ण नहीं थी।

'क्या मस्त जिंदगी है!' पारुल ने अचंभित होकर कहा।

'और तुम, पारुल? अब तुम्हारी बारी है अपने बारे में बताने की। तुम कहाँ रहती हो? तुम्हारे पैरेंट्स क्या करते हैं?' जानकी ने पूछा।

'मैं अकेली माँ की अकेली बेटी हूँ और महालक्ष्मी में रहती हूँ।' पारुल बोली।

'क्या तुम्हारे पैरेंट्स का तलाक हो गया है?' जानकी ने पूछा।

'हा-हा, नहीं। उन्होंने कभी शादी नहीं की। मैं अपने पिता से कभी नहीं मिली हूँ। वे अमेरिकन हैं। वे एक डेलीगेशन (प्रतिनिधिमंडल) का हिस्सा थे, जो भारत आया था। वे करीब एक साल यहाँ रहे थे। तभी वे मेरी माँ से मिले और उन्हें प्यार हो गया। वे मेरी माँ को यू.एस. ले जाकर वहाँ उनसे शादी करना चाहते थे, लेकिन माँ ने इंडिया में रहने का चुनाव किया, क्योंकि उसी समय मेरी नानी के कैंसर का पता चला था। उन्हें देखभाल की जरूरत थी। नाना की मौत आर्मी में रहने के दौरान हो गई थी। मेरी माँ का नानी के सिवा कोई नहीं था, बेशक मेरे पैदा होने से पहले तक।' पारुल ने बताया।

'ओह तो तुम आधी-गोरी हो!' जानकी बोली।

'तुम्हें मेरी शक्ल से पता नहीं चलता? मुझे लगा, यह जाहिर था, लेकिन अंदर से मैं सौ प्रतिशत भारतीय हूँ।' वह बोली।

'तो तुम अपने पिता से कभी नहीं मिली हो?' जानकी ने प्रश्न किया।

'नहीं। मुझे लगता है, वे एक-दो बार हमसे मिलने आए थे, लेकिन मैं इतनी छोटी थी कि मुझे याद नहीं है।' पारुल बोली।

'तुम्हारी माँ क्या करती हैं?' उसकी कहानी से सम्मोहित मैंने पूछा। मैं उसके जैसी लड़की से पहले कभी नहीं मिली थी। मैं उसे और अधिक पसंद करने लगी थी। वह कितनी ईमानदार और स्पष्टवादी थी! वह मेरी अब तक की सबसे 'कूल' (मस्त, अच्छी) दोस्त थी।

'वे फिल्म इंडस्ट्री में काम करती हैं। वे कई फिल्मों में असिस्टेंट डायरेक्टर रही हैं। उन्होंने एक स्क्रिप्ट भी लिखी है।' पारुल ने गर्व से कहा।

'कूल यार! कभी हमें भी फिल्म सेट्स पर ले जाना, हमें सब स्टार्स से मिलाना!' जानकी बोली।

'यह इंडस्ट्री बकवास है, मेरा विश्वास करो, लेकिन हाँ, ले चलूँगी कभी तुम्हें।' पारुल ने वादा किया। 'और तुम अंकिता, तुम्हारी क्या कहानी है?'

'हाँ, हमें अपने बारे में बताओ।' जानकी ने भी कहा।

तब तक हम चर्चगेट स्टेशन पहुँच चुकी थीं। एक फास्ट ट्रेन वहाँ पहले से खड़ी थी।

'मेरी कहानी बहुत साधारण सी है। बस, एक मिडिल-क्लास फैमिली। कुछ अनोखा या दिलचस्प नहीं है।' मैंने कहा।

मैं खुश थी कि मेरी ट्रेन इंतजार कर रही थी, क्योंकि मैं नहीं चाहती थी कि वे मुझसे और प्रश्न पूछें। उन्हें स्लो ट्रेन लेनी थी, क्योंकि उनके स्टेशन चर्चगेट से काफी पास थे। स्लो ट्रेनें हर एक स्टेशन पर रुकती थीं। मैंने फास्ट ट्रेन ली, क्योंकि वह केवल दादर पर रुकती थी और फिर सीधे बांद्रा पर।

'कल मिलते हैं, गर्ल्स।' मैंने कहा।

'कल मिलते हैं।' पारुल चिल्लाई और मैं हवा की तरह हलकी महसूस करते हुए अपनी ट्रेन की ओर दौड़ गई।

जब मैं घर पहुँची तो मेरे माँ-पापा मेरे पहले दिन के बारे में सबकुछ सुनने के लिए बेताबी से मेरा इंतजार कर रहे थे।

'बहुत शानदार था! बिल्कुल केरला के मेरे पुराने कॉलेज की तरह। लड़कियाँ बहुत मस्त हैं। मैंने नए दोस्त बनाए।' मैंने पूरे ड्राइंगरूम में फिरकी लगाते हुए चेहरे पर बड़ी सी मुसकान के साथ जवाब दिया।

मेरे माँ-पापा ने राहत की साँस ली।

'अंकिता, यह सुनकर बहुत अच्छा लगा।' मेरे पापा ने कहा। उनकी आवाज में राहत और खुशी साफ सुनाई दे रही थी।

'हाँ, कितनी अच्छी बात है!' मेरी माँ ने कहा, 'अरे, मैं तो भूल ही गई थी—तुम्हारे लिए एक चिट्ठी आई है।' उन्होंने एक लिफाफा मेरी ओर बढ़ाया। मैं उसे खोलने से पहले ही लिखावट देखकर समझ गई कि वह चिट्ठी किसकी थी।

तेजी से धड़कते दिल के साथ मैं चिट्ठी लेकर तेज कदमों से अपने कमरे में चली गई।

□

3

यह रही तुम्हारी चिट्ठी

मैं उसकी लिखावट से इतनी परिचित थी कि मैंने उसे सौ साल बाद भी पहचान लिया होता! हालाँकि मैंने एन.एम.एच.आई. से छुट्टी मिलने के बाद उसे लिखा था, लेकिन मैंने जवाब की उम्मीद कभी नहीं की थी और यह रहा उसका जवाब—महीनों बाद।

26 सितंबर, 1993
दिल्ली

प्रिय अंकिता,

तुम्हें अंदाजा भी नहीं है कि इतने लंबे समय बाद तुम्हारी चिट्ठी मिलने पर मुझे कैसा लगा! मैंने जब भी कॉल की, तुम्हारी माँ ने मुझसे बहुत प्यार से बात की। वे मुझसे बार-बार कहती रहीं कि तुम केरला के किसी गाँव में थीं और वहाँ फोन नहीं थे। तब मुझे एहसास हुआ कि कुछ था, जो ठीक नहीं था और यही एक कारण था कि मैं बार-बार फोन करता था। दूसरा कारण मैं बाद में बताऊँगा।

मैं केवल कल्पना कर सकता हूँ कि तुम पर क्या गुजरी होगी? जब मैंने पढ़ा कि तुमने क्या-क्या सहा था तो मैं बहुत परेशान हो गया था और दुःखी भी। तुम मेरे पास क्यों नहीं आईं? मैं हमेशा था तुम्हारे लिए। हालाँकि मैं पढ़ाई में डूबा था, लेकिन अगर तुमने कॉल की होती, अंकिता तो मैंने तुम्हारे लिए सबकुछ छोड़ दिया होता।

आई.आई.टी. का अंतिम वर्ष प्लेसमेंट्स की वजह से हमेशा तनावपूर्ण होता है। जब मैं गरमी की छुट्टियों में घर गया तो मैंने अपने माँ-पापा से विचार-विमर्श किया और अपने विकल्पों को सामने रखकर सोचा कि मुझे उच्च शिक्षा

के लिए जाना चाहिए, सिविल सर्विसेज की तैयारी करनी चाहिए, मैनेजमेंट पढ़ना चाहिए या फिर नौकरी कर लेनी चाहिए। मैंने निर्णय लिया कि मैं दो साल भारत में काम करके पर्याप्त अनुभव लूँगा और फिर तय करूँगा कि मुझे विदेश जाना है या मैनेजमेंट पढ़ना है! तब तक मेरे सामने स्थिति स्पष्ट हो जाएगी।

सितंबर से हमारे कैंपस में कंपनियाँ आने लगीं और आवेदन की प्रक्रिया शुरू हो गई। वे प्रेजेंटेशन करते थे और हमें टेस्ट लिखने पड़ते थे। मुझे याद नहीं है कि मैं किसी भी सप्ताहांत खाली था। उसके बाद शॉर्ट-लिस्टिंग शुरू हो गई। सभी लोग पहले चरण में ही प्रस्ताव पाना चाहते हैं।

मुझे तुम्हें बताते हुए खुशी हो रही है कि मुझे दो प्रस्ताव मिले हैं और दोनों बॉम्बे से हैं। मैंने उनमें से एक स्वीकार कर लिया है और मैं अपनी नई नौकरी एक महीने में शुरू करूँगा! यही वह दूसरा कारण था, जिसके लिए मैं तुम्हें बार-बार कॉल कर रहा था—मैं तुम्हारे शहर में आने के लिए इतना उत्साहित था।

तुम्हारी चिट्ठी से यह साफ है कि तुम अब बहुत मजबूत हो चुकी हो और बुरे समय को पीछे छोड़ चुकी हो। फिर भी, मैं तुम्हें बताना चाहता हूँ कि मैं हमेशा तुम्हारे साथ हूँ, हमेशा। तुम्हें बस, फोन उठाकर मुझे कॉल करना है।

और हम जल्दी ही मिलेंगे।

प्यार

वैभव'

'हे भगवान्!' पूरी चिट्ठी पढ़ने के बाद मैं जोर से बोली। वह ऐसे कैसे मेरे जीवन में वापस आने का फैसला कर सकता है? मैं एक नई शुरुआत चाहती थी और अगर इसका मतलब अपने अतीत के सारे संबंध तोड़ देना था तो मैं वह भी करूँगी। मैंने एन.एम.एच.आई. में जो कुछ झेला था, उसके बाद मुझे लगता था कि मैं एक नई शुरुआत की अधिकारी थी, लेकिन अब उसने मुझसे दोबारा संपर्क करके सब बिगाड़ दिया था।

मुझे यकीन नहीं था कि मैंने जो झेला था, वह उसकी व्यापकता को समझता था, भले ही उसने लिखा था कि वह समझता था। यह साफ था कि उसे कोई अंदाजा नहीं था। वह समझ भी कैसे सकता था, जब मैं खुद भी उससे जूझ रही थी। उससे 'बात करने' का कोई प्रश्न ही नहीं था, जैसा कि उसने चिट्ठी में लिखा था। सबकुछ इतनी जल्दी हो गया था, जैसे एक विशाल समुद्री लहर में बह जाना। एक मानसिक अस्पताल में कैद

हो जाने की पीड़ा, गुस्सा और सरासर लाचारी, सामान्य स्थिति में लौटने के लिए लड़ाई, अभिघात। मैं वह सब समझा भी नहीं सकती थी।

माना कि स्कूल के दिनों में हम एक-दूसरे से प्यार करते थे—या शायद वह केवल आकर्षण था, मैं यकीन से नहीं कह सकती थी। स्कूल के बाद वह आई.आई.टी. में पढ़ने दिल्ली चला गया था और मैंने अपने ग्रेजुएशन के लिए सेंट एग्नेस में दाखिला ले लिया था। हम चिट्ठियों और फोन द्वारा संपर्क में थे। मुझे याद आया कि मैं उसकी चिट्ठी या फोन आने पर कितनी खुश होती थी! मेरे अठारहवें जन्मदिन पर, उसने मुझे कहा था कि वह मुझसे प्यार करता है, लेकिन यह सब किसी और दुनिया की कहानी लगती थी—मुझे 'बाइपोलर डिसऑर्डर' होने का पता चलने से पहले की, इलाज के लिए मेरे अस्पताल जाने से पहले की।

जब अस्पताल में छुट्टी मिलने के बाद मैंने उसे अपनी चुप्पी का कारण बताते हुए चिट्ठी लिखी थी और बताया था कि कैसे अब मैं एक अलग व्यक्ति थी, तब मैंने एक प्रकार से अपनी ओर से सब खत्म कर दिया था और जहाँ तक मेरी बात थी, मैं अपनी पुरानी जिंदगी से नाता तोड़ चुकी थी और शायद उसके लोगों से भी।

मैं नरक में जाकर वापस आई थी और मैं उसकी कहानी सुनाने के लिए जीवित थी और अब वह फिर लौट आया है और बॉम्बे आ रहा है।

क्यों? क्यों? क्यों?

मैं इस स्थिति से बिल्कुल खुश नहीं थी। मैं यह भी नहीं जानती थी कि मैं उससे मिलना चाहती थी या नहीं! लेकिन मैं कुछ नहीं कर सकती थी। मुझे अच्छा लगे या नहीं, वह बॉम्बे आ रहा था।

□

अगले दिन जल्दी में कॉलेज जाते हुए मैंने उसकी चिट्ठी को दिमाग से निकाल दिया। मैं पहुँची तो पारुल क्लास में आ चुकी थी।

'चलो, कल से हम लोग स्टेशन पर एक-दूसरे का इंतजार करते हैं। कॉलेज तक अकेले चलकर आने में बोरियत होती है।' उसने कहा।

आज उसने मोरपंखी रंग का पीजेंट टॉप, काले रंग का कसा हुआ स्मार्ट स्कर्ट और बूट पहने थे। जानकी ने पफ स्लीव्स का पीला टॉप और टखने तक का चेक वाला स्कर्ट पहना था, जिसकी किनारी में छोटे-छोटे बो टँके हुए थे।

'तुम लोग कितने अच्छे कपड़े पहनती हो, यार! मैं बहुत साधारण महसूस करती हूँ।' मैंने पारुल के बगल में बैठते हुए कहा।

पारुल ने मेरी जीन्स और टी-शर्ट को देखा।

'तुम जैसी हो, ठीक हो, लेकिन अगर तुम शॉपिंग जाना चाहती हो तो कल हम फैशन स्ट्रीट जा सकते हैं। मैं अपने सारे कपड़े वहीं से खरीदती हूँ। मैं तुम्हारे साथ चल सकती हूँ।' उसने प्रस्ताव रखा।

'फैशन स्ट्रीट? वह क्या है?' मैंने पूछा।

'ओह, तुम फैशन स्ट्रीट नहीं जानतीं?' पारुल और जानकी दोनों ने एक साथ कहा।

'तुम भी अपने कपड़े वहीं से खरीदती हो?' मैंने पूछा।

'ओह, हमारा एक दर्जी है, जो घर आता है और तुम जिस फिल्म से कहो, उससे कपड़ों के पैटर्न की नकल उतार लेता है। यह जो ड्रेस मैंने पहनी है, यह जूही चावला ने 'राजू बन गया जेंटलमैन' में पहनी थी।' उसने कहा।

उसे मुझसे न केवल फिल्म देखी होने की अपेक्षा थी, बल्कि यह याद रखने की भी थी कि उसमें अभिनेत्री ने क्या पहना था! मुझे दोनों ही बातों की जानकारी नहीं थी, लेकिन मैंने सिर हिला दिया।

यह उसको सिंड्रेला की जानकारी होने की मेरी अपेक्षा से अलग नहीं था।

तभी एक प्रोफेसर ने क्लास में प्रवेश किया और क्लास में चल रही उत्तेजित चटर-पटर अचानक बंद हो गई। वे दुबली-पतली थीं—लगभग साठ वर्ष की और उनकी चाल धीमी थी। उनके कटे हुए सफेद बाल उनकी गरिमा बढ़ा रहे थे। मेरा ध्यान उनकी मोती की माला और मैचिंग फॉर्मल जैकेट के साथ पहने हलके गुलाबी ड्रेस पर गया। वे मुझे इंग्लैंड की महारानी की तरह लग रही थीं—प्रतिष्ठित, परिष्कृत और सौम्य।

उन्होंने कहा कि हम उन्हें 'मिसेज हेडन' के नाम से संबोधित कर सकते थे। उन्होंने बताया कि कैसे वे विदेश के एक प्रसिद्ध कॉलेज में साहित्य पढ़ाती थीं, कैसे वे रिटायरमेंट के बाद बॉम्बे आईं और कैसे इस कॉलेज के प्रिंसिपल इतने इच्छुक थे कि वे यहाँ पढ़ाएँ! उन्होंने कहा कि वे सप्ताह में केवल तीन दिन आएँगी और वे अपेक्षा करती थीं कि उनका दिया सारा काम हम समय पर पूरा करके जमा कर दें। उन्होंने पहले नौ सप्ताहों में पढ़ाए जानेवाले विषयों को रेखांकित किया—अच्छे लेखन की विशेषताएँ, आलंकारिक भाषा, कल्पना, संवेदी विवरण, दृष्टिकोण, विवरणात्मक लेखन और प्रेरक लेखन।

'कुछ बुनियादी नियम हैं, जो मैं आपको बताना चाहती हूँ।' उन्होंने अपने ब्रिटिश उच्चारण में कहा। उनकी आवाज इतनी धीमी थी कि हम सब को उन्हें सुनने के लिए बिल्कुल शांत होना पड़ा।

'मेरा पहला नियम है कि आपको समय से आना होगा। यदि आप देर से आती हैं, घंटी बजने पर सीट पर बैठकर काम शुरू करने के लिए तैयार नहीं हैं तो मैं आपको

अनुपस्थित दर्ज कर दूँगी। आपको क्लास में सबके प्रति सम्मानपूर्ण व्यवहार करना है—अपने दोस्तों के साथ भी और अपने प्रशिक्षकों के साथ भी। काम टालना एक बुरी आदत है और अगर आप अपना काम देर से जमा करती हैं तो मैं अंक नहीं देती। मैं आपके काम को 'ए' से 'ई' तक के स्केल पर ग्रेड दूँगी। 'ई' इंगित करता है कि काम घिसा-पिटा है और विचारशील नहीं है; 'ए' का मतलब होगा कि काम पूर्णत: मौलिक, अत्यधिक सफल है और साहित्यिक शैली के साथ सूचित जुड़ाव दरशाता है। आप लेखकों के रूप में अपने लक्ष्य तक पहुँचें, यह कामना है! मेरी शुभकामनाएँ आपके साथ हैं और मैं आपके काम को पढ़ने के लिए बहुत उत्सुक हूँ।' उन्होंने कहा।

इसी के साथ उन्होंने अपने छोटे से भाषण का अंत किया और हमें अपना परिचय देने के लिए कहा।

ऐसी एक भी छात्रा नहीं थी, जो उनके कड़क रवैए और दृष्टिकोण से प्रभावित न हुई हो। नल्स और तुलापुरकर के बाद वे एक सुखद बदलाव थीं। हम अपने आप ही अपनी सीटों पर थोड़ा और सीधे होकर बैठ गईं। जब क्लास में हम सब अपना परिचय दे चुके, तब उन्होंने हमसे पूछा कि लेखन हमारे लिए क्या मायने रखता था?

पारुल का हाथ ऊपर उठा। मैंने खुद को छुपा लिया। मैं इस प्रश्न का उत्तर देने के लिए नहीं बुलाई जाना चाहती थी। मैं क्लास का सामना करने के लिए तैयार नहीं थी।

मिसेज हेडन ने पहली पंक्ति में बैठी एक लड़की की ओर संकेत किया और उसे उत्तर देने के लिए कहा।

'लेखन मेरे जीवन को अर्थ देता है।' उसने कहा।

'यह तुम्हारे जीवन को अर्थ कैसे देता है? क्या तुम विस्तार से बता सकती हो?' मिसेज हेडन ने पूछा।

'अम्म्म...अआह!' लड़की के मुँह से निकला। उसके पास कोई जवाब नहीं था।

'याद रखो, तुम्हें विचार करना है कि लेखन वास्तव में तुम्हारे लिए क्या मायने रखता है? अन्य साहित्यिक हस्तियों ने जो कहा है, उसे दृष्टांत देने की कोशिश मत करो। इसके अलावा, वे भी तुम्हारे जैसे ही लोग हैं, जो सफल होने के लिए लंबे समय तक उसके साथ अटके हुए थे।'

फिर मिसेज हेडन ने पारुल की ओर संकेत किया।

'लेखन एक ऐसी चीज है, जो मेरे बिल भरने में और किराया भरने में मदद करेगी, मेरी रोटी के लिए और आशा है, थोड़े मक्खन के लिए भी पैसे देगा।' पारुल ने कहा।

पूरी क्लास हँसने लगी। मिसेज हेडन मुसकरा दीं।

'अब यह एक व्यावहारिक उत्तर है।' उन्होंने कहा।

मैं आगे झुककर अपनी नोटबुक में लिखने लगी। मैं ऊपर देखकर मिसेज हेडन की नजरों में नहीं आना चाहती थी।

'लेखन तुम्हारे लिए क्या मायने रखता है?' मैंने लिखा था।

जब दूसरी लड़कियाँ जवाब दे रही थीं, मैं सोचने में लगी थी। मेरा दिमाग तेजी से जवाब ढूँढ़ने की कोशिश कर रहा था। मेरे हाथ अपने आप ही कागज पर चल रहे थे।

मैं अपने लिखे शब्दों को घूर रही थी।

'लेखन वह है—जिसने मुझे मेरा अपना जीवन खत्म करने से रोक दिया।'

यह सच था। एक ऐसा सच, जो मेरे दिल के करीब था; एक सच, जो मैंने अपने अंदर गहराई से दबाकर रखा था; एक सच, जिसे मैं कभी बाहर नहीं आने दूँगी।

सो मैंने अपनी नोटबुक बंद कर दी और अपने पेन की नोक को चबाते हुए दूसरी लड़कियों को कहते हुए सुनने लगी कि लेखन का उनके लिए क्या मतलब था, इस बात से अनजान कि यह सच मेरे गले का फंदा बन जाएगा।

□

4

उसका आना

जब मिसेज हेडन ने हमें ब्रेक दिया तो हम गन्ने के रस के स्टॉल पर गईं।

'भैया, यहाँ कुछ प्लास्टिक की कुरसियाँ रख दो। हम यहाँ रोज आती हैं! यह कोई तरीका है ग्राहकों के साथ व्यवहार करने का!'

'मैं सच में ऐसा नहीं कर सकता। फिर वे पांडू लोग कहेंगे कि ये एक पूरा रेस्टोरेंट है और मुझे उनको बढ़ाकर हफ्ता देना पड़ेगा।' मनीष बोला।

'पांडू? पांडू क्या होता है?' मैंने पूछा।

मनीष खिलखिलाकर हँसने लगा। 'इसे पांडू नहीं मालूम? बंबई में नई आई है क्या?' उसने पूछा।

पारुल और जानकी दोनों ने मुझे चुप रहने को कहा।

'इस शब्द को कभी जोर से मत बोलना। ये पुलिसवालों के लिए एक अपमानजनक शब्द है। उन्हें इस नाम से बुलाओ तो वे पागल हो जाते हैं।' जानकी ने समझाया।

जैसे ही उसने पुलिसवालों का नाम लिया, मेरे मन में एक याद ताजा हो गई, जो मैंने सोचा था, मैं बहुत पहले दफना चुकी थी।

पुरानी यादों को उस समय फिर से उभरने की आदत होती है, जब आपको बिल्कुल आशा नहीं होती। वे आपके दिल को जकड़ लेती हैं और उन भावनाओं को भड़का देती हैं, जिन्हें आपको लगता है, आप मार चुके हैं। मुझे याद है, इतने साल पहले केरला में उस रात जब मैंने अभि को किस किया था तो पुलिसवाले कैसे अपनी जीपों से कूदकर बाहर आए थे! उस घटना को याद करके मुझे महसूस हुआ, जैसे किसी ने अचानक मेरे पेट में छुरा घोंप दिया हो!

यदि उस समय मुझे पता होता कि वह मर जाएगा तो क्या मैंने उसका चुंबन और जोर से लिया होता, या खुद को रोक लिया होता? आगे जो होने वाला था, उसे बरदाश्त करना किस चीज ने आसान बनाया होता? मैं नहीं जानती थी। मैं बस, इतना जानती थी कि इतने लंबे समय बाद भी ऐसा महसूस होता था, जैसे किसी ने मेरा दिल चीरकर बाहर

निकाल दिया हो और एक ओर फेंक दिया हो। आधे-अधूरे पछतावे तेजी से मेरे सिर में आए और धुंध की तरह मेरे मस्तिष्क पर छा गए। मैं उस दिन उसका मृत शरीर देखने भी नहीं गई थी। मुझे अप्पाचन की आवाज अपने मन में साफ सुनाई दे रही थी, जो उस दिन मेरे उन्हें फोन करने पर टूट गई थी। जीवन के साथ यही समस्या है, मैंने कड़वाहट से सोचा। यह उन लोगों को छीनकर ले जाता है, जिन्हें मरना नहीं चाहिए। जब आपको बिल्कुल आशा नहीं होती, तभी यह सबकुछ नष्ट कर देता है। यह वह सब छीन लेता है, जो आपके लिए महत्त्व रखता है और आपको प्यारा है और आपको बची-खुची इच्छाओं व पछतावों के साथ छोड़ देता है, जो आपकी आत्मा को कचोटते रहते हैं।

'हैलो! तुम पीली पड़ गई हो और लग रहा है, बहुत दूर कहीं खोई हुई हो। तुम ठीक तो हो न?' पारुल मेरे चेहरे के आगे उँगलियों से चुटकी बजा रही थी।

'हाँ, सॉरी···मैं ठीक हूँ।' मैंने कहा और अपनी यादों से लड़ते हुए एक गहरी साँस भरकर छोड़ी।

मैं अपने अतीत को याद नहीं करना चाहती थी। मैं उससे लड़कर बाहर निकल आई थी। मैं उसे दूर धकेलना चाहती थी, लेकिन वह एक जिद्दी दाग की तरह मुझसे चिपका रहता था।

बाकी के बचे हुए दिन में न तो पारुल के चुटकुले, न जानकी की टिप्पणियाँ और न ही अन्य लड़कियों की सामान्य चटर-पटर मुझ पर कोई प्रभाव डाल सकी। बाहर से मैं मुसकरा रही थी और उनके साथ शामिल थी। किसी का ध्यान नहीं गया कि मुसकराहट मेरी आँखों तक नहीं पहुँच रही थी।

□

मैं अपने नए कोर्स और अपने नए दोस्तों में इतनी व्यस्त हो गई थी कि वैभव को जवाब देने के बारे में बिल्कुल भूल गई। प्रत्येक दिन नया होमवर्क मिलता था। मैं इस बारे में स्पष्ट थी कि मुझे इस कोर्स में टॉप करना है। मैं सफल होने के लिए बेताब थी। यह मेरी वापसी होगी—एम.बी.ए. बीच में छोड़कर एन.एम.एच.आई. में भरती होने का प्रतिदान।

मैं इसके लिए कुछ भी करने को तैयार थी। जो भी होमवर्क मिलता था, जो भी पढ़ने की आवश्यकता होती थी, जो कुछ भी प्रोफेसर हमें करने के लिए कहते थे, मैं पूरी बारीकी से, समय से और बहुत ध्यान से करती थी।

मैंने कॉलेज की लाइब्रेरी में अकसर जाना शुरू कर दिया, जिसमें संदर्भ पुस्तकों का विशाल संग्रह था। जब मैंने पहली बार उसमें प्रवेश किया तो मैं तुरंत उसकी तुलना सेंट एग्नेस की लाइब्रेरी से करने लगी, जहाँ लकड़ी के पैनल वाली दीवारें थीं, ऊँची प्राचीन

छत थी और गरमाहट भरी भावना का एहसास। यह लाइब्रेरी उसकी तरह बिल्कुल नहीं थी। यह हमारे कॉलेज की सबसे ऊपरी मंजिल पर एक आधुनिक संरचना थी। यहाँ ठंडे स्टील की बुक शेल्फों की कतारों पर कतारें थीं। हालाँकि मुझे कोई परवाह नहीं थी! यहाँ ज्ञान का कुआँ था और मेरी प्यास कभी न मिटने वाली थी।

जल्दी ही मैं वहाँ एक स्थायी वस्तु बन गई। लाइब्रेरियन मिसेज अस्थाना, जो गुस्सैल होने के लिए जानी जाती थीं, मुझे पहचानने लगीं और मुझे देखकर मुसकराने भी लगीं। मैं अकसर लाइब्रेरी में होती थी—संदर्भ पुस्तकों को छानते हुए, अपना काम पूरा करते हुए। किसी-किसी दिन मैं घर से जल्दी निकल जाती थी और पूरी सुबह वहीं बिताती थी—क्लास का समय होने तक अपना काम करते हुए।

पारुल और मैंने अब एक-दूसरे के साथ प्रतिस्पर्धा शुरू कर दी थी, यह देखने के लिए कि किसके ग्रेड ज्यादा होंगे और किसे मिसेज हेडन से ज्यादा प्रशंसा मिलेगी! यह एक स्वस्थ प्रतिस्पर्धा थी।

□

मेरा कॉलेज शुरू हुए लगभग एक महीना हो चुका था। मैं नए कोर्स में बहुत आशावाद के साथ व्यवस्थित हो गई थी। एक मानसिक अस्पताल में समय बिताना आपको इस तरह बदल देता है, जिसकी आप कल्पना भी नहीं कर सकते। मैंने कभी नहीं सोचा था कि मैं दोबारा पढ़ पाऊँगी, लिखना तो दूर की बात है। मैं उन दिनों के बारे में सोचकर काँप उठती थी, जब मैंने अपनी पढ़ने की क्षमता खो दी थी। वह समय, जब मैं एक बच्चों की पुस्तक भी नहीं पढ़ पाती थी, एक बुरे सपने की तरह लगता था, हालाँकि यह कुछ ही महीनों पहले की बात थी। अधिकांश लोग यह मानकर चलते हैं कि वे पढ़ सकते हैं। वे अपने दैनिक कार्य करते हुए इस बारे में दो बार नहीं सोचते।

मेरे लिए हर एक शब्द, जो मैं लिखती थी; हर एक कार्य, जो मैं जमा करती थी एक जीत, एक विजय की छलाँग की तरह होता था। यह एक ऐसी खुशी थी, जिसे मैं किसी के साथ बाँट नहीं सकती थी। कोई नहीं जानता था कि अपने मन का कैदी होने का क्या मतलब होता था? मैंने उन बेड़ियों को तोड़ दिया था और आह, मुझे इस आजादी में कितना आनंद आ रहा था!

मेरे माँ-पापा मुझे इस मोड़ पर देखकर बहुत खुश थे। मेरी दवाएँ भी बंद हो चुकी थीं। मेरी भी खुशी का ठिकाना नहीं था!

'मैं सामान्य हो गई हूँ! मैं सामान्य हो गई हूँ! मुझे अब कोई दवाएँ नहीं लेनी हैं। मैं पढ़ सकती हूँ, मैं लिख सकती हूँ। आपको एहसास है, यह कितना अच्छा महसूस होता है!' मैं छत पर जाकर चिल्लाना चाहती थी। लेकिन, बेशक, कोई नहीं समझेगा। मैं

उनके लिए बस, एक बेवकूफ लड़की रहूँगी, जो उनसे बकवास कर रही है। कोई उस अंधकार की कल्पना भी कैसे कर सकता है, जिसमें मुझे एक बार धकेल दिया गया था?

मैंने उस निशान पर हाथ फिराया, जो मेरे बाएँ हाथ के पिछले हिस्से से लेकर मेरी कलाई तक था—मेरे कष्टों की एक स्थायी यादगार, उस मनहूस दिन की यादगार, जब मैंने अपनी कलाई काटने की कोशिश की थी। ये मेरे गुप्त बैज, मेरे मेडल थे। मैंने चुपचाप खुद को शाबाशी दी—अपने मन के अंदर, अपने आप में जश्न मनाते हुए।

मानव मन नई वास्तविकताओं के साथ तालमेल बैठाता है—उन तरीकों से समायोजन बैठाते हुए, जो उसे सबसे ठीक लगते हैं। मेरे मन ने मेरे अतीत के दरवाजे कसकर बंद कर दिए थे। आगे बढ़ने का यही एक तरीका था।

जब भी मेरे पुराने जीवन से कोई याद मेरे पास वापस आती थी, मैं उसे दूर धकेल देती थी, दबा देती थी, जब तक कि वह लौट नहीं जाती थी। मैं खुद को याद दिलाती थी कि मैं कितनी भाग्यशाली थी कि मैं यह कोर्स कर रही थी! मैं सभी असाइनमेंट्स कितनी अच्छी तरह कर रही थी और मैं कितनी किस्मतवाली थी कि मुझे नए दोस्त मिले!

लेकिन अतीत का भी आपके पास आने का अपना तरीका होता है। उसके फंदे से बचना इतना आसान नहीं है। मुझे यह पता होना चाहिए था।

यदि जीवन एक घर होता तो आप उन चीजों को, जिनसे आप वास्ता नहीं रखना चाहते थे, एक ऐसे कमरे में बंद कर देते, जिसमें आप कभी नहीं जाते और उन्हें भूल जाते। मैंने यही किया था। मैंने मान लिया था कि उस दरवाजे को खोले बिना मेरा काम चल जाएगा, लेकिन जब तक उस कमरे का अस्तित्व था, वह हमेशा के लिए बंद नहीं रह सकता था। कभी-न-कभी आपको उन चीजों का सामना करना ही पड़ता है, जो उस दरवाजे के पीछे हैं। वहाँ की बासी हवा में, धूल में, उस बंद कमरे की उपेक्षा में साँस लेनी पड़ती है।

मेरे लिए मेरे अतीत का वह दरवाजा तब खुला, जब मैंने उसकी बिल्कुल भी आशा नहीं की थी। एक शाम मैं कॉलेज से वापस आई और मेरी माँ ने मुसकराकर मेरा स्वागत किया। 'अंकिता, तुम्हारे लिए एक सरप्राइज है। देखो, कौन आया है?'

मैं घर के अंदर आते ही जड़ हो गई। लिविंग रूम के सोफे पर, चेहरे पर बड़ी सी मुसकान लिये, वैभव मेरा इंतजार कर रहा था।

□

5

अपने दोस्तों की थोड़ी मदद के साथ

मैं अविश्वास से उसे घूरती हुई वहीं खड़ी रह गई।

'हाय अंकिता! मैंने सोचा, यह एक अच्छा सरप्राइज रहेगा।' वैभव बोला। उसकी आवाज पहले से ज्यादा गहरी लग रही थी।

मेरी पहली प्रतिक्रिया चिढ़ की थी। यह इस तरह अचानक कैसे टपक पड़ सकता है? और मेरी माँ इतने कृपालु भाव से इसे देखकर क्यों मुसकरा रही हैं? यह यहाँ आया कैसे?

मेरे पूरे जीवन में मेरी माँ ने लड़कों का घर आना, या मेरा लड़कों के साथ बाहर जाना कभी पसंद नहीं किया था। हालाँकि मुझे किसी लड़के को चिट्ठी लिखने की अनुमति थी, लेकिन 'डेट' पर जाने की नहीं थी। अगर मैं किसी लड़के के साथ बाहर जा रही होती तो उनसे छुपाकर जाती। मैं जानती थी कि मेरे एन.एम.एच.आई. में रहने के बाद मेरे माँ-पापा, विशेष रूप से मेरी माँ, बिल्कुल बदल गए थे, लेकिन यह? मैंने इसकी आशा कभी नहीं की थी। यह एक भारी बदलाव था। मुझे समझ में नहीं आ रहा था, इसका क्या अर्थ लगाऊँ?

'तुम यहाँ कैसे?' मैंने पूछा। मेरे शब्दों ने मेरी नाराजगी जाहिर कर दी; हालाँकि मैंने छुपाने की बहुत कोशिश की।

'हमें मिले चार साल हो गए और तुम पूछ रही हो, मैं यहाँ कैसे? एक 'हैलो' अच्छा रहता।' वैभव का मुसकराना बंद नहीं हो रहा था।

'इसने लगभग एक घंटे पहले फोन किया था और मैंने इसे तुम्हारे आने का समय बता दिया। इसने पूछा कि क्या यह आकर तुम्हें सरप्राइज दे सकता है?' मेरी माँ ने जल्दी से समझाया।

'अच्छी सरप्राइज है।' मैंने वैभव के प्रसन्न चेहरे की ओर देखकर बेमन से कहा।

'मैं खाना तैयार करती हूँ और वैभव, प्लीज, हमारे साथ डिनर करके जाना।' मेरी माँ ने कहा और उसे मना करने का मौका दिए बिना किचन में गायब हो गईं। साफ पता चल रहा था कि माँ की उसके साथ अच्छी दोस्ती हो गई थी। वैभव को पसंद करना आसान था।

'तुम बहुत अच्छी लग रही हो, अंकिता। तुम पहले से ज्यादा सुंदर हो गई हो।' माँ के किचन में जाते ही वैभव ने कहा। उसकी आवाज धीमी थी और वह मुझे प्रशंसात्मक निगाहों से देख रहा था।

उसकी बात मुझे उस समय में लौटाकर ले गई, जब उसने मेरे अठारहवें जन्मदिन पर कॉल किया था और मेरे लिए जेफर्सन स्टारशिप का गाना बजाया था। वह एक बहुत मीठी-सी याद थी और मैंने उस दिन किए उसके प्रयास की सराहना की थी—दिल्ली की सर्द ठंड में टेप-रिकॉर्डर लेकर आना और केवल उस गाने को बजाने के लिए एस.टी. डी. बूथ पर खड़े रहना! उन दिनों उसके शब्दों ने मुझे पिघला दिया होता; लेकिन आज उनका कोई प्रभाव नहीं हुआ। ताजी-ताजी ढली मुझमें एक नया दृष्टिकोण था।

सुंदर दिखने का क्या फायदा था? आप अपने जीवन के साथ क्या करते हैं, वही सबकुछ है। सौंदर्य वह नहीं है, जो आप बाहर देखते हैं। सौंदर्य वह है, जो आपके अंदर गहराई में है, जहाँ किसी ने नहीं देखा होता। मानसिक अस्पताल में रहने के बाद मेरी आँखें खुल गई थीं, लेकिन अगर मैं ये सब अभी कहती, उसकी प्रशंसा के जवाब में तो अजीब समझी जाती। मुझे 'सामान्य स्थिति' के लेंस से वह सब फिल्टर करना पड़ता है, जो मेरे दिमाग में आता है, बजाय सब बोल देने के। यह दर्दनाक सच मैं जानती थी। इसलिए मैंने दूसरा अच्छा काम किया, जो मैं कर सकती थी। मैंने उसकी शक्ल पर टिप्पणी की—

'तुम...तुम बड़े लग रहे हो।' मैंने कहा।

'हा, हा, हा! मुझे यही उम्मीद है! उस समय मैं बिल्कुल बच्चे जैसा था।' उसने अपनी दाढ़ी पर हाथ फिराते हुए कहा।

अब, जबकि मैं उसे अचानक देखने के शुरुआती सदमे से उबर चुकी थी, मैंने उसके कपड़ों पर ध्यान दिया। उसने एक अच्छी प्रेस की हुई काली कॉटन की शर्ट और गहरे नीले रंग की पैंट पहनी हुई थी। वह लगभग छह फीट लंबा था। उसके बाल स्टाइल में कटे हुए थे। वह अब चश्मा पहनता था और फिट लग रहा था। जब हम पिछली बार मिले थे, तब किशोरावस्था में थे। इतने वर्षों में, जब हम एक-दूसरे से दूर थे, वह एक आकर्षक युवा में बदल चुका था।

कुछ पलों के लिए एक अजीब-सी चुप्पी छा गई, क्योंकि हम दोनों नहीं समझ पा

रहे थे कि आगे क्या कहें? मुझे इस असहज चुप्पी को दूर करने के लिए जल्दी ही कुछ बोलना था।

'तो, तुम बॉम्बे कब आए? तुम्हें घर मिल गया? मुझे सब समाचार बताओ।' मैंने जबरदस्ती वार्तालाप शुरू करते हुए कहा और उसके सामने रखे अकेले सोफे पर बैठ गई।

'मैं आज सुबह ही आया और मेरी किस्मत देखो, मैं पास ही में रहता हूँ, अंकिता! यहाँ से मेरे घर का पैदल दस मिनट का रास्ता है। मुझे यह पता चला तो मैं बहुत खुश हो गया था। मैं तुमसे फौरन कैसे नहीं मिलता!' उसने कहा।

तभी मेरे दिमाग में खतरे की घंटियाँ बजने लगीं। ओह, बॉम्बे इतना बड़ा शहर है। उसे रहने के लिए कोई और जगह नहीं मिल सकती थी? मैं नहीं चाहती थी कि वह इतने पास रहे। क्या उसने जान-बूझकर बांद्रा में घर खोजा था, यह जानते हुए कि मैं यहाँ रहती थी?

'तो तुमने किराए पर घर लिया है?'

'अरे, नहीं। मेरे पास इतने पैसे नहीं हैं कि मैं इस इलाके में किराए पर घर ले सकूँ।' उसने कहा, 'कम-से-कम अभी तो नहीं। मैं तो कंपनी के दिए अपार्टमेंट में रह रहा हूँ। मेरा ऑफिस बांद्रा-कुर्ला कॉम्प्लेक्स में है और सभी मैनेजमेंट ट्रेनीज को चमरी में रहने की जगह दी जाती है।' उसने समझाया।

'चमरी? क्या यह हॉस्टल की तरह होता है?'

'नहीं, बस, एक सामान्य फ्लैट, जिसमें मैं तीन और मैनेजमेंट ट्रेनीज के साथ रहता हूँ। कंपनी ने लीज पर कई फ्लैट्स ले रखे हैं।'

बांद्रा-कुर्ला कॉम्प्लेक्स में कई बहुराष्ट्रीय कंपनियों के ऑफिस थे। इसलिए उसकी बात समझ में आ रही थी। मुझे यह जानकर बहुत राहत महसूस हुई कि उसका बांद्रा में रहने आना जान-बूझकर उठाया गया कदम नहीं था!

'तो, बॉम्बे में तुम्हारा स्वागत है।' मैंने खुश होकर कहा।

मैंने यह दिल से नहीं कहा था, लेकिन यह अच्छी लड़कियों के कहनेवाली बात लग रही थी।

तभी मेरी माँ ने किचन से आवाज लगाई और मुझे टेबल लगाने के लिए कहा। वैभव मदद के लिए उछलकर खड़ा हो गया।

जब हम बैठ गए तो उसने पूछा कि मेरे पापा कहाँ थे।

'काम से शहर के बाहर गए हैं।' माँ ने हमें गरम रोटियाँ परोसते हुए कहा।

बहुत घरेलू-सा माहौल था और वैभव बहुत सहज लग रहा था। माँ अब उसे दाल परोस रही थीं और आग्रह के साथ कहती जा रही थीं कि उसे और ज्यादा खाना

चाहिए। उसने उनके खाने की तारीफ की और कहा कि उसे खाने में बहुत आनंद आ रहा था। माँ उसकी तारीफ से खुश हो रही थीं। मैं यह सब देख रही थी और मेरे अंदर गहराई में आक्रोश जाग रहा था। मुझे यह सब बिल्कुल अच्छा नहीं लग रहा था। मैंने विश्लेषण करने की कोशिश की कि मुझे वैभव के यहाँ होने पर और मेरी माँ की उसके साथ पटरी खाने पर गुस्सा क्यों आ रहा था? आखिरकार, वह एक दोस्त था। मैं उसे इतने लंबे समय बाद देख रही थी। उसने मुझसे मिलने यहाँ आने का प्रयास किया। वह इतना मिलनसार भी था। मुझे तो खुशी महसूस होनी चाहिए, लेकिन नहीं हुई; बल्कि मैं हलकी चिढ़ और डर के बीच किसी भावना से भर गई थी। मुझे लगता है, मुझे चिढ़ इस बात से हो रही थी कि वैभव इस तरह मेरे जीवन में वापस चला आया था, जैसे वह हमेशा से वहीं था।

वैभव के जाने के बहुत देर बाद भी मेरे मन में असहजता और नाराजगी की भावनाएँ बनी रहीं। क्या एक संबंध जारी रह सकता है, जब दो लोगों के जीवन में नाटकीय रूप से अलग अनुभव हुए हों और उन अनुभवों ने उनमें से एक को गहराई से बदल दिया हो? मैं यकीन से नहीं कह सकती थी।

लेकिन वैभव को कुछ गलत नहीं लग रहा था।

'तुम जानती हो, अंकिता, बहुत अच्छा महसूस होता है कि इतने सालों बाद भी और इतना कुछ होने के बाद भी हम अभी भी दोस्त हैं और तुम बिल्कुल वैसी ही हो, जैसी मुझे याद थी।' तुम बिल्कुल नहीं बदली हो और एक नए शहर में एक पुराना दोस्त होना कितना अच्छा लगता है!' उसने जाते-जाते 'बाय' करते हुए कहा था।

काश, वह जानता होता!

□

मैं वैभव के यूँ अनपेक्षित रूप से आने से इतनी परेशान हो गई थी कि अगली सुबह मैं कॉलेज लाइब्रेरी नहीं गई। मैंने जानकी को रोज वाली जगह पर मेरा इंतजार करते पाया। पारुल, जानकी और मेरे बीच का समझौता था कि जो भी चर्चगेट पहले पहुँचेगा, वह दूसरों के लिए उस निकास के निकट बड़ा-पाव स्टॉल पर रुकेगा, जहाँ से हमारे कॉलेज जाने का रास्ता था।

'आह, आ गईं तुम!' जानकी बोली।

जल्दी ही पारुल भी आ गई।

'चलो, आज बंक मार देते हैं। आज सिर्फ तुलापुरकर की क्लास है। नल्स छुट्टी पर है।' उसने कहा।

'तुम्हें कैसे पता है?' मैंने पूछा।

'उसकी कजिन मेरी बिल्डिंग में रहती है। उन सबको नाशिक एक पारिवारिक विवाह समारोह में जाना है।' पारुल बोली।

'इन सब मामलों में तुम टॉप क्लास हो। चलो, बंक करते हैं।' जानकी मान गई।

'चलो, हम अंकिता को उन जगहों पर ले चलते हैं, जहाँ ये पहले कभी नहीं गई।' पारुल बोली।

वे मुझे 'खाऊ गली' ले गए, जहाँ हम चर्चगेट स्टेशन से पैदल चलते हुए दो मिनट में पहुँच गए। वहाँ सड़क के दोनों ओर खाने-पीने के स्टॉल लगे हुए थे। मैंने पहले कभी ऐसी जगह नहीं देखी थी। जैसे ही हम उस जगह के पास पहुँचे, खाने की विभिन्न चीजों की सुगंध आने लगी। वहाँ घी में भूने जा रहे स्वादिष्ट बिरयानी मसाले की सुगंध आ रही थी, जो अन्य कई पकवानों में इस्तेमाल किए जानेवाले मसालों की खुशबू के साथ मिलकर फैल रही थी। प्रवेश पर नीबू-पानी का एक स्टॉल था, जहाँ से पारुल ने हम तीनों के लिए ठंडा नीबू-पानी लिया। उसके ठीक बगल में फलों का एक स्टॉल था, जहाँ लाल, नारंगी और पीले रंग प्रचूरता में दिख रहे थे; सफाई से कटे हुए तरबूज, आम व खरबूजे ध्यान आकर्षित कर रहे थे और खाए जाने का अनुरोध कर रहे थे। वहाँ हर प्रकार के खाने के स्टॉल थे, हक्का-नूडल्स और शेजवान फ्राइड राइस जैसे 'भारतीय-चीनी' व्यंजनों से लेकर आलू टिक्की, चाट, समोसे तक। खाने के मेनू की तरह इन स्टॉल्स के नाम भी तरह-तरह के थे, जो मुझे बहुत मजेदार लगे—निखिल प्योर वेज स्टॉल, ड्रीम गर्ल डोसा स्टॉल, लेनिन पाव भाजी स्टॉल...

ग्राहकों की एक सतत धारा स्टॉल्स के चारों ओर खड़ी थी और हाथों में प्लेट लेकर खा रही थी। व्यंजन, विशेष रूप से पाव भाजी, स्वादिष्ट लग रहे थे।

'हे भगवान्! इसको देखकर मेरे मुँह में पानी आ रहा है।' मैंने कहा।

'आओ मेरे साथ। मैं तुम्हें ऐसी जगह ले चलूँगी, जहाँ हम बैठकर आराम से खा सकते हैं। सड़क की शुरुआत में सभी स्टॉल्स पर भीड़ है।' पारुल ने कहा और हमें आगे, लगभग सड़क के अंत तक ले गई।

हम एक स्टॉल के अंदर गए, जो एक विशाल पीपल के पेड़ के पीछे छुपा था, भीड़ और शोर से बचा हुआ। स्टॉल के मालिक ने हमारा अभिवादन किया।

'बहुत दिनों बाद आईं! फ्रेडी कहाँ है?' उसने पूछा।

'वह मैं आपको बाद में बताऊँगी, भैया। आज मैं अपने दोस्तों को लेकर आई हूँ। एकदम बढ़ियावाली रगड़ा पेटिस बनाइए, ठीक है? मुझे निराश मत करिएगा।' उसने कहा और हम आराम से बैठ गए। वह एक छोटी सी जगह थी, जिसकी दीवारें ताजगी भरे हलके हरे रंग की थीं। प्रवेश पर, कैश काउंटर के ठीक ऊपर, हनुमानजी का चित्र

था। चित्र के सामने जल रही धूपबत्तियाँ और दीपक पूरे स्टॉल को एक शांतिपूर्ण माहौल दे रहे थे।

हालाँकि फर्नीचर सादा-सा था—बस, लकड़ी की सादी व सफेद बेंचें और मेल खाते टेबल, लेकिन पूरी जगह बिल्कुल साफ-सुथरी थी। मैं शांति के एक एहसास से भर गई।

'तुम दोनों के लिए रगड़ा पेटिस ठीक हैं न? बहुत मस्त बनती हैं।' पारुल ने हमारी पसंद का जायजा लिया, क्योंकि उसने हमसे बिना पूछे हमारे ऑर्डर दे दिए थे।

'हाँ, खाकर देखते हैं।' जानकी ने कहा।

वे एक फिल्म के बारे में बात करने लगे, जो जानकी ने हाल में ही देखी थी। मैं उनके वार्त्तालाप में ज्यादा हिस्सा लिये बगैर केवल सुनती रही।

'क्या बात है, अंकिता? तुम खोई-खोई लग रही हो?' पारुल ने मुझे संबोधित किया। वह देख रही थी कि मैं कितनी शांत हो गई थी।

'कुछ नहीं, सब ठीक है।' मैंने उसकी चिंता को किनारे करते हुए कहा।

'तुम्हें झूठ बोलना बिल्कुल नहीं आता और तुम्हारा चेहरा इतना पारदर्शी है कि जो भी तुम महसूस करती हो, तुरंत दिख जाता है।' पारुल बोली।

'क्या यह इतना साफ है?' मैंने पूछा।

'हाँ, तुम्हारा चेहरा फिल्म के परदे की तरह है।' जानकी ने कहा।

इस बात पर मैं मुसकरा दी। तुलना के लिए भी वह केवल सिनेमा के बारे में सोच सकती थी।

'तो तुम हमें बताने वाली हो या नहीं? बॉयफ्रेंड की समस्या है?' पारुल ने पूछा।

मैं हैरान हो गई। कितनी चतुर है ये! क्या यह मेरा मन पढ़ सकती है?

मैंने उन्हें वैभव के हमारे घर आने के बारे में बताया और यह भी कि मेरे घर में उसके इतने सहज व आरामदेह महसूस करने से मुझे कितनी चिढ़ हो रही थी और उसके इतनी आसानी से यह मान लेने पर भी कि वह मेरे जीवन में वापस आ सकता था।

दोनों बहुत मग्न होकर मेरी बात सुन रही थीं।

'तो मुझे यह समझने दो—स्कूल में तुम्हारा उस लड़के के साथ कोई चक्कर था? फिर कॉलेज में तुम दोनों के बीच रुक-रुककर संपर्क होता रहा और अब वह वापस आ गया है?' पारुल ने पूछा।

'हाँ।' मैंने पुष्टि की।

'तुम्हें वह पसंद है?' जानकी ने पूछा।

'मुझे नहीं मालूम कि मैं उसे उस तरह से पसंद करती हूँ या नहीं! पहले करती थी।

अब वह एक दोस्त है—यह पक्की बात है।' मैंने कहा।

'कुछ दिन उसको डेट करो और देखो, तुम्हें कैसा महसूस होता है! मुझे वह बुरा लड़का तो बिल्कुल नहीं लगता। कम-से-कम वह वैसा तो नहीं है, जैसा मेरा वाला निकला था।' पारुल बोली।

'तुम्हारा बॉयफ्रेंड है? तुमने हमें बताया भी नहीं! उसका नाम क्या है? हमें सब विस्तार से बताओ!' जानकी ने लगभग आदेश दिया।

'था। मुझे नहीं पता, मैं उसे वापस चाहती हूँ या नहीं। मैं फ्रेडी के साथ यहाँ आया करती थी। यह उसका नाम है। पहले मुझे उससे प्यार था, लेकिन अब वह मुझे एक बेकार-सा लड़का लगता है। वह कुछ महीने हमारे साथ रहा और कुछ ज्यादा ही आरामतलब हो गया। अब मैंने उसे बाहर निकाल दिया है।' पारुल बोली।

'क्या? वह तुम्हारे साथ रहता था? तुम्हारी माँ को कोई ऐतराज नहीं था?' मैंने पूछा। मैं इस तरह की स्थिति की कल्पना भी नहीं कर सकती थी। यह मेरी वास्तविकता से बहुत दूर की बात थी। मुझे नहीं लगता, मेरे माता-पिता कभी भी किसी लड़के के मेरे साथ रहने की बात पर राजी हो सकते हैं।

'हाँ, मेरी माँ को कोई ऐतराज नहीं था। वे बहुत खुले दिमाग की हैं। उन्होंने फैसला मुझ पर छोड़ दिया। मैं उसे ले आई, क्योंकि उसके पास रहने की कोई जगह नहीं थी। उसने किराया नहीं दिया था, इसलिए उसके मकान मालिक ने उसे निकाल दिया था। वह एक पेइंग गेस्ट की तरह रह रहा था। फिर वह हमारे साथ रहने आ गया, लेकिन वह किसी नौकरी में टिकता ही नहीं। वह गिटार बजाता है और खुद को ब्रायन एडम्स समझता है! मैंने अब उसे नौकरी ढूँढ़ने के लिए डेडलाइन दे दी है। उम्मीद है, उसका दिमाग ठिकाने आ जाएगा और अब तुम्हारा यह दोस्त, अंकिता—वह फ्रेडी जैसा बिल्कुल नहीं लगता। वह एक अच्छा लड़का लगता है। उसे एक मौका दो।' पारुल ने कहा।

मैंने उन्हें केवल आधा सच बताया था। मैंने उन्हें अपने एन.एम.एच.आई. के दिनों के बारे में नहीं बताया था। उन्हें बिल्कुल नहीं पता था कि मुझ पर क्या गुजरी थी! उन्होंने अपनी राय उन बातों पर बनाई थी, जो मैंने उन्हें बताई थीं।

सलाह के साथ यही समस्या है। सब लोग अपने खुद के अनुभव के संकीर्ण चश्मे के आधार पर सलाह देते हैं।

'शायद तुम सही कह रही हो।' मैंने जवाब दिया। मैं उसका विरोध नहीं करने वाली थी।

'हाँ, शायद तुम्हें उसका साथ अच्छा लगे और तुम्हें उससे प्यार हो जाए और हमें

एक अंकिता–वैभव लव स्टोरी का ब्लॉकबस्टर मिल जाए।' जानकी बोली।

मैं मुसकरा दी।

शायद मैं ऐसा ही करूँ! शायद मैं खुद को हैरान कर दूँ।

उस दिन उस स्टॉल में बैठे हुए, स्वादिष्ट रगड़ा पेटिस खाते हुए और अपने दोस्तों से बातें करते हुए अचानक वैभव का पूरा मुद्दा बहुत आसान लगने लगा।

□

6

यह आकर्षक पुरुष

कुछ दिनों बाद, जब मैं शाम को कॉलेज से घर पहुँची तो वैभव हमारी बिल्डिंग की लॉबी में मेरा इंतजार कर रहा था।

'हे, अंक्स!' उसने पुकारा, 'तुम्हारी माँ ने मुझे फिर से डिनर पर बुलाया है।' वह मुसकराते हुए मेरे पास आ गया।

'मुझे लगता है, तुमने खुद को निमंत्रण दे दिया होगा।' मैंने टिप्पणी की।

वह इसे मजाक के रूप में लेकर हँसने लगा। 'बिल्कुल ठीक, मैं किसी को भी कॉल करके खुद को निमंत्रित कर लेता हूँ। यह मेरा शौक है।' उसने चुटकी ली।

जब हमने घर में प्रवेश किया तो मेरे माँ-पापा दोनों ने गर्मजोशी से उसका स्वागत किया। वैभव बातचीत में माहिर था और उसकी मेरे पापा से भी वैसी ही पटने लगी, जैसी माँ से पटती थी। पापा के चेहरे की चमक देखकर लग रहा था कि वे वास्तव में बहुत खुश थे।

मैं हाथ-मुँह धोने और कपड़े बदलने का बहाना बनाकर अपने कमरे में आ गई। मैंने बाथरूम में रोज से ज्यादा समय लगाया, इस मूर्खतापूर्ण विचार के साथ कि जितना अधिक समय मैं बाथरूम में बिताऊँगी, वैभव के साथ उतना ही कम समय बिताना पड़ेगा।

'अंकिता, क्या कर रही हो?' माँ ने आवाज लगाई। अब मेरे पास बाहर निकलने के सिवा कोई चारा नहीं था।

टेबल लग चुका था और सब लोग बैठ गए थे।

'आओ अंकिता, हम तुम्हारा इंतजार कर रहे हैं।' पापा ने कहा।

मैं चुपचाप टेबल पर आकर वैभव के बगलवाली कुरसी पर बैठ गई।

मुझे गुस्सा आ रहा था कि मेरे माँ-पापा वैभव के साथ एक शाही मेहमान की तरह व्यवहार कर रहे थे, जैसे वह उनका भावी दामाद हो! मेरी माँ को मुझसे पूछने का भी

खयाल नहीं आया था कि वैभव को बुलाना ठीक रहेगा या नहीं! उन्होंने मान लिया था कि ऐसा करना सही था।

फिर चीजें और बिगड़ गईं।

'तुमने मुझे बताया नहीं कि वैभव को बैडमिंटन खेलना पसंद है! मैंने इसे सुबह मेरे साथ कोर्ट में आने को कहा है। मुझे फिर से खेलना अच्छा लगेगा। काफी समय हो गया खेले हुए।' पापा ने घोषणा की।

हालाँकि मैं जानती थी कि पापा अपनी युवावस्था में एक अच्छे बैडमिंटन खिलाड़ी थे और यूनिवर्सिटी स्तर पर उन्होंने कई पुरस्कार जीते थे, पर मैंने कभी नहीं सोचा था कि वे सच में दोबारा खेलना चाहेंगे!

'हमारे कॉम्प्लेक्स में कोर्ट्स केवल यहाँ रहनेवालों के लिए नहीं हैं?' मैंने ठंडे स्वर में पूछा।

'मैं अपने मेहमान ला सकता हूँ और अगर हम मासिक शुल्क देते हैं तो हम वैभव के लिए पास बनवा सकते हैं। फिर यह जब चाहे हमारे मेहमान के तौर पर सुविधाओं का उपयोग कर सकता है।' मेरे पापा के पास समाधान पहले से तैयार था।

'बहुत-बहुत धन्यवाद, अंकल। मुझे स्पोर्ट्स बहुत पसंद है और जहाँ अभी मैं रहता हूँ, वहाँ इसकी कोई सुविधा नहीं है। आई.आई.टी. में मैं रोज खेलता था। मुझे उसकी कमी खल रही थी। अब यह मौका तो वरदान की तरह आया है। आप बहुत दयालु और उदार हैं।' वैभव ने एक साँस में कहा।

'ओह, मुझे खुशी होगी। मैं भी खेल पाऊँगा। यह सारी सुविधाएँ होने का मतलब क्या है, अगर आप कभी उनका उपयोग न करें?' मेरे पापा ने जवाब में कहा। मैंने भृकुटि चढ़ा ली। फिर मैंने भृकुटि नीचे कर ली। मैं नहीं चाहती थी कि माँ-पापा मेरे चेहरे के भाव देखें।

वैभव ने माँ की बनाई सब्जी दोबारा ली और उसकी तारीफ करने लगा, जिससे माँ के चेहरे पर चमक आ गई।

'तुम भी हमारे साथ बैडमिंटन खेलने क्यों नहीं आ जातीं, अंकिता?' वैभव बोला।

'नहीं, थैंक्स। मेरे पास कॉलेज का बहुत सारा काम है। वैसे भी, मुझे बैडमिंटन पसंद नहीं है।' मैंने तेजी से और रुखाई से जवाब दिया।

वैभव मेरा मूड समझ गया, लेकिन उस समय वह कुछ नहीं बोला, मुझसे तो नहीं। मेरे माँ-पापा के लिए वह डिनर टेबल की आत्मा और जीवन था। पापा उसके चुटकुलों पर हँस रहे थे। माँ ने वैभव से उसके परिवार के बारे में पूछा और उसे माँ को यह बताने में खुशी हुई कि उसे मद्रास की कितनी याद आती थी!

'मेरे हॉस्टल के साथी परिवार की तरह बन गए थे, आंटी, लेकिन घर तो घर होता है। उसकी जगह कोई नहीं ले सकता।' उसने कहा।

माँ ने सहमति में सिर हिलाया। वैभव निश्चित रूप से सही नब्ज छू रहा था। बातचीत चलती रही और मैं कुछ पूछे जाने पर 'हाँ' या 'ना' में जवाब देती रही। मैं कुढ़ रही थी, लेकिन मेरे माँ-पापा का इस ओर ध्यान नहीं था। हालाँकि वैभव का था।

जब मैं उसे हमारी बिल्डिंग की लॉबी तक छोड़ने गई तो उसने धीरे से कहा, 'हे, अगर मैंने तुम्हें दुःख पहुँचाने के लिए कुछ किया है तो मेरा ऐसा करने का इरादा बिल्कुल नहीं था। देखो, मैं तुम्हारे पापा से कह दूँगा कि मैं बैडमिंटन खेलने नहीं आ पाऊँगा।'

मुझे निर्णय लेने में केवल कुछ ही सेकंड लगे। मैं अपने पापा के साथ यह अन्याय नहीं कर सकती थी, जो वैभव के साथ खेलने के लिए इतने उत्सुक थे। मैंने सालों से पापा की आँखों में इतना उत्साह नहीं देखा था। कितनी बेतुकी व क्षुद्र बात होगी, अगर मैं वैभव से कहती हूँ कि वह नहीं आ सकता, क्योंकि मुझे इस बात से जलन होती थी कि मेरे माँ-पापा उसे पसंद करते थे! यह नादानी होती।

'बिल्कुल नहीं! प्लीज, तुम आना। उन्हें बहुत अच्छा लगेगा।' मैंने कहा।

जब मैं घर आई तो पापा ने कहा, 'अच्छे दोस्त खजाने की तरह होते हैं, अंकिता। वैभव एक समझदार लड़का लगता है।'

'आप ऐसा सिर्फ इसलिए कह रहे हैं, क्योंकि वह आपके साथ बैडमिंटन खेलने वाला है।' मैंने जवाब दिया।

माँ-पापा दोनों हँसने लगे और मैंने भी हँसने में उनका साथ दिया; हालाँकि मैंने यह मजाक में नहीं कहा था।

मैं जानती थी कि वैभव इतने सालों बाद भी मुझसे प्यार करता था, लेकिन मुझे उसके प्रति हलके से स्नेह-भाव के अलावा कुछ महसूस नहीं होता था। कभी-कभी विचार आता था कि मैं उतना भी महसूस करती थी या नहीं! मैं अपने प्रति उसकी भावनाओं का प्रतिदान करने की कोशिश करती थी, सच में करती थी, लेकिन दिल कब किसी की सुनता है! यह उस ब्लॉकबस्टर कहानी से कोसों दूर थी, जिसकी जानकी ने अपने मन में परिकल्पना की थी।

प्यार के साथ ऐसा ही है। आप जबरदस्ती नहीं कर सकते। आप उससे लड़ नहीं सकते। यदि वह आता है, आप कृतज्ञता से स्वीकार कर लीजिए। यदि नहीं आता, आप कुछ नहीं कर सकते। आप बस, अपने प्रतिदिन के काम करते रहिए, इस उम्मीद के साथ कि वह कल आएगा, परसों आएगा, कभी तो आएगा!

लेकिन इसके बाद जो हुआ, उसके लिए मुझे किसी चीज ने तैयार नहीं किया था।

कभी-कभी आपके पास जो होता है, उसे खोने के बाद ही आप उसका महत्त्व समझ पाते हैं।

□

7

आत्मविश्वासी

'यूफोरिया', मेरे कॉलेज का वार्षिक सांस्कृतिक उत्सव निकट आ गया था। इस विशाल आयोजन की तैयारियाँ आरंभ हो चुकी थीं। हमारे कॉलेज की मेजबानी में कई कॉलेज इसमें हिस्सा लेने वाले थे। सांस्कृतिक क्लब के सदस्य बिना सिर वाली मुरगियों की तरह हर चीज का समन्वय बैठाने के प्रयास में इधर-उधर भाग रहे थे—प्रायोजकों को लाने से लेकर कार्यक्रम तैयार करने, जजों की व्यवस्था करने, विभिन्न कॉलेजों में निमंत्रण भेजने, जिन्होंने स्वीकार कर लिया था, उनकी लिस्ट बनाने, उनके रहने की व्यवस्था करने, ऑडियो-विजुअल सिस्टम लगवाने और विभिन्न कार्यक्रमों के लिए स्थान तय करने तक; और यह सबकुछ केवल छात्राएँ सँभाल रही थीं। विभिन्न समितियों के लिए वॉलंटियर्स को आमंत्रित करते हुए एक नोटिस लगाया गया, जिसमें मेरी क्लास की कई छात्राओं ने अपने नाम दिए। यह पूरे कॉलेज के लिए एक उत्सव था। जो उत्साह था, वह संक्रामक था।

यह उत्साह कॉलेज के गेट में प्रवेश करते ही महसूस हो जाता था। चारों ओर हलचल, रंग-बिरंगे बैनर, हर कोने में उत्साह से बातचीत करती, मधुमक्खियों की तरह गुनगुन करती छात्राएँ।

'चलो, हम भी वॉलंटियर करते हैं! मजा आएगा।' पारुल बोली।

जानकी खुशी से तैयार हो गई; लेकिन मुझे समझ नहीं आ रहा था, मैं यह करना चाहती थी या नहीं!

पारुल ने हम तीनों के नाम स्वागत समिति का हिस्सा बनने के लिए दे दिए। सांस्कृतिक क्लब के सदस्यों के साथ हमारी कई बैठकें हुईं, जहाँ उन्होंने हमें विस्तार से हमारे कामों की जानकारी दी। हमें ठहरने की व्यवस्था में समन्वय करना था, यह सुनिश्चित करते हुए कि हमारे मेहमान उन्हें आवंटित किए हुए स्थान पर पहुँच जाएँ और उनकी आवश्यकताओं की पूर्ति हो। हमें तीन दिवसीय उत्सव के लिए मेजबान के रूप

में अन्य कॉलेजों के छात्रों और हमारे विशेष मेहमानों को आरामदायक बनाने से संबंधित हर चीज पर विशिष्ट निर्देश दिए गए।

'उन्हें हमारी मेहमाननवाजी की तारीफों के पुल बाँधने हैं, प्लीज याद रखना।' स्वागत दल की प्रभारी द्वारिणी ने निर्देश दिए, 'क्या सबकुछ स्पष्ट है?'

हमने अच्छे सैनिकों की तरह सैल्यूट किया।

स्वागत समिति बहुत महत्त्वपूर्ण थी, क्योंकि हम हमारे कॉलेज का 'चेहरा' होने वाले थे। हमें अन्य सभी व्यवस्थाओं की जानकारी होनी भी आवश्यक थी। ऐसी ही एक बैठक के दौरान हमें पता चला कि हमारे कॉलेज की 'डंब शेराज' के लिए कोई आधिकारिक टीम नहीं थी। मुझे सेंट एग्नेस के अपने दिन याद आए। इंटर-कॉलेजिएट उत्सव कितने मजेदार होते थे!

'चलो, हम लोग डंब-शिराज के लिए नाम देते हैं।' मैंने जानकी और पारुल से आग्रह किया।

'क्या? कॉलेज टीम के लिए? मैंने यह अपनी जिंदगी में कभी नहीं खेला है!' जानकी बोली।

'हर चीज के लिए कभी-न-कभी पहली बार होता है। मैं तुम्हें सिखा दूँगी। मैं स्कूल में इसमें हिस्सा लेती थी और काफी अच्छा खेलती थी।' मैंने कहा।

दोनों अनिच्छुक थीं, फिर भी मैंने हमारा नाम दे दिया। यदि वे मुझे जबरन स्वागत समिति का हिस्सा बना सकती थीं तो उन्हें भी मेरी बात मानकर इसमें हिस्सा लेना होगा, मैंने दृढ़ता से कहा।

हमारे नाम लिखते समय माया, जो कार्यक्रम समिति की प्रमुख थीं, ने मुझसे पूछा कि क्या हमारी क्लास में कोई है, जो पब्लिक स्पीकिंग में अच्छा हो?

'तुम उसे ही देख रही हो!' मैं खुद को रोक पाती, इससे पहले शब्द मेरी जुबान से फिसल गए।

'तो क्या तुम ट्रायल के लिए आओगी? हम कॉलेज टीम का चुनाव कर रहे हैं और हम सभी कोर्सेज से प्रतिनिधित्व चाहते हैं, ताकि सर्वश्रेष्ठ को चुन सकें। कल सुबह 11.30 बजे रूम नं. 21 में आ जाना।' उसने कहा और मेरा नाम एक रजिस्टर में लिख लिया।

मैंने यूँ ही झक में कह तो दिया, लेकिन लगभग तुरंत ही पछताने लगी।

'तुमने पहले कभी पब्लिक स्पीकिंग की है? तुमने हमें बताया नहीं!' जानकी बोली।

'हाँ, मैंने पहले कॉलेज फेस्टिवल्स में कुछ पुरस्कार जीते हैं।' मैंने स्वीकार किया।

फिर मेरी पिछली पब्लिक स्पीकिंग की याद ताजा हो गई और उस दिन की घटनाएँ याद करके मेरे हाथ पसीज गए। जब मैं एम.बी.ए. कर रही थी, तब सांस्कृतिक उत्सव में किस तरह मैंने 'जैम' में (JAM—मौके पर दिए गए विषय पर बिना अटके, रुके या व्याकरणिक त्रुटि किए पूरे एक मिनट के लिए बोलना) धाराप्रवाह बोला था। मुझे याद आया कि मेरा छोटा सा भाषण कितना दिलचस्प था और कैसे कमरे में मौजूद सब लोग भूल गए थे कि उसे केवल एक मिनट का होना था और मुझे पूरे तीन मिनट बोलने दिया था। मुझे वह नशीला उल्लास याद आ रहा था, जो मैंने महसूस किया था और यह भी कि कैसे सब लोग तालियाँ बजा रहे थे! मुझे दर्दनाक रूप से यह भी पता था कि वह घटना मेरे 'मानसिक असंतुलन' या 'उन्माद की अवस्था' के दौरान हुई थी। डॉ. मधुसूदन ने मेरे एन.एम.एच.आई. में रहने के दौरान मुझे बारीकी से समझाया था कि मेरे साथ क्या हुआ था! अब मेरी दवाएँ बंद हो चुकी थीं और मैं 'सामान्य' थी। अब मेरे पास वे 'विशेष शक्तियाँ' नहीं थीं, जो उस समय होती थीं। मैं उस प्रदर्शन को दोहराने की उम्मीद कैसे कर सकती थी? क्यों मैंने जाकर खुद को प्रतिबद्ध कर दिया?

'तुम तो आश्चर्यों से भरी हुई हो, अंकिता। मुझे नहीं पता था, तुम इतनी होशियार हो!' जानकी बोली।

'क्यों? मैं बेवकूफ लगती हूँ क्या?' मैंने पूछा।

'हाँ, तुम थोड़ी बिंबो (बुद्धू) तो लगती हो।' पारुल ने मुझे चिढ़ाया।

'क्या?' मैंने गुस्से से कहा। दोनों हँसने लगीं।

'हम आकर तुम्हारे लिए चीयर करेंगे और उसके बाद तुम हमें 'डंब शेराज' सिखाना, क्योंकि तुमने हमारे नाम दे दिए हैं।' पारुल बोली।

उस शाम जब मैं घर पहुँची तो मैंने पापा के आगे अपना डर स्वीकार किया।

'मुझे सच में बहुत घबराहट हो रही है। पता नहीं, मैंने क्यों नाम लिखवा दिया!' मैं झल्लाई।

'तुम्हें बोलने से पहले सोचना चाहिए, अंकिता। तब तुम ऐसी स्थिति में नहीं पड़ोगी।' मेरी माँ ने कहा। उनकी सलाह से मुझे कोई मदद नहीं मिली। मैं अपना निचला होंठ और ज्यादा चबाने लगी।

'देखो, जो हो गया, वो हो गया। खराब से खराब क्या हो सकता है?' पापा ने पूछा।

मेरे शरीर में सिहरन-सी दौड़ गई। 'मैं फ्रीज हो सकती हूँ। हो सकता है, मैं बोल न पाऊँ!' मैंने उन्हें बताया।

'तो क्या?' वे बोले।

'क्या मतलब है, 'तो क्या? बहुत बुरा लगेगा।' मैंने कहा।

'बुरा? सच में? सूरज फिर भी उगेगा, पृथ्वी तब भी घूमेगी। हजारों लोग तब भी काम पर जाएँगे। वास्तव में, क्या बदलेगा? कुछ नहीं।'

'अम्म्म!' मैंने कहा। मैं अभी भी आश्वस्त नहीं थी।

'चीजें उतनी ही बुरी या अच्छी होती हैं, जैसी आप उनके होने की कल्पना करते हैं।' मेरे पापा ने कहा। 'हमेशा बुरे-से-बुरे के लिए तैयार रहो, लेकिन उम्मीद सर्वश्रेष्ठ की करो।'

'मुझे लगता है, अगर हम सर्वश्रेष्ठ की उम्मीद करते हैं तो हमें निराशा हो सकती है।' मैंने जवाब दिया।

'उस स्थिति में परिणाम के बारे में मत सोचो। सबसे बुरी स्थिति के लिए तैयारी करते हुए अपना सर्वश्रेष्ठ दो।'

मैं उनके शब्दों पर बहुत देर तक विचार करती रही। उस समय मुझे नहीं पता था कि आगे जाकर मैं उनका इस्तेमाल इस तरीके से करूँगी, जो मेरे जीवन की दिशा बदल देगा!

□

पापा की सलाह के बावजूद अगले दिन मेरा घबराहट से बुरा हाल था। पिछली रात मैंने पापा की पुस्तकों के विशाल संग्रह से बहुत सी चीजों के बारे में पढ़ा था। मैंने 'क्विप्स, कोट्स एंड एनेक्डोट्स' से, जो मुझे उस संग्रह में मिली थी, कुछ कोट्स भी याद कर लिये थे। मैं आशा कर रही थी कि जो कुछ मैंने पढ़ा है, उससे मुझे मदद मिलेगी।

मेरी दोस्तों का समर्थन अटूट था। उन्होंने मुझे दिलासा दी और कहा कि मैं ठीक रहूँगी। मेरा नाम पुकारे जाने से पहले पारुल ने मुझे जबरदस्ती थोड़ा पानी पिलाया।

मैं स्टेज पर गई और अपने विषय के लिए कटोरे में से चिट निकाली। तैयारी के लिए पाँच मिनट थे और फिर मुझे बोलना था। जब मैंने मुड़ी हुई कागज की चिट खोली तो मुझे राहत की साँस आई। मेरा विषय था—'यदि जीवन एक वस्तु होता तो उसका प्रतिनिधित्व करने के लिए आप किस वस्तु को चुनते और क्यों?'

मुझे यह एक आसान विषय लगा। मैंने जल्दी से वे बिंदु लिख लिये, जिन पर मैं बोलने वाली थी। जब मुझे बुलाया गया तो मुझे आश्चर्य हुआ कि शब्द मेरे मुँह से आसानी से निकल रहे थे। जितनी भी घबराहट मुझे महसूस हो रही थी, वह स्टेज पर आते ही गायब हो गई। ऐसा लग रहा था, जैसे मैं किसी और व्यक्ति में परिवर्तित हो गई हूँ! मैंने जीवन की तुलना एक नारियल से की। मैंने इस बारे में कहा कि कैसे वह बाहर से हरा होता है और लोग वही देखते हैं! मैंने कहा कि कैसे जब हम छोटे होते हैं तो भूरा

हिस्सा तब तक बना नहीं होता; लेकिन जैसे-जैसे समय बीतता है, कैसे वह बनता है और सख्त हो जाता है! मैंने इसकी तुलना उन अनुभवों से की, जो हमें मजबूत बनाते हैं। मैंने कहा कि कैसे हम अजनबियों को केवल अपना बाहरी रूप दिखाते हैं, भूरा हिस्सा दोस्तों को और सफेद हिस्सा, जो सबसे नाजुक होता है, केवल उन कुछ लोगों को, जिन पर हम भरोसा करते हैं। मैंने कहा कि कैसे कुछ लोग इतने अंतर्मुखी होते हैं कि अपने सफेद हिस्से को किसी के सामने प्रकट नहीं करते और अंतत: वह सिकुड़कर अंदर-ही-अंदर मर जाता है। मैंने इस बारे में भी कहा कि कैसे आप तब तक एक व्यक्ति को नहीं जानते, जब तक उसके मन के अंदर गहराई तक नहीं पहुँच जाते और कैसे कभी-कभी वह अंदर का हिस्सा सड़ा हुआ निकल जाता है, या ऐसा, जिसकी आपको उम्मीद नहीं थी। समापन मैंने यह बोलकर किया कि कैसे अपनी कमजोरियों को साझा करने से हमें मानव संपर्क बनाने में मदद मिलती है और कैसे यह अत्यधिक महत्त्वपूर्ण है। मेरा भाषण धाराप्रवाह, आत्मविश्वास से भरा और स्पष्ट था। जब मैंने बोलना समाप्त किया तो कमरे में स्तब्ध सन्नाटा था। उसके बाद वहाँ मौजूद प्रत्येक व्यक्ति ने तालियाँ बजाकर या मेज थपथपाकर मेरी प्रशंसा की।

'ओ माय गॉड, तुमने तो कमाल कर दिया! तुम्हें हमारे कॉलेज का प्रतिनिधित्व करना चाहिए। मैं तुम्हें कॉलेज की पब्लिक स्पीकिंग टीम में रख रही हूँ।' माया ने कहा। पैनल के अन्य सदस्यों ने सहमति जताई। उन्होंने मेरा कंधा थपथपाया, मुझसे हाथ मिलाया और कहा, 'बहुत अच्छा।'

पारुल और जानकी बेहद खुश थीं।

'तुम तो छुपी रुस्तम निकलीं!' जानकी बोली।

'नहीं, मैं कोई रुस्तम नहीं हूँ! बस, वही पुरानी अंकिता हूँ।' मैं मुसकरा दी।

'इतनी विनम्र होने की जरूरत नहीं है। बधाई हो, लड़की! तुमने कॉलेज टीम में जगह बना ली।' पारुल ने कहा।

'चलो, अब 'डंब शेराज' का अभ्यास करते हैं, क्योंकि तुमने उसमें भी हमारा नाम दे दिया है। तुमने कहा था, तुम हमें सिखाओगी।' जानकी ने याद दिलाया।

'हाँ, जरूर।' मैंने कहा और अपने माथे पर से पसीने की बूँदें पोंछते हुए दिल की धड़कनों के सामान्य होने का इंतजार करने लगी।

'यूफोरिया' की वज़ह से सामान्य कक्षाएँ कुछ समय के लिए स्थगित हो गई थीं। हम एक खाली क्लास रूम में गए और ईमानदारी से अपना अभ्यास शुरू कर दिया।

मैंने उन्हें मूल संकेत सिखाए। एक शब्द; दो शब्द; तुकबंदी किसके साथ; आदमी; औरत। कुछ विशिष्ट इशारे थे, जो आपकी टीम के साथियों के लिए यह अनुमान लगाना

आसान बना सकते थे कि किसकी नकल की जा रही थी। पारुल और जानकी ने आसानी से सीख लिया। मैंने उन्हें इशारे करने और अनुमान लगाने के लिए फिल्मों, गानों एवं पुस्तकों के नाम दिए। जानकी को इशारे करते समय मुँह से शब्द न बोलने में कठिनाई हो रही थी। उसने कम-से-कम चार बार जोर से बोल दिया। वह अपने को रोक नहीं पा रही थी।

'जानकी, अगर तुम ऐसा करोगी तो हम बाहर हो जाएँगे!' पारुल ने चेतावनी दी।

हम प्रतिदिन दो घंटे अभ्यास करते थे। जल्दी ही हम बहुत अच्छे से अनुमान लगाने लगे कि हमारी टीम की सदस्य क्या इशारा कर रही थी। हमारा टीम वर्क शानदार था और हम एक-दूसरे को बहुत जल्दी, 30 सेकंड के अंदर, समझ लेते थे। पारुल एक स्टॉपवॉच ले आई और हम अपना समय देखते हुए लगातार अपनी गति में सुधार लाने की कोशिश करते रहे। अभ्यास समाप्त कर लेने के बाद हम 'खाऊ गली' जाकर पारुल के हमेशा वाले स्टॉल पर कुछ खाते थे।

'अंकिता, मुझे लगता है कि वे हमें जो भी देंगे, हम उसकी नकल कर लेंगे। हमने इतनी प्रैक्टिस कर ली है कि अब फिल्मों के नाम और गाने भी खत्म हो गए हैं।' पारुल ने कहा।

'तुम ठीक कह रही हो। हमने दिमाग में आनेवाली अधिकांश चीजों का अभ्यास कर लिया है, लेकिन हमें अभी भी पुस्तकों की एक व्यापक सूची में से पढ़ना है। ऐसी प्रतियोगिताओं में ये लोग पुस्तकों के शीर्षक बहुत देते हैं।' मैंने कहा।

'हमने पुस्तकों के शीर्षकों का अभ्यास बिल्कुल नहीं किया है। फिल्मों और गानों का अनुमान तो हम लगा लेंगे, लेकिन मैं पुस्तकों के नामों से बिल्कुल परिचित नहीं हूँ।' जानकी ने मुँह बनाया।

वह ठीक कह रही थी। प्रसिद्ध पुस्तकों के नामों से परिचित न होने पर हम नुकसान में रह सकते थे।

मैंने इस बात को अपने मन में नोट किया और निर्णय लिया कि हमें और कड़ा अभ्यास करना होगा।

पारुल और जानकी यह सब मजे के लिए कर रही थीं, लेकिन मैं सर्वश्रेष्ठ से कम कुछ स्वीकार नहीं कर सकती थी।

मैं जीतने के लिए खेल रही थी। इसके लिए मैं कुछ भी करने को तैयार थी। □

8

पुस्तक

जब विपरीत लिंगों के बीच संबंधों की बात आती है तो प्रत्येक छोटी कारवाई की व्याख्या सौ अलग-अलग तरीकों से की जा सकती है, विशेष रूप से यदि उनमें से एक को दूसरे से प्यार है। वैभव के साथ ऐसा ही था। मैं उससे ऐसे बात करती थी, जैसे किसी पुराने दोस्त से करती। मैं उसके साथ ऐसा व्यवहार करती थी, जैसा किसी भी दोस्त के साथ करती। मैं देख सकती थी कि वह मेरी छोटी-से-छोटी बात से भी कितना खुश हो जाता था, जबकि मैं उस बात पर दोबारा ध्यान भी नहीं देती थी। मेरे लिए उन बातों का कोई मतलब नहीं होता था; लेकिन वह उनकी व्याख्या उस तरह नहीं करता था और फिर भी, मैं इससे अलग व्यवहार नहीं कर सकती थी, क्योंकि उसे गैर-दोस्ताना समझा जाता।

वैभव ने हर सुबह मेरे पापा के साथ बैडमिंटन खेलने आना शुरू कर दिया था। माँ उसका स्वागत करतीं और उसे कॉफी पिलातीं। किसी-किसी दिन मैं दरवाजा खोलती थी और वह मुझे दस लाख वॉट की मुसकान देता, फिर झेंपकर नजरें घुमा लेता। जवाब में मैं मुसकराती, उसे अंदर आने को कहती और फिर काम का बहाना बनाकर अपने कमरे में गायब हो जाती। वैभव को इससे कोई परेशानी नहीं थी, क्योंकि तब तक माँ आ जाती थीं। उन्हें कॉफी पीते हुए उसके साथ बातें करना अच्छा लगता था।

मेरे पापा को वैभव के साथ समय बिताना बहुत पसंद था। उसने मेरे साथ कोई प्रगति की थी या नहीं, यह अप्रासंगिक था; मेरे माँ-पापा के साथ उसने बहुत अच्छी प्रगति कर ली थी। ऐसा लग रहा था, जैसे मेरे पापा और माँ दोनों उससे प्यार करने लगे थे।

बैडमिंटन के बाद वह अपने फ्लैट पर वापस चला जाता था। किसी-किसी दिन मैं अपनी खिड़की से उसे जाते हुए देखती थी। उसके बैडमिंटन रैकेट गहरे भूरे रेक्सीन के कवर में उसकी पीठ पर टँगे होते थे। पसीने से भीगा, गीले बालों में वह जा रहा होता था। हालाँकि उसने मुझे कभी नहीं देखा।

किसी-किसी दिन, जब मैं कॉलेज से लौटती थी तो वैभव लॉबी में मेरा इंतजार कर

रहा होता, क्योंकि माँ ने उसे डिनर पर बुलाया होता था।

'पता है, कल मैं पालक-पनीर बना रही हूँ। मुझे लगता है, वैभव को अच्छा लगेगा। मैं उसे बुला लूँगी।' जब भी मेरी माँ कुछ खास बनातीं तो कहती थीं। अगर कुछ बदलता था तो बस, उस व्यंजन का नाम, जो वे बनाती थीं। मेरे पापा सहमति में सिर हिला देते।

'आपको हर समय उसे क्यों बुलाना रहता है?' मैंने एक दिन खीजकर पूछा।

'वह अपने घर से इतनी दूर रहता है। उसे घर के खाने की याद आती होगी!' माँ ने जवाब दिया।

अगर मेरे माँ-पापा को वैभव के बार-बार आने पर मेरी चिढ़ का एहसास हो गया था तो भी उन्होंने उसका उल्लेख नहीं किया। मैं उसके आने को लेकर अपनी असली भावनाओं को छुपाने में माहिर हो गई थी।

मेरे माँ-पापा और उसके बीच बातचीत के विषय कभी खत्म नहीं होते थे। माँ को अखबार का हर एक पन्ना पढ़ने की आदत थी और वे वैभव के साथ उसी दिन पढ़े किसी नए समाचार पर चर्चा करती थीं। हैरानी की बात थी कि उसने भी वह समाचार पढ़ा होता था!

'क्या तुम मेरी माँ के साथ इन चर्चाओं की तैयारी करते हो?' एक दिन मैंने उससे पूछा।

वह इतनी जोर से हँसा, जैसे यह दुनिया का सबसे मजेदार चुटकुला हो! मैंने यह बात मजाक में नहीं कही थी और मुझे समझ में नहीं आया कि वह हँस क्यों रहा था? लेकिन मेरी माँ भी हँस रही थीं।

'नहीं, अंकिता। बस, मैं रोज अखबार पढ़ता हूँ।' उसकी हँसी रुकी तो उसने कहा।

पापा के साथ वह सरकार द्वारा लागू की जानेवाली विभिन्न नीतियों के बारे में बात करता था और यह भी कि ये उद्योगों को कैसे प्रभावित करेंगी! वह अपने ट्रेनिंग शेड्यूल (प्रशिक्षण कार्यक्रम) के बारे में और अपने काम के बारे में बात करता था। वह उन्हें बताता कि कैसे एक मैनेजमेंट ट्रेनी के तौर पर वह अपनी नौकरी के विभिन्न पहलुओं के बारे में सीख रहा था और कैसे उनकी ट्रेनिंग में अलग-अलग विभागों में कई सप्ताह काम करना शामिल था, ताकि उन्हें हर एक चीज की जानकारी हो जाए।

एक शाम, जब मैं उसे छोड़ने नीचे लॉबी तक गई तो मैंने उसे बताया कि मैं कॉलेज की पब्लिक स्पीकिंग टीम में चुन ली गई हूँ और 'डंब शेराज' का अभ्यास भी कर रही हूँ। मैंने बताया कि मुझे प्रसिद्ध पुस्तकों के नामों की एक व्यापक सूची की आवश्यकता है।

'यह तो बहुत अच्छी बात है, अंकिता! मुझे तुम पर गर्व है और सच में मुझे यह सुनकर बहुत खुशी हो रही है।' उसने कहा। उसकी आँखें खुशी से चमक रही थीं।

'थैंक यू।' मैंने कहा।

अब मुझे अपनी जलन मूर्खतापूर्ण लग रही थी। यहाँ एक लड़का था, जो मुझसे इतना प्यार करता था और जिसे मेरे माँ-पापा भी पसंद करते थे और यहाँ मैं थी, जो खीझती रहती थी! कितनी बेतुकी बात है। मैंने खुद को झिड़का।

'अपनी लाइब्रेरी में 'मनोरमा ईयर बुक' देखना।' उसने मेरे विचारों में बाधा डालते हुए कहा।

'क्या?' मैंने पूछा।

'पुस्तकों की व्यापक सूची 'मनोरमा ईयर बुक' में है। अपनी लाइब्रेरी में देखना।' उसने कहा और हाथ हिलाते हुए चला गया।

□

मैं हमारे रोज के अभ्यास में पुस्तकों की सूची शामिल करने के लिए दृढ़ थी। लाइब्रेरी में मिसेज अस्थाना मुझे देखकर खुश हो गईं।

'हैलो, अंकिता! तुम कितने दिनों बाद यहाँ आ रही हो।!लाइब्रेरी का रास्ता भूल गई थीं क्या?' उन्होंने झूठ-मूठ में डाँटा।

'हा-हा! नहीं, मिसेज अस्थाना। हम सब 'यूफोरिया' के लिए कड़ा अभ्यास कर रहे हैं।' मैंने कहा।

'मैं इतने सालों से इस फेस्टिवल के लिए पागलपन देखती आ रही हूँ। पता नहीं तुम युवा लोगों का क्या है? तुम सब ऐसे फेस्टिवल्स में पागल हो जाते हो।' उन्होंने कहा।

'हाँ, यह युवावस्था और प्रतिस्पर्धा का एक मादक मिश्रण है। जीतने के खयाल से शरीर में एड्रेनलाइन तेजी से दौड़ने लगता है।' मैंने स्वीकार किया।

'या तो एड्रेनलाइन या फिर इतने लड़कों के यहाँ आने की वजह से हवा में टेस्टोस्टेरॉन!' मिसेज अस्थाना हँसने लगीं।

'शायद वह भी।' मैंने कहा, हालाँकि इसका यह पहलू मेरे दिमाग में आया भी नहीं था।

मेरा पूरा ध्यान प्रतिस्पर्धा जीतने पर केंद्रित था। मैं अपने कानों में भीड़ की तालियों की आवाज गूँजते सुनना चाहती थी। मैं इन सबसे बहुत लंबे समय से दूर थी। यह एक पुनरुत्थान, एक तरह के प्रतिदान की तरह महसूस हो रहा था—उस पूरे समय के लिए, जो मैंने सबसे दूर, एन.एम.एच.आई. में कैद होकर बिताया था। मैं पहचान और प्रशंसा

के लिए तरस रही थी। प्रतिस्पर्धा जीतना कितना सम्मान भी दिलाता है। मैं उसके लिए भूखी थी।

'मिसेज अस्थाना, मैं अब कॉलेज की 'डंब शेराज' टीम के साथ पब्लिक स्पीकिंग टीम का भी हिस्सा हूँ। इसलिए मैं सोच रही थी कि क्या आप कुछ विशिष्ट पुस्तकें ढूँढ़ने में मेरी मदद कर सकेंगी?' मैंने कहा।

'ऊऊह, यह तो बहुत रोमांचक है। शाबाश! कैसी पुस्तकें चाहिए तुम्हें?'

'मुझे प्रसिद्ध पुस्तकों की सूची जैसा कुछ चाहिए। सबसे लोकप्रिय पुस्तकों की एक सर्वकालीन सूची। क्या आपके पास 'मनोरमा ईयर बुक' है? मेरे दोस्त ने उसका सुझाव दिया था।' मैंने उन्हें बताया।

मिसेज अस्थाना ने अपनी भौंहें सिकोड़ीं और नाक खुजाई। वे आँखें बंद करके याद करने की कोशिश करने लगीं। 'हाँ…मनोरमा ईयर बुक…मनोरमा ईयर बुक।' वे बुदबुदाईं।

'क्या मैं इनसाइक्लोपीडिया सेक्शन में देखूँ?' मैंने उनके सोचने की प्रक्रिया में तेजी लाने की कोशिश में पूछा।

'चाहो तो देख लो, लेकिन मुझे नहीं लगता, तुम्हें वह पुस्तक वहाँ मिलेगी। मैं उसे जानती हूँ। वह एक मोटी-सी पुस्तक है। मैं याद करने की कोशिश कर रही हूँ, वह कहाँ रखी है! हमारे पास उसकी एक कॉपी थी, लेकिन मैं यकीन से नहीं कह सकती कि अब है या नहीं! मैं यहाँ अलमारियों में रखी सभी पुस्तकों को जानती हूँ और तुरंत बता सकती हूँ कि कोई भी पुस्तक कहाँ हो सकती है।'

'मुझे उसकी बहुत जरूरत है, मिसेज अस्थाना। हमारी टीम की जीत उन पुस्तकों के नामों का अभ्यास करने पर निर्भर है। खैर, मुझे एक बार देखने दीजिए।' मैंने कहा और इनसाइक्लोपीडिया सेक्शन की ओर बढ़ गई।

मैं वहाँ पुस्तक ढूँढ़ रही थी कि मिसेज अस्थाना ने मुझे बुलाया।

'मुझे याद आ गया, वह कहाँ है!' मैं उनके डेस्क पर गई तो उन्होंने कहा। उन्होंने मुझे चाभियों का एक गुच्छा दिया। 'लाइब्रेरी के अंत में स्टॉकरूम है। उसे खोलो। तुम्हें वहाँ पुस्तकों के कई कार्टन मिलेंगे। उनमें वे पुस्तकें हैं, जो हमें निकालनी हैं। तुम उन कार्टन्स में ढूँढ़ लो, वह निश्चित रूप से वहीं होगी। पिछले साल हमारा नया स्टॉक आया था तो हमने कुछ पुस्तकें अलमारियों से निकाल दी थीं। मुझे अभी तक समय नहीं मिला है कि मैं उन्हें छाँटकर उनसे छुटकारा पाऊँ।'

'ओह! थैंक यू, मिसेज अस्थाना! आपने मेरी बहुत बड़ी मदद कर दी।' मैंने उनसे चाभियाँ लेते हुए कहा।

'बस, एक बात है, प्लीज जल्दी करना। मुझे आज लाइब्रेरी जल्दी बंद करने की इजाजत मिली है, क्योंकि मुझे अपनी माँ को डेंटिस्ट के पास ले जाना है।' उन्होंने अनुरोधपूर्वक कहा।

जब मैंने स्टॉकरूम का दरवाजा खोला तो मुझे छींक आ गई। गंदी खिड़कियों से छनकर आ रही सूरज की रोशनी में धूल के कण नाच रहे थे। पुरानी पुस्तकों की बासी गंध उस छोटे से कमरे में व्याप्त थी, जो विभिन्न आकारों के गत्ते के कार्टन्स से खचाखच भरा था। वहाँ कम-से-कम पंद्रह कार्टन्स थे, जो बेतरतीबी से रखे थे। कुछ में से पुस्तकें निकलकर नीचे गिर रही थीं। उस विशाल ढेर में से मैं 'मनोरमा ईयर बुक' कैसे ढूँढ़ सकती थी? लेकिन मेरे पास कोई विकल्प नहीं था। मैंने तय किया कि मैं एक-एक करके सारे कार्टन्स में देखूँगी।

मैंने पहला कार्टन खोला। वह पाठ्य-पुस्तकों से भरा था। मैंने जितनी जल्दी हो सकता था, एक-एक करके सारे शीर्षक देख लिये। फिर मैंने उसे एक किनारे धकेला तो फर्श पर धूल की रेखा खिंच गई। दूसरा कार्टन पुरानी क्लासिक्स से भरा था, जिनमें अधिकतर क्षतिग्रस्त थीं। मैंने उन सबको भी देखा। अगले कार्टन में भी पुरानी पाठ्य-पुस्तकें थीं। प्रत्येक कार्टन में से एक-एक पुस्तक को निकालकर देखना समय लगनेवाला काम था; लेकिन अगर पुस्तक उन्हीं में से एक कार्टन में होती तो? इसलिए मैंने अपनी मेहनती खोज जारी रखी। मैं चौथे कार्टन में देख रही थी, जब मिसेज अस्थाना ने अंदर झाँका।

'अंकिता, मुझे अब जाना है। तुम्हें तुम्हारी पुस्तक मिली?' उन्होंने पूछा।

'अभी नहीं, मिसेज अस्थाना। अभी तो मैं चौथा ही कार्टन देख रही हूँ।' मैंने कहा।

'सॉरी, बच्चे! तब तुम कल दोबारा आ जाना।' उन्होंने अपनी घड़ी पर निगाह डाली।

'प्लीज, मिसेज अस्थाना, मुझे उस पुस्तक की जरूरत है। हमें अभ्यास शुरू करना है।' मैंने कहा।

'हम क्या कर सकते हैं? काश, मैं तुम्हारी मदद कर पाती! लेकिन मुझे लाइब्रेरी बंद करनी है।' वे बोलीं।

तभी मुझे एक विचार आया।

'मिसेज अस्थाना, क्या आप मुझ पर लाइब्रेरी बंद करने के लिए भरोसा कर सकती हैं? मैं यह काम कर सकती हूँ। मैं कल सुबह जल्दी आकर आपके लिए इसे खोल भी दूँगी। इस तरह कल आप थोड़ी देर से भी आ सकती हैं।' मैंने प्रस्ताव रखा।

वे कुछ पल सोचती रहीं। मैं देख सकती थी कि कल सुबह आकर लाइब्रेरी खोलने

का मेरा प्रस्ताव उन्हें लुभावना लग रहा था।

'हाँ···क्या तुम जिम्मेदारी और सावधानी से यह काम करोगी?' उन्होंने पूछा।

'बिल्कुल, हाँ! आप मुझ पर भरोसा कर सकती हैं।' मैंने कहा। मैं बहुत खुश थी कि उन्होंने मेरा सुझाव मान लिया था।

'ठीक है, दरवाजा बंद कर लो और अंदर ही रहना। मैं नहीं चाहती कि कोई और अंदर आए और सोचे कि लाइब्रेरी खुली है। जब तुम जाओ तो ध्यान से स्टॉकरूम और मुख्य दरवाजे पर ताला लगा देना और कल सुबह ठीक 9.30 बजे लाइब्रेरी खोल देना। मैं 11 बजे के करीब आऊँगी।' उन्होंने कहा। फिर उन्होंने मुझे उस चाभी के गुच्छे में, जो उन्होंने मुझे पहले दिया था, मुख्य दरवाजे की चाभी दिखाई। मैंने उन्हें विश्वास दिलाया कि मैं बंद कर दूँगी।

मिसेज अस्थाना के जाने के बाद मैंने दरवाजा बंद कर लिया और एक बार फिर कार्टन्स खँगालने लगी। 'मनोरमा ईयर बुक' मुझे आठवें कार्टन में मिली। जैसे ही मैंने उसमें से 'ईयर बुक' निकाली, मेरी नजर एक अन्य पुस्तक पर पड़ी। मेरा ध्यान उसके शीर्षक ने आकर्षित किया। 'द बेस्ट वे टू गो : ए हैंडबुक ऑन सुसाइड फॉर द डाइंग' (जाने का सर्वोत्तम तरीका : आत्महत्या पर एक पुस्तिका) उसका शीर्षक था। वह एक ऐसे लेखक द्वारा लिखी हुई थी, जिसका नाम मैंने कभी नहीं सुना था। वह एक अजीब पुस्तक थी।

मैंने उसे उठाया और उसके पीछे देखा।

पीछे के कवर पर लिखा था कि पुस्तक एक गरम विवाद का केंद्र थी, जिसने एक राष्ट्रीय बहस छेड़ दी थी। यह उन लोगों के लिए एक महत्त्वपूर्ण पुस्तक थी, जो किसी लाइलाज या पुरानी बीमारी से उपजे असहनीय दर्द के कारण अपने जीवन का अंत करना चाहते थे। मैंने विषय तालिका पर नजर डाली। उसमें एक विस्तृत मैनुअल था, जिसमें अन्य कई चीजों के साथ सबसे कुशल तरीके से आत्महत्या करने के निर्देश थे। एक चार्ट था, जिसमें घातक दवाओं की सूची थी, कानूनी बातें थीं, जिनका जानना आवश्यक था और पीछे छोड़े जानेवाले पत्र थे। मैंने यह भी देखा कि पुस्तक कई हफ्तों तक 'द न्यूयॉर्क टाइम्स' की बेस्टसेलर सूची में रही थी और वह एक स्व-सहायता पुस्तक थी।

उसके अंदर जो लिखा था, उसे पढ़कर मेरे दिल की धड़कनें तेज हो गईं। मुझे अपने शरीर की मांसपेशियाँ कसती महसूस होने लगीं। मेरी हथेलियाँ पसीने से तर-बतर हो गईं। मुझे एहसास नहीं था कि मैंने अपनी साँस रोकी हुई है और जब मैंने उसे छोड़ा तो वह एक उथली हाँफी के रूप में बाहर आई। मैं जो पढ़ रही थी, उस पर मुझे विश्वास नहीं हो रहा था। मुझे क्या मिल गया था यहाँ? एक आत्महत्या गाइड?

उन दो अवसरों की यादें, जब मैंने अपनी जान लेने की कोशिश की थी, बाढ़ की तरह वापस आकर मुझे डुबोने लगीं। मुझे याद आया कि कैसे पहली बार मेरे पापा ने मेरे हाथ से चाकू छीना था और कैसे दूसरी बार मैं उन्हें हमारी छत के टैरेस पर मिली थी। मैं उस समय 'बाइपोलर डिसऑर्डर' के चढ़ाव की चपेट में थी। मैं यह याद करके काँप गई कि मैं खुद अपनी जान लेने के कितनी करीब आ गई थी!

मैं वहीं अपना सिर पकड़कर बैठ गई।

'शांत हो जाओ!
शांत हो जाओ!
शांत हो जाओ!'

मैं खुद को बार-बार कह रही थी।

वह पुस्तक मुझे बुला रही थी। मुझे वह पुस्तक पढ़नी ही थी।

नहीं, मुझे उसका अध्ययन करना था। वह मेरी थी।

मैंने 'ईयर बुक' के साथ उसे भी अपने बैग में रख लिया। मैंने ध्यान से स्टॉकरूम और फिर लाइब्रेरी को बंद किया। ऐसा लग रहा था, जैसे मेरा हैंडबैग उस पुस्तक के वजन से बहुत भारी हो गया हो! मुझे केवल उस पुस्तक के मेरे पास होने का एहसास था। मैं उसे पढ़ने के लिए बेताब थी। मुझे लग रहा था कि उस पुस्तक में मौजूद एक गुप्त ऊर्जा मुझे महान् बल के साथ अपनी ओर खींच रही है। मैं उसका विरोध नहीं कर पा रही थी। एक आत्महत्या गाइड...एक आत्महत्या गाइड...एक आत्महत्या गाइड! मैं स्टेशन की ओर जाते हुए उसी के बारे में सोचती रही।

मैं ट्रेन में चढ़कर सीट पाने के लिए बेताब थी। ट्रेन के अंदर जाते ही मैंने उसे अपने बैग से निकाल लिया। जब मैंने पुस्तक खोली तो मुझे कुछ देखकर अचरज हुआ।

पुस्तक के अंदर, कवर और पहले पन्ने के बीच एक छोटे से मुड़े हुए कागज पर लिखा एक नोट था। मैंने सावधानी से कागज खोला, लेकिन इससे पहले कि मैं वह नोट पढ़ती, मैंने देखा कि किसी ने पहले पृष्ठ पर कुछ लिखा हुआ था। पूरे पृष्ठ पर बड़े-बड़े सुंदर अक्षरों में लिखा था—

'मेरी प्यारी रुथ को।
बहुत सारा प्यार।
एम.एच.'

□

9

मुझे कोमलता से मार रहा है

वह पुस्तक एक उपहार थी—रुथ नाम की किसी महिला को। कोई किसी को उपहार में एक आत्महत्या गाइड क्यों देगा? यह किस प्रकार की विचित्र भेंट थी! फिर मैंने नोट खोला। वह कार्ड की तरह मुड़ा हुआ एक छोटा सा नोट था और कागज हाथी-दाँत का बना हुआ था, जो काफी महँगा लग रहा था।

'मजबूत रहना। हिचकना मत। यही सबसे अच्छी चीज है,
जो तुम कर सकती हो। मैं तुम्हारे साथ हूँ।

नोट में यही लिखा था। लिखावट वही थी, जो पुस्तक में थी। नोट में किसी नाम का उल्लेख नहीं था, न ही कोई तारीख थी। मैं उलझन में पड़ गई। कितना अजीब नोट था वह! उसका मतलब क्या था, मुझे कुछ समझ नहीं आया। मैंने सावधानी से उसे पुस्तक के अंतिम पृष्ठों के बीच रख दिया।

जब तक मैं बांद्रा पहुँची, मैं पुस्तक का काफी हिस्सा पढ़ चुकी थी और उसका मोटा-मोटा अवलोकन कर चुकी थी। लेखक ने स्पष्ट कर दिया था कि यह पुस्तक उन लोगों के लिए नहीं थी, जो अवसादग्रस्त या आत्मघाती थे। मैंने यह पढ़ा तो मुझे झटका लगा। जैसे किसी ने मेरा मन पढ़ लिया हो और मेरा अपराध-भावना से ग्रस्त रहस्य जान लिया हो! पुस्तक में अमेरिका के हेमलॉक समाज का उल्लेख था, जो मरने के अधिकार की वकालत करता था और आत्महत्या करने में सहायता प्रदान करता था। यह नाम अत्यधिक जहरीले घास में उगनेवाले फूलों के पौधे से लिया गया था, जो कहा जाता था कि सुकरात ने अपना खुद का जीवन लेने के लिए उपयोग किया था। 'हेमलॉक सोसाइटी' का सिद्धांत था—'अच्छा जीवन, अच्छी मौत!' लेखक ने ऐसे लोगों के प्रति करुणा की आवश्यकता पर विस्तृत रूप से लिखा था, जिन्हें लाइलाज बीमारी हो और

असहनीय पीड़ा से ग्रस्त होने से वे जीना न चाहते हों और यह भी कि हमें इस अधिकार का सम्मान क्यों करना चाहिए! उनकी खुद की पत्नी, जिन्हें लाइलाज कैंसर था, ने उनके सामने जान-बूझकर दवाओं की अधिक मात्रा लेकर जीवन का अंत कर लिया था। लेखक ने उनकी कॉफी में जानलेवा दवा मिला दी थी और उनकी मृत्यु होने तक उनका हाथ थामे रखा था।

मैंने यह सब एक रुग्ण आकर्षण के साथ पढ़ा, लेकिन मैं पूरी पुस्तक नहीं पढ़ पाई, क्योंकि तब तक ट्रेन मेरे स्टेशन पर पहुँच चुकी थी। मैं पुस्तक का बचा हुआ हिस्सा पढ़ने के लिए इतनी उत्सुक थी कि मैंने लगभग दौड़कर घर का रास्ता तय किया। जब मैं अपनी बिल्डिंग की लॉबी में पहुँची तो यह देखकर राहत की साँस ली कि वैभव वहाँ नहीं था। आज मैं किसी से बात नहीं करना चाहती थी। मैं केवल उस पुस्तक के बारे में सोच पा रही थी। वह मुझे एक अथाह बल के साथ अपनी ओर खींच रही थी।

मैंने हमेशा की तरह अपने माँ-पापा का अभिवादन किया, लेकिन खाने के दौरान मैं पूरे समय बेचैन रही। मेरे माँ-पापा ने तुरंत मेरी बेचैनी को महसूस कर लिया।

'सब ठीक है न, अंकिता?' पापा ने पूछा।

'हाँ, सब ठीक है।' मैंने झूठ बोला।

'आज कॉलेज में कुछ हुआ क्या? तुम कुछ खोई-खोई लग रही हो।' यह मेरी माँ थीं।

'नहीं, माँ। मैं ठीक हूँ। बस, मुझे बहुत सारा काम करना है।' मुझे लगा कि वे यह सफाई स्वीकार कर लेंगी, लेकिन उन्होंने अपनी भृकुटि चढ़ा लीं।

'तुमने तो मुझसे कहा था कि आजकल तुम्हारे कॉलेज फेस्टिवल की वजह से कोई क्लासेज नहीं हो रही हैं!' उन्होंने कहा। वे बहुत तेज थीं। कुछ नहीं छूटता था उनसे।

'क्लासेज नहीं हो रही हैं, लेकिन इसका मतलब यह नहीं है कि असाइनमेंट भी नहीं हैं। यह पिछले हफ्ते मिला था और मुझे कल जमा करना है।' मैंने फिर झूठ बोल दिया।

मुझे बस, जल्दी-से-जल्दी अपनी पुस्तक के पास लौटना था।

अंतत: हमारा डिनर समाप्त हुआ और मैंने टेबल साफ करने में माँ की सहायता की। फिर मैं जल्दी से अपने कमरे में गई और आधी रात के बाद तक पुस्तक पढ़ती रही। पूरे समय मेरा दिल मेरे मुँह में धड़कता रहा।

जैसे-जैसे मैं पढ़ती गई, मैंने पाया कि लेखक ने खुद को कई बार दोहराया था। वह बार-बार कह रहा था कि यह उनके लिए था, जो अत्यधिक असहनीय पीड़ा में थे। उसने उन मामलों का वर्णन किया, जहाँ कोई आशा नहीं बची थी। उसने बताया कि कैसे अस्पतालों को किसी भी कीमत पर एक व्यक्ति को जीवित रखने के लिए प्रोत्साहित

किया जाता था; लेकिन वे किस तरह उस व्यक्ति की गरिमा और सबसे महत्त्वपूर्ण, उसके चुनाव को उससे दूर कर देते थे!

पुस्तक बहुत दिलचस्प थी। मैंने उन सभी हिस्सों को नजरअंदाज कर दिया, जहाँ लेखक ने कहा था कि पुस्तक उन लोगों के लिए थी, जिन्होंने अपने जीवन को समाप्त करने के लिए तर्कसंगत व स्वैच्छिक निर्णय लिया था। मैं केवल खुद का जीवन समाप्त करने के सबसे अच्छे तरीके जानना चाहती थी।

मैंने उस पुस्तक से बहुत कुछ सीखा। लेखक ने आत्म-उद्धार के प्रत्येक तरीके पर विस्तार से चर्चा की थी, जबकि मैंने निचले चरण से गुजरते समय आत्महत्या करने की कोशिश की थी। मैंने इसके बारे में इतने वैज्ञानिक तरीके से नहीं सोचा था। इस पुस्तक ने उसी मामले में मेरी सहायता की। अब मुझे पता था कि पौधा या रासायनिक जहर आसानी से प्राप्त नहीं होते थे और यह भी कि अगर ये काम नहीं करते तो मस्तिष्क को क्षतिग्रस्त कर सकते हैं। बंदूक की गोली हिंसक होती और फिर, हर किसी के पास बंदूक भी नहीं होती। इसमें बहुत गड़बड़ भी होती। जहाँ तक फार्मास्युटिकल्स की बात थी तो व्यक्ति के लिए खुराक की मात्रा के बारे में निश्चित होना आवश्यक था और इस बारे में भी कि कितनी खुराक लेना घातक होगा! फार्मास्युटिकल की शुद्धता और गणना की गई खुराक के बारे में व्यक्ति कभी भी निश्चित नहीं हो सकता था।

जिस तरीके की लेखक ने सबसे अधिक सिफारिश की थी, वह सबसे आसान भी था। उसमें केवल गरदन पर एक प्लास्टिक बैग टेप से चिपकाने की आवश्यकता थी। श्वासावरोध से मौत अब तक का सबसे अच्छा तरीका था, बशर्ते आप इसे अनैच्छिक प्राकृतिक प्रतिक्रिया के रूप में आतंकित होकर फाड़ नहीं देते! उसने बैग का उपयोग करने से पहले नींद की गोलियों और शराब के सेवन का सुझाव दिया, ताकि जब आपकी दम घुटने से मौत हो, तब आप गहरी नींद में हों।

लेखक एक सुसाइड नोट छोड़ जाने के पक्ष में भी था, ताकि कहीं कोई संशय न रह जाए। मैं उन तरीकों के बारे में सोचती रही, जिनका मैं अपनी जान देने की आवश्यकता महसूस होने पर इस्तेमाल कर सकती थी। पुस्तक में बताए तरीकों के इस्तेमाल के बारे में मुझे संदेह था। अपने सिर पर एक प्लास्टिक बैग डालना और उसे गरदन के चारों ओर कसकर चिपकाना आसान था। मुझे शराब भी आसानी से मिल सकती थी, क्योंकि मेरे पापा घर पर व्हिस्की की दो-एक बोतलें रखते थे, लेकिन दवा के परचे के बिना मुझे नींद की गोलियाँ कहाँ मिल सकती थीं? और फिर, अगर मुझे ऐंठन होती और मुझे सिर पर पहने प्लास्टिक बैग के साथ उलटी हो जाती तो? ये सब संभावनाएँ थीं, जिनके बारे में मैंने विस्तार से सोचा और विचार किया था।

वास्तव में, अपनी जान लेने के कोई साफ-सुथरे या आरामदेह तरीके नहीं थे। यह काम मुश्किल था। लेखक ने इस बारे में जानकारी दी थी कि कौन सी दवाएँ उपयोग में लानी चाहिए, कौन सी नहीं लानी चाहिए, कौन सी सबसे अच्छा काम करेंगी और प्रत्येक से क्या अपेक्षा करनी चाहिए; लेकिन वे सब अमेरिकी व्यापारिक नाम थे। मुझे नहीं पता था, भारत में उनके क्या नाम थे? मैंने पुस्तक में दी गई छवियाँ, आरेख, स्टेप-बाय-स्टेप गाइड, विभिन्न सुझाव—सब बार-बार पढ़े, जब तक कि वे मुझे लगभग याद नहीं हो गए।

पुस्तक पूरी पढ़ लेने के बाद मेरा मन अशांत हो गया। एक ओर मुझे बहुत बड़ी राहत और आराम की भावना महसूस हो रही थी, दूसरी ओर मैं परेशान व भयभीत महसूस कर रही थी। यह एक अजीब, बेचैन करने वाली भावना थी। पुस्तक पढ़ने के बाद मैं इतनी उत्तेजित हो गई थी कि अब मैं सोच रही थी कि काश, मैंने इसे पढ़ा ही न होता! कितनी मूर्ख थी मैं कि मैंने न केवल उसे पढ़ा, बल्कि गहराई से उसका अध्ययन भी किया! अब मैं चाह रही थी कि पढ़ा हुआ सब अपने दिमाग से हटा सकूँ।

मैंने सोचा था कि मैं अपने जीवन के उस चरण को भुला चुकी हूँ, जब मैंने जीने की इच्छा छोड़ दी थी। मैंने सोचा था कि मैं अपने जीवन की सबसे बड़ी लड़ाई लड़कर जीत चुकी हूँ और फिर भी, इस एक पुस्तक के साथ मैं फिर से मृत्यु के बारे में सोच रही थी। उस समय मुझे खुद से नफरत होने लगी। कितना कमजोर था मेरा मन! मैं इतनी आसानी से परेशान और प्रभावित कैसे हो सकती हूँ? मृत्यु मुझे अपनी ओर क्यों खींच रही थी? क्या मैं दो बार उसके पंजों से बचकर नहीं निकली थी? और यहाँ मैं एक बार फिर मौत के साथ छेड़खानी कर रही थी!

मैं बेचैन थी और फिर भी खुश थी। मुझे लग रहा था, जैसे मैंने एक पहाड़ चढ़ लिया हो और अब मैं उसकी चोटी पर थी और नीचे देख रही थी।

मेरा दिमाग मंथन कर रहा था। शब्द अपने आप बन रहे थे और भँवर की तरह घूम रहे थे। मेरे दिमाग में जो कुछ भी था, उसे लिखने की तीव्र इच्छा हो रही थी। मैं कुछ बहुत असाधारण-सा महसूस कर रही थी, जिसे मैं व्यक्त करना चाहती थी।

मैंने जल्दी से अपनी नोटबुक निकाली और लिखना शुरू कर दिया, जैसे कि मैं समाधि में थी। शब्द एक के बाद एक अपने आप बनने लगे। मेरी सारी परस्पर विरोधी भावनाएँ और एहसास मेरी कलम की नोक से बह रहे थे। जब मैं लिख चुकी, मैंने अपना सिर अपनी डेस्क पर रखा और आँखें बंद कर लीं। कुछ देर मैं उसी अवस्था में रही। मैंने जो भी लिखा था, उसने मुझे थका दिया था। अंत में, जब मैंने वह देखने की हिम्मत

जुटाई, जो मैंने उन्माद की स्थिति में लिखा था, तब मुझे एहसास हुआ कि वह एक कविता थी, जो प्रवाहित हुई थी—

'शून्य
भविष्य में आगे देखते हुए,
एक शून्य आपको घूरता है,
कभी-कभी ऐसे लोगों के कणों से सजाया हुआ
जो लगता है मायने रखते हैं,
जिनकी आपको लगता है आपको जरूरत है
जब तक वे आपको निराश नहीं करते।
फिर आप आरंभ की ओर लौट जाते हैं,
जहाँ शून्य आपको अभी भी घूर रहा है,
निलंबित, रहित, समय से अछूता,
उन कणों से अप्रभावित,
जो अब लंबे समय से भूले हुए हैं,
याद का एक निशान भी नहीं बचा है।
कुछ बचा है तो वह शून्य,
जो अभी भी घूर रहा है।'

मैं उन शब्दों को फिर से पढ़ती हूँ। मैं जानती हूँ, वे मेरे अंदर की किसी गहरी जगह से आए थे। मैंने जो भी लिखा था, वह मेरा अवचेतन मुझसे कह रहा था। यह कुछ ऐसा नहीं था, जो मैं होश में कर रही थी। इस कविता का क्या अर्थ था? कौन थे वे लोग, जिन्होंने मुझे निराश किया था? कौन थे वे लोग, जो 'मायने रखते थे?' मैंने इसे क्यों लिखा था? मैं उन शब्दों पर विचार कर रही थी, जो मैंने अभी लिखे थे।

अचानक कविता मेरे सामने शीशे की तरह साफ हो गई। उस पल मैं समझ गई कि मैं वैभव को अपने से दूर क्यों धकेल रही थी!

मैंने अपने दिल के चारों ओर एक दीवार बना ली थी। मैं इतनी डरी हुई थी कि जो अभि के साथ हुआ, वह वैभव के साथ भी हो सकता है। मेरा तार्किक पक्ष मुझसे कह रहा था कि वैभव अभि नहीं था। वैभव एक अलग लड़का था, लेकिन मैं यह भी जानती थी कि जब प्यार की बात आती थी तो सभी पुरुष एक जैसे होते थे। वे जिस लड़की से प्यार करते थे, उस पर अपना अधिकार समझते थे। मैं यह सब दोबारा बरदाश्त नहीं कर पाऊँगी। मेरे पास अब ताकत नहीं बची थी।

जब मैं एन.एम.एच.आई. में थी, मेरी संपूर्ण ऊर्जा ठीक होने और दोबारा पढ़ना शुरू कर पाने की ओर केंद्रित थी। वहाँ की दिनचर्या मुझे व्यस्त रखती थी। अब, जबकि मैं वैभव के साथ एक अर्द्ध-संबंध (मुझे नहीं पता, इसे और क्या नाम दे सकती हूँ) के कगार पर थी, मैं भयभीत थी। अधिकांश लोग प्यार को सुखद व उन्मुक्त यादों की भावनाओं से जोड़ते हैं। मेरे लिए 'प्यार' शब्द मृत्यु और एक बूढ़े आदमी के रोने की यादें लेकर आता है। यह एक ऐसा शब्द था, जो मेरा गला घोंट रहा था, इसीलिए मैं इसे अस्वीकार कर रही थी।

अभि ने मुझे निराश किया था—मरकर। मैंने खुद को यह सोचकर मूर्ख बना लिया था कि अब उस बात से मुझे कोई फर्क नहीं पड़ता था; लेकिन उसकी मृत्यु के बाद के उन भयावह दिनों का हर एक विवरण मेरी आत्मा पर अंकित था। मुझे याद था कि कैसे मैं उसे कॉलेज के एक यूथ फेस्टिवल में मिली थी! कैसे पागलपन करता था वह! उसकी वह चिट्ठी, जो उसने मुझे अपने खून से लिखी थी और कैसे उसने लगातार मेरा पीछा किया था, मेरे यह कहने के बावजूद कि मेरा एक बॉयफ्रेंड है! जब मुझे बॉम्बे के एक कॉलेज में एम.बी.ए. के लिए दाखिला मिल गया तो वह ऐसे जताने लगा, जैसे उसे धोखा मिला हो! वह मुझसे कोचीन में ही रुकने की विनती करने लगा; मुझ पर उसे छोड़ देने का, उसे प्यार न करने का इलजाम लगाने लगा। मुझे वह भयानक सुबह याद आई, जब मेरी माँ ने अखबार में अभि का मृत शरीर पाए जाने का समाचार पढ़ा था और मुझसे पूछा था कि क्या मैं उसे जानती थी? मैं केवल इतना कह पाई थी कि हमारी थोड़ी-बहुत जान-पहचान थी।

मैं कभी नहीं जान पाऊँगी कि अभि ने खुद अपनी जान ली थी या वह एक हादसा था? आखिर में उसका प्यार मेरी सहन-शक्ति के लिए बहुत भारी हो गया था और शायद उसका वजन अभि के लिए भी बहुत ज्यादा हो गया था। हम दोनों बिखर गए थे।

लेकिन अब, वह मर चुका था। मेरे दिल में जिस जगह प्यार हुआ करता था, वहाँ एक बड़ा सा छेद था और यहाँ मैं थी, जो लँगड़ाते हुए सामान्य स्थिति में आने का प्रयास कर रही थी। सामान्य लोग ऐसा नहीं करते थे, मेरे सिर के अंदर से एक आवाज ने कहा। सामान्य लोग आत्महत्या के बारे में पुस्तक नहीं पढ़ते थे, न ही उसमें से अपनी जान लेने के सारे तरीके याद करते थे। तुम कभी सामान्य नहीं हो सकतीं, मेरे सिर के अंदर की आवाज चीखी।

'चुप रहो''चुप रहो।' मैं कहना चाहती थी। मैं उस आवाज को दबाना चाहती थी। मैं चाहती थी, वह दूर चली जाए, लेकिन मैं असहाय थी। वह आवाज मुझे ताने देती रही, परेशान करती रही। खुद की जान लेने के सबसे अच्छे तरीके क्या हैं, आवाज ने पूछा।

मैंने विस्तार से, बिना किसी भावना के, जवाब दिया और वह सबकुछ बताया, जो मैंने अभी पढ़ा था। बहुत अच्छा, शाबाश! आवाज ने कहा।

यह बात मेरे दिमाग में भी नहीं आई कि मैं इस बारे में इतनी नैदानिक थी! जो पुस्तक मैंने पढ़ी थी, वह खुद की जान लेने के बारे में थी।

विडंबना यह थी कि मैंने उसे इस तरह पढ़ा था, जैसे मेरा जीवन उस पर निर्भर था!

□

10

जब एक पुरुष एक स्त्री से प्यार करता है

जब सुबह होने को आई, तब मुझे 'मनोरमा ईयर बुक' की याद आई। मैं पूरी रात सोई नहीं थी; क्योंकि मैं आत्महत्या की मार्गदर्शिका (मैंने अपने मन में उसे यही नाम दिया था) में इतनी डूबी हुई थी। मैं अपने विचारों की भूल-भुलैया में खोई हुई थी। अब मैं बहुत थक गई थी। सुबह के 4.30 बज चुके थे। मैं बिस्तर में घुस गई और अपनी आँखें बंद कर लीं।

मुझे मेरी माँ ने गहरी नींद से उठाया। उनकी आवाज बहुत दूर कहीं से आती प्रतीत हो रही थी।

'अंकिता, अंकिता! तुम ठीक हो न? क्या हुआ?'

अब वे मेरे कंधे को जोर से झकझोर रही थीं—लगभग मुझे हिलाते हुए। मैंने बहुत मुश्किल से अपनी नींद से भरी आँखें खोलीं।

'हाँ माँ, मैं ठीक हूँ। मैं देर से सोई थी। मैं थोड़ी देर और सोना चाहती हूँ, प्लीज!' मैं बुदबुदाई और चद्दर को अपने सिर के ऊपर खींच लिया।

'8 बज चुके हैं। मैंने एक घंटे पहले तुम्हें जगाया था, तब भी तुमने यही कहा था। क्या हो रहा है?' माँ ने पूछा। वे बहुत चिंतित लग रही थीं।

एक मानसिक अस्पताल का मरीज रहे होने की यही समस्या थी। आपकी प्रत्येक क्रिया, आपके द्वारा कही गई हर छोटी-बड़ी बात को सावधानीपूर्वक जाँचा जाएगा और 'सामान्यता' की डिग्री के विरुद्ध मापा जाएगा। मुझे सबको साबित करना होता था कि मैं 'सामान्य' थी। सामान्य से कोई छोटा सा विचलन भी मेरी माँ को परेशान कर देता था। मैं उन्हें दोष नहीं देती थी, लेकिन इस समय मैं नींद से भरी थी और पिछली रात के बाद मैं केवल अपने थके हुए दिमाग को आराम देना चाहती थी। मुझे एक घंटे पहले उनके द्वारा जगाए जाने की याद भी नहीं थी। फिर मैंने अपनी आँखें खोल लीं।

'माँ, प्लीज, इस तरह चिंता मत करिए। मैं सच में ठीक हूँ। बस, मैं आज थोड़ी देर तक सोना चाहती हूँ।' मैंने कहा।

'जो हुआ, उसके बाद…' मेरी माँ कहते-कहते रुक गईं।

'माँ, वैसा कुछ नहीं है, ओ.के. ? मैं ठीक हूँ। बस, मैं रात को देर से सोई थी।' मैंने कहा। मेरी आवाज थोड़ी ऊँची हो गई, हालाँकि मैं उसे तेज करना नहीं चाहती थी। क्या ये मुझे सोने भी नहीं दे सकतीं ?

'फौरन उठ जाओ, अंकिता। तुम्हें समय से सोना चाहिए और समय से उठना भी चाहिए। वरना तुम्हारी बायो-रिदम (जैव-ताल) बिगड़ जाएगी और तुम्हारी बॉडी-क्लॉक (शरीर की घड़ी) बदल जाएगी।' मेरी माँ दृढ़ थीं।

'ठीक है।' मैंने दाँत पीसते हुए कहा और अपनी चद्दर को एक ओर फेंक दिया। मैं अनिच्छा से बिस्तर से निकली और बाथरूम की ओर बढ़ गई। मेरी आँखें नींद पूरी न होने से जल रही थीं; लेकिन मैं जानती थी, माँ मुझे और नहीं सोने देंगी।

मैं सुस्ती में ब्रश कर रही थी और सोच रही थी कि मैं उस पुस्तक के साथ क्या कर सकती थी ? क्या मुझे उसको लाइब्रेरी में लौटा देना चाहिए ? मैं समझ नहीं पा रही थी। मैंने उसे विस्तार से पढ़ा था। अब ऐसा कुछ नहीं था, जो वह पुस्तक मुझे बता सकती थी; फिर भी मैं उसे अपने पास रखना चाहती थी। इसलिए मैंने उसे अपनी अलमारी में कपड़ों के एक ढेर के नीचे रख दिया। तभी मुझे याद आया कि मैंने मिसेज अस्थाना से जल्दी आने का वादा किया था। यह याद आते ही मैं क्रियाशील हो गई। मैंने अपना आलस्य एक पल में त्याग दिया।

'हे भगवान्! माँ, मुझे देर हो गई! जल्दी करना पड़ेगा।' मैंने आवाज लगाई। मैंने पूरी तेजी से सुबह के काम निपटाए और दस मिनट से कम समय में निकलने के लिए तैयार हो गई।

'रुको अंकिता, नाश्ता नहीं करोगी क्या ?' माँ ने पुकारा।

'समय नहीं है, माँ!' मैं चिल्लाई।

लेकिन माँ तब तक एक सैंडविच बना चुकी थीं और जोर देकर कह रही थीं कि मुझे नाश्ता नहीं छोड़ना चाहिए। मैं सैंडविच हाथ में लेकर जल्दी से घर से बाहर निकल गई, यहाँ तक कि मैंने बाल भी नहीं बनाए। मैंने बस, उन्हें समेटकर बेतरतीबी से अपने सिर के ऊपर बाँध लिया। मेरा हुलिया अजीब लग रहा होगा, लेकिन मैंने परवाह नहीं की। मैं मिसेज अस्थाना को निराश नहीं कर सकती थी। मैंने उनसे वादा किया था कि मैं समय से लाइब्रेरी खोल दूँगी।

मैं केवल पंद्रह मिनट के करीब देर से पहुँची। मैंने लाइब्रेरी खोली और दरवाजे की ओर मुँह करके एक कुरसी पर बैठ गई, ताकि यदि कोई आए तो मुझे पता चल जाए।

मैंने 'मनोरमा ईयर बुक' खोली भी नहीं थी और अब मेरे पास उसे पढ़ने के लिए

दुनिया भर का समय था। वैभव सही था। पुस्तक में एक सेक्शन था, जिसमें हमारे समय की सौ महानतम पुस्तकों की सूची थी। मैंने पेन निकाला और अपनी नोटबुक में सारे नाम लिख लिये।

मिसेज अस्थाना लगभग एक घंटे में आ गईं। वे यह देखकर खुश हो गईं कि मैंने अपना वादा पूरा किया था।

'जल्दी आने और जिम्मेदारी निभाने के लिए शुक्रिया, अंकिता। मैं देख सकती हूँ कि तुम व्यस्त थीं।' उन्होंने मेरी नोटबुक, जिसमें मैंने प्रसिद्ध पुस्तकों के नाम लिखे थे, देखते हुए कहा।

'बेशक, मिसेज अस्थाना, कैसे नहीं होती! क्या मैं यह 'मनोरमा ईयर बुक' वापस स्टॉक रूम में रख दूँ?' मैंने पूछा।

मैं अपने आप से बहस कर रही थी कि मुझे उनको सुसाइड मैन्युअल के बारे में बताना चाहिए या नहीं? उसे इस तरह लाइब्रेरी से ले जाना सही नहीं था। इसलिए मैंने उन्हें बता दिया, लेकिन मैं उन्हें दूसरी पुस्तक का नाम नहीं बता पाई, हालाँकि मुझे उसका एक-एक शब्द याद था।

'और हाँ, मिसेज अस्थाना, मैं कल स्टॉक रूम से एक और पुस्तक ले गई थी, क्योंकि मुझे वह काफी दिलचस्प लगी। मैं उसे लाना भूल गई। मैं जल्दी ही उसे लौटा दूँगी।' मैंने कहा।

लेकिन मिसेज अस्थाना को उसकी कोई परवाह नहीं थी।

'अरे, नहीं-नहीं, तुम उसे रख सकती हो और तुम यह 'मनोरमा ईयर बुक' भी रख सकती हो। मुझे इन पुस्तकों की यहाँ जरूरत नहीं है। ये सब निकालने के लिए हैं।' उन्होंने कहा।

'थैंक यू।' मैंने 'ईयर बुक' अपने बैग में वापस रखते हुए कहा।

मैं सोच रही थी कि काश, मिसेज अस्थाना ने सुसाइड मैन्युअल वापस लौटाने को कहा होता! तब वह मेरे पास नहीं रहती। उस पुस्तक में मौजूद काली ऊर्जा मुझे अपनी ओर नहीं खींचती, मेरे कानों में मोहकता से नहीं फुसफुसाती! मैं उसे लाइब्रेरी में लौटाकर उसमें लिखी विचित्र बातों को और साथ ही उस पेचीदा नोट को भुला सकती थी; लेकिन ऐसा नहीं होना था। मैंने एक ऐसी चीज ले ली थी, जो मेरी नहीं थी और एक अजीब तरीके से मैं उसके साथ फँस गई थी। मैं नहीं जानती थी कि उसका क्या करना है? मेरा एक हिस्सा उसे फेंक देना चाहता था, लेकिन दूसरा हिस्सा उसे अपने पास रखना चाहता था। मैंने तय किया कि मैं उसके बारे में बाद में निर्णय लूँगी। अभी के लिए मेरे पास और महत्त्वपूर्ण काम थे, क्योंकि मैं जानती थी, पारुल और जानकी मेरा इंतजार कर रही होंगी।

मैंने मिसेज अस्थाना का शुक्रिया अदा किया और लाइब्रेरी से निकल गई।

'कल तुम कहाँ गायब हो गई थीं, मैडम? आशा है, तुम्हारे पास कुछ अच्छा होगा हमें दिखाने के लिए।' जानकी ने मुझे देखते ही कहा।

'हाँ-हाँ, है।' मैंने कहा और अपनी पुस्तकों की सूची निकाली।

'ओह, इसे देखो।' जानकी ने कहा और उसे मेरे हाथ से छीनकर देखने लगी।

'मैंने इसे अभी एक पुस्तक से कॉपी किया है! अब चलो, प्रैक्टिस करते हैं।' मैंने खुशामद भरे स्वर में कहा।

हमने उस दिन उन सौ शीर्षकों में से अधिकांश का अभ्यास कर लिया। हम बार-बार उन्हीं पुस्तकों के शीर्षकों को बताने के अभ्यास का अभिनय करते रहे और अंततः हम दस सेकंड से भी कम समय में किसी भी शीर्षक का अनुमान लगाने में सक्षम हो गए।

'हममें कितना सुधार आ गया है! मैं कहने की हिम्मत कर सकती हूँ कि हम अच्छे हैं।' पारुल बोली।

'हाँ, लेकिन हम इससे भी बेहतर हो सकते हैं। हम देश की तीस अन्य सर्वश्रेष्ठ टीमों के विरुद्ध प्रतिस्पर्धा कर रहे हैं। याद रखना।' मैंने कहा।

मैं उन्हें अपना स्तर बढ़ाने के लिए उकसा रही थी और पारुल व जानकी दोनों इस खेल को अच्छी तरह सीख गई थीं।

'इस रफ्तार से तो हम निश्चित रूप से जीत जाएँगे।' पारुल बोली।

'यही अच्छा होगा। हमारे पास अब कुछ ही दिन बचे हैं। जानकी, तुम्हें देखना है कि तुम्हारे मुँह से शब्द न निकल जाएँ, वरना हम अयोग्य घोषित कर दिए जाएँगे।' मैंने कहा।

'हाँ-हाँ, कैप्टेन।' जानकी हँसने लगी।

मुझे इस बात पर गुस्सा आ रहा था कि वह इसे गंभीरता से नहीं ले रही थी; लेकिन मैंने कुछ नहीं कहा। उसमें काफी सुधार आ गया था और मैं जानती थी कि हम प्रतियोगिता की अच्छी टीमों में से होंगे। हमने इतना अभ्यास जो किया था।

□

उस शाम मुझे वैभव ने डेट पर चलने के लिए पूछा। जब मैं उसके पास पहुँची, तब वह मेरी गली की शुरुआत में सड़क के किनारे कटिंग चाय पीते हुए मेरा इंतजार कर रहा था।

'हाय! तुम चाय लोगी?' उसने मुझे आते देखकर पूछा।

'नहीं, मैं ठीक हूँ। तुमने इंतजार करने की अपनी जगह क्यों बदल ली?' मैं मुसकराई।

'तुम्हें जीवन में ऊपर चढ़ना होता है। तुम्हारी बिल्डिंग की लॉबी से बढ़कर मैं एक चाय की दुकान तक आ गया हूँ।' उसने भी मुसकराकर कहा।

'तुम मेरा इंतजार करते हुए कभी थकते नहीं हो?' मैंने पूछा।

'नहीं, अगर मुझे पता हो कि बाद में मुझे तुम्हारी माँ के हाथ का स्वादिष्ट खाना खाने को मिलेगा।'

'क्या? मतलब तुम वास्तव में मुझसे मिलने का इंतजार नहीं कर रहे थे? बात खाने की है!'

'बेशक! अगर मुझे खाना अच्छा नहीं लगता तो मैं किसी भी हालत में तुम्हारी बिल्डिंग के आसपास नहीं फटकता।'

'मुझे भी ऐसा ही लगा था। मैं जानती थी, तुम्हारा कोई गुप्त उद्देश्य है।' मैंने कहा।

'तुम मुझे कितनी अच्छी तरह जानती हो, अंकिता!' उसने जवाब दिया, 'लेकिन एक बात है, जो तुम्हें नहीं मालूम है। मैंने शनिवार के पूरे दिन के लिए कुछ सोचा है। तुम मेरे साथ बाहर चलोगी? मैंने तुम्हारे माँ-पापा से पूछ लिया है और उन्हें कोई ऐतराज नहीं है।'

इस बात ने मुझे सच में हैरान कर दिया। वैभव ने मुझसे बात करने से पहले ही मेरे माँ-पापा से पूछ लिया था, लेकिन फिर, वह मेरी माँ व पापा से काफी खुला हुआ था और यह स्वाभाविक ही था, क्योंकि मुझे वैसे भी उनसे इजाजत लेनी ही पड़ती। फिर भी, मुझे अच्छा नहीं लगा कि उसने सीधे उनसे पूछ लिया था? उसने मेरी 'रक्षा की पहली पंक्ति' नष्ट कर दी थी। उसने मुझसे मेरा विकल्प छीन लिया था—यह कहने का कि मुझे मेरे माँ-पापा से पूछना होगा! वह मुझसे दो कदम आगे चलता लग रहा था।

'अम्म्म…अच्छा!' मैं हिचक रही थी। मुझे समझ नहीं आ रहा था कि क्या कहूँ?

'प्लीज, 'हाँ' कह दो। इतना मत सोचो। मैंने बहुत सोच-समझ योजना बनाई है।' उसने कहा।

'ठीक है, हाँ।' मैंने हार मान ली।

☐

यह वैभव के साथ मेरी पहली वास्तविक डेट थी। मुझे अपने माँ-पापा के सामने अजीब लग रहा था। अपने कॉलेज के दिनों में मैंने वैभव से हमेशा गुप्त रूप से बात की थी। मैं उसमें सहज महसूस करती थी, लेकिन अब, जबकि मेरे माँ-पापा पूरी तरह सहमत थे, मैं उसकी आदत नहीं डाल पा रही थी। जब वह हमारे घर डिनर के लिए आता था, तब बात अलग होती थी, क्योंकि माँ-पापा हमेशा हमारे साथ होते थे। यहाँ मैं उसके साथ पूरे दिन अकेले रहने वाली थी। पता नहीं मुझे क्या अपेक्षा करनी चाहिए थी?

यह सब बहुत 'वास्तविक' और बहुत अचानक हुआ महसूस हो रहा था। इसने मुझे हैरान कर दिया था, लेकिन मैं कह चुकी थी कि मैं उसके साथ जाऊँगी और मैं जानती थी कि अगर मैं पीछे हट गई तो वह दुःखी हो जाएगा और फिर, मैं क्या बहाना बना सकती थी?

वैभव ने मुझे नहीं बताया कि वह मुझे कहाँ ले जाएगा? जब हम साथ में घर आ रहे थे तो मैंने बताने के लिए उस पर बहुत जोर डाला।

'अगर मैं तुम्हें पहले ही बता दूँगा तो सरप्राइज का क्या मतलब रह जाएगा?' उसने पूछा।

'मुझे सरप्राइज नहीं पसंद है। ईमानदारी से, नहीं पसंद है। मुझे नियम से रहना और नियंत्रण में रहना पसंद है।' मैंने जवाब दिया।

'विश्वास करो, तुम्हें यह वाली जगह अच्छी लगेगी।' उसने कहा, 'कल मैं सुबह 7 बजे तुम्हें लेने आऊँगा। तैयार रहना और आरामदेह जूते पहनना।' उसने निर्देश दिया।

'तो तुमने बैडमिंटन की ड्यूटी से छुट्टी ली है?' मैं धृष्टता करने से खुद को नहीं रोक पाई।

'बैडमिंटन के आनंद से छुट्टी, ड्यूटी से नहीं। वैसे भी, तुम्हारे पापा दो और लोगों के साथ डबल्स खेल रहे हैं, जिनसे हम बैडमिंटन कोर्ट में मिले थे।'

□

वैभव ने सुबह ठीक 7 बजे घंटी बजाई; माँ ने उसे अंदर बुलाया। पापा बैडमिंटन खेलने जा चुके थे। मैंने घंटी की आवाज सुनी, तब मैं तैयार हो रही थी। वैभव ने मुझे विशेष रूप से कहा था कि मैं आरामदेह जूते पहनूँ। इसका मतलब मैं हील्स नहीं पहन सकती थी। मैं वही कपड़े पहन सकती थी, जो मेरे आरामदेह एवं पैदल चलने योग्य सैंडलों के साथ जाते थे, जिससे मेरे पास विकल्पों की कमी हो गई थी। मैं यह सोचकर खीज रही थी कि क्या पहनूँ?

अंत में, मैंने घुटनों तक की खाकी पैंट्स और एक सादी काली टी-शर्ट पहन ली। मैंने एक लंबी सी चेन भी गले में डाल ली, जिसमें मैरून रंग का हीरे के आकार का पेंडेंट था, जिस पर चाँदी की डॉलफिन उकेरी हुई थी। मुझे लग रहा था कि मेरे कपड़े आरामदायक, लेकिन स्मार्ट थे। मैं यह नहीं दिखाना चाहती थी कि मैंने तैयार होने में बहुत मेहनत की है। हालाँकि मैंने आईलाइनर, थोड़ा मस्कारा और हलकी सी लिपस्टिक अवश्य लगा ली। चूँकि मैं कॉलेज जाते समय कभी मेकअप नहीं करती थी, मैं देख सकती थी कि इतने थोड़े से मेकअप के साथ भी असर प्रभावशाली था। मेरी काली आँखें चमक रही थीं और मेरे होंठ अलग तरह से खुल रहे थे। मैंने अपने लंबे बाल भी खुले छोड़ दिए थे और उन्हें इस तरह से सँवारा था कि वे लहरों की तरह नीचे आ रहे

थे। एन.एम.एच.आई. से निकलने के बाद से मैंने उन्हें काटा नहीं था और अब वे काफी लंबे हो गए थे।

'अंकिता, वैभव आ गया है। तुम तैयार हो?' माँ ने मुझे आवाज लगाई।

'हाँ, माँ, आ रही हूँ।' मैंने कहा।

वैभव कॉफी पी रहा था और मुझे देखते ही वह आधे में रुक गया। हमारी नजरें मिलीं। मैं उसकी आँखों में देखती रही। उसकी आँखों की प्रशंसा मेरे पूरे शरीर पर घूम रही थीं, हालाँकि उसकी नजरें अभी भी मुझसे मिली हुई थीं।

उस पल में शब्दों की आवश्यकता नहीं थी। यदि कोई प्यार को देख सकता था और उसे शक्ल देने के लिए एक पल का चुनाव करना चाहता था तो वह पल यही था। अब वह कितना साफ दिखाई दे रहा था! यह एक ऐसे व्यक्ति का चेहरा था, जो बुरी तरह से और पूरी तरह से प्यार में डूबा हुआ था। मैंने उसकी आँखों में वह भाव पहचान लिया।

फिर मैं अनायास काँप उठी।

यह वही भाव था, जो मैंने इतने सालों पहले अभि की आँखों में देखा था।

□

11

एक तरह का जादू

'तुम बहुत गजब की लग रही हो!' जैसे ही हम लिफ्ट में अकेले हुए, वैभव ने कहा।

'हा-हा, ऐसा सिर्फ इसलिए है, क्योंकि तुमने मुझे कभी इतना सजा-धजा हुआ नहीं देखा है।' मैंने उसकी प्रशंसा को एक तरफ करते हुए कहा। मुझे नहीं पता था कि उसे अनुग्रह के साथ कैसे स्वीकार करना चाहिए!

'नहीं, तुम ज्यादा 'सजी-धजी' तो नहीं हो। बस, तुम स्वाभाविक रूप से सुंदर हो।' उसने अपनी नजरें मेरे चेहरे से हटाए बिना कहा।

उसकी समीक्षा मुझे असहज बना रही थी, इसलिए मैंने विषय बदल दिया।

'हम कहाँ जा रहे हैं?' मैंने पूछा।

'पता चल जाएगा!'

'हम ट्रेन से जा रहे हैं?'

'नहीं! आपका वाहन है, माय लेडी।' उसने कहा और लिफ्ट से बाहर निकलने पर अपना हाथ लहराकर इशारा किया।

ड्राइव वे पर यूनिफॉर्म पहने एक स्मार्ट शोफर ने हमें सलाम किया। जब मेरी नजर कार पर पड़ी, जो कि एक शानदार काली चमकदार बी.एम.डब्ल्यू. थी तो मैं धक् से रह गई! मैंने पत्रिकाओं के अलावा ऐसी कार पहले कभी नहीं देखी थी।

'गुड मॉर्निंग, मैम!' शोफर ने मेरे लिए दरवाजा खोलते हुए कहा। फिर वह फुरती से दूसरी तरफ गया और वैभव के लिए भी दरवाजा खोलकर खड़ा हो गया।

मुलायम काले चमड़े की सीटें इतनी कोमल थीं कि मैं उनमें धँस गई। एक प्यारी-सी ताजे नीबू की सुगंध हमारे आसपास फैल गई। मैं इन सबसे पूरी तरह अभिभूत थी।

'अच्छा लगा तुम्हें?' वैभव ने मुसकराते हुए पूछा।

मैं कार के भव्य इंटीरियर को देखकर हैरान थी। मैं पहले कभी किसी लक्जरी कार में नहीं बैठी थी।

'यह सब शब्दों के परे है!' मैंने कहा।

'चलो, कुमार।' उसने जगह का नाम बताए बिना शोफर से कहा।

कुछ ही देर में कार मुख्य सड़क के ट्रैफिक में शामिल हो गई।

'कुमार, क्या तुम म्यूजिक चला दोगे, प्लीज?' वैभव बोला।

'ओह, तुमने म्यूजिक की भी योजना बनाई है?' मैंने एक भौंह उठाई।

'हाँ, बनाई है!' वैभव खुश लग रहा था, 'अब अपनी आँखें बंद करो, पीछे टिककर बैठो और इसे सुनो।'

'मैं अपनी आँखें क्यों बंद करूँ?' मैंने पूछा।

'कितने सवाल पूछती हो तुम! बस, मैं जो कह रहा हूँ, वो करो।' उसने कहा।

कुछ अजीब सा महसूस करते हुए मैं सीट पर पीछे टिककर बैठ गई और अपनी आँखें बंद कर लीं। मुझे बिल्कुल भी अंदाजा नहीं था कि आगे क्या आने वाला है!

कार के स्पीकर जेफरसन स्टारशिप की आवाज से गूँज उठे। यह वही गाना था, जो वैभव ने मेरे लिए मेरे अठारहवें जन्मदिन पर बजाया था।

लोग हमेशा बात करते हैं कि कैसे संगीत उन्हें समय में पीछे ले जाता है, वापस उन सुखद यादों में, जो किसी विशेष गीत से जुड़ी होती हैं, लेकिन मैं जब भी अपनी सुखद यादों को मुड़कर देखती थी, मुझे वह सब भी याद आ जाता था, जो बाद में हुआ था। उस समय मुझे नहीं पता था कि जिंदगी मुझे इतने ठंडे और क्रूर तरीके से कुचल देगी, तोड़ देगी; हर उस चीज को रौंद देगी, जो मेरे लिए मेरी दुनिया थी, मुझे पूरी तरह बरबाद कर देगी और फिर मुझे थूक देगी! उन दिनों मैं इतनी मासूम थी, मुझे कोई अंदाजा नहीं था कि भविष्य में क्या होने वाला था! कुछ मामलों में मैं अभी भी अपनी जिंदगी के बिखरे हुए टुकड़े बटोर रही थी, हालाँकि बाहर से लग रहा था कि सबकुछ अच्छा था। मेरे माँ-पापा खुश थे कि मैं 'ठीक' थी और नियमित रूप से कॉलेज जा रही थी; लेकिन अंदर-ही-अंदर मैं संघर्ष कर रही थी। इसका सामना मैं पढ़ाई में कड़ी मेहनत करके और खुद को कॉलेज की गतिविधियों में डुबाकर कर रही थी। इससे मेरा मन लगा रहता था—काफी हद तक।

एन.एम.एच.आई. में मैंने एक-एक दिन गुजारने के लिए वर्तमान पल पर ध्यान केंद्रित करना सीखा था। यह कैसे करना है, मैंने बहुत श्रम से सीखा था—सचेत रूप से केवल उस पल, उस दिन, जो कुछ भी मायने रखता था, उस पर अपना ध्यान निर्देशित करते हुए। जब भी मेरा मन अतीत की ओर उड़ता था, मुझे उस पर लगाम लगानी पड़ती थी। अब वैभव यह गाना लगाकर एक पुरानी व अनचाही याद को जगा रहा था।

मैंने अपनी आँखें खोल लीं। मैं इससे आगे बढ़ चुकी थी। मैं नहीं जानती थी, कैसी प्रतिक्रिया दूँ या क्या कहूँ?

वैभव आशा भरी नजरों से मेरी ओर देख रहा था।

'अच्छा है?' उसने पूछा।

मैं कह भी क्या सकती थी? वह मुझे खुश करने के लिए कितनी मेहनत कर रहा था। मैं उससे यह पल कैसे छीन सकती थी?

'बहुत अच्छा।' मैंने कहा। मैं बुरी तरह चाह रही थी कि मैं वास्तव में खुश हो सकूँ, लेकिन दु:ख की एक लहर ने मुझे निगल लिया था।

गाने चलते रहे। उसने उन सब गानों का चुनाव किया था, जो हम उन दिनों सुना करते थे और उनमें कुछ क्लासिक्स भी मिला लिये थे। उनमें ब्रायन एडम्स था, जॉर्ज माइकल, मैडोना, स्टिंग, बॉन जोवी एवं माइकल बोल्टन थे और साथ ही एल्विस प्रेस्ली तथा बीटल्स भी। सब रोमांटिक गाने थे। दुर्भाग्य से, वे मुझे सीधे एन.एम.एच.आई. के दिनों में ले गए, जब मेरे साथी मरीजों ने मुझे छुट्टी मिलने से ठीक पहले 'द वर्ल्ड्स ग्रेटेस्ट लव सॉन्ग्स' के कैसेट भेंट किए थे। एन.एम.एच.आई. में बिताया समय वह अंतिम चीज थी, जिसे मैं याद करना चाहती थी। मैंने अपने जीवन का वह हिस्सा बुरी यादों के एक संदूक में बंद करके अपने अंदर बहुत गहराई में धकेल दिया था। मैं उस संदूक को खोलने के लिए तैयार नहीं थी, लेकिन यह संगीत वही काम कर रहा था। यह बुरी यादों के उस बंद संदूक पर प्रहार करके उसे जबरदस्ती खोलने की कोशिश कर रहा था। ये गाने दर्दनाक थे। प्रत्येक शब्द मेरे कान के परदों में चुभ रहा था। कितना दर्द हो रहा था! मुझे वह समय याद आया, जब मैं असहाय थी, पढ़ने के लिए संघर्ष कर रही थी। मुझे अस्पताल में अपने शुरुआती दिनों के हर एक कष्टदायी विवरण की याद आ गई। मुझे याद आया कि मैं खुद को कितनी अकेली महसूस कर रही थी, कितनी असहाय, कितनी भयभीत! मेरे सिर के अंदर विचारों की एक सुनामी उठ रही थी। मैं साँस लेने के लिए संघर्ष कर रही थी, डूबने से बचने के लिए संघर्ष कर रही थी। मैं दर्द की तीव्रता से बहती जा रही थी। मैं इस संगीत को और नहीं सुन सकती थी। मैं चाहती थी, यह बंद हो जाए।

मैंने अपनी आँखें कसकर बंद कर लीं और यादों को अवरुद्ध करने की कोशिश करने लगी। मैं अपने विचारों को रोकने की कोशिश कर रही थी। मैंने अपनी मुट्ठी जोर से बंद कर ली और मेरे नाखून मेरी हथेलियों में चुभने लगे। मैंने अपनी साँस रोकी हुई थी।

'शांत हो जाओ, शांत हो जाओ।
बंद करो।
मुझे ये नहीं चाहिए।
ये नहीं।
कभी नहीं।'

अचानक संगीत रुक गया और मैंने वैभव का हाथ अपने कंधे पर महसूस किया।

वह भयभीत और चिंतित लग रहा था।

'अंकिता···अंकिता, तुम ठीक हो? क्या हो गया अचानक? हे भगवान्! तुम कितनी पीली पड़ गई हो!' वह बोला।

मैंने अपनी आँखें खोल दीं। मुझे मेरा शरीर मेरा नहीं लग रहा था।

उसी पल मुझे साँस लेने की याद आई। मैंने थूक निगला और बोलने की कोशिश की।

'मुझे···मुझे नहीं पता। मुझे माफ कर दो।' मैं फुसफुसाई।

'प्लीज, माफी मत माँगो। कोई परेशानी है क्या? तुम इतने तनाव में लग रही हो! कोई बात नहीं।' उसने कहा।

तब मुझे एहसास हुआ कि मैंने जोर से बोल दिया होगा!

मैं शांत होने की कोशिश करते हुए स्थिर बैठी रही। मैं बोल नहीं पा रही थी।

'ये लो, थोड़ा पानी पी लो।' वैभव ने मुझे एक बोतल दी।

मैंने पानी के बड़े-बड़े घूँट लिये और चुपचाप बैठी रही—अपने दिल की धड़कनों के सामान्य होने के इंतजार में। वैभव मुझे चिंतित भाव से देख रहा था।

कार अब वर्ली से गुजर रही थी।

'तुमने म्यूजिक क्यों बंद कर दिया? मैंने कुछ कहा था क्या? आई एम सॉरी। मेरा यह इरादा नहीं था।' मैंने कुछ देर बाद कहा।

'हाँ, तुमने कहा कि तुम्हें यह नहीं चाहिए था और चिल्लाईं—'बंद करो' और कोई बात नहीं अंकिता, तुम्हें माफी माँगने की जरूरत नहीं है। मैं तुम्हें पहले ही कह चुका हूँ।'

इस बात पर मैं दुःखी हो गई। मैं सोचने लगी कि वैभव ने यह प्ले लिस्ट तैयार करने में कितनी मेहनत की होगी! उसने किराए पर कार ली थी, पूरे दिन की योजना बनाई थी और अच्छे-खासे पैसे खर्च किए थे मेरे लिए।

मेरे सिर के अंदर आवाज मुझ पर हँसने लगी। तुम सामान्य होने का नाटक क्यों कर रही हो? तुम उस व्यक्ति को केवल दर्द ही दोगी, जो तुम्हें खुश करने की कोशिश करेगा, उसने कहा। मैंने उस आवाज को दबाने की कोशिश की, लेकिन नहीं कर पाई। वह मेरे सिर के अंदर जोर से और साफ-साफ सुनाई दे रही थी—

'तुम बेकार हो, और कुछ नहीं।

तुम क्या हो?' आवाज ने पूछा।

'बेकार।' मैंने जवाब दिया।

मैं थोड़ी देर चुपचाप बैठी रही, क्योंकि मेरे पास कहने को कुछ नहीं था। वैभव

समझ नहीं पा रहा था, क्या करे! मुझे उसके चिंतित चेहरे को देखकर बहुत बुरा लग रहा था। उसके साथ ऐसा नहीं होना चाहिए था। मैं उसे बेहतर महसूस कराना चाहती थी। मुझे लगा, मुझे उसको स्पष्टीकरण देना चाहिए। मैं कार में नहीं बोलना चाहती थी, क्योंकि मैं नहीं चाहती थी कि कुमार मुझे सुने, इसलिए मेरे पास एकमात्र विकल्प था—हमारे अकेले होने तक इंतजार करना।

'तो, क्या तुम अभी भी मुझे नहीं बताओगे कि हम कहाँ जा रहे हैं?' मैं जबरदस्ती मुसकराई।

'हम लगभग पहुँच गए हैं, अंक्स! बस, कुछ मिनट और।' उसने कहा।

मैंने बाहर देखा; हम बॉम्बे के ऐसे हिस्से में पहुँच गए थे, जहाँ मैं कभी नहीं आई थी। मैं सोच रही थी कि वह मुझे कहाँ ले जा रहा है? तभी कुमार ने सड़क के किनारे कार रोक दी।

वह दरवाजा खोलने के लिए बाहर निकलने ही वाला था कि वैभव ने उसे रोक दिया। फिर वह मेरी ओर मुड़ा।

'सुनो, अगर मैं तुम्हें यहाँ से आँखों पर पट्टी बाँधकर ले जाऊँ तो तुम्हें ऐतराज तो नहीं होगा?' वैभव ने अपने बैकपैक से एक स्कार्फ निकालते हुए पूछा।

मेरी पहली प्रतिक्रिया घबराहट थी। मुझे नियंत्रण में रहना पसंद नहीं था। मैं नहीं जानती थी, मुझे कैसा महसूस होगा? लेकिन फिर, मैं उसे संगीत बंद करने के लिए कहकर कार में एक बार पहले ही गड़बड़ कर चुकी थी। मैं जानती थी कि यह सरप्राइज, वह जो भी था, वैभव के लिए बहुत मायने रखता था। वह एक स्कार्फ भी लेकर आया था। मेरे पास उसे मना करने का दिल नहीं था।

मैंने 'हाँ' में सिर हिला दिया।

'ठीक है, शुक्रिया!' वैभव ने कहा, वह कार की मेरी तरफ आया, मेरे लिए दरवाजा खोला और सफाई से स्कार्फ मेरी आँखों पर बाँध दिया।

'आइए, माय लेडी।' उसने मेरा हाथ थामते हुए कहा।

मैं डरी हुई थी; लेकिन मैं नियंत्रण से बाहर नहीं थी। मैं राहत महसूस कर रही थी कि मैं अपना डर काबू में रख पा रही थी।

वैभव ने एक हाथ मेरे कंधे पर रखा और एक विशेषज्ञ की तरह मेरा मार्गदर्शन करने लगा। मैं लगभग 50 मीटर के करीब चलती रही। यह बताने का कोई तरीका नहीं था कि मैं कितना चली, क्योंकि आँखें बंद होने के साथ मेरा दूरी का अनुमान भी खो गया था। कितनी अजीब बात है कि एक इंद्रिय के चले जाने से आप पूरी तरह भटका हुआ महसूस करते हैं! मुझे अपने कंधे पर वैभव के हाथ से सुकून महसूस हो रहा था और

मैं उत्तेजित भी महसूस कर रही थी। उसकी आवाज मुझे शांति दे रही थी। वह रास्ते में हर कदम पर मुझे आश्वस्त कर रहा था कि हम जल्दी ही पहुँचने वाले थे। 'बस, कुछ कदम और। ध्यान से···धीरे चलो।' वह बार-बार कहता जा रहा था। मैं उसकी आवाज की चिंता और परवाह पर मुसकराने लगी।

'और अब, तैयार हो?' उसने पूछा।

मैंने फिर 'हाँ' में सिर हिला दिया।

उसने मेरी आँखें खोल दीं।

अपने सामने विशाल 'गेटवे ऑफ इंडिया' को देखकर मेरी साँस रुक गई। वह ऐसा दृश्य था, जिसे मैं कभी नहीं भूल सकती। सफेद मुलायम बादलों के साथ चमक रहे नीले आसमान के फ्रेम में, पृष्ठभूमि में समुद्र और हजारों की संख्या में उड़ रहे कबूतरों के साथ, बेसाल्ट और कंक्रीट से बनी विशालकाय मेहराब भव्यता से मेरे ठीक सामने खड़ी थी। उसकी ऊँचाई लगभग 85 फीट थी। मैंने इससे पहले केवल उसकी तसवीरें देखी थीं और कुछ फिल्मों में भी देखा था। उसे इतने पास से देखकर मेरी धड़कन रुक-सी गई।

'वाओ, वैभव! कितना शानदार है यह!' मैंने कहा। मैं अपना डर, अपनी चिंता और थोड़ी देर पहले कार में महसूस हो रही सारी असहजता भूल गई। जो चीजें मायने रखती थीं, वे थीं—यह विशाल संरचना, समुद्र से आती नमक की गंध, मेरे बालों को चारों दिशाओं में बेतहाशा उड़ाती हवा और वैभव के हाथ का अभी भी मेरे कंधे के इर्द-गिर्द होना! मुझे बहुत अच्छा लग रहा था।

हम दोनों उसे विस्मय और खुशी से देखते हुए खड़े रहे।

'जानती हो, मैंने भी इसे पहले नहीं देखा था। जब से मैं बॉम्बे आया हूँ, मैं इसे देखना चाहता था और अब मैं खुश हूँ कि मैंने इसे तुम्हारे साथ देखा।' वैभव बोला।

'थैंक्स। यह जगह का अच्छा चुनाव था।' मैं मुसकराई।

'उन कबूतरों को दाना खिलाना चाहती हो?' वैभव ने पूछा।

'खुशी से।' मैंने जवाब दिया।

वैभव ने एक प्यारे से छोटे लड़के से दानों का पैकेट खरीदा, जो उन्हें बेच रहा था। बच्चा मुझे देखकर शैतानी से मुसकराया और बोला, 'भैया से कहिए, एक और खरीद लें, दीदी।'

मैं हँसने लगी। वह छोटा सा लड़का जानता था कि यह काम करेगा और अंत में वैभव ने दो पैकेट खरीद लिये। हम दोनों वहाँ चले गए, जहाँ कबूतर इकट्ठा थे। हम पक्षियों को खिलाने के लिए घुटनों पर बैठ गए, जिन्हें स्पष्ट रूप से इसकी आदत थी।

वे पालतू प्रतीत हो रहे थे और उनमें से दो सीधे मेरी खुली हथेली से दाने चुगने लगे।

'देखो, इन लालची कबूतरों को!' मैंने उनकी चोंचें अपने हाथों पर महसूस कीं तो हँसते हुए कहा।

'देखा, मैंने कहा था न, तुम्हें अच्छा लगेगा!' वैभव बोला।

नाश्ते में हमने भेलपुरी व पोहा खाया, जो उस क्षेत्र के आसपास कई विक्रेता बेच रहे थे और जो बहुत स्वादिष्ट था। हम 'गेटवे ऑफ इंडिया' के किनारे बने प्लेटफॉर्म्स में से एक पर बैठ गए और कागज की प्लेट में प्लास्टिक के चम्मच से नाश्ता करते हुए संरचना की भव्यता में डूबे रहे।

'कल्पना करो, अंकिता, यह सन् 1911 में किंग जॉर्ज पंचम और क्वीन की पहली भारत-यात्रा पर उनका स्वागत करने के लिए बना था। जब उनका जहाज यहाँ पहुँचा होगा तो यह पहली चीज होगी, जो उन्होंने देखी थी!'

'कितना भव्य होगा यह!' मैं सोचने लगी।

'और वह जो वहाँ पर राजा शिवाजी हैं? ये तो ब्रिटिश साम्राज्य के समय नहीं बनाए गए होंगे?' मैंने 'गेटवे ऑफ इंडिया' के सामने बनी मूर्ति की ओर इशारा किया।

'मुझे लगता है, यह प्रतिभा सन् 1961 के आसपास बनी थी। इसका अनावरण गणतंत्र दिवस के दिन हुआ था।' वैभव बोला।

'वाह! तुम्हें अपने इतिहास की अच्छी जानकारी है।' मैंने कहा।

'मैंने इसके बारे में पढ़ा था, अंकिता। मैं मजाक नहीं कर रहा था, जब मैंने कहा था कि मैंने बहुत प्लानिंग की है।' वैभव मुसकराकर बोला।

'अब क्या?' मैंने उससे पूछा।

'तुम पंद्रह मिनट पैदल चल सकोगी?'

'हाँ! देखो, मैंने आरामदेह फुटवियर पहना हुआ है।' मैंने अपने सैंडल दिखाते हुए कहा।

'बढ़िया, बढ़िया। चलो, चलते हैं!'

'कार का क्या होगा?' मैंने पूछा।

'असल में मैंने केवल लेने और छोड़ने के लिए कार बुक की है, वरना मुझे पूरे दिन के लिए भुगतान करना पड़ता और वह बहुत महँगा था। अगर तुम पैदल नहीं चलना चाहतीं तो हम कैब ले सकते हैं।' वैभव ने कहा। उसके चेहरे पर क्षमा-याचना का भाव था।

'वैभव! मैं ट्रेन में भी सफर कर सकती थी! मुझे कार किराए पर लेने जैसी ऐश की आदत नहीं है।' मैंने कहा।

'चलो फिर, मैं तुम्हें कुछ दिखाना चाहता हूँ और मेरा वादा है, तुम्हें वह भी अच्छा

लगेगा।' वैभव ने कहा और मेरे आगे चलने लगा।

मैं हलका और खुश महसूस कर रही थी। हालाँकि डेट की शुरुआत खराब हुई थी, लेकिन अब मुझे आनंद आ रहा था। वैभव भी खुश लग रहा था। हम साथ-साथ चलते हुए 'गेटवे ऑफ इंडिया' से बाहर निकल आए।

मैं यह जानने के लिए बेताब थी कि वैभव मुझे अब कहाँ ले जाएगा?

□

12

दिल का पूर्ण ग्रहण

पाँच-छह मिनट चलने के बाद वैभव एक झरने पर रुक गया।

'हमारा अगला पड़ाव, वेलिंगटन फाउंटेन। इसका निर्माण सन् 1865 में हुआ था और इसका नाम ड्यूक ऑफ वेलिंगटन आर्थर वेलेजली के नाम पर रखा गया था, क्योंकि वे अकसर बॉम्बे आया करते थे।' वैभव ने बताया।

'हे भगवान्! तुमने ये सारे विवरण याद कर रखे हैं!' मैंने आश्चर्य से कहा।

'हाँ, मैं सूक्ष्म तैयारी में विश्वास करता हूँ।'

'मैं प्रभावित हूँ।' मैंने कहा और मैं सच में थी भी।

'शुक्रिया!' वैभव ने प्रणाम और शिष्टाचार के बीच की भंगिमा के साथ कहा।

वह एक भव्य झरना था। उसमें एक नवशास्त्रीय शैली में बेसाल्ट से बनी दो-स्तरीय अष्टकोणीय संरचना थी और उसके चारों ओर—अष्टकोण के प्रत्येक बिंदु पर—एक संगमरमर की मूर्ति थी, जो कुल मिलाकर आठ थीं। सबसे ऊपरी परत धातु से बनी थी और उसमें लोहे की पत्तियाँ बनी हुई थीं। उन पर कुछ लैटिन भाषा के शिलालेख थे और वैभव ने मुझे बताया कि उनमें ड्यूक की उपलब्धियों का वर्णन था।

'तुम्हें पता है, इस शहर के बारे में मुझे कौन सी चीज हैरान करती है?' वैभव ने पूछा।

'क्या? बॉम्बे की स्पिरिट (भावना)? कैसे यह बम-विस्फोट के बाद एक ही दिन में सामान्य हो गया था!' मैंने पूछा।

'ओह, यह तो मानी हुई बात है, लेकिन देखो, इस समय हम कहाँ खड़े हैं! हम यहाँ एक शानदार ऐतिहासिक स्थल पर खड़े हैं और इसके चारों ओर जीवन चल रहा है। ये सारे लोग, जो अपने रोज के काम पर जा रहे हैं, शायद इसकी ओर मुड़कर भी नहीं देखते। मुझे यह देखकर अच्छा लगता है कि कैसे यहाँ के ऐतिहासिक स्थल शहर की व्यस्त जिंदगी के अभिन्न अंग बन गए हैं!' वैभव बोला।

'कितनी सही बात है! मैंने कभी इन्हें इस तरह से नहीं देखा।' मैंने वैभव की विस्तृत व्याख्या और अंतर्दृष्टि की सराहना की।

'आगे चलें?' उसने पूछा।

'हाँ, प्लीज।' मैंने जवाब दिया।

बॉम्बे का यह हिस्सा अद्भुत था। ब्रिटिश युग के दौरान निर्मित खूबसूरत, प्राचीन, सजावटी मेहराबोंवाली विक्टोरियन इमारतों से भरा हुआ। मुझे यहाँ चलना अच्छा लग रहा था। हमने सड़क के किनारे ठेले से नींबू-पानी पिया। ठंडे नींबू शरबत ने हमें तरोताजा कर दिया और हम कुछ मिनट और चलते रहे।

'अगला पड़ाव फ्लोरा फाउंटेन है, जो तुम सामने दाईं तरफ देख रही हो।' वैभव ने घोषणा की, बिल्कुल एक टूर गाइड की तरह।

मैं उत्कृष्ट रूप से गढ़े गए स्थापत्य स्मारक को देखकर स्तब्ध रह गई। उसके शीर्ष पर एक रोमन देवी की भव्य प्रतिमा खड़ी थी। इस स्मारक के चारों ओर भी सुंदर प्रतिमाएँ थीं।

'कमाल की चीज है न?' वैभव ने मुग्ध भाव से कहा।

'हाँ, है! और इसके पीछे क्या इतिहास है? क्या तुमने उसे भी याद किया है?'

'बेशक। यह सन्1864 में पश्चिमी भारत के कृषि-बागबानी समाज द्वारा कमीशन किया गया था। इसे पूरा होने में पाँच साल लगे थे। मुख्य प्रतिमा आयातित पोर्टलैंड स्टोन से गढ़ी गई थी। मूर्तिकार जेम्स फोर्सिथ थे। तुम शीर्ष पर जो मूर्ति देख रही हो, वह रोमन देवी फ्लोरा हैं, इसलिए इसे 'फ्लोरा फाउंटेन' कहा जाता है।' वैभव विवरण के साथ तैयार था।

'लेकिन यह तो एक अनुषंगी लाभ था। जो असली जगह मैं तुम्हें दिखाना चाहता हूँ, वह यहाँ से कुछ कदम की दूरी पर है। आओ मेरे साथ।' उसने अपना हाथ बढ़ाते हुए कहा। सड़क पार करते हुए वह मेरा हाथ थामे रहा।

मैं अपने सामने फैले दृश्य को देखकर आश्चर्यचकित रह गई। फुटपाथ का विशाल वक्र एक के ऊपर एक रखी हजारों पुस्तकों से भरा हुआ था, जिनके ढेर एक छोर से दूसरे छोर तक फैले हुए थे। हम दोनों पुस्तकों के एक टावर को देख रहे थे।

'मैंने इसके बारे में सिर्फ सुना था। मैंने नहीं सोचा था कि यह इतना विशाल होगा!' वैभव ने कहा।

हमने पुस्तकों के बुर्ज में प्रवेश किया। मैं एक के ऊपर एक रखे पुस्तकों के दस फीट से ऊँचे ढेरों को अचरज से देख रही थी। मैं अलादीन थी और यह मेरी खजाने की गुफा! यहाँ हर प्रकार की पुस्तकें थीं—मैनेजमेंट की पाठ्य-पुस्तकें, मेडिकल की पुस्तकें, कला की पुस्तकें, कॉफी टेबल बुक्स। फिर वहाँ हजारों की संख्या में पेपरबैक और हार्डबाउंड उपन्यास थे। विक्रेता बहुत तेज थे। जैसे ही मैंने एक लेखक में दिलचस्पी

दिखाई, विक्रेता ने तुरंत उस लेखक की सभी पुस्तकें पेश कर दीं। उसे पता था कि उस विशाल ढेर में से एक विशेष शीर्षक कहाँ से ढूँढ़ निकालना है।

उसने कहा कि उसके पास नई पुस्तकें भी थीं एवं पुरानी भी और मुझसे पूछा कि मैं कौन सी पसंद करूँगी?

'मैडम, पायरेटेड नहीं, ओरिजिनल है।' उसने मुझे आश्वस्त किया।

मैंने देखा कि आठ-नौ साल की एक छोटी सी लड़की खुशी से उछल रही है, क्योंकि उसे 'टिनटिन इन अमेरिका' मिल गई थी।

'माँ, प्लीज, प्लीज, मैं ये ले सकती हूँ?' उसने अपनी माँ से पूछा, जो कला की पुस्तकें देखने में व्यस्त थी।

वैभव कुछ इंजीनियरिंग की पाठ्य-पुस्तकें देख रहा था।

'ये कितनी सस्ती हैं! जानती हो, मैंने इनमें से कुछ के लिए अच्छे-खासे पैसे दिए हैं।' वह बोला।

'हमारे पास 'बाय-बैक स्कीम' भी है, सर। आप इन्हें ले जा सकते हैं और पढ़ने के बाद लौटा सकते हैं। हम आपको कीमत का 50 प्रतिशत वापस कर देंगे।' एक विक्रेता ने कहा।

हमने वहाँ पुस्तकें देखते हुए एक घंटे से अधिक समय बिताया। मैंने दो 'कैल्विन एंड हॉब्स' की पुस्तकें खरीदीं और एक मिश्रित कविताओं की पुस्तक भी, जो वहाँ मिल गई। मुझे उसमें दिए चित्र और बिल वॉटरसन की कल्पना अच्छी लगी। एक बुक स्टोर पर मैंने उनके लिए यहाँ से कहीं अधिक पैसे दिए होते! हालाँकि वैभव उनका भुगतान करने की जिद कर रहा था, पर मैंने उसे नहीं करने दिया।

'नहीं, नहीं, तुम पहले ही इन सब पर इतना खर्च कर चुके हो। मैं यह खुद ले सकती हूँ।' मैंने पुस्तकों के पैसे देते हुए कहा।

'क्या जगह है!' हमने वहाँ से निकलते हुए खुशी की साँस लेकर कहा।

हम दादाभाई नौरोजी की प्रतिमा के सामने से गुजरे—बुद्धिजीवी और विचारक, जिनके नाम पर यह सड़क थी। वे अपने हाथ में एक पुस्तक लिये हमें देख रहे थे।

'तुम्हें लगता है, इन्होंने अपनी पुस्तक इन स्टॉल्स से खरीदी होगी?' मैंने चुटकी ली।

'बिल्कुल खरीदी होगी। इन्हें जरूर अच्छे दाम भी मिले होंगे।' वैभव ने भी मजाक में जवाब दिया।

'अब कहाँ जाना है?' मैंने पूछा।

'इंतजार करो!' उसने कहा।

'आज तुम 'किंग ऑफ सरप्राइजेस' हो।' मैंने कहा।

'अगर मेरी क्वीन खुश है तो मैं भी हूँ।' उसने जवाब दिया।

'तुम्हारी क्वीन?' मैं हँसने लगी।

'आई लव यू, अंकिता। मैं तुमसे स्कूल के दिनों से प्यार करता हूँ, तुम तो यह बात जानती ही हो।' उसने कहा। उसने यह बात इतने साधारण तरीके से कह दी—बॉम्बे की एक व्यस्त सड़क के बीच में, साथ-साथ चलते हुए। उसने यह कहते हुए मेरी ओर देखा भी नहीं।

अगर मैंने यह इतना साफ-साफ नहीं सुना होता और अगर उसने 'स्कूल के दिनों' का जिक्र नहीं किया होता तो मैं उसे मजाक का रूप देकर हँसी में उड़ा सकती थी, लेकिन मैं जानती थी, वह बहुत गंभीर था।

उसने मुझसे किसी जवाब की अपेक्षा भी नहीं की। मैं भी नहीं समझ पा रही थी, क्या कहूँ? इसलिए जवाब में मैंने केवल उसकी कुहनी दबा दी और हम चलते रहे।

अगर मुझे पता होता कि आगे क्या आने वाला है तो मैंने डेट वहीं समाप्त करके उससे मुझे घर ले जाने को कहा होता, लेकिन मैंने नहीं कहा। मुझे बहुत मजा आने लगा था और मैं और अधिक पाने के लिए लालची हो रही थी। मैं बहुत लंबे समय बाद इस तरह की डेट पर निकली थी। एन.एम.एच.आई. में मेरे दिन और रात बहुत ध्यान से तैयार की गई दिनचर्या थे। उसमें कोई 'मनोरंजन' नहीं था। वह एक अनुशासित अस्तित्व था। जब मैं अस्पताल से वापस आई तो मेरा ध्यान कॉलेज वापस जाने, कॅरियर का रास्ता बनाने और वह सब वापस पाने पर था, जो मैंने कॉलेज बीच में छोड़कर खोया था। मैंने कड़ी मेहनत की थी और कभी छुट्टी नहीं ली थी। बॉम्बे में इस तरह घूमना और वैभव का इस तरह मुझ पर ध्यान देना मुझे सामान्य होने का एहसास करा रहा था। किसी भी अन्य व्यक्ति की तरह मैं उल्लसित थी। मैंने जो कठिन समय गुजारा था, उसके बाद इस तरह के छोटे-छोटे पल मेरे लिए बहुत मायने रखते थे। मैं इन्हें सँजो रही थी।

वैभव मुझे मरीन ड्राइव पर समुद्र के सामने एक रूफटॉप रेस्टोरेंट में ले गया, जो समुद्र के सामने अठारह मंजिला एक इमारत की छत थी और उसने जो टेबल बुक किया था, वह एक प्राइवेट डाइनिंग एरिया (निजी भोजन क्षेत्र) में था, जिसमें फर्श से छत तक की खिड़की से बाहर का शानदार दृश्य दिखता था। पूरी जगह विशाल कंटेनरों में लगे पेड़ों से भरी थी। जहाँ भी मैं देख रही थी, मुझे चमकीले नीले आसमान से मुकाबला करते गहरे हरे पत्ते दिखाई दे रहे थे। गहरे नीले पानी पर सूरज की किरणें चमक रही थीं, जो लहरों को हीरों से अधिक चमकदार बना रही थीं। ऐसा प्रतीत हो रहा था, जैसे हम आसमान में डिनर कर रहे हों! भले ही वह एक रूफ-टॉप रेस्टोरेंट था, वहाँ एक प्रकार

का काँच का आवरण था और मैंने अनुमान लगाया कि दीवारों के ऊपरी हिस्से पर जो विशालकाय झरोखे थे और जिन्हें सावधानी से रेस्तराँ के डिजाइन में एकीकृत किया हुआ था, एयर कंडीशनिंग के लिए थे। अंदर काफी ठंडक थी।

'तुम्हें पसंद आया?' वैभव ने पूछा।

'हाँ, आया। कैसे नहीं आता!'

उसका चेहरा एक लालटेन की तरह चमक उठा।

हम अपनी चमड़े की कुरसियों में धँस गए—एक-दूसरे के सामने। मैं समुद्र को उसकी लहरों से चट्टानों पर प्रहार करते देख सकती थी। कितना निष्ठुर था उनका ज्वार! वे पीछे जाती थीं और फिर वापस आती थीं—बार-बार। लहरों को देखना सम्मोहक था। फिर एक बिन बुलाया विचार मेरे दिमाग में घुस आया। मैं सोचने लगी कि क्या अभि ने भी डूबने से ठीक पहले इसी तरह लहरें देखी होंगी और वही सब सोचा होगा, जो मैं सोच रही हूँ?

मैंने उस विचार को दिमाग से निकाल दिया। अभी मैं यहाँ वैभव के साथ थी। मुझे अभि के बारे में नहीं सोचना चाहिए। वह मर चुका था और जा चुका था, लेकिन यादों की अजीब आदत होती है, आपके न चाहते हुए भी आपके पास आने की। मुझे याद आया कि कैसे मैंने आतंक और भय के साथ अखबार की खबर पढ़ी थी, जब मेरी माँ ने मुझे बताया था कि उस दिन के अखबारों में समुद्र-तट पर एक युवक का मृत शरीर मिलने की खबर छपी है। मुझे याद आया कि कैसे मैंने अपनी माँ को लापरवाही से बताया था कि मेरी उससे बस, जान-पहचान थी। फिर अभि के शब्द मेरे कानों में गूँजने लगे—

'संपर्क में रहना, अंकिता। मैं बस, तुमसे इतना ही चाहता हूँ।'

'घमंड तुम्हारे सिर पर चढ़ गया है, मिस बॉम्बे।'

'अगर तुम 'हाँ' कहो तो मैं तुम्हारे लिए जिंदगी भर रुकने को तैयार हूँ।'

अभि ने मुझसे असंभव की माँग की थी—एम.बी.ए. करने के मेरे सपने को छोड़ देने की और फिर, जब मैं एम.बी.ए. पूरा करने ही वाली थी, जीवन ने उसको मुझसे छीन लिया था।

'हैलो! तुम लाखों मील दूर लग रही हो! क्या हुआ? तुम इतनी दुःखी लग रही हो?' वैभव ने मेरे विचारों में बाधा डालते हुए पूछा।

उसकी आवाज मुझे झटके से वर्तमान में ले आई।

'आई एम सो सॉरी।' मैंने कहा।

'ओह, प्लीज, हर बात पर माफी मत माँगा करो। बस, मुझे बताओ, तुम कहाँ चली गई थीं?'

मैंने एक गहरी साँस ली। 'इतना कुछ हो गया है, वैभव। ऐसा बहुत कुछ है, जो मैंने तुम्हें नहीं बताया है।' मैंने कहा।

'तो अब बता दो! हमारे पास दुनिया भर का समय है। मैं जानता हूँ, तुम बहुत मुश्किल समय से गुजरी हो, लेकिन मुझे विस्तार से कुछ नहीं मालूम है।' वह गंभीर और ईमानदार लग रहा था।

'वह सब इतना भयानक है, वैभव। मुझे डर है, मैं उसके बारे में बात करूँगी तो रो पड़ूँगी।'

उसने मेरे दोनों हाथ अपने हाथों में ले लिये।

'देखो अंकिता, आज सुबह मैंने कार में देखा कि मैंने जो संगीत लगाया था, उसने तुम्हारे अंदर गहराई में कुछ हिला दिया था। मैं मानता हूँ कि मुझे तुम्हारी प्रतिक्रिया से थोड़ा बुरा लगा था, लेकिन जानती हो क्या? मैं हूँ, तुम्हारे लिए, लेकिन जब तक तुम बताओगी नहीं कि तुम्हें क्या हो रहा है, मुझे कैसे पता चलेगा कि तुम्हारी मदद कैसे करनी है?' वैभव ने बहुत कोमलता से मेरी ओर देखा।

मुझे लगा कि मुझे उसे स्पष्टीकरण देना चाहिए। वह सबकुछ जानने का अधिकारी था। केवल उतना ही नहीं, जितना मैंने एन.एम.एच.आई. से निकलने के बाद उसे लिखा था। वह पत्र अंततः एन.एम.एच.आई. से छुट्टी मिलने की खुशी में लिखा गया था, लेकिन अब मैं अपने दिमाग के साथ प्रतिदिन एक लड़ाई लड़ रही थी। मुझे एक दोस्त की जरूरत थी, जिस पर मैं भरोसा कर सकूँ। मुझे अपने साथ कोई चाहिए था। मुझे कोई ऐसा चाहिए था, जो मुझे खुश कर सके, जैसे आज वैभव ने किया।

और इसलिए मैंने उसे वह सब बताने की गलती कर दी, जो मेरी जिंदगी में हुआ था—हमारे स्कूल छोड़ने और उसके आई.आई.टी. जाने के बाद। मैंने कोई विवरण नहीं छोड़ा।

मैंने उसे वह सब बता दिया, जो हमारे अलग होने और मेरे सेंट एग्नेस में दाखिला लेने के बाद हुआ था। मैंने उसे चुनाव के बारे में बताया और यह भी कि मैं कैसे जीती थी। मैंने उसे अभि से मुलाकात के बारे में बताया और यह भी बताया कि कैसे उसने मुझे घर छोड़ा था। मैंने उसे अभि के खून से लिखे पत्र के बारे में बताया तथा यह बताया कि कैसे मैं अभि के घर गई थी और कैसे मैं उससे बचने लगी थी, जब उसने अपने प्यार का इजहार करना जारी रखा—वह प्यार, जो बदले में मैं उससे नहीं करती थी। मैंने उसे

थोड़े से मन-मुटाव के चलते हुई अभि की निरर्थक मौत के बारे में बताया, जो मुझे अभी भी परेशान करती थी।

मैंने उससे पूछा कि क्या उसे वह 16 पेज का पत्र याद था, जो मैंने उसे लिखा था? उसे याद था। मैंने समझाया कि 'बाइपोलर डिसऑर्डर' कैसे काम करता था—और कैसे वह पत्र मैंने अपने 'हाईज' के दौरान लिखा था। मैंने उसे बताया कि कैसे जब 'लोज' हावी हुए थे तो मैं टूटकर बिखर गई थी। मैंने उसे विस्तार से उन मनोचिकित्सकों के बारे में बताया, जिनसे मैं मिली थी; कैसे मैं खुद को लैब में एक चूहे की तरह महसूस कर रही थी! मैंने उसे अपने डर, अपने दुःख, अपने जुनूनी विचारों, अपनी नफरत, अपने आत्महत्या के प्रयास के बारे में समझाया। मैंने उसे बताया कि कैसे मैं पढ़ने के लिए संघर्ष करती थी, एन.एम.एच.आई. में मेरी दिनचर्या क्या थी और साथ ही डॉ. मधुसूदन के बारे में भी बताया। मैंने कुछ नहीं छुपाया।

बोलते हुए मेरी आँखों से आँसू बह रहे थे। मैंने यह सब किसी से साझा नहीं किया था। इस बारे में किसी से बात करना आसान नहीं था। मैं वैभव से आँखें नहीं मिला पा रही थी। मैंने अपनी नजरें नीची कर लीं और उसे बताया कि इन सबका सामना करने के बाद आज का दिन कितना मजेदार था और मुझे जीवन का हलका पक्ष देखने में इसने मेरी कितनी मदद की थी, जिसे मैं लगभग भूल चुकी थी। आज का दिन मेरे लिए बहुत मायने रखता था—उसकी कल्पना से कहीं अधिक मामलों में और फिर मैंने उसका शुक्रिया अदा किया।

तब मुझे एहसास हुआ कि वैभव एकदम चुप हो गया था। जब मैंने सिर उठाकर उसका चेहरा देखा तो स्तब्ध रह गई। वह बेहद गंभीर था। उसके होंठ सिकुड़े हुए थे और आँखें जल रही थीं।

उसने केवल इतना कहा, 'तुमने मुझे धोखा दिया।'

'क्या?' मैंने सदमे में पूछा। मैंने वैभव को जितनी भी बातें बताई थीं, उनमें से उसने यही एक सुनी? यह धोखा कैसे हुआ? मैं अभि के साथ कभी सोई नहीं थी। वह अभि था, जो मेरे पीछे पड़ा था।

लेकिन वैभव बहुत गुस्से में था। वह मेरे स्पष्टीकरण को या किसी भी बात को सुनना नहीं चाहता था। उसने अपना मन बना लिया था।

'तुमने मुझे कभी नहीं बताया कि तुम्हारा किसी और लड़के के साथ इतना गहरा रिश्ता है!' उसकी आवाज धीमी, लगभग कमजोर-सी थी। उसने एक वाक्य की तरह यह कहा था, आरोप की तरह नहीं। मैं उसके शब्दों में दर्द महसूस कर सकती थी।

कभी-कभी लोग आपके अतीत और आपके वर्तमान के बीच पुल बन जाते हैं।

मेरा जीवन बहुत सफाई से दो हिस्सों में विभाजित था। उसमें एक 'अभि से पहले' और 'अभि के बाद' था, दूसरा 'एन.एम.एच.आई. से पहले' और 'एन.एम.एच.आई. के बाद' था। जब भी मैं मुड़कर अपने जीवन को देखती थी, ये सारे विभाजन, जो मैंने अपने दिमाग में बनाए थे, मुझे उसका मतलब समझने में मदद करते थे। वे मेरे लिए स्पष्ट और अलग-अलग थे। वे जुड़े हुए नहीं थे। मैंने इन हिस्सों के लिए खाने बना दिए थे और उन्हें अलग रखा था। जब एक हिस्से को जी लेती थी तो मैं पुल को जला देती थी और एक नए जीवन की शुरुआत करती थी—दूसरी तरफ से। स्थिति का सामना करने और अपना विवेक बनाए रखने का यही एक रास्ता था, जो मैं जानती थी। अपने अतीत के पंजों से बचने और आगे बढ़ने का एकमात्र तरीका!

लेकिन अब वैभव मेरे जीवन में आ गया था—एक पुल की तरह पुनर्जीवित होकर। इसके साथ मेरा थोड़ा सा अतीत मेरे पास आ गया था और अब, वैभव को अभि के बारे में बताकर मैंने अपने अतीत तक एक और पुल का पुनर्निर्माण कर दिया था। अभि के बारे में वैभव से बात करके मैंने पुलों को गड्ड-मड्ड कर दिया था और उन्हें अव्यवस्थित ढंग से अपने वर्तमान जीवन में घसीट लिया था।

मुझे उम्मीद थी कि वैभव समझेगा, लेकिन वह विभिन्न भावनाओं के साथ फट पड़ा। मैंने उसका यह रूप कभी नहीं देखा था—

'अगर वह मरा नहीं होता तो मैंने खुद उसे मार दिया होता!'

'क्या मैं एक मरे हुए आदमी के साथ प्रतिस्पर्धा कर रहा हूँ?'

'तुमने मुझे तब क्यों नहीं बताया?'

'तुमने मुझे धोखा दिया!'

'तुम ऐसा कैसे कर सकती थीं?'

'क्या तुम उसके साथ सोई थीं?'

मैंने सारे सवालों का धैर्य के साथ जवाब दिया, लेकिन वैभव सुन नहीं रहा था। वह उसी रस में डूबा हुआ था, जिसे वह विश्वासघात समझ रहा था।

'और यह सब तब हुआ, जब मैं केवल तुम्हारे बारे में सोच रहा था, अंकिता! आई.आई.टी. में तुम्हारे ही खयाल मुझे हिम्मत देते थे और इस पूरे समय तुम… भाड़ में जाओ।'

मैं उसकी प्रतिक्रिया से भौचक्की थी।

इस अचानक हुए विस्फोट और उसकी आवाज के ठंडेपन ने मुझे भय से भर दिया।

यह क्या कर दिया था मैंने? क्यों मैंने उसे सबकुछ बता दिया? क्या फायदा हुआ इससे? वह मेरा अतीत था। उसे वहीं रहना चाहिए था। मैं एन.एम.एच.आई. में सिखाई गई

सब बातें भूल गई थी। कितनी मूर्ख थी मैं! काश, मैं अपना कहा सबकुछ वापस ले पाती!

उस दिन मैंने सीखा कि बहुत अधिक ईमानदारी जैसी कोई चीज होती है। मैं सोच रही थी कि काश, मैंने यह सब अपने तक ही रखा होता! काश, मैं उस समय में वापस जा सकती, जब मैंने वैभव को यह सब विस्तार से नहीं बताया था! काश, मैंने अभि का नाम नहीं लिया होता! काश, मैं घड़ी को घुमाकर केवल कुछ घंटे पीछे ले जा सकती, जब हम 'गेटवे ऑफ इंडिया' पर थे या जब हम पुस्तकें खरीद रहे थे!

क्या हुआ उसके मेरा हमेशा साथ देने के वादे का? मैं उससे पूछना चाहती थी, लेकिन वह इतना नाराज व आहत था और मुझे डर था कि मैं उसे और नाराज कर दूँगी!

'वैभव, वह एक अलग समय था। मैं भी अलग थी।' मैंने विनती भरे स्वर में कहा। उससे विनती करने पर मुझे खुद से नफरत हो रही थी।

'तुम उसे भूली नहीं हो।' उसने बस, इतना ही कहा।

वैभव अब मुझसे नफरत करने लगा था। मैं पुरानी बातें उधेड़ने के लिए खुद को कोस रही थी। मैं अपने लिए वैभव के प्यार का अधिक आकलन करने के लिए अपने आप को धिक्कार रही थी। मैं निराश महसूस कर रही थी, क्योंकि मुझे लगा था कि कम-से-कम वह मुझे समझेगा, लेकिन वह नहीं समझा था।

'यह बात बहुत पुरानी हो गई है, वैभव!' मेरी आवाज लगभग कराहने जैसी थी।

मैं उसका प्यार वापस चाहती थी। मैं चाहती थी, वह मुझे वैसे ही देखे, जैसे उसने आज सुबह देखा था, लेकिन उसकी आँखें पत्थर हो गई थीं।

'बहाने मत बनाओ, अंकिता! यह तुम्हारे मेनिया, या जो भी तुम्हें हुआ था, से बहुत पहले की बात है। तुम जानती थीं, तुम क्या कर रही थीं! अपनी बीमारी का बहाना मत बनाओ।' वैभव घृणा से बोला।

उसके शब्द मुझे पेट पर मुक्के जैसे लगे। मुझ पर जो भी गुजरी थी, उसे मैंने बहाने के रूप में नहीं इस्तेमाल किया था। मैंने केवल उसे समझाया था। मैं चाहती थी, वैभव मेरी ताकत बने। मैं चाहती थी, वह मुझे समझे। अगर उसने पूछा नहीं होता तो मैंने कभी वह सब उजागर नहीं किया होता। वह मेरे अतीत में रहता—सफाई से बनाए खानों में, गहराई में छुपाया हुआ, कभी न खुलने के लिए!

लेकिन मैंने सब खाने गड्ड-मड्ड कर दिए थे। वैभव के शब्दों ने मुझे इस तरह कुचला था, जिसकी मैंने कभी कल्पना भी नहीं की थी।

इससे भी बुरा यह था कि मैं इसके लिए खुद के अलावा किसी को दोष नहीं दे सकती थी।

□

13

जब तुम चले गए

वैभव के साथ वापस घर की यात्रा मौन में पूरी हुई। हमारे मूड नाटकीय रूप से बदल चुके थे। सुबह हम प्रसन्नचित्त व उत्साहित थे। अब हम दोनों बिना एक शब्द बोले अपने विचारों में खोए हुए बैठे थे। मुझे नहीं पता था, वैभव पर क्या बीत रही थी? मैं बस, इतना जानती थी कि मैं एक बॉल की तरह गोले का रूप लेकर धरती से गायब हो जाना चाहती थी। मैं चाहती थी, यह सफर खत्म हो जाए। यदि शोफर ने हमारा मूड समझ लिया था तो भी वह इतना संवेदनशील और अच्छी तरह प्रशिक्षित था कि उसने कुछ कहा नहीं। वह बस, कार चलाता रहा, जैसे सबकुछ सामान्य था।

मैं सोचती रही कि इस दिन का अंत कितना खराब हुआ था! अब वैभव क्या करेगा? क्या वह मुझसे रिश्ता तोड़ लेगा?

यह विचार असहनीय था। मैं अपने जीवन में उसके न होने की कल्पना नहीं कर सकती थी। जब वह अपनी मरजी से आता था, मैं उसके आने को अधिक महत्त्व नहीं देती थी, लेकिन अब यह सब होने के बाद मैं उसे खोने से डर रही थी।

हमारे पास जो चीज होती है, उसका महत्त्व हम तब तक नहीं समझते, जब तक वह हमसे दूर नहीं चली जाती।

मैं सोच रही थी कि उसके मेरे जीवन से चले जाने का क्या मतलब होगा? मेरे पापा के साथ उसके बैडमिंटन सत्रों का क्या होगा? मेरी माँ के साथ उसकी गपशप का क्या होगा? मैंने सबकुछ इतनी बुरी तरह से बिगाड़ दिया था। मैं बार-बार यही सोच रही थी कि काश, मैंने कुछ नहीं कहा होता! मुझे अपनी कहानी उसे सुनाने का कितना अफसोस हो रहा था! आखिर मैं किस बात की आशा कर रही थी? वैभव की आँखों का भाव मुझे सता रहा था। उसके साथ यह नहीं होना चाहिए था। मुझे अपनी मूर्खतापूर्ण गड्ड-मड्ड से खुद ही निपटना चाहिए था, बजाय अपनी मोटी-बड़ी सी स्वीकारोक्ति में उसे घसीटने के! मैं उसे इस तरह चोट कैसे पहुँचा सकती थी?

'तुम हमेशा उन्हें चोट पहुँचाती हो, जो तुम्हें प्यार करते हैं। तुम बस, यही करने में सक्षम हो।

तुमने एक अच्छी दोस्ती का कत्ल कर दिया।

तुमने अभि को मार डाला।

तुम लोगों को चोट पहुँचाती हो। तुम अपने माता-पिता को निराश करती हो।

तुम बेकार हो।'

ये सारे विचार मेरे दिमाग में घूमते रहे और मुझे सताते रहे। मैं चुपचाप उन्हें बरदाश्त कर रही थी। मैं अपनी आँखें बंद करने से डर रही थी, यह सोचकर कि कहीं सुबह की तरह जोर से न बोल दूँ! मैं अपने होंठ काटकर, मुट्ठी भींचकर सब बरदाश्त कर रही थी, शब्दों को बरदाश्त कर रही थी।

अंततः हम बांद्रा पहुँच गए। यह मेरे जीवन की सबसे लंबी कार यात्रा थी।

'इन सबके लिए तुम्हारा शुक्रिया और···मुझे माफ कर देना, वैभव। मैं तुम्हें कभी चोट नहीं पहुँचाना चाहती थी।' मैंने बाहर निकलते हुए कहा।

'मुझे समझ में नहीं आ रहा है कि क्या कहूँ, अंकिता!' उसने कहा।

'मेरी···मेरी एक विनती है। तुम मेरे लिए चाहे कुछ भी महसूस करो, प्लीज, प्लीज पापा के साथ बैडमिंटन खेलना मत छोड़ना और माँ से बातें करना भी। यह उनके साथ अन्याय होगा। मैं पहले ही उन्हें बहुत दर्द दे चुकी हूँ। जब तुम आते हो तो वे कितने खुश होते हैं! वे तुम्हारे आने का इंतजार करते हैं। यह मेरी तरफ से एक अनुरोध है, वैभव।' मैंने अपना घमंड निगलकर, अभिमान किनारे करके उससे प्रार्थना की।

वैभव ने कुछ नहीं कहा, बस, सिर हिला दिया और शोफर से कहा कि उसे घर छोड़ दे।

मेरे माँ-पापा लिविंग रूम में मेरा इंतजार कर रहे थे।

मैं अंदर आई तो पापा ने मुझे आश्चर्य से देखा। 'वैभव कहाँ है ? मुझे लगा था, वह हमारे साथ डिनर करेगा।'

'उसे ऑफिस का कोई काम पूरा करना था। उसने मुझे आपसे और माँ से माफी माँगने के लिए कहा है।' मैंने बिना हिचकिचाहट के कहा। मैं उन्हें आश्वस्त करने में सफल रही। मैं जानती थी, पापा उसके लिए पूछेंगे और मैंने लिफ्ट में ही सोच लिया था कि मैं यही जवाब दूँगी।

'अफसोस की बात है। मैंने उसकी पसंद की पूड़ी-भाजी बनाई थी।' माँ ने कहा।

'आह, बढ़िया! मैं खा लूँगी।' मैंने ऐसे कहा, जैसे मैं सच में खाने के लिए उत्सुक थी।

यह आसान था। मैं वास्तव में प्रफुल्लित लग रही थी।

'तो कैसा रहा तुम्हारा दिन? क्या किया तुमने?' पापा ने पूछा।

'बहुत अच्छा था!' मैंने जवाब दिया।

खाने खाते समय मैंने उन सभी दर्शनीय स्थलों का विस्तृत विवरण दिया, वैभव के बताए ऐतिहासिक विवरण सुनाए, बताया कि मैं उन सबसे कितनी प्रभावित हुई थी और मुझे कितना आनंद आया था। मैंने केवल अंतिम हिस्सा छोड़ा, जब सबकुछ गड़बड़ हो गया था।

मुझे आश्चर्य हो रहा था कि मैं इतनी अच्छी तरह दिखावा कर सकती थी कि सबकुछ बहुत अच्छा था और मैं खुश थी। मैं भीतर से मर रही थी, फिर भी मैंने अपना दर्द इतनी अच्छी तरह छुपाया हुआ था।

खाना खाने के बाद मैंने कविताओं की पुस्तक और साथ ही 'कैल्विन एंड हॉब्स' की पुस्तक पापा को दिखाई। उन्होंने 'कैल्विन एंड हॉब्स' पर एक सरसरी निगाह डाली। उन्हें कार्टून्स ज्यादा पसंद नहीं थे। हालाँकि उन्होंने कविताओं की पुस्तक के प्रति उत्सुकता दिखाई। उन्होंने अपना चशमा पहना, पुस्तक खोली और विषय तालिका देखने लगे।

''वी ग्रो अकस्टम्ड टू द डार्क' बाय एमिली डिकिन्सन; 'द वूंड' बाय रुथ स्टोन; 'अलोन' बाय एड्गर ऐलेन पो; 'सोलिट्यूड' बाय ऐला व्हीलर विलकॉक्स।...' उन्होंने जोर से पढ़ा, 'ये सब कविताएँ दु:खी क्यों हैं?'

'पापा, यह पुस्तक दु:ख और दर्द की थीम पर है। सभी कविताएँ उसी तरह चुनी गई हैं।' मैंने जवाब दिया।

मुझे सब कविताएँ बहुत अच्छी लगीं। मैं उनके साथ गहराई से जुड़ पा रही थी। मुझे लग रहा था, जैसे कवियों ने मेरा दर्द समझा था और उसे खूबसूरती से व्यक्त किया था। दर्द में भी खूबसूरती होती थी, लेकिन मैं जानती थी, मेरे पापा यह नहीं समझेंगे।

'कुछ प्रेरणात्मक कविताएँ पढ़ो, अंकिता। ऐसी निराशाजनक चीजों से दूर रहो।' पापा ने पुस्तक मुझे लौटाते हुए कहा।

'अंकिता, आज तुम्हारा दिन बहुत लंबा था। जाकर सो जाओ।' माँ ने कहा।

'माँ, तुम मेरी स्लीप मॉनिटर हो! क्या तुम मेरे सोने के सेकंड भी गिनती हो?' मैंने उन्हें चिढ़ाया।

'हाँ, बिल्कुल। मैं चेक करने के लिए स्टॉपवॉच का इस्तेमाल करती हूँ। अब जाओ।' उन्होंने मजाक करते हुए मीठी आवाज में कहा।

'हाँ, एक और बात, पापा। हो सकता है, कल वैभव बैडमिंटन खेलने न आए!

उसने आपको बताने के लिए कहा था, लेकिन मैं भूल गई। कह रहा था, उसे तत्काल कुछ ट्रेनिंग मॉड्यूल्स पूरे करने हैं।' मैंने पापा से कहा।

'अच्छा, ठीक है तब। वहाँ कुछ नियमित खेलनेवाले हैं, जिनके साथ हम डबल्स खेलते हैं। उनमें से कोई वैभव की जगह ले लेगा।' पापा ने कहा।

जब मैं अपने कमरे में आई तो वैभव के शब्दों का दर्द वापस आ गया। मैंने अपनी कविताओं की पुस्तक पढ़ने का फैसला किया।

पुस्तक की सभी कविताओं में से रुथ स्टोन की 'द वूंड' ने मेरा ध्यान आकर्षित किया—

'सदमा आहिस्ता से आता है
किसी पश्चातवर्ती विचार की तरह।
पहले आप शब्दों को सुनते हैं··· '

वह बहुत छोटी सी कविता थी, जो इन शब्दों से शुरू होती थी। शब्दों ने त्वरित जुड़ाव उत्पन्न कर दिया। मैंने पूरी कविता पढ़ ली और प्रत्येक शब्द का सत्य महसूस किया। मुझे लगा, जैसे वह मेरे लिए ही लिखी गई थी! मैं सोचने लगी कि यह रुथ स्टोन कौन थी? मैंने पुस्तक पलटकर देखी तो उनके बारे में कुछ पंक्तियाँ लिखी थीं। वे एक प्रसिद्ध कवयित्री थीं, जिन्होंने कई पुस्तकें लिखी थीं। अगली पंक्ति पढ़कर मैं जड़ हो गई। रुथ स्टोन के हवाले से कहा गया था कि उनकी सभी कविताएँ 'एक मृत पुरुष को लिखी प्रेम की कविताएँ' थीं। उनके पति ने आत्महत्या कर ली थी और उन्होंने अपनी तीन बेटियों को अकेले बड़ा किया था।

तभी मेरे दिमाग में कुछ खटका हुआ। मैं भागकर अपनी अलमारी के पास गई और कपड़ों के बीच से आत्महत्या गाइड खोजकर निकाली। मैंने उसे खोला और फिर से उसमें लिखे शब्द पढ़े—

'मेरी प्यारी रुथ को
बहुत सारा प्यार,
एम एच'

क्या यह ब्रह्मांड से एक संकेत था? सुसाइड मैन्युअल रुथ को उपहार में दिया गया था और जो कविता मैंने अभी पढ़ी थी, वह रुथ की लिखी हुई थी। कैसा अजीब इत्तेफाक था! दोनों का मृत्यु और मरने के साथ कुछ लेना-देना था। मैं ठीक-ठीक कुछ समझ

नहीं पा रही थी। मुझे लग रहा था, मैं अँधेरे में कुछ ढूँढ़ रही थी; लेकिन मैं क्या ढूँढ़ रही थी, मुझे नहीं मालूम था।

मैंने पुस्तक की अन्य कविताएँ भी पढ़ीं। उन सबने मुझसे बात की। वे उस उदासी से मेल खा रही थीं, जो मैं अंदर महसूस कर रही थी। वैभव द्वारा गलत समझा जाना मेरे लिए असहनीय था। क्या मैंने उसे धोखा दिया था? धोखा क्या होता था? यह धोखा कैसे था? क्या मैंने उससे वादा किया था कि मैं उसे अपने जीवन की एक-एक बात बताऊँगी? वैसे भी, जब मैं सेंट एग्नेस में थी तो वह मेरे पास नहीं था। हमने एक-दूसरे को कुछ पत्र लिखे थे और कभी-कभार फोन पर बात कर लेते थे। इतने से मैं उसको अभि के बारे में बताने के लिए बाध्य कैसे हो गई? इससे भी अधिक महत्त्वपूर्ण यह है कि अगर मैंने उसे बताया होता तो क्या उसने समझा होता?

विचार मेरे दिमाग में घूमने लगे। मुझे नहीं पता, कहाँ एक विचार का अंत हो रहा था और दूसरा शुरू हो रहा था! मेरे दिमाग के भीतर चीजें भयावह गति से दौड़ रही थीं। उनके टुकड़े हर दिशा में उड़ रहे थे। मैं नियंत्रण खो रही थी। मुझे समझ में नहीं आ रहा था, मैं क्या करूँ? मुझे कुछ करने की जरूरत थी। मुझे लिखने की जरूरत थी।

मैंने झपटकर अपनी नोटबुक उठा ली।

मैंने लिखना शुरू किया—

'प्यार कोई अनुबंध नहीं है, जिस पर आप हस्ताक्षर करते हैं, जहाँ आप एक-दूसरे को सबकुछ बताने के लिए प्रतिबद्ध होते हैं। प्यार वह होता है, जब आप महसूस करते हैं कि आपके बिना कुछ कहे आपको समझ लिया गया है। जब आप किसी से प्यार करते हैं तो उसे उसकी संपूर्णता में स्वीकार करते हैं। अच्छी चीजों के साथ बुरी चीजें भी। आप अपनी ईर्ष्या पर नियंत्रण करना सीख जाते हैं। आप उसकी खुशी को अपनी खुशी से ऊपर रखते हैं। आप उसके लिए सर्वश्रेष्ठ चाहते हैं। आप उसके लिए अच्छा सोचते हैं। आप उसे वे चीजें बताते हैं, जिन्हें आप अपना परम सत्य मानते हैं। आप उसके साथ अपनी कमजोरियाँ साझा करते हैं। आप उसे अपना सबसे कमजोर पक्ष दिखाते हैं। आप उसकी करुणा पर निर्भर होते हैं। आप प्यार के निर्दयी होने की उम्मीद कभी नहीं करते।'

और जब आप प्यार को खो देते हैं तो महसूस होता है, जैसे आपने खुद का एक हिस्सा खो दिया है, हमेशा के लिए!

इस बिंदु पर मैं रोने लगी। मेरी आँखें आँसुओं से धुँधली हो गई थीं और मैं कुछ

देख नहीं पा रही थी। आँसू की एक बूँद उस पेज पर टपकी, जिस पर मैं लिख रही थी और 'प्यार' शब्द पर आकर गिरी। स्याही फैल गई और शब्द धुँधला हो गया।

मैंने अपना पेन दोबारा उठा लिया। फिर मैंने लिखा—

'प्यार मर जाता है और आप उस नुकसान को सहने के अलावा कुछ नहीं कर सकते। यह दुनिया की सबसे दर्दनाक भावना है।'

लिखने के बाद मैं बेहतर महसूस कर रही थी। मेरे दिमाग में मौजूद टुकड़े, इधर-उधर उड़ रहे शब्द, असंबद्ध विचार—सब कागज पर एक पहेली की तरह एक साथ आ गए थे। बहुत समय पहले मैंने एक पुस्तक देखी थी—'नोट्स टू माइसेल्फ'। मैंने फैसला किया कि मैं भी यही करूँगी।

जब भी मुझे लगेगा कि मेरे दिमाग में 'मंथन' चल रहा है, मैं खुद को एक नोट लिखूँगी।

नोटबुक के कवर पर मैंने लिखा—'लाइफ्स लिटिल नोट्स'।

फिर जिस पेज पर मैंने अभी लिखा था, उसके सबसे ऊपर लिखा—

नोट 1.

मैंने उसे फिर से पढ़ा। मुझे वह बिल्कुल सही लगा। वह एक एपीफेनी थी। हालाँकि वैभव के शब्दों का दर्द नहीं गया था, लेकिन यह सब लिखने से उसका दंश कुछ कम हो गया था और उन्हें सहना कुछ आसान हो गया था।

उसके बाद मैं बिस्तर पर चली गई। नींद आने से पहले मेरे अंतिम खयाल थे कि वैभव कल आएगा या नहीं? मैं बेचैनी के साथ आशा कर रही थी कि वह आ जाए!

□

14

चाह, प्रतीक्षा, आशा

वैभव अगले दिन नहीं आया। मेरा दिल डूब गया। मैंने उससे कितनी प्रार्थना की थी, कितनी बार माफी माँगी थी! वह इतना बेदर्द कैसे हो सकता था? मैं उसे फोन करना चाहती थी, लेकिन फिर, मैंने उसका फोन नंबर लेने की परवाह नहीं की थी।

मेरे माँ-पापा को कुछ गड़बड़ नहीं लग रहा था। उन्होंने मेरी बात कि वैभव को ट्रेनिंग मॉड्यूल पूरा करना था, पर विश्वास कर लिया था। आज रविवार था और पापा घर पर थे। इसका मतलब आज टेलीविजन पर आ रही फिल्म देखने की हमारी सामान्य दिनचर्या होने वाली थी। वैसे, कभी-कभी हम आइसक्रीम खाने बाहर भी चले जाते थे।

मैं लगभग पूरे दिन अपने कमरे में रही। मैं काम करने का बहाना कर रही थी, लेकिन मैं किसी चीज पर ध्यान नहीं लगा पा रही थी। हर बीत रहे घंटे के साथ मैं बेचैन हो रही थी। मैं नहीं जानती थी, मुझे क्या करना है? मैं वैभव के बारे में सोचना बंद करना चाहती थी, लेकिन नहीं कर पा रही थी। मैं इस बात को लेकर जुनूनी हो रही थी। जब भी दरवाजे की घंटी बजती, मैं भागकर बाहर जाती, इस आशा में कि वैभव होगा, लेकिन हर बार निराश हो जाती। एक बार कामवाली बाई थी, दूसरी बार कपड़े लेने आया धोबी और एक बार तो हमारी पड़ोसन थी, जो एक टमाटर उधार लेने आई थी।

'तुम हर बार दौड़कर कमरे से बाहर क्यों आ जाती हो? मैं दरवाजा खोल दूँगी। अपनी पढ़ाई पर ध्यान दो। मुझे लगा, तुम पढ़ रही थीं।' माँ ने कहा।

काश, उन्हें पता होता! मैं एक पुस्तक भी नहीं पढ़ पा रही थी, पढ़ाई तो दूर की बात थी। मैं केवल वैभव के शब्दों और उसके चेहरे के भाव के बारे में सोच रही थी, जो मुझसे सहन नहीं हो रहा था। इसलिए मैंने खुद को उस एकमात्र तरीके से शांति दी, जो मुझे आता था। मैं लिखने लगी।

मैंने अपनी नव-निर्मित 'लाइफ्स लिटिल नोट्स' खोली और लिखा—

नोट 2.

'जब आप किसी की प्रतीक्षा कर रहे होते हैं तो हर एक मिनट, हर एक सेकंड

पता नहीं कैसे फैलकर लंबा हो जाता है! घड़ी की सुइयाँ धीरे चलने लगती हैं। आप जिस व्यक्ति की प्रतीक्षा कर रहे हैं, उसके प्रति जुनूनी हो जाते हैं। काश, उसका फोन आ जाता! काश, वह घर आ जाता! काश, मैं उसे देख पाती! आपका समय 'काश' की एक श्रृंखला बन जाता है। हम अपनी खुशी दूसरों की क्रियाओं में ढूँढ़ते हैं, जिन पर हमारा कोई नियंत्रण नहीं होता। यह कुछ लाता है तो बस, अपेक्षाएँ और फिर निराशाएँ; जब वे अपेक्षाएँ पूरी नहीं होतीं। हम इसे जाने कैसे दे सकते हैं, जब यह एकमात्र चीज है, जो मायने रखती है? क्या किसी की प्रतीक्षा करना प्यार का संकेत है? या फिर यह अधूरी अपेक्षाओं का संकेत है? यदि कोई आपको सच्चा प्यार करता है तो वह आपके लिए हमेशा मौजूद रहेगा, चाहे कुछ भी हो जाए। वह आपको प्रतीक्षा नहीं करवाएगा। यदि वह आपकी परवाह करता है तो आपको खबर देता रहेगा, आपको अँधेरे में नहीं रखेगा। प्यार का मतलब फोन की घंटी बजने की या उसके आने की प्रतीक्षा करना नहीं है। प्यार इस बात का मौन ज्ञान है कि वह कहीं नहीं जा रहा है और आपके लिए हमेशा मौजूद रहेगा।'

'अंकिता, तुम्हारे लिए कॉल है।' पापा ने मेरे कमरे में झाँककर कहा।

'उसका कॉल आ गया! उसका कॉल आ गया! उसका कॉल आ गया!' मेरा दिल गाने लगा, लेकिन जब मैं भागकर फोन के पास गई तो दूसरी ओर वैभव नहीं था। फोन पारुल का था।

'तुम्हें नहीं लगता, हमें आज भी प्रैक्टिस करनी चाहिए? 'यूफोरिया' कल शुरू हो रहा है। वैसे भी, हमारा कल के दिन का नुकसान हो गया।' वह बोली।

वैभव के मुझे फोन न करने और घर न आने को लेकर मेरे जुनून में मैं इसके बारे में लगभग भूल गई थी। मैं इसे कैसे भूल सकती थी? मुझे पारुल के फोन करने से खुशी हुई।

'प्लीज, घर आ जाओ न! मेरी माँ आज सेट पर गई है और पूरा घर हमारे पास होगा।' पारुल बोली।

'अच्छा प्लान है। मुझे अपने घर का पता और रास्ता बताओ। मैं एक घंटे में पहुँचती हूँ।' मैंने कहा।

मैं ध्यान बँटाने के इस अवसर से खुश थी। कम-से-कम एक छोटी सी अवधि के लिए मैं वैभव के बारे में नहीं सोचूँगी। मैंने अपने माँ-पापा को बताया कि मैं पारुल के घर जा रही थी, क्योंकि अगले दिन 'यूफोरिया' शुरू हो रहा था।

'मुझे बहुत खुशी है कि तुमने दोस्त बना लिये हैं। तुम्हें बाहर जाते देखना अच्छा लगता है।' मेरी माँ ने कहा।

'बंद करो, माँ! तुम्हें हर समय यह कहने की जरूरत नहीं है।' मैंने कहा।

'मैं क्या करूँ? मैं जानती हूँ कि मुझ पर क्या गुजरती थी, जब तुम इतने दिनों तक अपने बिस्तर से उतरने से भी कतराती थीं!' माँ ने मुझे याद दिलाया।

'बस करो, माँ! मैं एक बार कह चुकी हूँ। प्लीज, मुझे बार-बार याद मत दिलाया करो। मैं वह सब भूलने की कोशिश कर रही हूँ।' मैंने कहा।

मेरे पापा ने कुछ नहीं कहा, लेकिन मैंने उन्हें माँ को ऐसी नजरों से देखते देखा, जिनका मतलब था कि वे मुझसे सहमत थे! पता नहीं माँ को हर बार मुझे वह सब याद दिलाने में कौन सा सुख मिलता था! जैसे कि मुझे याद दिलाए जाने की जरूरत थी। शायद यह उनका तरीका था वह सब अपने सिस्टम से बाहर निकालने का। मैं जानती थी, मेरे माँ-पापा ने भी मेरे साथ कष्ट सहा है, इसलिए मैंने बात वहीं खत्म कर दी।

मैं महालक्ष्मी पर उतर गई और पारुल का घर आसानी से ढूँढ़ लिया। वह छब्बीसवीं मंजिल पर स्थित दो बेडरूम का एक अपार्टमेंट था और रेलवे स्टेशन से पैदल छह मिनट की दूरी पर था। पारुल ने एक बड़ी सी मुसकान के साथ गले मिलकर मेरा स्वागत किया। उसकी बालकनी से बाहर देखने पर मुझे बेहोशी-सी आ गई।

'वो देखो!' मैंने उत्साहित होकर कहा, 'उन सब कारों को भागते हुए देखो। और हे, यहाँ से रेलवे स्टेशन भी दिखता है!' मैं बोली।

'बांद्रा में कारें नहीं हैं क्या? और क्या वहाँ रेलवे स्टेशन भी नहीं है?' पारुल ऊँचे स्वर में बोली।

'नहीं, बांद्रा एक गाँव है। हम बैलगाड़ियों में आते-जाते हैं।' मैंने कहा तो वह मुसकरा दी।

पारुल ने मुझे अपना छोटा सा घर दिखाया, जो उसकी माँ ने हलके रंगों, बुद्ध की प्रतिमाओं और इनडोर प्लांट्स से अच्छी तरह सजाया हुआ था।

पारुल का कमरा रंगों से सजा था, जिसमें एक पूरी दीवार पर भित्ति चित्र थे।

'आगे बढ़ो, इसमें अपना काम जोड़ो।' पारुल ने मुझे कुछ मार्कर्स और स्प्रे पेंट देते हुए कहा।

'सच में?' मैंने पूछा।

'बिल्कुल, वरना मैं तुम्हें पेंट क्यों देती?' उसने पूछा।

मुझे उसकी दीवार पर स्प्रे पेंटिंग करने में मजा आया। मैंने लाल रंग का एक दिल बनाया, जिसमें खून टपक रहा था।

'ब्लीडिंग हार्ट!' मैंने काले मार्कर से लिखा।

'ऊऊह, ऐंग्स्टी आर्ट! मुझे पसंद आई।' पारुल बोली।

'तो जब फ्रेडी तुम्हारे साथ रहता था तो वो कहाँ सोता था?' मैंने पूछा।

'वह मेरा कमरा इस्तेमाल करता था। मैं माँ के साथ रहती थी, लेकिन जब माँ सो जाती थी तो मैं उसके साथ बिस्तर में घुस जाती थी।' पारुल बोली।

मैं मुसकरा दी। मैं पारुल की तरह एक बोहेमियन जिंदगी की कल्पना नहीं कर सकती थी। दीवार पर भित्ति चित्र, बिस्तर पर बॉयफ्रेंड! मुझे फिर से वैभव की याद आ गई और मेरे अंदर एक तेज दर्द की लहर उठी।

खुशकिस्मती से पारुल की लगातार बक-बक से मेरा ध्यान बँट गया। कुछ ही देर में जानकी आ गई। हमने डेढ़ घंटा जमकर अभ्यास किया। उसके बाद पारुल ने हमारे लिए प्याज के पकौड़े और चाय बनाई।

'तुम तो बहुत अच्छा खाना बना लेती हो, यार!' जानकी ने पकौड़ा खाते हुए कहा।

'हाँ, मैंने बचपन में ही खाना बनाना सीख लिया था। मेरी माँ हर समय सेट्स पर व्यस्त रहती थीं। किसी-किसी दिन मैं उनके लिए डिनर भी तैयार रखती थी।' पारुल बोली।

'तुम्हारे लिए दरवाजा कौन खोलता था?' जानकी ने पूछा।

'जब नानी जिंदा थीं, बहुत मजा आता था, लेकिन उनके जाने के बाद मैं खुद ही अंदर आ जाती थी।' पारुल बोली।

हम पारुल के बनाए पकौड़े खाते और चाय की चुस्कियाँ लेते बालकनी में बैठे थे।

'अच्छा, बताओ, फ्रेडी बिस्तर पर कैसा है?' जानकी ने पूछा।

मेरे मुँह का पकौड़ा मेरे गले में फँसते-फँसते बचा। जानकी यह सवाल कैसे पूछ सकती थी!

लेकिन पारुल अविचलित थी।

'अच्छा है। बहुत, बहुत अच्छा है। मुझे मल्टीपल ओर्गेस्म (एक से अधिक संभोग सुख) होते हैं।' उसने कहा और उसकी आँखों में चमक आ गई।

'सच में? क्या करता है वो?' जानकी ने पूछा।

फिर पारुल विस्तार से बताने लगी कि फ्रेडी कितनी परवाह करता था! किस तरह वह फोरप्ले (संभोग पूर्व क्रीड़ा) को समय देता था, किस तरह वह उसके कान में मीठी-मीठी बातें कहता था और किस तरह वह उसके संतुष्ट होने तक खुद को रोककर रखता था। मैं चुपचाप बैठी सुन रही थी।

घर वापस लौटते समय मैं सोच रही थी कि पारुल कितनी आश्वस्त और आत्मविश्वासी लगती थी! जानकी शानदार और स्टाइलिश लगती थी! दोनों कितनी

मस्त, कितना बेपरवाह थीं! मैं उनकी तरह क्यों नहीं हुई, जीवन से संतुष्ट और अपने लक्ष्यों के प्रति इतनी निश्चित ? वे दोनों तो पतंगों की तरह जीवन में उड़ती प्रतीत होती थीं।

मेरा जीवन मेरे विचारों से लड़ाई के बारे में था—हर एक दिन।

□

अगली सुबह भी वैभव का कुछ पता नहीं था। मुझे उसकी अनुपस्थिति से दुःख हो रहा था। पापा अपने बैडमिंटन के लिए तैयार हो रहे थे।

'वो...पापा, वैभव का फोन आया क्या ?' मैंने उनसे पूछा। शायद वैभव ने उन्हें बताया हो कि वह नहीं आ सकता।

पापा ने जूते के फीते बाँधते हुए हैरानी से ऊपर देखा।

'ओह, वैभव ने तुम्हें बताया नहीं ?' उन्होंने पूछा।

'क्या ?'

'वो लगभग दो हफ्ते शहर से बाहर रहेगा। मालेगाँव की फैक्टरी में उसकी ट्रेनिंग है।'

'अच्छा, उसने आपको कब बताया ?'

'कल उसका फोन आया था, अंकिता। उसने मुझसे भी बात की और तुम्हारी माँ से भी। तुम उस समय पारुल के घर गई थीं।'

'उसने...उसने मेरे बारे में पूछा ?'

'अम्म्म...नहीं। इसीलिए मुझे लगा, तुम्हें पता होगा! उसने केवल हमें यह बताने के लिए कॉल की थी कि वह कुछ दिन के लिए बाहर जा रहा है और लौटकर हमसे मिलेगा।'

यह सुनकर मेरा दिल उछल पड़ा। मुझे इस बात का बुरा नहीं लगा कि उसने मुझे नहीं पूछा था। महत्त्वपूर्ण बात यह थी कि उसने कहा था, वह हमसे मिलेगा। मुझे उम्मीद की एक किरण नजर आई। कम-से-कम उसे अभी भी परवाह थी! अगर वह मुझसे रिश्ता तोड़ रहा होता तो मेरे पापा को फोन करने की परेशानी नहीं उठाता। मुझे लगा, जैसे मेरे कंधों से एक बड़ा बोझ उतर गया हो! मैं कॉलेज जाते हुए गुनगुना रही थी। हम सबसे सुबह जल्दी आने के लिए कहा गया था। 'यूफोरिया' का समय आ गया था।

□

'यूफोरिया' का पहला दिन बहुत मजेदार था। जैसे ही हम कॉलेज पहुँचे, हमें 'यूफोरिया' की आधिकारिक टी-शर्ट्स दी गईं, जिन पर हमारे कॉलेज का 'लोगो' छपा था। हमें 'स्टूडेंट वॉलंटियर' लिखे बैज भी दिए गए, जिन्हें हमने अपनी टी-शर्ट्स पर लगा लिया। पारुल, जानकी और मैं स्वागत समिति के हिस्से के रूप में पूरे दिन अपने पैरों पर खड़े रहे—मेहमानों को उनके रहने के स्थान पर ले जाना, गाड़ियों की व्यवस्था करना, समन्वय करना, सबको घर जैसा महसूस कराना हमारी जिम्मेदारी थी। प्रतिस्पर्धाएँ

ठीक समय पर शुरू हो गईं। हमारे कर्तव्यों में अन्य कॉलेजों से आए छात्रों को सही स्थानों पर पहुँचने में सहायता करना भी शामिल था। हमें ऑडिटोरियम से उद्दाम शोर की आवाजें सुनाई दे रही थीं, जहाँ विभिन्न कॉलेज अपनी-अपनी टीमों के लिए चीयर कर रहे थे। पब्लिक स्पीकिंग और 'डंब शेराज' दोनों ही फेस्ट के अंतिम दिन एक के बाद एक होने निर्धारित थे।

हमें बताया गया कि जिस दौरान हम प्रतिस्पर्धाओं में भाग ले रहे होंगे, कुछ अन्य वॉलंटियर्स हमारे स्थान पर कार्य सँभालेंगे, लेकिन जैसे ही हमारी प्रतिस्पर्धा समाप्त होगी, हमें लौटकर स्वागत समिति की अपनी ड्यूटी फिर से सँभालनी होगी।

'और हाँ, अच्छा करना! हम तुम पर भरोसा कर रहे हैं, अंकिता कि तुम हमें कुछ पुरस्कार दिलाओगी। हमने आज बहुत अच्छा नहीं किया है। अधिकांश प्रतिस्पर्धाओं में हमारी टीमें सेमीफाइनल से आगे नहीं बढ़ पाईं।' माया बोली।

'चिंता मत करो। अंकिता ने हमसे जमकर प्रैक्टिस करवाई है। हम 'डंब शेराज' में सर्वश्रेष्ठ टीमों में से एक रहेंगे और हमें आशा है कि हम जीत जाएँगे।' पारुल ने कहा।

'और मुझे लगता है, हमें पब्लिक स्पीकिंग में भी प्राइज मिल सकता है। मैंने अंकिता को बोलते सुना है।' माया ने एक आँख दबाई।

हमने सच में कड़ी मेहनत की थी और मैं जानती थी कि हम निश्चित रूप से सर्वश्रेष्ठ टीमों में से होंगे। दिन समाप्त होने तक मैं थक गई थी और पारुल व जानकी भी।

'तुम लोग 'खाऊ गली' चलोगे?' पारुल ने हमसे पूछा।

'नहीं यार, मेरे पैर बहुत दुःख रहे हैं। मैं एक कदम भी नहीं चल सकती।' जानकी बोली।

'लेकिन मुझे बहुत भूख लगी है!' पारुल बोली।

'चिंता मत करो, लड़कियो। हमने पाव-भाजी स्टॉल से खाना मँगवा लिया है। उसकी व्यवस्था ऑफिस के बगल में रूम नंबर 8 में की गई है।' माया ने हमें बताया।

हम सब भागकर वहाँ गए और पाव-भाजी की दावत उड़ाई। वह मेरे जीवन का सबसे अच्छा खाना था।

जब हम घर जाने लगे तो माया ने पुकारकर कहा, 'अच्छी तरह आराम कर लेना, लड़कियो! कल हमें पूरी तरह फिट रहना है!'

'हाँ-हाँ, तुम हमारा भरोसा कर सकती हो।' पारुल मुसकराकर बोली।

उस रात मैं सोने गई तो मेरे सपनों में ट्रॉफियाँ, मेडल और स्टेज पर दी जाने वाली 'थैंक यू स्पीच' थी।

□

15

समय का एक पल

'गुड लक, अंकिता!'

'अच्छा करना! जीतकर आना, ओ.के. ?'

'हमें गर्व महसूस कराना, लड़की!'

'तुम कमाल हो! तुम जरूर जीतोगी।'

माया, पारुल, जानकी और कुछ अन्य लड़कियों ने मुझे शुभकामनाएँ दीं और फिर मैं उस क्लास रूम में चली गई, जो पब्लिक स्पीकिंग के क्वालीफाइंग राउंड के लिए निर्धारित स्थान था। कुल तीन राउंड होने थे। चूँकि प्रतिस्पर्धा में साठ से अधिक रजिस्टर्ड प्रतियोगी थे, इसलिए एक पहला राउंड, यानी क्वार्टर फाइनल होना था, जिसमें बीस लोग चुने जाने थे। अगले राउंड में, जो सेमीफाइनल राउंड था, आठ लोगों का चुनाव होना था, जो फिर फाइनल में प्रतिस्पर्धा करने वाले थे, जिसमें एक विजेता और एक उप-विजेता चुना जाना था। केवल फाइनल राउंड ऑडिटोरियम में होने वाला था। शेष राउंड्स क्लास रूम्स में होने थे।

'पब्लिक स्पीकिंग ट्रॉफी' गोयनका परिवार द्वारा स्थापित एक प्रतिष्ठित ट्रॉफी थी और इसमें ट्रॉफी के अलावा नकद पुरस्कार भी था। यह प्रतिस्पर्धा हर साल बहुत ध्यान आकर्षित करती थी, क्योंकि हर प्रतिभागी कॉलेज को यह देखने का इंतजार रहता था कि ट्रॉफी घर कौन ले जाएगा? जीतनेवाले दो छात्रों को एक अंतरराष्ट्रीय प्रतियोगिता में हिस्सा लेने का अवसर भी मिलता था। इसके नियम आसान थे। प्रतिभागियों को ड्रॉ के माध्यम से विषय दिए जाते थे और तैयारी के लिए छह मिनट मिलते थे। फिर उन्हें छह मिनट बोलना होता था। यह इस तरह से समन्वित था कि जब एक प्रतिभागी मंच पर होता था तो बोलनेवाला अगला व्यक्ति अपने विषय का ड्रॉ निकालता था। आपको खड़े दम सोचना पड़ता था।

चूँकि मुझे जैम का अनुभव था और मैं जानती थी कि मैं इसमें अच्छी थी, मैं घबरा नहीं रही थी। कॉलेज का प्रतिनिधित्व करने के लिए चुने जाने से मेरा आत्मविश्वास बहुत

बढ़ गया था। हमें इस बात से भी मदद मिली कि दर्शकों के रूप में केवल प्रतिभागियों के साथ एक क्लास रूम में क्वार्टर फाइनल आयोजित किया गया था, क्योंकि हम कुल मिलकर साठ थे। एक क्लास रूम में बोलना ऑडिटोरियम में मंच पर बोलने जितना तनावपूर्ण नहीं होता था और फिर, प्रतिभागियों की संख्या इतनी अधिक होने के कारण क्वार्टर फाइनल्स में हमें केवल दो मिनट बोलना था। तीनों जज ठीक सामने बैठे थे और प्रत्येक प्रतियोगी के अंक अपने छोटे से क्लिपबोर्ड में लिख रहे थे। मैं बोलनेवाली अड़तालीसवीं प्रतियोगी थी। मैं बस, यह आशा कर रही थी कि मुझे राजनीति से संबंधित विषय न मिले। यदि आप उसके बारे में नहीं जानते थे तो आप मन से कुछ नहीं गढ़ सकते थे, लेकिन उनके द्वारा दिए गए सभी विषय ऐसे थे, जिनमें तथ्यात्मक ज्ञान की आवश्यकता नहीं थी। अधिकतर विषय विनोदपूर्ण व हलके-फुलके थे और मैं इस बात से खुश थी।

मैंने जो विषय निकाला, वह बहुत आसान था—'पहली डेट पर क्या न पहनें'। जैसे ही मुझे यह मिला, मुझे लगा, मुझे अप्रत्याशित लाभ हुआ है। मैंने एक लड़की के बारे में मजेदार कहानी बनाई, जो तय नहीं कर पा रही थी कि क्या पहने और अंत में अपनी पहली डेट पर पाजामा पहनकर चली गई। यह एक हास्यास्पद कहानी थी और मैं देख सकती थी कि दर्शक हँस रहे हैं, जिससे मुझे प्रोत्साहन मिला और मैं बोलती गई। दो मिनट के अंत में बजर बोला और मैं रुक गई। मैं उन कुछ प्रतिभागियों में से थी, जो दर्शकों की तालियाँ पाने में सफल रहे।

जब सब लोग बोल चुके तो छात्र वॉलंटियर ने कहा कि परिणाम पंद्रह मिनट में घोषित किए जाएँगे। मैं तीनों जजों और छात्र वॉलंटियर्स को डेस्क पर इकट्ठा होकर अंक जोड़ते देख सकती थी। उन्होंने परिणाम घोषित कर दिए। मैं सेमीफाइनल में पहुँच गई थी। उन्होंने यह घोषणा भी की कि सेमीफाइनल्स दो घंटे में आरंभ होंगे और प्रत्येक प्रतियोगी को चार मिनट बोलना होगा।

पारुल और जानकी मेरे साथ उस बॉक्सर की तरह व्यवहार कर रहे थे, जो दो मुकाबलों के बीच आराम कर रहा था।

'तुम्हें पानी चाहिए?'

'मैं तुम्हारे लिए जूस ले आऊँ?'

'तुम्हें भूख लगी है?'

दोनों मेरे आगे-पीछे लगी रहीं, जब तक कि माया ने उन्हें याद नहीं दिलाया कि उन्हें अभी भी स्वागत समिति की अपनी ड्यूटी करनी थी। उसने मुझे उस ड्यूटी से छुट्टी दे दी, यह कहकर कि वह नहीं चाहती थीं, मैं थक जाऊँ।

सेमीफाइनल्स भी क्वार्टर फाइनल्स जैसे ही थे, लेकिन कम प्रतिभागियों के साथ। इस राउंड के लिए भी दर्शकों की संख्या कम ही थी, हालाँकि इसे देखने कोई भी आ सकता था। ऑडिटोरियम में अन्य कई प्रतियोगिताओं के फाइनल राउंड चल रहे थे और अधिकांश छात्र उनमें तल्लीन थे। हाँ, पारुल और जानकी दोनों अवश्य आई थीं। इस बार मुझे जो विषय मिला, वह था—'आप एक चींटी हैं। एक ऐंटईटर को समझाएँ कि वह आपको न खाए!' मुझे इस विषय पर बोलना भी काफी आसान लगा। इसमें कल्पना और हास्य—दोनों के लिए गुंजाइश थी और मैंने एक कहानी बनाई कि कैसे मैं अवसाद तथा गंभीर बीमारी के शाप से ग्रस्त एक चींटी थी, जिसे खानेवाला उस बीमारी को भी निगल लेता और यही एक तरीका था, जिससे मैं मुक्त हो सकती थी! मैंने एक दृश्य का सृजन किया, जहाँ एक चींटी के रूप में मैं ऐंटईटर से प्रार्थना करती हूँ कि वह मुझे खा ले और शाप-मुक्त कर दे; लेकिन ऐंटईटर मना करता है और डरकर भाग जाता है। मैं अपनी आवाज भी बदल रही थी और चींटी व ऐंटईटर दोनों के रूप में बोल रही थी। मुझे इसमें बहुत मजा आ रहा था। जब मैंने कहानी खत्म की तो कमरे में बैठा प्रत्येक व्यक्ति तालियाँ बजा रहा था। मैं इस प्रशंसा का आनंद ले रही थी।

चूँकि मैंने सेमीफाइनल पार कर लिया था, मैं उन आठ प्रतियोगियों में से एक थी, जो अगले दिन, यानी फेस्ट के अंतिम दिन फाइनल में भाग लेने वाले थे।

माया की खुशी का ठिकाना नहीं था। यही हाल सांस्कृतिक समिति के अन्य सदस्यों का था।

'शाबाश, अंकिता! तुम्हारे पास कमाल की कल्पना-शक्ति है और तुम कितना अच्छा बोलती हो!' माया ने कहा।

'तुम्हें स्टेज का डर बिल्कुल नहीं है।' जानकी ने अचंभे से कहा।

काश, जानकी को पता होता कि मेरे दिमाग के अंदर क्या चल रहा था! मेरे अंदर गहराई में मेरा एक हिस्सा मेरी बीमारी की उन्मादी अवस्था के बारे में अच्छी तरह से जानता था, जब मैं अपने 'हाई' पर होती थी। उस समय मेरा दिमाग पहियों पर दौड़ता था। मुझे याद आया कि कैसे मैंने अपने विचारों पर लगाम लगाने के लिए संघर्ष किया था और किस तरह वे अस्त-व्यस्त होकर बिखर गए थे—अपना खुद का एक जीवन लेकर! मुझे ऐसा दोबारा होने का डर था।

एक महीन रेखा रचनात्मकता को पागलपन से अलग करती है। मैं हर एक दिन उस रेखा पर पंजों के बल चल रही थी, इस निरंतर डर से कि मेरे कामों को सामान्य समझा जाएगा या असामान्य! मेरी माँ मेरी नींद के पल-पल की निगरानी करती थीं। पापा मेरे मूड पर बाज जैसी नजर रखते थे।

हाँ, मुझे स्टेज पर जाने का डर नहीं था, लेकिन मैं अपना मानसिक संतुलन खोने से डरती थी; वापस मानसिक चिकित्सकों के पास जाने से डरती थी, जहाँ मेरे हर काम का विश्लेषण और विच्छेद चिकित्सीय शब्दों में किया जाएगा। जानकी को कोई अंदाजा नहीं था। यह दर्द मुझे सहना था और मैं इसे चुपचाप सहन कर रही थी। हाँ, मुझे स्टेज पर जाने का डर नहीं था; लेकिन फिर, मेरे डर मेरे साथ भी छुपन-छुपाई का खेल खेलते हैं।

कोई भी ये बातें कैसे समझ सकता है? मैं नहीं चाहती थी कि मुझे निराली समझा जाए। इसलिए मैंने कहा, 'हाँ, मैं स्टेज पर आराम से रहती हूँ।'

'कितनी किस्मतवाली हो, यार!' जानकी ने कहा और मैं जवाब में हलका सा मुसकराकर रह गई।

'लड़कियो, कल तुम्हें स्वागत समिति की ड्यूटी से छुट्टी दी जा रही है, क्योंकि तुम्हारा 'डंब शेराज' है और अंकिता का पब्लिक स्पीकिंग का फाइनल है। और, वैसे इस साल 'डंब शेराज' में केवल बारह टीमों ने रजिस्टर कराया है, इसलिए तुम लोग उसमें भी फाइनल तक पहुँच गए हो।' माया ने कहा।

□

तीसरा व अंतिम दिन महत्त्वपूर्ण था और मैं अच्छी नींद लेना चाहती थी, ताकि उसके लिए तैयार रहूँ। मेरे पापा इस बात से बहुत खुश थे कि मैंने इतना अच्छा बोला था। उन्होंने मुझसे ऐंटईटर की कहानी दो बार सुनी और दोनों बार खूब हँसे। मेरी माँ ने मुझे सुना तो, लेकिन कोई टिप्पणी नहीं की।

'माँ, अच्छी बात है न कि मैं सेमीफाइनल जीत गई?' मैंने पूछा। मैं चाहती थी, वे मेरी प्रशंसा करें। मैं चाहती थी, वे मुझे प्रोत्साहित करें और मेरी जीत को स्वीकार करें। मैं चाहती थी कि वे मेरा आनंद देखें, विशेष रूप से एन.एम.एच.आई. के मेरे संघर्ष के बाद, लेकिन मुझे लगता है, अंदर से मेरी माँ मेरी कल्पना से और वह मेरे साथ क्या कर सकती थी, उससे डरती थीं।

'ध्यान रखना, खुशी में बहक मत जाना!' उन्होंने कहा।

'क्या मतलब है, बहक मत जाना? क्या आप मेरे लिए खुश नहीं हो सकतीं?' अब मुझे गुस्सा आ रहा था। क्या मेरी माँ देख नहीं सकती थीं कि यह जीत मेरे लिए कितना महत्त्व रखती थी?

'तुम मुझसे क्या कहलाना चाहती हो, अंकिता? मुझे तुम्हारे पापा की तरह ये चीजें मजेदार नहीं लगतीं। कैसा शाप और कौन ऐंटईटर? कैसी बेवकूफी भरी कहानी है यह? और तुम्हारे पापा तुम्हारा हौसला बढ़ा रहे हैं और हँस रहे हैं, जैसे यह दुनिया की सबसे अच्छी कहानी है! मुझे माफ करना, जब मैं खुश नहीं हूँ तो खुश होने का बहाना नहीं कर

सकती। मैं बस, तुम्हें सावधान रहने को कह रही हूँ, ताकि हमें फिर से साइकेट्रिस्ट के पास न दौड़ना पड़े।' उन्होंने कहा।

मुझे उनके तीखे शब्दों से बहुत चोट पहुँची। एक सामान्य से 'शाबाश, अंकिता' ने मुझे संतुष्ट कर दिया होता! उसके बजाय उन्होंने मेरे डर को आवाज दे दी थी। उसके बारे में बात करके, जो मेरे दिमाग में चल रहा था, वह बाहर आ गया था। कमरे में हाथी था और उन्होंने उसे स्वीकार कर लिया था।

उनके शब्दों से मैं टूट भी गई और क्रोधित भी हो गई। क्या मेरा किया कोई भी काम अच्छा नहीं होता था? साठ लोगों में से मैं अंतिम आठ में पहुँची थी। क्या इसका कोई मतलब नहीं था? मैं अपनी माँ पर चिल्लाना चाहती थी। मुझे इतना गुस्सा आ रहा था कि मैं काँप रही थी; लेकिन अगर मैं चिल्लाई होती तो उसे मेरे नियंत्रण खोने के रूप में देखा जाता। इसलिए मैंने अपना जबड़ा भींच लिया और अपना मुँह बंद रखा।

उस दिन मुझे एहसास हुआ कि चाहे मैं कुछ भी करूँ, उसे हमेशा एक मानसिक बीमारी के लक्षणों के चश्मे के माध्यम से देखा जाएगा। मेरी सभी छोटी-छोटी जीतें मेरे दिमाग के नियंत्रण से बाहर हो जाने के डर से रँगी होंगी। मेरी खुशी हमेशा वह थोड़ा सा दुःख साथ लेकर चलेगी—मेरे अतीत की याद, जब मैंने अपना संतुलन खो दिया था। मैं चाहे कुछ भी हासिल कर लूँ, मेरी माँ कभी खुश नहीं होंगी। वह डरी हुई होंगी। मैं जानती थी, मेरी माँ व्यावहारिक और सावधान थीं। फिर भी, उनके शब्दों ने मुझे क्षुब्ध कर दिया।

'उसकी चिंता मत करिए। मैं यह सुनिश्चित करूँगी कि आप लोगों को मुझे फिर से साइकेट्रिस्ट के पास न ले जाना पड़े।' मैंने दाँत भींचकर उनसे कहा। यह मेरा अभिमान बोल रहा था। मैं अपने कमरे की ओर चली गई। मेरा गुस्सा गरम लावा की तरह उबल रहा था। मैंने पूरी ताकत से कमरे का दरवाजा बंद कर लिया। उसकी तेज आवाज पूरे घर में गूँज गई।

अपने कमरे में मैंने बिस्तर से तकिए उठाए और फर्श पर फेंक दिए। फिर मैंने उनमें से एक उठाया और अपना चेहरा उसमें छुपा लिया।

'आआआआह...आआआआह...आआआआह!' मैं तकिए में चिल्लाई। मैं नहीं चाहती थी कि मेरी आवाज कमरे के बाहर सुनाई दे। मैं नहीं चाहती थी कि मेरे माँ-पापा को पता चले कि मैं कितने गुस्से में थी! मुझे अपना क्रोध छुपाना था।

'छुपा लो। छुपा लो। छुपा लो। छुपा लो। अगर नहीं छुपाओगी तो वे तुम्हें ढूँढ़ लेंगे और खींचकर डॉक्टर के पास ले जाएँगे। अपनी भावनाएँ मत दिखाओ।'

मैं गहरी साँसें लेने लगी, जैसे मैंने एन.एम.एच.आई. में कुछ मरीजों को करते देखा

था, जब उन्हें उत्कंठा का दौरा आता महसूस होता था। कुछ मिनटों बाद मेरे गुस्से की तीव्रता कम हो गई। माँ की प्रतिक्रिया पर निराशा मेरे अंदर बढ़ रही थी और मुझे नहीं पता था, मुझे क्या करना चाहिए? जब क्रोध गायब हो गया, तब मेरी माँ ने जो कहा था, उसका दु:ख मेरे अंतर में छुरियाँ चलाने लगा। मैं अच्छी न होने पर दु:खी थी, इसलिए दु:खी थी कि मुझे हर समय सतर्क रहना पड़ता था और सबसे अधिक इस बात से दु:खी थी कि मेरी माँ अब मेरी कल्पना की प्रशंसा नहीं करती थीं।

'लाइफ्स लिटिल नोट्स' वह एकमात्र दोस्त था, जिससे मैं बात कर सकती थी। मैंने उसे खोला और लिखा—

नोट 3.

'अपना जीवन अपने माता-पिता की इच्छानुसार जीते रहें और फिर अंत में आपको निराशा हो सकती है। जो मानदंड वे आपके सामने रखते हैं, जो चीजें वे आपको करने के लिए कहते हैं—ये वे चीजें होती हैं, जो उन्हें उनके माता-पिता द्वारा बताई गई होती हैं। आपके माता-पिता एक अलग पीढ़ी, एक अलग समय से आते हैं। हालाँकि आपके लिए उनका प्यार निर्विवाद होता है, उनके तरीके ठीक नहीं होते। जिस चीज ने उनके लिए काम किया था, जरूरी नहीं कि आपके लिए भी करे! इस बाधा को पार करने का एकमात्र तरीका है, उन्हें साबित करना कि आप सही थे। आप यह कैसे कर सकते हैं? अपने कार्यों द्वारा। आपको काम करना है और उसे दिखाना है। उनसे बहस करने का कोई फायदा नहीं है। वे आपको नहीं समझेंगे, लेकिन काम—उन्हें नजरअंदाज नहीं किया जा सकता।'

यह लिखने से मुझे अपने विचारों को स्फूर्त बनाने में मदद मिली और उसके बाद मैंने दृढ़ता से अपना मन बना लिया। मैं गोयनका ट्रॉफी जीतूँगी; मैं उसे घर लाऊँगी और अपनी माँ को तोहफे में दूँगी। वे उसे गर्व से उन सभी को दिखा सकती हैं, जो हमारे घर आएँगे। वे उन्हें बता सकती हैं कि वह उनकी बेटी ने जीती है। शायद तब वह उनके डर को मिटा देगी। शायद तब उन्हें मुझ पर गर्व होगा! शायद तब वे मेरी कल्पना को स्वीकार कर लेंगी!

□

यही मनोदशा थी, जिसमें मैं अगले दिन पब्लिक स्पीकिंग इवेंट के फाइनल के लिए स्टेज के पीछे पहुँची। पूरा ऑडिटोरियम भरा हुआ था। पारुल और जानकी तीसरी पंक्ति में थीं। मेरा पूरा कॉलेज मुझे चीयर करने के लिए मौजूद था।

मुझे दूसरे नंबर पर बोलना था। पहले प्रतियोगी ने बोलना शुरू किया और ऑडिटोरियम में शांति छा गई।

'चिट निकालने की तुम्हारी बारी है।' एक वॉलंटियर ने कहा। मैंने अपना विषय निकाला और पढ़ा कि चिट में क्या लिखा था? यह तो आसान था! मैं इस पर बहुत अच्छे से बोल सकती थी।

मेरा विषय था—'सबसे अजीब अजनबी, जिससे मैं मिली हूँ'।

मैंने अपने दिमाग में कहानी बना ली। मैं एक बूढ़े आदमी के बारे में बोलूँगी, जो जादूगर था और जो कविताओं में बोलता था। मैं कहूँगी कि वह उलटे देश में रहता था, जहाँ वह अपने जूते अपने सिर पर पहनता था और बिस्तर पर खाना खाता था, खड़े-खड़े सोता था और लेटकर खाता था। यह तो बहुत आसान था!

मैं आत्मविश्वास भरे कदम के साथ स्टेज पर गई। ऑडिटोरियम अपनी पूरी क्षमता तक भरा था। कुछ लोग खड़े भी थे। स्पॉटलाइट मेरे ऊपर चमकने लगी।

'अं-कि-ता''अं-कि-ता''अं-कि-ता-थड थड थड''' किसी ने जपना शुरू किया—तीन बार मेरा नाम लेकर और फिर एक हाथ की मुट्ठी से दूसरी हथेली पर प्रहार करके यह ध्वनि निकाली। इस जाप को युद्ध-घोष की तरह दूसरों ने पकड़ लिया और जल्दी ही पूरा ऑडिटोरियम इस ध्वनि से गूँजने लगा। मुझे बोलना शुरू करने से पहले इन आवाजों के शांत होने की प्रतीक्षा करनी पड़ी। मैं निश्चित थी कि मैंने बाजी मार ली थी, लेकिन जीवन का अपना तरीका होता है—आपके पाँव के नीचे से गलीचा खींच लेने का, जब आपको उसकी बिल्कुल उम्मीद नहीं होती।

मैंने अपनी कहानी की शुरुआत अच्छी की और दर्शकों ने उसे हाथोहाथ लिया, लेकिन फिर, मैं वाक्य के बीच में रुक गई। मैंने एक ऐसे व्यक्ति को देख लिया था, जिसे देखने की मुझे बिल्कुल उम्मीद नहीं थी। मेरे आसपास का प्रत्येक व्यक्ति और प्रत्येक चीज धुँधली हो गई। मैं जड़ हो गई। मेरे पेट में मरोड़ उठने लगी और मेरा मुँह सूख गया। मुझे लगा, जैसे मेरे फेफड़ों से हवा खींच ली गई है।

यह एक और पुल था, जो मैं सोचती थी, मैंने जला दिया था, लेकिन मैंने नहीं जलाया था। पुल मेरा उपहास करने के लिए लौट आया था। क्या मैं कल्पना कर रही थी या यह सच था? मैं अपना मुँह खोलती और बंद करती स्टेज पर खड़ी रही। कोई शब्द बाहर नहीं निकले। मैं सोच नहीं पा रही थी। मैं बोल नहीं पा रही थी।

दूसरी पंक्ति में, पारुल और जानकी के बगल में, अपने चेहरे पर बड़ी-सी मुसकराहट लिये मुझे घूरता हुआ जोजफ बैठा था।

□

16

सबकुछ विजेता के नाम

फिर मेरे विचारों की कड़ी टूट गई। मैंने कई बार पलकें झपकाईं। मुझे दर्शकों के बीच हो रही सुगबुगाहट की भनक लग रही थी, जो मेरे दोबारा बोलना शुरू करने का इंतजार कर रहे थे। सेकंड बीत रहे थे। पाँच, दस। कोई नहीं जानता था, क्या हो रहा है! पिछली पंक्ति के दर्शकों में से कोई हूट करने लगा। मैं जानती थी, मुझे बोलना शुरू करना होगा; लेकिन अब तो मुझे अपना विषय भी याद नहीं था। मेरे दिल की धड़कनें तेज और तेज होती जा रही थीं। मेरी हथेलियों से पसीना टपक रहा था।

क्या यह सच था? यह यहाँ कैसे आया? यह पारुल और जानकी की बगल में कैसे बैठा है? क्या चल रहा था? क्या मुझे भ्रम हो रहा था? मुझे अपने चेहरे का रंग उड़ता महसूस हुआ। क्या मैंने भूत देख लिया था? क्या मैंने जोजफ की कल्पना कर ली थी? मुझे अपने दिमाग पर भरोसा नहीं हो रहा था। मैंने फिर से देखा और वह सामने बैठा था—सीधे मुझे देखता हुआ। मैं अपनी घबराहट, अपने डर और सबसे बुरा, अपने विचारों पर नियंत्रण नहीं रख पा रही थी। यादें फिर से उभर आईं और लहरों की तरह उठते हुए मुझे डुबोने लगीं। मुझे अपना उन्मादी दौर याद आ गया। एन.एम.एच.आई. में भरती होने से ठीक पहले मैंने जो किया था, ज्वलंत विस्तार में मेरे सामने आ गया। छवियाँ मेरी आँखों के सामने आने लगीं—एक कैब में मैं और जोजफ, जोजफ का मुझसे मेरी कविताओं की पुस्तक माँगना, जोजफ का मेरे हाथ चूमना, जोजफ का माफी माँगना और फिर एक डूबते एहसास के साथ मुझे याद आया कि कैसे मैंने कैब में उसके होंठों को चूमा था, कैसे मेरा आँसुओं से भरा चेहरा उसकी दाढ़ी बढ़े गालों से सटा था और कैसे उसने कहा था कि वह मुझसे प्यार करता है? मैंने सरासर झूठ बोल दिया था कि मैं भी उससे प्यार करती हूँ, केवल इसलिए, क्योंकि मैंने उसमें अभि को देखा था और मुझे अपने दिमाग में अभि के दादाजी की आवाज गूँजती सुनाई दे रही थी। मुझे वह कविता याद आई, जो मैंने उस दिन लिखी थी। वह सब याद करके मुझे खुद से घृणा हो रही थी और फिर, मुझे महसूस हुआ कि मेरा पित्त बढ़ रहा था। मेरा

पेट तन गया; मैं उसे घूमता हुआ महसूस कर रही थी। भय से जमी हुई, जैसे हेडलाइट की रोशनी में घबराया हुआ हिरण हो! मुझे अपने मुँह में उसका स्वाद आया। इससे पहले कि मैं कुछ कर पाती, मैंने सब उलट दिया। मुझे घिन से भरते हुए मेरे मुँह से एक धूमिल पीली-गाढ़ी उलटी की बौछार निकलकर स्टेज के लकड़ी के फर्श पर फैल गई और उसके कुछ छींटे मेरे पैरों पर भी पड़े। मेरा चेहरा शर्म से जल रहा था और मैं वहाँ भयभीत-सी, सदमे में चुपचाप खड़ी थी। मुझे यकीन नहीं हो रहा था कि यह सच में हो रहा था! मैंने हजार से अधिक लोगों से भरे ऑडिटोरियम में सबके सामने उलटी कर दी थी।

पूरे ऑडिटोरियम में सन्नाटा छा गया।

उसके बाद जो हुआ, उसकी मुझे धुँधली-सी याद है। मुझे लगता है, माया मेरी मदद के लिए दौड़कर स्टेज पर आई थीं। मुझे लगता है, पारुल भी आई थी। मैं यह सोचकर शर्म से मरी जा रही थी कि हाउसकीपिंगवालों को यह सब साफ करना पड़ेगा। मुझे उलटी की तीखी दुर्गंध आ रही थी।

'प्लीज···क्या मुझे एक पोंछा मिल सकता है?' मैंने पूछा; लेकिन मुझे फिर से पित्त बढ़ता महसूस हुआ।

मैं दौड़कर ऑडिटोरियम से बाहर गई और मिट्टी में, फूलों की क्यारियों के पास उलटी कर दी।

मुझे याद है कि मैं मुड़ी थी और माया ने मुझे टिश्यू दिए थे। पारुल के हाथ में पानी की बोतल थी और वह मेरे साथ टॉयलेट तक गई थी।

'तुम ठीक हो? अपना मुँह धो लो।' किसी ने कहा। शायद पारुल थी। सबकुछ धुँधला-सा था, जैसे मैं किसी बुरे दुःस्वप्न में थी।

'सॉरी, मुझे माफ कर देना।' मैं बार-बार दोहराती रही, जब तक पारुल ने मुझे चुप होने को नहीं कहा।

'देखो, यह एक हादसा था और तुम बीमार हो गई थीं। ऐसा किसी के साथ भी हो सकता है।' उसने कहा।

लेकिन नहीं हुआ था। ऐसा केवल मेरे साथ हुआ था—एक पूरे भरे हुए ऑडिटोरियम के सामने, दूसरे कॉलेजों के छात्रों के सामने, मेरी प्रोफेसर्स के सामने, हर उस व्यक्ति के सामने, जिसे मैं जानती थी।

मैं असफल हो गई थी और वह भी बहुत बुरी तरह! मैंने हर उस व्यक्ति को निराश कर दिया था, जो मुझ पर निर्भर था। 'गोयनका कप' अब जा चुका था, मेरी गरिमा के साथ।

'तुम बेकार हो।
तुम उन सबको निराश करती हो, जो तुम पर निर्भर करते हैं।
तुम असफल हो।
तुम सामान्य नहीं हो, सामान्य नहीं हो, सामान्य नहीं हो!
तुम बस, इसी लायक हो।
तुम अपने विचारों पर भी नियंत्रण नहीं रख सकतीं!'

मैंने खुद को साफ किया। मैं धरती से गायब हो जाना चाहती थी। मैं कॉलेज में फिर से किसी का सामना भी कैसे कर पाऊँगी? मैं पारुल से भी आँखें नहीं मिला पा रही थी, हालाँकि वह मुझे आश्वस्त करने की कोशिश कर रही थी।

'तुमने कोई गलत चीज खा ली थी क्या?' हम रेस्ट रूम से बाहर निकले तो पारुल ने पूछा।

अभी जो हुआ था, उसका कारण कोई नहीं जानता था। उन्होंने अनुमान लगाया कि मैं अस्वस्थ थी और मैंने कुछ उलटा-सीधा खा लिया था।

मैंने सिर हिला दिया।

मैं घर जाना चाहती थी। मैं किसी का सामना नहीं कर सकती थी। मैं अपने खोल में सिमटकर अपने कमरे की सुरक्षा में छुप जाना चाहती थी। मैं कॉलेज में एक सेकंड भी और नहीं रुकना चाहती थी। मैं आँखें नीची करके चल रही थी। मेरे गाल अभी भी शर्म और अपमान से जल रहे थे।

'अंकिता, तुम ठीक तो हो? क्या हुआ?'

मैंने उसकी आवाज पहचान ली, जबकि मैं खड़ी हुई मौत की कामना कर रही थी।

यह जोजफ था। उसके साथ डेनिम की जैकेट पहने एक दुबला-पतला, छोटे कद का लड़का था, जिसके बाल बिखरे हुए थे और बाँह पर साँप का टैटू बना था। जानकी उनके साथ थी।

'रुको, तुम दोनों एक-दूसरे को जानते हो?' पारुल ने मुझे जवाब देने की मुश्किल से बचाते हुए पूछा।

मैं सुन्न होकर खड़ी थी। मुझे कोई जवाब नहीं सूझा।

'हम एक ही क्लास में थे।' जोजफ ने जवाब दिया।

'ओह, यह दुनिया कितनी छोटी है! और हम सब कितने अजीब तरीके से जुड़े हुए हैं! और मुझे देखो, मैंने फ्रेडी से तुम्हारा परिचय भी नहीं कराया। अंकिता, फ्रेडी से मिलो। यह जोजफ का कजिन है।' उसने कहा।

फ्रेडी ने अपना हाथ बढ़ा दिया।

मैंने उससे आँखें मिलाए बिना उसका हाथ ले लिया और एक ढीला व संक्षिप्त-सा हैंडशेक दिया।

'जानती हो, एक बार मैंने भी तुम्हारी तरह उलटी कर दी थी। यह 'एस्सेल वर्ल्ड' में हुआ था, जब मैंने रोलर कोस्टर पर सवारी की थी।' फ्रेडी हँसने लगा।

मेरे पैर के पंजे मुड़ने लगे। जो हुआ था, उसके बारे में बात करना, मजाक करना उसके होने से भी बुरा था।

'चुप रहो, फ्रेडी। यह कोई मजाक करने की बात नहीं है।' पारुल ने अपनी कुहनी से उसे धक्का दिया।

'मैं सिर्फ इतना कह रहा हूँ कि यह कोई बड़ी बात नहीं है।' फ्रेडी बोला।

मैं चाह रही थी कि वह चुप हो जाए।

'मुझे जाना है। सॉरी...' मैंने थरथराती आवाज में कहा। मैं इतना काँप रही थी कि मुश्किल से बोल पा रही थी। मैं आधा चलकर, आधा दौड़कर वहाँ से भाग निकली।

मैंने अपना बैग एक क्लास रूम में रखा था और उसे लेने चली गई। मैं बाहर निकल रही थी कि मुझे माया मिल गईं।

'हे, अंकिता! अब तुम ठीक हो न? कहाँ जा रही हो? शाम को तुम्हारा 'डंब शेराज' है, याद है न?' वह बोलीं।

'माफ करना, माया, मुझे ठीक नहीं लग रहा है। मुझे घर जाना है।' मैंने कहा और उसे अपने पीछे घूरता छोड़ आगे बढ़ गई।

जैसे ही मैं प्रवेश-द्वार पर पहुँची, मुझे मिसेज हेडन मिल गईं। मैंने उनसे बचने के लिए एक क्लास रूम में घुसने की कोशिश की, लेकिन वे मुझे देख चुकी थीं।

'अंकिता, मैं तुम्हें ढूँढ़ रही थी।'

अब मेरे पास उनकी बात सुनने के अलावा कोई विकल्प नहीं था।

'मैंने देखा, क्या हुआ। प्लीज, अपने आप को कोसो मत। कभी-कभी ऐसा हो जाता है। मैं बस, तुम्हें यह कहना चाहती थी कि तुम खुद पर इसका असर मत होने देना। तुम देखोगी कि चीजों की बड़ी योजना में यह एक छोटी सी टक्कर है।' उन्होंने कोमलता से कहा। उनकी आँखों में करुणा भरी थी।

मुझसे अब और सहन नहीं हुआ। अभी तक मैंने खुद को सँभाला हुआ था, लेकिन अब मेरे आँसू फूट पड़े। मैं मिसेज हेडन के सामने रो रही थी। क्या मेरे अपमान का कभी अंत नहीं होगा? मैं अपने आँसुओं को टपकने से और नाक को बहने से रोकने की कोशिश करने लगी। मैंने अपनी भावनाओं पर काबू पाने की पूरी कोशिश करते हुए

अपनी हथेली के पिछले हिस्से से अपना चेहरा पोंछ लिया।

'अरे, अरे! रो मत माय डियर, कुछ नहीं हुआ है।' मिसेज हेडन बोलीं।

'सॉरी, मिसेज हेडन, मुझे जाना है।' मैंने सिसकियों के बीच कहा।

'इससे खुद को हताश मत होने दो। तुम्हें परसों अपना निबंध जमा करना है, भूलना नहीं।' मैं आगे बढ़ गई तो उन्होंने पुकारकर कहा।

मुझे नहीं पता, मिसेज हेडन निबंध के बारे में याद दिलाकर मेरा ध्यान आज की घटना से हटाना चाह रही थीं या नहीं; लेकिन उस पल मैं इतनी बुरी तरह परेशान थी कि मुझे किसी बात की परवाह नहीं थी। मैं खुद को बहुत बीमार महसूस कर रही थी। सबसे बुरी बात यह थी कि 'डंब शेराज' के लिए इतना कड़ा अभ्यास करने के बाद मैं अपनी टीम के साथियों को छोड़कर भाग आई थी। मैं जोजफ का सामना नहीं कर पा रही थी। ऊपर से वह फ्रेडी का कजिन निकला! पारुल ने फ्रेडी से दोबारा दोस्ती की ही क्यों? उसे आने की क्या जरूरत थी? उसे अपने कजिन को लाने की क्या जरूरत थी? मैंने उसे क्यों देखा? क्यों, क्यों, क्यों? ये सारे प्रश्न मेरे दिमाग में गोल-गोल घूम रहे थे।

जब मैं अपराध-भाव और शर्म से जलती हुई घर पहुँची तो मेरी माँ ने दरवाजा खोला। वे चिंता से परेशान थीं। पारुल ने पहले ही घर फोन करके मेरी माँ से कह दिया था कि मैं घर पहुँचते ही उसे कॉलेज के फोन पर कॉल कर लूँ।

'क्या हुआ, अंकिता? सब ठीक है न?' उन्होंने पूछा।

'पता नहीं, माँ। मुझे ठीक नहीं लग रहा है। मैं लेटने जा रही हूँ।' मैंने कहा और सीधे अपने कमरे में चली गई।

मेरी माँ मुझे अकेला छोड़ने को तैयार नहीं थीं। वे मेरे पीछे अंदर आ गईं।

'तुम घबरा गई थीं क्या?'

'तुमने कॉलेज में कुछ उलटा-सीधा तो नहीं खा लिया था?'

'तुम्हें उलटी क्यों हो गई?'

'तुम पारुल को फोन नहीं करोगी?'

मेरी माँ ने मुझ पर सवालों की बौछार कर दी।

'मुझे अकेला छोड़ दो, माँ!' मैं उन पर भड़क गई। मैं अपनी सारी निराशा और गुस्सा उन पर निकाल रही थी, जबकि उनकी कोई गलती नहीं थी।

'सॉरी माँ, मैं चिल्लाना नहीं चाहती थी।' मैंने अगले ही पल कहा, लेकिन तब तक बहुत देर हो चुकी थी। मैंने माँ की आँखों में वह सतर्क भाव देख लिया। वे मुझे खुर्दबीन के नीचे रख रही थीं, विकार की वापसी के पहले संकेत की तलाश में। मैं जानती थी। मैंने वह भाव पहले भी देखा था।

मैं अपने व्यवहार पर पछतावे से भर गई। लाखों अन्य निराशाओं ने मेरे सिर में प्रवेश करके मेरे दिमाग में अपने लिए जगह बना ली थी। मैं उन्हें बेदखल करने की, तर्क से समझाकर उन्हें बाहर करने की कोशिश कर रही थी। एन.एम.एच.आई. के डॉक्टरों ने उस समय के मेरे अजीब व्यवहार को मेरे वहाँ भरती होने का कारण बताया था। वह मेनिया (उन्माद) था। जब मैंने जोजफ को चूमा था तो वह मेरी बीमारी काम कर रही थी, मैं नहीं। उन्होंने मुझे विस्तार से समझाया था। उन्होंने बताया था कि कैसे वह 'मेरी गलती' या 'मेरा दोष' नहीं था और कैसे उस पर मेरा कोई नियंत्रण नहीं था—वैसे ही, जैसे मेरा सामान्य सर्दी-जुकाम पर कोई नियंत्रण नहीं था। मैं सब जानती थी; लेकिन ये भावनाएँ मेरे मन से चली क्यों नहीं जातीं? मुझे ऐसा क्यों महसूस हो रहा था, जैसे सब मेरी गलती थी?

उसी समय फोन बजने लगा। पारुल का ही फोन था। माँ ने मुझे मजबूर कर दिया कि मैं उससे बात करूँ।

'अंकिता, तुम किसी को ऐसे लटकाकर नहीं रख सकतीं। जाओ, उसे समझाओ।' माँ ने जोर दिया।

मैंने एक गहरी साँस ली और फोन की ओर बढ़ गई।

'कैसी हो? क्या तुम सच में बीमार हो?' पारुल ने पूछा।

'मैं बहुत अच्छा नहीं महसूस कर रही हूँ।' मैंने ईमानदारी से जवाब दिया।

'मेरा मतलब है, शारीरिक रूप से। क्या तुम्हें अभी भी उलटियाँ हो रही हैं?' उसने जोर देकर पूछा।

'नहीं...नहीं, मुझे उलटियाँ नहीं हो रही हैं। क्यों?'

'सुनो, बुद्धू लड़की। हमें यहाँ तुम्हारी जरूरत है। हमारी टीम को तुम्हारी जरूरत है। तुम इस तरह भागकर नहीं जा सकतीं, सुन रही हो? 'डंब शेराज' में अभी भी दो घंटे बचे हैं। अब तुम अगली ट्रेन पकड़ो और आ जाओ।' पारुल बोली।

'मैं नहीं आ सकती।' मैंने कहा।

'नहीं आ सकती या नहीं आओगी? स्वार्थी बनना छोड़ो, अंकिता! तुमने इसके लिए हमसे कड़ा अभ्यास करवाया है। अब सिर्फ इसलिए कि तुम्हें स्टेज पर उलटी हो गई, तुम हार मानकर भाग रही हो? ऐसा नहीं होता! फिर तुमने मेरा और जानकी का समय क्यों बरबाद किया?' पारुल नाराज हो गई।

वह सही थी। मैं चाहे जैसा भी महसूस कर रही थी, टीम को छोड़ना ठीक नहीं था। मुझे वापस जाना होगा। मुझे हिस्सा लेना होगा। मैं उन्हें इस तरह निराश नहीं कर सकती थी। मुझे अपनी शर्म को निगलना होगा और अपने सबसे बड़े डर का सामना करना

होगा। मुझे सबकी फुसफुसाहटों को सहन करना होगा। मैं जानती थी, सब लोग मेरे बारे में उस लड़की के रूप में बातें कर रहे होंगे, जिसने स्टेज पर उलटी कर दी थी! मुझे उसके बारे में सोचकर भी उबकाई आ रही थी। मेरा एक हिस्सा चीखते हुए भाग जाना चाहता था, लेकिन मेरे समझदार हिस्से ने उसे नियंत्रण में ले लिया। मेरे पास पारुल के लिए केवल एक प्रश्न था।

'क्या जोजफ और फ्रेडी अभी भी वहीं हैं?' मैंने पूछा।

'हाँ! मैं जानती थी! मैं जानती थी, तुम इसीलिए चली गईं—जोजफ की वजह से!' पारुल बोली।

मैंने अपने प्रश्न से उसके संदेह की पुष्टि कर दी थी।

'मुझे बताओ वे दोनों वहाँ हैं या नहीं?' मैंने पूछा।

'नहीं, अंकिता, वे चले गए। मुझे खुद नहीं पता था कि जोजफ आ जाएगा। मुझे तो फ्रेडी के आने की भी उम्मीद नहीं थी। उसने मुझे चौंका देने का फैसला लिया। वह मुझे बताने आया था कि उसने एक नई शुरुआत की है, एक नई नौकरी ले ली है और पिछले दो महीने से काम कर रहा है। जोजफ उसके साथ उसकी बात की पुष्टि करने आया था, उसके मॉरल सपोर्ट की तरह। खैर, मैं तुम्हें ये सब क्यों बता रही हूँ? तुम बस, यहाँ वापस आ जाओ और जल्दी, हमें निराश मत करो।' पारुल ने कहा और फोन रख दिया।

मेरे पास अब करने को कुछ नहीं था, सिवाय कॉलेज वापस जाने और जो थोड़ा-बहुत गौरव शेष था, उसे बचाने की कोशिश करने के। माँ ने कहा कि यही करना सही भी था।

'अगर तुम्हारे दोस्त तुम पर निर्भर कर रहे हैं तो उन्हें निराश मत करो।' उन्होंने कहा।

मैं इस घबराहट के साथ जल्दी-जल्दी कॉलेज गई कि इस स्थिति का सामना कैसे करूँगी? मुझे संगीत का सामना करना था। जब मैंने प्रवेश किया तो मैंने लड़कियों के एक समूह को मुड़कर अपनी ओर देखते पाया। मैं उनकी धीमी फुसफुसाहट सुन सकती थी। मेरे कान शर्म से जलने लगे। पारुल मुझे जल्दी से स्टेज के पीछे ले गई।

'सुनो, हमने बहुत मेहनत की है। अब सबकुछ भूल जाओ और इस पर ध्यान दो। ठीक है?' वह बोली।

मैं स्टेज पर गई तो मेरे हाथ काँप रहे थे। मैंने उस जगह को देखा, जहाँ मैंने उलटी की थी। अब उसका कोई निशान नहीं बचा था। चूँकि मैं उत्तेजित मनोदशा में थी, मैं अच्छा प्रदर्शन नहीं कर पाई। पारुल और जानकी सितारे थे। उन्होंने हमें बचा लिया। हम तीसरे स्थान पर आए।

वे खुश थीं, साथ ही माया और पूरी सांस्कृतिक समिति भी।

'शाबाश, लड़कियो!' माया ने इवेंट के बाद हमसे कहा।

'अंकिता, अगर तुम पूरे फॉर्म में होतीं तो हम पहले स्थान पर आ सकते थे।' जानकी बोली।

'मैंने कोशिश की थी।' मैंने उदास स्वर में कहा।

'चिंता मत करो, तुमने अच्छा किया। तुम तबीयत ठीक न होने के बावजूद वापस आईं, यह अधिक महत्त्वपूर्ण था।' माया मेरे कंधे पर हाथ रखते हुए बोलीं।

लेकिन मैं बिल्कुल भी संतुष्ट नहीं थी। मैंने सब गड़बड़ कर दिया था।

अंततः 'यूफोरिया' खत्म हो गया था और सब लड़कियाँ जश्न मनाने बाहर जा रही थीं। वे पास के एक रेस्टोरेंट में पार्टी करने जा रही थीं। स्पष्ट था कि यह प्रत्येक वर्ष फेस्टिवल के अंतिम दिन निभाई जानेवाली भव्य परंपरा थी, विशेष रूप से इसलिए, क्योंकि अगले दिन छुट्टी होती थी। सभी लोग बाहर देर रात तक डांस करते थे।

'हमने इतनी मेहनत की है, हम इसके अधिकारी हैं।' माया ने हम सबसे कहा।

'हमारे साथ चलो, अंकिता। मेरे घर रुक जाना। अकेले जाने के लिए तुम्हें देर हो जाएगी।' पारुल ने प्रस्ताव रखा।

लेकिन मैंने मना कर दिया। मुझे लगा, मैं इसकी अधिकारी नहीं थी। मैं जानती थी, मैं इससे बेहतर कर सकती थी। मैं जानती थी, मैं ट्रॉफी जीत सकती थी। काश, हम 'डंब शेराज' में दूसरे या पहले स्थान पर आ जाते! कम-से-कम उससे मुझे सांत्वना मिल जाती। तीसरा स्थान किसी काम का नहीं था।

'सॉरी, मुझे सच में ठीक नहीं लग रहा है।' मैंने कहा और घर के लिए निकल गई।

मैं आगे बढ़ी तो लड़कियों की उत्साहित चटर-पटर और हँसी की आवाज धीमी पड़ गई, लेकिन मेरे दिमाग में वह तब भी चलती रही।

□

17

मैंने इबिजा में एक गोली ली

घर पर मेरे माँ–पापा मेरा इंतजार कर रहे थे। माँ ने दिन की घटनाएँ पापा को सुना दी थीं। मुझे लगता है, उन्हें डर था कि मैं उन घटनाओं से बहुत परेशान थी, इसलिए वे भागकर मुझे सांत्वना देने आ गए।

'कोई बात नहीं, अंकिता। हमारे लिए महत्त्वपूर्ण है, अपने डर का सामना करना। तुमने आज अपने सबसे बड़े डर का सामना किया है। यह तुमको साहसी बनाता है।' मैं सोफे पर गिर पड़ी तो पापा ने कहा।

मैं एक मिनट चुप रही। फिर मैंने कहा, 'पता नहीं, पापा। काश, मैं जीत गई होती!'

'तुम जीत गई हो, अंकिता! वैसे भी, विजेता कौन होता है? क्या विजेता उन तीन लोगों द्वारा तय होता है, जो जजों के रूप में नियुक्त होते हैं? क्या यह जीत की संकीर्ण परिभाषा नहीं है?' मेरे पापा दार्शनिक हो रहे थे।

'आपके लिए यह कहना आसान है। आपको लोगों के उपहास, फुसफुसाहट, बातों का सामना नहीं करना पड़ता।' मैंने काँपती आवाज में कहा।

'लोगों को बात करने दो। वे भी थक जाएँगे।' माँ ने व्यावहारिकता दिखाई।

'आप कभी नहीं समझेंगी, माँ। आपने इन सबका सामना नहीं किया है। क्या आपको जरा सा भी अंदाजा है कि असामान्य होना कैसा होता है? हमेशा? क्या आप जानती हैं, यही एक कारण था कि मैं एम.बी.ए. के लिए वापस नहीं जाना चाहती थी? मेरे सारे क्लासमेट्स मुझसे आगे होते! मैं एक नई शुरुआत चाहती थी और अब, वह भी खराब हो गई है।' मुझे खुद पर काबू रखने में कठिनाई हो रही थी।

'क्या वे खुद नहीं देख सकती थीं कि इसका क्या मतलब था? क्या वे अंधे थे?'

उनके शब्दों से मुझे कोई सांत्वना नहीं मिल रही थी। वे केवल मुझे इस पूरी घटना के बारे में बेहतर महसूस कराने की कोशिश कर रहे थे।

'सब खराब क्यों हो गया है?' माँ ने पूछा।

'हो गया है, माँ। मुझे कितनी बार कहना पड़ेगा? आप समझ ही नहीं रही हैं! मैं पूरे कॉलेज के सामने शर्मिंदा हो गई हूँ।'

'तुम्हें लगता है, कॉलेज में सब लोग इसी के बारे में बात करेंगे? मैं तुम्हें बताती हूँ—इनसान स्वाभाविक रूप से स्वार्थी होते हैं। हर व्यक्ति के लिए उसका खुद का छोटा सा सिरदर्द दूसरे व्यक्ति के परिवार में हुई मौत से भी ज्यादा महत्त्वपूर्ण होता है। ऐसा वास्तव में होता है। हर व्यक्ति के लिए उसकी खुद की समस्या सबसे बड़ी, सबसे महत्त्वपूर्ण होती है। हम सब अति आत्मकेंद्रित होते हैं और वही तुम भी हो रही हो।'

'खैर, छोड़ो। तुम्हारी माँ ने बताया कि तुम उसके बाद कॉलेज वापस गईं। मुझे खुशी है, तुमने अपने दोस्तों को निराश नहीं किया। कैसा रहा?' मेरे पापा की आवाज कोमल थी।

'हम 'डंब शेराज' में तीसरे स्थान पर आए। अगर यह पूरा पब्लिक स्पीकिंग वाला कांड नहीं हुआ होता तो शायद हम पहले स्थान पर आते। हमने वास्तव में बहुत अच्छी तैयारी की थी।' मैंने कड़वाहट के साथ कहा।

'तुम्हें जो मिलता है, उससे संतुष्ट रहना सीखना चाहिए, अंकिता। तुम हमेशा ज्यादा चाहती हो। तुम्हारे साथ यही समस्या है।' माँ ने कहा।

अब मेरा दिमाग खराब हो गया। मेरी माँ ऐसी बातें क्यों कह रही थीं? और यह खारिज करने वाला स्वर, जिसका मतलब था, यह कोई बड़ी बात नहीं थी कि मैं आगे बढ़ने के बजाय बात बढ़ा रही थी।

'कैसी समस्या, माँ? महत्त्वाकांक्षी होने में क्या गलत है? मुझे लगता है, वही हमें व्यक्ति के रूप में बढ़ने में मदद करता है।' मैंने गुस्से से कहा, 'हर व्यक्ति आपकी तरह किचन में छुपकर पूरे दिन खाना नहीं बना सकता!'

'अपने गुस्से पर काबू रखो, अंकिता।' पापा की आवाज अभी भी शांत थी।

'मुझे अकेला छोड़ दीजिए।' मैंने कहा और अपने कमरे में चली गई।

मैंने दरवाजे को एक बार फिर भड़ाक से बंद करने की अपनी तीव्र इच्छा को रोक लिया। मेरे माँ-पापा समझ ही नहीं रहे थे। मैं अपनी वापसी के तौर पर यह ट्रॉफी जीतना चाहती थी। वह मेरी विजय मार्च होने वाली थी। वह मेरा 'अब मेरी ओर देखो' पल होने वाला था। वह उन सारे महीनों के लिए मेरा पुरस्कार था, जो मैंने एन.एम.एच.आई. में बिताए थे—पढ़ने के लिए संघर्ष करते हुए, वे सारे काम करने के लिए संघर्ष करते हुए, जो दूसरे लोग बिना सोचे कर लेते थे। एन.एम.एच.आई. में रहने के दौरान मुझे जिस तरह समाज से किनारे कर दिया गया था, उस पर मेरी जीत! वह मेरे लिए यह दिखाने का बड़ा अवसर था कि मैं क्या करने में सक्षम थी—एक प्रकार से यह मेरा 'प्रतिशोध' था।

'तुम प्रतिशोध लेने में सक्षम नहीं हो।

तुम अपने विचारों पर नियंत्रण रखने के काबिल भी नहीं हो।'

सुबह की घटना की बदसूरत याद अब सिर उठाकर मेरा उपहास कर रही थी। मैंने अपने दिमाग में वह दृश्य दोहराया। जितनी बार मैं उसे दोहरा रही थी, ऑडिटोरियम में छाई चुप्पी और मुझे सुनाई दे रही हूटिंग की आवाज तेज होती जा रही थी। मैं जानती थी कि मैं इसके बारे में ज्यादा सोच रही थी, खुद को पीड़ा दे रही थी, फिर भी मैं रुक नहीं पा रही थी। मैं सोचने लगी कि काश, मेरे सिर में एक स्विच होता, जिससे मैं उन आवाजों को बंद कर पाती!

मेरे दरवाजे पर एक हलकी सी दस्तक हुई और मैंने देखा कि मेरे पापा अंदर झाँक रहे थे।

'अब वे सब बातें छोड़ो, अंकिता। आओ, खाना खा लो।' उन्होंने मुझे मनाया।

मैं उनके साथ खाना खाने आ गई। माँ ने मेरे पसंदीदा वेजिटेबल कटलेट्स बनाए थे।

'डिनर में कटलेट्स?' मैंने हैरानी से पूछा। वे आमतौर पर उन्हें शाम की चाय के समय बनाती थीं।

'ये छोटी-छोटी खुशियाँ हैं, जो हम खुद को दे सकते हैं।' वे मुसकराईं।

तब मुझे अपना नाराज हो जाना मूर्खतापूर्ण लगा। मैं जानती थी, मेरी पसंद का खाना बनाना मुझे सांत्वना देने का, बेहतर महसूस कराने का उनका तरीका था।

'माँ, मुझे आज इस तरह गुस्सा होने के लिए माफ कर दीजिए—अभी के लिए भी और दोपहर के लिए भी। मैं बहुत तनाव में थी।' मैंने कहा।

'मैं जानती हूँ, अंकिता। तुम्हारे साथ बहुत कुछ हुआ है। इसलिए मैं डरती हूँ और तुम पर नजर रखने की कोशिश करती हूँ।' उन्होंने कहा।

'हम अभी कुछ अधिक सुरक्षात्मक हो सकते हैं, लेकिन ऐसा सिर्फ इसलिए है, क्योंकि हम चाहते हैं, तुम इतनी मजबूत बनो कि कोई चीज तुम्हें प्रभावित न कर सके।' पापा बोले।

मैं उनके प्यार और समर्थन के लिए आभारी थी। जब मैं उनके साथ थी तो मैं उन यादों को थोड़ा और पीछे धकेलने में सफल हो रही थी, लेकिन अपने कमरे में आने के बाद, शर्म और अपमान एक बार फिर मुझे निगलने के लिए वापस आ गए।

मैंने 'लाइफ्स लिटिल नोट्स' खोले और लिखा—

नोट 4.

'अकसर जब हम सोचते हैं कि हमने सब सुलझा लिया है, जीवन हमारे साथ

छल करता है। हम जिसकी अपेक्षा करते हैं, वह हमसे ले लेता है। हो सकता है, इसका कोई स्पष्ट मतलब न हो! जीवन को परवाह नहीं होती कि आपने उसके लिए कड़ी मेहनत की या नहीं! जीवन निष्पक्ष नहीं होता। जीवन आपके बनाए नियमों से नहीं चलता। चीजें करने का जीवन का अपना तरीका होता है। जीवन नियंत्रित प्रयोगशाला सेटिंग्स में विज्ञान का प्रयोग नहीं है, जहाँ आप कारण और प्रभाव का अध्ययन कर सकते हैं। जीवन उससे कहीं अधिक है।

हमारी पराजय हमारे दिमाग में बड़ी दिखती है, क्योंकि हम उस पर ध्यान केंद्रित करते हैं, जो हमने खोया है, बजाय उसके, जो हमारे पास वास्तव में है। यदि हमारे पास हमारे माता-पिता का प्यार है, यदि हमारे पास ऐसे लोग हैं, जो हमारी परवाह करते हैं, यदि हमारे पास टेबल पर गरम भोजन है तो हम धन्य हैं।

हम अकसर छोटी चीजों को नजरअंदाज कर देते हैं। मुझे लगता है, जीवन हमें यही सिखाने का प्रयास कर रहा है कि छोटी चीजें मायने रखती हैं कि हमें उनके लिए आभारी होना चाहिए। हमें उन पर ध्यान देना चाहिए।

और कभी-कभी हमारा ध्यान उन पर तभी जाता है, जब बड़ी चीजें हमसे छीन ली जाती हैं।'

मैंने जो लिखा था, उसे पढ़ा। फिर मैंने आगे लिखा—

'जीवन एक महान् शिक्षक भी है। जीवन आपकी परीक्षा लेता है, लेकिन पाठ्यक्रम नहीं बताता। हमें अपने खुद के पाठ तैयार करने पड़ते हैं।'

लिखने के बाद मुझे बेहतर महसूस हुआ। मुझे शर्म और पीड़ा का सामना करने में मदद मिली। मुझे लगा, मैं उससे निपट चुकी हूँ। मुझे लगा, यह मामले का अंत था और मैं आगे बढ़ सकती थी, लेकिन मैं गलत थी। मुझे बिल्कुल अनुमान नहीं था कि आगे क्या होने वाला था! जीवन को अभी मेरी और परीक्षाएँ लेनी थीं। मुझे अभी और सीखना था।

लेकिन मैं उस रात आराम से सोई—इस बात से आनंदपूर्वक अनजान कि भविष्य में मेरे लिए क्या था?

□

अगली सुबह मेरी नींद माँ के मेरे माथे पर हाथ रखने से खुली। जब मैंने आँखें खोलीं तो माँ और पापा—दोनों डरे हुए चेहरों पर चिंता का भाव लेकर मुझे देख रहे थे।

मेरे बाल पसीने से भीगे हुए थे और मेरा तकिया भी। मेरा दिल जोरों से धड़क रहा था और मेरी साँस उथली चल रही थी। मैं कोई बुरा सपना देख रही थी और जगाए जाने के लिए आभारी थी।

मुझे अच्छी नींद नहीं आई थी। मैं रात भर करवटें बदलती रही। भोर के समय जब मुझे आसमान में सूर्योदय की हलकी रोशनी दिखाई देने लगी, तब जाकर मुझे नींद आई थी। दिमाग में निरंतर घूमते शर्म और अपमान के विचारों के साथ जागते हुए बिस्तर पर पड़े रहना एक भयावह एहसास था। मैं उन्हें रोक नहीं पा रही थी, उनसे लड़ नहीं पा रही थी और अंत में, जब उन्होंने मेरे दिमाग को तोड़ दिया तो मैंने उनके अत्याचार के आगे आत्मसमर्पण कर दिया।

और जब मैं सो गई तो मुझे डरावने सपनों ने घेर लिया। ऐसा लग रहा था, जैसे मेरे विचार मुझे सोते समय भी अकेला नहीं छोड़ना चाहते थे। दुःस्वप्न भयानक रूप से असली लग रहा था। मैं स्टेज पर थी और मेरा मुँह सिला हुआ था। जब मैंने बोलने की कोशिश की तो डर गई, क्योंकि मेरे मुँह से कोई शब्द नहीं निकले। मैं चीख भी नहीं पा रही थी। मैंने जोजफ की आवाज सुनी, जो मुझे कह रही थी कि मैं बेकार हूँ। अगले ही पल मैं एक मुंडेर के किनारे थी और जोजफ मुझे व्यंग्य से कह रहा था कि मुझमें कूदने की हिम्मत नहीं थी। मैंने तय किया कि मैं उसे दिखा दूँगी। जैसे ही मैंने यह तय किया, काले रंग का एक विशालकाय राक्षस, जिसका सिर मेढक की तरह था और हाथ-पैर एक ऑक्टोपस के अंगों की तरह थे, अपना मुँह खोलते हुए मुझे बुलाने लगा। उसकी चमड़ी साँपों की तरह थी—मस्सों से भरी हुई और उनमें छेद थे, जिनमें से खून और मवाद रिस रहा था।

'आओ…मेरे अंधकार में आओ!' उसने मुझे बुलाया और उसके पंजों ने मुझे चारों ओर से लपेट लिया। भय और आतंक में मेरे मुँह से खून जमानेवाली चीख निकल गई।

इसी बिंदु पर मैंने माँ का हाथ अपने माथे पर महसूस किया।

'अंकिता, तुम ठीक हो?' माँ ने पूछा।

मेरे पापा ने मुझे पानी की बोतल दी। मैं उठकर बैठ गई और सीधे बोतल से पीने लगी। थोड़ा सा पानी मेरे मुँह के कोनों से निकलकर मेरी टी-शर्ट पर गिरने लगा।

'क्या हुआ? तुम चीख रही थीं!' पापा ने पूछा।

'मैं एक बुरा सपना देख रही थी। मैं मुश्किल से सो पाई और फिर यह भयानक सपना…।' मैंने कहा।

मेरी माँ और पापा ने एक-दूसरे को अर्थपूर्ण दृष्टि से देखा। उस समय उन्होंने कुछ नहीं कहा।

'ठीक है, मुँह धो लो और आ जाओ। आज लंच पर बाहर चलते हैं। आज तुम्हारी छुट्टी है न?' पापा ने पूछा।

'हाँ पापा, है; लेकिन मुझे कल एक निबंध भी जमा करना है।' मैंने कहा और

जगाए जाने का आभार मानते हुए बिस्तर से निकल आई।

नींद की कमी मेरे दिमाग पर असर कर रही थी। मैं ध्यान केंद्रित नहीं कर पा रही थी और मेरे विचार भटक रहे थे। ये केवल छोटे–छोटे संकेत थे कि कुछ था, जो ठीक नहीं था। मुझे पूरा यकीन था कि सबकुछ मेरे नियंत्रण में था, लेकिन मेरे माँ–पापा बहुत चिंतित थे। यदि आपका कोई प्रियजन मानसिक बीमारी से उबर रहा है तो आप अतिरिक्त सतर्क और किसी असामान्य चीज के प्रति अत्यधिक सावधान हो जाते हैं।

जब हम आइसक्रीम पार्लर में थे, तब मेरे पापा ने धीरे से यह विषय छेड़ा। वे जानते थे, मैं इसे लेकर भावुक थी।

'सुनो, अंकिता, मैं तुम्हें कुछ बताना चाहता हूँ।' उन्होंने कहा।

उनके लहजे को सुनकर मैं तुरंत सीधी होकर बैठ गई।

'क्या बात है ?' मैंने पूछा।

'हमने एन.एम.एच.आई. फोन करके डॉ. मधुसूदन से बात की थी। वे अगले हफ्ते ऑस्ट्रेलिया जा रहे हैं और कुछ साल वहीं रहेंगे, लेकिन उन्होंने तुम्हारी फाइलें यहाँ बॉम्बे में दूसरे डॉक्टर को सौंप दी हैं और वे सारी चीजें जानते हैं।' उन्होंने कहा।

'ओह ! लेकिन इससे क्या फर्क पड़ता है ? मेरा इलाज हो चुका है। मैं ठीक हूँ।' मैंने कहा।

मेरे पापा ने अपना गला साफ किया। 'अंकिता, जब तुम्हें छुट्टी मिली तो हमने दवाएँ पूरी तरह बंद कर दी थीं, है न ?'

'हाँ और मैं अब ठीक हूँ, पापा।' मैंने दोहराया।

'देखो, यही बात है। हमारी फोन पर विस्तार से बात हुई थी। डॉ. मधुसूदन की पुरजोर सलाह है कि तुम दवा लेना फिर से शुरू करो। केवल एक गोली सोने से पहले— तुम्हारे चक्रीय विचार कम करने के लिए और तुम्हारे तनाव के लिए।' पापा ने कहा।

'क्या ? मैं अच्छा कर रही हूँ···मैं ठीक हूँ।' मैंने जोर दिया।

'हम जानते हैं, लेकिन यह एक निवारक दवा है। अगर तुम इसे नहीं लोगी तो तुम्हारी हालत खराब होती जाएगी।' मेरी माँ ने कहा।

'लेकिन मैं कोई निवारक क्यों लूँ ? यहाँ मैं क्या बचाने की कोशिश कर रही हूँ ? मैंने कहा कि मैं ठीक हूँ, कहा न ?' मैंने रूखे स्वर में कहा।

'देखो अंकिता, तुम ठीक से सो नहीं रही हो। तुम चिड़चिड़ी हो रही हो और तुम्हें मानना पड़ेगा कि तुम बहुत ज्यादा सोच रही हो। है कि नहीं ? और फिर, क्या तुमने तनाव की वजह से ही स्टेज पर उलटी नहीं की थी ?' पापा बोले।

'मैं वास्तव में उतनी तनावग्रस्त या जुनूनी नहीं हूँ। छोड़िए ये बात।' मैंने विरोध

किया, लेकिन मेरे पापा सुनने को तैयार नहीं थे। उन्हें विश्वास था कि वह तनाव था, जिसकी वजह से मुझे उलटी हुई।

मैंने उन्हें जोजफ के बारे में नहीं बताया था। मेरे जुनून के दौर में जो हुआ था, उसे लेकर मैं बहुत शर्मिंदा थी। अगर उन्हें पता चल जाता कि मैंने उस समय क्या किया था तो उन्हें सदमा लगता। मैं तो खुद ही जोजफ का पूरा एपिसोड नहीं समझ पाई थी, मैं अपने माँ-पापा को कैसे समझाती?

'देखो, अंकिता। हम इसे परीक्षण के तौर पर करते हैं। तुम पंद्रह दिन यह दवा लो और देखो कि तुम्हें बेहतर लगता है या नहीं! अगर तुम्हें बेहतर न महसूस हो तो तुम इसे मत लेना, ठीक है?' पापा ने सौदा किया।

मैं दवा नहीं लेना चाहती थी। ऐसी कोई चीज नहीं थी, जिसे मैं नियंत्रित नहीं कर सकती थी। मेरे पास मेरे 'लाइफ्स लिटिल नोट्स' थे। वह एकमात्र इलाज था, जिसकी मुझे जरूरत थी।

दवाएँ बैसाखी थीं। जब तक मैं उन्हें फेंक नहीं दूँगी, मैं चलना कैसे सीखूँगी? इतना ही नहीं, मैं केवल चलकर ही संतुष्ट नहीं थी। मैं उड़ना चाहती थी।

मैं अपने बिखरने का कारण जानती थी। मैं जोजफ को अचानक देखकर तनाव में आ गई थी, लेकिन मेरे माँ-पापा नहीं जानते थे, मेरे साथ ऐसा क्यों हुआ? उन्होंने अनुमान लगा लिया कि मैं बेवजह तनाव में आ गई थी।

तभी मुझे एक विचार आया। मैं दवा लेने का नाटक करूँगी। मैं अपने माँ-पापा को बेवकूफ बनाऊँगी। इस तरह वे मुझे अकेला छोड़ देंगे। इसलिए मैं मान गई।

उस रात खाना खाने के बाद मेरी माँ मुझे दवा देने मेरे कमरे में आईं।

मैंने गोली मुँह में डालने का नाटक किया और फिर पानी पी लिया, लेकिन गोली अभी भी मेरे हाथ में थी। मैंने उसे अपने अँगूठे व तर्जनी के बीच कसकर फँसा लिया था और उसे निगलने का नाटक करने के बाद मैंने उसे अपने शॉर्ट्स की जेब में छुपा लिया। जब माँ चली गईं तो मैंने गोली निकालकर अपने डेस्क पर रखे पेन स्टैंड में डाल दी।

फिर मैं उस निबंध पर काम करने लगी, जो मुझे अगले दिन जमा करना था। मैं ध्यान नहीं लगा पा रही थी। मेरे विचार बार-बार स्टेज पर हुए हादसे की ओर लौट रहे थे। मुझे जोजफ याद आ गया। मैं क्रोधित थी कि मैंने उसे इस तरह अचानक दर्शकों के बीच देखा; लेकिन फिर, कौन जानता है, शायद वह भी इतना ही हैरान हुआ हो! एम.बी.ए. बीच में छोड़ने के बाद मैंने अपनी क्लास में किसी से संपर्क नहीं रखा था। कोई नहीं जानता था कि मैं एन.एम.एच.आई. में भरती हुई थी। जब भी किसी की कॉल आई, हमेशा मेरी माँ ने ही बात की थी। मैं उसकी चिंता नहीं करती थी।

मैं वैभव के बारे में भी सोच रही थी। मुझे अब उसकी कमी बहुत महसूस हो रही थी। मैं आशा कर रही थी कि वह कभी-न-कभी वापस आएगा। उसकी मौजूदगी सुकून देने वाली थी। फिर मुझे एक और विचार आया। वैभव जोजफ के बारे में नहीं जानता था। जब मैंने उसे अभि के बारे में बताया था तो उसने कितनी बुरी तरह से प्रतिक्रिया व्यक्त की थी! मैं जोजफ का उल्लेख कैसे कर सकती थी? कैसे?

मैं शैतान और गहरे नीले समुद्र के बीच फँस गई थी।

□

18

जीवन में वापस आना

जब मैं कॉलेज वापस आई, मैं जानती थी कि लोग अभी भी उस दिन स्टेज पर हुई घटना के बारे में बातें कर रहे थे। कॉलेज के अंदर चलना ऐसा था, जैसे नग्न होकर घूमना! मैं खुद को कमजोर, खुली हुई और शर्मिंदा महसूस कर रही थी। फेस्टिवल समाप्त हुए तीन दिन बीत चुके थे और लोग अभी भी उसकी चर्चा करने से थके नहीं थे। यह सब बरदाश्त करना मेरे लिए मुश्किल होता जा रहा था। जब भी मैं किसी समूह के पास से निकलती, मुझे फुसफुसाहट सुनाई देती और जैसे ही मैं उनके और पास आती, अचानक चुप्पी छा जाती। मुझे नहीं पता था, यह सब कितना लंबा चलने वाला था! कभी-कभी मुझे लगता था, मैं कल्पना कर रही थी। क्या मेरा दिमाग मेरे साथ चाल चल रहा था? शायद उसके बारे में कोई बात नहीं कर रहा था और मैं अब इतना अपमानित महसूस कर चुकी थी कि मैं उसकी कल्पना कर रही थी, जो था ही नहीं, लेकिन जब मैंने पारुल और जानकी की प्रतिक्रियाएँ देखीं तो जान गई कि यह सच था, कल्पना नहीं थी। मेरे सिर के अंदर नहीं था। यह हो रहा था और वे इस बात को जानते थे।

पारुल और जानकी मुझे बेहतर महसूस कराने की कोशिश करती थीं। जब भी हम लोगों के समूह के पास से निकलते थे, वे तेज आवाज में बात करके मेरा ध्यान भटकाने की कोशिश करती थीं, लेकिन मेरे बारे में हो रही बातों के जहर पर कोई चीज परदा नहीं डाल सकती थी।

वह जानकी थी, जिसने अंततः उन्हें संबोधित किया। जब उस दिन चौथी बार ऐसा हुआ तो उसे गुस्सा आ गया। वह उन लड़कियों के समूह के पास गई, जिनके बगल से हम अभी निकले थे।

'किस बारे में बात कर रही थीं तुम लोग? तुम हमारे मुँह पर क्यों नहीं कहतीं?' उसने पूछा।

'क्या? हम तुम्हारे बारे में बात नहीं कर रहे थे।' एक लड़की बोली, लेकिन वह असहज थी और जानकी से नजरें मिलाने से बच रही थी।

मैंने जानकी का हाथ पकड़कर खींचा। 'चलो, चलते हैं।' मैं बोली। मैं शब्दों से परे शर्मिंदा थी। मैं नहीं चाहती थी, जानकी मेरी लड़ाइयाँ लड़े, लेकिन वह छोड़ने को तैयार नहीं थी।

'देख, ज्यादा शाणी मत बन।' उसने ठेठ फिल्मी अंदाज में उनके सामने उँगली लहराते हुए कहा, 'और एक बात याद रखना, कम-से-कम अंकिता में स्टेज पर जाकर इतने सारे लोगों का सामना करने की हिम्मत तो थी। तुम लोगों को उसे सेमीफाइनल और क्वार्टर फाइनल में बोलते हुए सुनना था। शायद तब तुम लोग ऐसी बेवकूफी की बातें नहीं करतीं।' उसने कहा।

लड़कियों का समूह स्तब्ध था। पारुल भी स्तब्ध थी। मैं भी हैरान थी। मुझे अंदाजा नहीं था कि जानकी इस तरह किसी का सामना कर सकती थी!

फिर जानकी चिल्लाकर बोली, 'यह व्यवहार करने का कोई तरीका नहीं है। किसी के साथ हुए हादसे के बारे में बकवास करना। तुम लोगों को शर्म आनी चाहिए, लड़कियो! अगर हम ही अपने कॉलेज की साथियों का साथ नहीं देंगे तो कौन देगा?' उसकी आवाज कॉलेज के गलियारों में तेज और स्पष्ट गूँज रही थी। उस दिन वहाँ खड़े हर एक व्यक्ति ने उसे सुना था। उसके शब्दों का असर हुआ होगा, क्योंकि उसके बाद फुसफुसाहटें रुक गईं।

'थैंक्स, जानकी, लेकिन तुम्हें यह करने की जरूरत नहीं थी।' मैंने बाद में उससे कहा।

'अरे! कैसे नहीं कहती? वे नहीं जानतीं, तुम कितनी होशियार हो। बेवकूफ कहीं की! और तुम्हारी पीठ के पीछे बात कर रही हैं! कम-से-कम उनमें तुम्हारे सामने बोलने की हिम्मत तो होती!'

गुप्त रूप से मैं बेशक जानकी की आभारी थी। अगले कुछ दिनों में चीजें लगभग सामान्य हो गईं, लगभग।

'सुनो अंकिता, तुम्हारा और जोजफ का क्या मामला है?' पारुल ने गन्ने का रस पीते हुए अचानक मुझसे पूछा।

मेरे गले में रस अटक गया। मुझे ऐसे सीधे सवाल की उम्मीद नहीं थी, वह भी पारुल से! मैंने सोचा था, उस दिन ऑडिटोरियम के बाहर जोजफ से मिलना मामले का अंत होगा और हम आगे बढ़ जाएँगे।

'क्या?' मैंने किसी तरह खुद को सँभालते हुए पूछा।

'कुछ तो है। मैं देख सकती हूँ।' पारुल बोली।

'क्यों? तुम ऐसा क्यों बोल रही हो?' मैंने पूछा, इस उम्मीद के साथ कि उसका

जवाब अहानिकर होगा। कुछ ऐसा सामान्य-सा, जिसे मैं आसानी से टाल सकूँगी और फिर आगे बढ़ जाऊँगी, जैसे उसने कभी यह सवाल पूछा ही नहीं था, लेकिन ऐसा नहीं था। वह जब बोली तो बहुत गंभीर थी।

'अंकिता, उस दिन ऑडिटोरियम के बाहर जब तुम जोजफ से मिलीं तो मैंने तुम्हारी प्रतिक्रिया देखी थी और वह कहता है, वह तुम्हें पहले से जानता है। तुम बहुत अजीब सा व्यवहार कर रही हो!' उसने कहा।

'हाँ, मैं उसे जानती हूँ, लेकिन उसके और मेरे बीच कुछ नहीं है।' मैंने कहा।

उसने आगे जो कहा, उसे सुनकर मेरा दिल उछलकर मुँह में आ गया।

'तब वह तुमसे मिलने के लिए इतना बेचैन क्यों है?' उसने पूछा, 'वह सच में तुमसे मिलने के लिए बेताब है।'

'तुम्हें कैसे पता?'

'वह फ्रेडी पर जोर डाल रहा है कि वह मुझसे कहे कि मैं तुमसे बात करूँ। वह कहता है, वो बस, एक बार तुमसे मिलना चाहता है।'

उफ! यह अंतिम चीज थी, जिसकी मुझे जरूरत थी। मैं जोजफ से नहीं मिलना चाहती थी। मैं बस, इतना चाहती थी कि वह मेरे जीवन से गायब हो जाए और मुझे शांति से रहने दे।

'मैं किसी के साथ···रिश्ते में हूँ।' मैंने कमजोर आवाज में कहा। मुझे समझ में नहीं आया, वाक्य कैसे पूरा करूँ?

'उसी लड़के के साथ, जिसके बारे में तुमने हमारी सलाह माँगी थी? वह चिपकू लड़का, जो तुम्हारे घर आता रहता है?' जानकी बोली।

'वह चिपकू नहीं है। मुझे लगता है, वह काफी स्वीट है।' मैंने खुद को वैभव का बचाव करते पाया।

'ओहो! 'चिपकू' से 'काफी स्वीट'! तुमने उससे दोस्ती कर ली, है न? तुमने अंकिता-वैभव ब्लॉकबस्टर की ओर पहला कदम ले लिया, मान लो।' जानकी बोली।

'नहीं, ऐसा कुछ नहीं है! मैंने कई दिनों से उसे देखा भी नहीं है।' मैंने सच बोला।

'फिर जोजफ से मिलने में क्या समस्या है? वह लड़का बहुत इच्छुक है, अंकिता। प्लीज, एक बार उससे मिल लो। कम-से-कम तब फ्रेडी मुझे शांति से रहने देगा।'

'मेरे पास उससे कहने के लिए कुछ नहीं है।' मैंने विरोध करने की कोशिश की।

लेकिन पारुल ने हार नहीं मानी।

'ठीक है, तब उससे मिलकर कह दो, वह भाड़ में जाए और तुम्हें अकेला छोड़ दे। एक बार वह तुमसे ये सुन लेगा तो बात खत्म हो जाएगी। उसके बाद तुम दोनों अपने-अपने रास्ते चले जाना।' पारुल ने कहा।

और इसलिए मैं जोजफ से मिलने को तैयार हो गई। यह एक और गलती थी, जो मैं करने जा रही थी, लेकिन मैंने सोचा कि अगर मैं मना कर दूँगी तो पारुल और गहराई में जाएगी। मैं उसे नहीं बताना चाहती थी, क्या हुआ था। मैं अपने अतीत की कोई बात उजागर नहीं करना चाहती थी। अगर मैं जोजफ से मिल लेती हूँ तो मैं मामला जल्दी से खत्म कर सकती हूँ।

'ठीक है फिर, मैं उससे मिल लूँगी, लेकिन कहाँ?' मैंने पारुल से पूछा।

'उसने कहा है, वह कल क्लास शुरू होने से पहले कॉलेज के बाहर तुम्हारा इंतजार करेगा। उसने करीब 11 बजे का समय दिया है।' पारुल बोली।

मैंने उससे कहा, "मैं पहुँच जाऊँगी।"

'नई प्रेम कहानी?' जानकी ने भौंहें उठाते हुए पूछा।

'कोई प्रेम कहानी नहीं है।' मैंने प्रतिवाद किया।

□

वहाँ क्लास में मिसेज हेडन हमारे निबंध लौटा रही थीं। उन्होंने ग्रेड दे दिए थे और हाशिए में अपनी टिप्पणियाँ लिख दी थीं। मुझे मेरा निबंध वापस मिला तो मेरा दिल डूब गया। मुझे 'ई' मिला था, अब तक का मेरा सबसे निचला ग्रेड! लेकिन जब से कोर्स शुरू हुआ था, मुझे 'ए' या 'ए प्लस' से कम कुछ नहीं मिला था। बस, एक बार बी प्लस मिला था। मुझे मेरा ग्रेड देखकर झटका लगा। इससे भी बुरा यह था कि मिसेज हेडन ने हाशिए में लिखा था कि मैं उनसे क्लास के बाद स्टाफ रूम में मिलूँ।

मुझे लगा था कि मैंने निबंध काफी अच्छा लिखा था। मुझे इतने खराब ग्रेड की उम्मीद बिल्कुल नहीं थी। मैं अपने अंकों को लेकर इतनी परेशान थी कि उस दिन लेक्चर पर ध्यान नहीं दे पाई। मेरा मन भटक रहा था। मेरे सिर के अंदर की ताना मारती आवाज ने अपना सामान्य कोलाहल शुरू कर दिया—

'तुम असफल हो।
तुम लिख भी नहीं सकतीं।
तुम्हारा निबंध बकवास है।
तुम फेल हो जाओगी।
तुम उपहास की पात्र बन जाओगी।'

मेरे विचार मेरे दिमाग को घायल करने के लिए वापस आ गए थे। वे एक पाश डाल रहे थे—मिसेज हेडन की आवाज बंद करके, क्लास रूम बंद करके, बाकी सबकुछ भी बंद करके। वह फँसे रहने के लिए एक भयावह स्थान था। मैं बाहर निकलना चाहती थी। मैं विचारों को रोकना चाहती थी। मैं उस पर ध्यान देना चाहती थी, जो मिसेज हेडन बोल

रही थीं, लेकिन मैं ऐसा नहीं कर पाई। मेरे दिमाग में फिर से मंथन होने लगा था। मैं उसके शिकंजे में असहाय महसूस कर रही थी। मैं अपने बैग में 'लाइफ्स लिटिल नोट्स' लेकर आई थी। मैंने उसे निकालकर खोला। मुझे उसकी जरूरत थी। मुझे उसमें लिखने की जरूरत थी।

इसलिए क्लास में बैठी, सहपाठियों से घिरी हुई, पृष्ठभूमि में मिसेज हेडन की लेक्चर देती आवाज के साथ मैंने लिखा—

नोट 5.

'असफलता दु:ख देती है। असफलता का अर्थ है—लोगों का आपको जज करना और आपको यह बताना कि उन्होंने आपके लिए जो मानक तय किए हैं, उन पर आप खरे नहीं उतरते। परीक्षा में विफलता का मतलब है कि आप प्रश्न-पत्र में पूछी गई जानकारी को बरकरार नहीं रख पाए। क्या इसका अर्थ है, आप किसी मायने में मूर्ख हैं? नहीं, लेकिन यही तो समस्या है। हमारे माता-पिता, हमारे शिक्षक और हमारे दोस्त हमें इन्हीं असफलताओं के आधार पर जज करते हैं। हम उसे अवचेतन रूप से अवशोषित करते हैं और हमारे द्वारा प्राप्त अंकों के संदर्भ में और बाद में अपने कमाए पैसों के संदर्भ में अपनी कीमत के बारे में सोचना शुरू कर देते हैं। यदि हमें अच्छे अंक मिलते हैं तो हम सफल हैं। यदि हमारे पास एक बड़ा घर है, एक फैंसी कार है तो हम सफल हैं। यदि नहीं तो हम असफल हैं।

हालाँकि वास्तविक खतरा तब होता है, जब हम इन चीजों के प्रभाव में आ जाते हैं और खुद को इन तथाकथित विफलताओं के आधार पर आँकना शुरू कर देते हैं।

इन विफलताओं को आपको परिभाषित न करने दें। आप उससे परे हैं। आप जितनी बार विफल हुए हैं, उससे कहीं अधिक हैं। आप उन ग्रेड्स से अधिक हैं, जो आपको दिए गए हैं। आप अनेक बार असफल हुए होंगे। तो क्या हुआ? एक व्यक्ति कितना संवेदनशील है, इसके लिए कोई ग्रेड्स नहीं दिए जाते। इस बात के लिए कोई ग्रेड्स नहीं दिए जाते कि एक व्यक्ति कितना दयालु है या कितना मददगार अथवा फिर कितना मजाकिया। उस दोस्ती की हद के लिए कोई ग्रेड नहीं है, जिसे आप वर्षों से सावधानी के साथ सँजोते आए हैं। प्यार के लिए कोई ग्रेड्स नहीं है। हँसने के लिए कोई ग्रेड्स नहीं है।

और फिर भी, दोस्ती, हँसी, प्यार, दया, आशा, खुशी, उदारता—ये सब जीवन की सबसे महत्त्वपूर्ण चीजें हैं और इनका आकलन करने के लिए एक भी ग्रेड नहीं है।

यहाँ तक कि जीवन के लिए भी कोई ग्रेड नहीं दिए जाते।'

पारुल ने मेरी नोटबुक में झाँका, जिसमें मैं तेजी से लिख रही थी।

'इतने मनोयोग से क्या लिख रही हो?' उसने पूछा।

'कुछ नहीं।' मैंने कहा और नोटबुक बंद कर दी।

'सुनो, तुम्हें निबंध में क्या ग्रेड मिला?' मैंने उससे पूछा।

'बहुत मुश्किल असाइनमेंट था। मुझे केवल सी प्लस मिला और तुम्हें?' पारुल ने पूछा।

'देखो!' मैंने कहा और उसे अपना पेपर दिखाया।

'अरे, नहीं!' पारुल बोली।

अब मिसेज हेडन हमें घूरने लगीं, क्योंकि हम फुसफुसाकर बातें कर रहे थे। यह उनकी क्लास में निश्चित रूप से स्वीकार्य नहीं था। इसलिए हम फौरन चुप हो गए और बाकी के समय लेक्चर पर ध्यान देते रहे।

लेक्चर समाप्त होने के बाद मैं स्टाफ रूम में मिसेज हेडन से मिलने गई।

'हैलो, अंकिता। आओ, बैठो!' उन्होंने अपने सामने रखी कुरसी की ओर संकेत किया। 'तुम जानती हो, मैं तुमसे क्यों मिलना चाहती थी?' उन्होंने पूछा।

'शायद मेरे निबंध के संदर्भ में।' मैंने कहा।

'वैल, हाँ और नहीं।' मिसेज हेडन ने अपना चश्मा उतारकर एक कपड़े से साफ करते हुए कहा।

उनकी गहरी आँखें मेरी आत्मा में चुभती प्रतीत हो रही थीं। मैंने कभी ध्यान नहीं दिया था कि उनकी आँखें गहरे भूरे रंग की थीं और उनमें ज्ञान व समझ की चमक थी। मैं उनके आगे बोलने का इंतजार कर रही थी।

'मैं तुम्हारे निबंध से समझ सकती हूँ कि जब तुमने उसे लिखा, तब तुम बहुत परेशान थीं। अंकिता, आमतौर पर तुम्हारा काम अनुकरणीय होता है। क्या तुम्हें कोई चीज परेशान कर रही है?'

मुझे तो बहुत कुछ परेशान कर रहा है।
मैं हर दिन अपने विचारों को नियंत्रित करने के लिए संघर्ष करती हूँ।
मैं अपने दिमाग के साथ रोज एक लड़ाई लड़ती हूँ।

मैंने अपना सिर हिला दिया। 'नहीं, मिसेज हेडन।' मैंने कहा।

'शायद उस दिन स्टेज पर हुई घटना?' उन्होंने कोमलता से पूछा।

'तब मैं दु:खी हुई थी, लेकिन मुझे नहीं लगता, मैं उसे अपने काम की गुणवत्ता पर असर डालने दूँगी।' मैंने कहा।

'अंकिता, आखिर तब तुमने इतना घटिया काम क्यों जमा किया ? मुझे तुमसे ज्यादा की उम्मीद थी। इस निबंध में कुछ भी मौलिक नहीं है। तुम केवल किसी और के विचारों को प्रतिध्वनित कर रही हो। मैंने सोचा, मैं तुमसे पूछूँ कि तुमने इसे कहीं से नकल तो नहीं किया है ?'

मैं उनके प्रश्न से भौचक्की हो गई।

'नहीं, मिसेज हेडन, ये मेरे अपने शब्द हैं।'

'तुमने कोई उद्धरण नहीं दिया है। तुम्हारी सामग्री के स्रोत का कोई संकेत नहीं है। मुझे कोई उदाहरण या मौलिक अवलोकन दिखाई नहीं दे रहे हैं। इसके अलावा, जो जानकारी इसमें प्रस्तुत की गई है, वह व्यवस्थित नहीं है। बस, गड्ड-मड्ड से शब्द हैं। क्या तुम मुझे बताना चाहोगी, क्या हुआ है ?'

'आई एम सॉरी। शायद मेरा ध्यान भटका हुआ था।' मैं धीरे से बोली।

'तुम मुझे बताना चाहोगी, तुम्हें क्या चीज परेशान कर रही है ? मैं एक समय स्टूडेंट काउंसलर हुआ करती थी और मेरे पास काउंसलिंग एवं ह्यूमन साइकोलॉजी (मानव मनोविज्ञान) में मास्टर्स डिग्री है। जब एक छात्र परेशान होता है तो मुझे आमतौर पर पता चल जाता है। इसीलिए मैंने तुम्हें मिलने के लिए बुलाया था।' मिसेज हेडन बोलीं। उनकी आवाज ने मेरी तंत्रिकाओं को शांत कर दिया।

एक पल के लिए मुझे अपनी सारी परेशानियाँ उन्हें खुलकर बताने का लालच आया। वे चिंतित और मेरी मदद करने की इच्छुक लग रही थीं, लेकिन मैं जानती थी, मुझे यह सब अपने तक ही रखना था। मिसेज हेडन मुझे ऐसा क्या बता सकती थीं, जो मैं पहले से नहीं जानती थी ? मेरे पास वास्तव में सारे जवाब थे। वे सब मेरे पास मेरी नोटबुक में थे, जो उनसे बात करते समय भी मेरे बैग में ही थी। मैं यह भी नहीं चाहती थी कि मेरा विकार या मैंने जो कुछ भी सहन किया था, मेरे अच्छा न करने का बहाना बने। मैं उसके बावजूद सफल होना चाहती थी। इसलिए मैंने उनसे इतना ही कहा कि अगली बार मैं और अधिक ध्यान दूँगी और ज्यादा कोशिश करूँगी। मैंने कहा कि मुझे सच में कोई बात परेशान नहीं कर रही थी।

क्या मैंने मिसेज हेडन की आँखों में उदासी देखी थी या वह मेरी कल्पना थी ? मैं यकीन से नहीं कह सकती थी, लेकिन मैं अपनी नोटबुक और अपने रहस्यों को अपने सीने से लगाए बाहर निकल आई।

□

19

कोई ऐसा, जिसे मैं जानती थी

एक बार फिर मैं पूरी रात सो नहीं पाई। एक बार फिर मैं करवटें बदलती रही। मिसेज हेडन के साथ बातचीत ने मुझे परेशान कर दिया था। मैं यह भी जानती थी कि मुझे जोजफ से मिलना होगा और मैं इस बात से डर रही थी। इन दोनों बातों ने मेरी आँखों से नींद चुरा ली थी।

तब मुझे विचार आया कि शायद मुझे माँ की दी दवा हर रात ईमानदारी से लेनी चाहिए थी। मेरा पेन स्टैंड अब उन गोलियों से भर गया था, जो मैं हर रात उन्हें खाने का नाटक करने के बाद उसमें डाल देती थी। शायद वे मुझे सोने में मदद करें! अब उसके लिए बहुत देर हो चुकी थी। मुझे थोड़ी-बहुत नींद से ही काम चलाना पड़ेगा। जब पिछली बार मैंने घड़ी पर निगाह डाली थी तो 4.30 बजे थे, जिसका मतलब था कि मैं मुश्किल से ढाई घंटे सोई थी।

जैसे ही मेरे बिस्तर के पास रखा अलार्म बजा, मैं बिस्तर से कूदकर बाहर आ गई। मैं नहीं चाहती थी, मेरे माँ-पापा मेरी नींद की अवधि को लेकर परेशान हों। मैंने तय किया कि मैं उन्हें अपनी अनिद्रा के बारे में नहीं बताऊँगी, वरना वे मुझे और दवाएँ लेने पर जोर देंगे। मैं दवाओं पर नियंत्रण रखना चाहती थी। मैं उन्हें तभी लूँगी, जब मुझे लगेगा, मुझे उनकी आवश्यकता है; तब नहीं, जब मेरी माँ मुझे मजबूर करेंगी।

'ठीक से सोई, अंकिता?' पापा ने नाश्ता करते समय पूछा।

'हाँ, बहुत अच्छे से।' मैंने झूठ बोल दिया।

'तुम थोड़ी थकी हुई लग रही हो। तुम्हें ज्यादा प्यास तो नहीं लग रही है? या फिर तुम्हें लूज मोशन (दस्त) या ऐसा कुछ तो नहीं हो रहा है न? कुछ असामान्य तो नहीं लग रहा है?' मेरी माँ ने पूछा।

'नहीं, कुछ नहीं लग रहा है। मैं बहुत अच्छा महसूस कर रही हूँ!' मैंने आसानी से झूठ बोल दिया और उन्हें एक बड़ी सी मुसकान दे दी।

'तुम्हारा मूड भी पहले से बेहतर लग रहा है। मुझे लगता है, दवा काम कर रही है।'

पापा खुश थे। मुझे लगता है, माँ भी आश्वस्त हो गई थीं।

'अगर तुम्हें कोई साइड इफेक्ट (दुष्प्रभाव) दिखे तो हमें बता देना, अंकिता। डॉ. नीरज ने विशेष रूप से कहा है कि कोई साइड इफेक्ट होने पर उसे नोट करें।' मेरी माँ ने कहा।

'डॉ. नीरज?'

'डॉ. नीरज रमैया बॉम्बे के वह डॉक्टर हैं, जिनके बारे में डॉ. मधुसूदन ने बताया था। वे बहुत योग्य हैं।' माँ ने कहा।

जिस परिचित लहजे में माँ ने उनकी बात की, उसने मुझे फौरन सतर्क कर दिया।

'आप जाकर उनसे मिली थीं?' मैंने पूछा।

'हाँ, हमें अभी की स्थिति पर उनसे बात करनी थी।' पापा ने कहा।

मुझे बहुत बुरा लगा। मेरे माँ-पापा जाकर एक साइकेट्रिस्ट से मिले थे और उनसे मेरे केस पर चर्चा की थी—मुझे बताए बिना। वे ऐसा कैसे कर सकते थे? कम-से-कम उन्हें मुझसे बात तो करनी थी। यहाँ वे उसे मेरे व्यवहार की 'रिपोर्ट' दे रहे थे और वहाँ वे मुझसे मिले बिना ही मेरा 'आकलन' कर रहे थे! मुझे लगा, यह सही नहीं था। मैं गुस्सा नहीं होना चाहती थी, वरना मेरे माँ-पापा को लगता, मैं फिर से नियंत्रण खो रही थी।

'आप दोनों ने पहले मुझसे क्यों नहीं पूछा?' मैंने अपनी आवाज से पीड़ा को बाहर रखने की कोशिश करते हुए पूछा।

'ओह, तुम उनसे मिलना चाहती हो?' मेरी माँ ने पूछा।

'माँ, ऐसा नहीं है कि मैं उनसे मिलना चाहती हूँ; लेकिन मुझे लगता है, मुझे विकल्प मिलना चाहिए था।' मैंने कहा।

'अंकिता, डॉ. मधुसूदन ने उन्हें विस्तार से जानकारी दी थी और डॉ. मधुसूदन ही हैं, जो उनसे संपर्क में थे; क्योंकि वे देश छोड़कर जा रहे हैं। हम उनसे इसलिए मिले, क्योंकि हम देखना चाहते थे कि हम किससे बातचीत कर रहे हैं और इसलिए भी, क्योंकि डॉ. मधुसूदन ने उनकी बहुत तारीफ की थी। मुझे लगा, तुम्हारे वहाँ आने की कोई जरूरत नहीं थी, क्योंकि मैं तुम्हें तनाव में नहीं लाना चाहता था। तुमने जो सहा है, उसके बाद हमें लगा कि एक नए डॉक्टर के साथ फॉलोअप तनावपूर्ण हो सकता है।' पापा ने समझाया।

उनके स्पष्टीकरण में तर्क था, लेकिन मुझे अभी भी मनोरोग की परेशानी के पहले संकेत के लिए अपने ही माँ-पापा द्वारा 'जासूसी' या 'निगरानी' किए जाने का विशिष्ट अहसास हो रहा था। इससे मुझे उल्लंघन का अनुभव हो रहा था।

मैं जानती थी, वे यह सब मेरे अच्छे के लिए कर रहे थे, क्योंकि वे मुझसे बहुत प्यार करते थे। चूँकि वे मेरी निगरानी कर रहे थे, फिर भी मुझे कैदखाने में बंद एक

जानवर की तरह महसूस हो रहा था, जिस पर देखभाल करनेवालों द्वारा बारीकी से नजर रखी जा रही हो! मुझे यह बिल्कुल नापसंद था। मैं यह भी जानती थी कि इससे बचने का कोई तरीका नहीं था और न कोई आसान समाधान; लेकिन इसके बारे में सोचकर मैं उदास हो रही थी और निराशा की मेरी बढ़ती भावना और बढ़ने लगी थी। मेरे जीवन में कुछ भी अच्छा नहीं हो रहा था। मैं हर संभव प्रयास कर रही थी। मैं पूरी ताकत से लड़ रही थी, लेकिन मेरी कोई भी कोशिश पर्याप्त नहीं लग रही थी। मैं उम्मीद खो रही थी और मेरा मोहभंग हो रहा था। जीवन एक विशाल बंजर रेगिस्तान की तरह मेरे सामने फैला था और मुझे अपने दम पर उसे पार करना था।

मैंने माँ-पापा से कहा कि मुझे उस दिन सुबह जल्दी ही कॉलेज पहुँचना होगा, क्योंकि मुझे लाइब्रेरी में कुछ पुस्तकें देखनी थीं। चूँकि वे जानते थे कि मैं अकसर लाइब्रेरी जाया करती थी, उन्होंने बिना कुछ सोचे सहमति में सिर हिला दिया।

□

मैंने चर्चगेट स्टेशन से कॉलेज की ओर जाते हुए अपनी घड़ी पर नजर डाली। मैं जल्दी आ गई थी। जोजफ 11 बजे आने वाला था और उसमें अभी 15 मिनट बाकी थे। मैं यह भी सोचने लगी कि अगर वह देर से आएगा तो मैं क्या करूँगी? तब मेरे पास और अधिक समय होगा बिताने के लिए। मैंने तय किया कि मैं लाइब्रेरी में इंतजार करूँगी और 11 बजे नीचे आ जाऊँगी।

लेकिन मुझे चिंता करने की आवश्यकता नहीं थी। अपने कहे अनुसार मैं जब पहुँची तो जोजफ कॉलेज के बाहर मेरा इंतजार कर रहा था। वह जल्दी आ गया था। मुझे देखते ही उसके चेहरे पर एक बड़ी सी मुसकान आ गई।

'हे! तुम्हें देखकर अच्छा लगा।' उसने मेरा अभिवादन किया। वह सफेद फॉर्मल शर्ट, जिसे उसने जींस के अंदर टक किया था, में काफी स्मार्ट लग रहा था। साथ में उसने हलके भूरे स्वेड चमड़े के जूते पहने थे। उसके बाल अभी भी घुँघराले थे, जैसे पहले हुआ करते थे। वह मुझे देखकर बहुत खुश लग रहा था। मुसकराते हुए उसकी आँखें सिकुड़ गई थीं।

'हाय।' मैंने जवाब दिया। मेरी आवाज थकी हुई थी। मैं यह सोचकर सतर्क थी कि पता नहीं वह मुझसे क्या चाहता था?

उसने मुझमें उत्साह की कमी को तुरंत भाँप लिया।

'मुझे माफ करना, अगर मैंने तुम्हें इस तरह मिलने के लिए मजबूर किया है तो। मुझे बस...बस, तुमसे मिलना था, अंकिता।' उसने कहा।

'कोई बात नहीं।' मैंने जवाब दिया।

''रुस्तम्स' के पास एक नया कैफे खुला है। वहाँ चलें? या तुम 'रुस्तम्स' में आइसक्रीम खाना चाहती हो?'

मैंने अपने कंधे उचका दिए। मुझे कोई फर्क नहीं पड़ता था। मैं बस, ये सब खत्म करना चाहती थी। मेरी आँखें नींद पूरी न होने से जल रही थीं। मेरा सिर भी दुखने लगा था।

'तुम्हें देखकर लग रहा है, तुम बहुत ज्यादा पढ़ रही हो, अंकिता। तुम्हारी आँखें नीचे से सूज गई हैं! तुम ठीक तो हो न?' जोजफ ने पूछा।

'हाँ, लेकिन इस शानदार तारीफ के लिए शुक्रिया।' मैंने उदासी और व्यंग्य के साथ कहा।

जोजफ का मेरे व्यंग्य पर ध्यान नहीं गया और वह हँसने लगा।

'तुम अभी भी बहुत सुंदर हो, अंकिता।' उसने कहा।

'थैंक्स।' मैंने उदासीनता से कहा।

हम जोजफ के सुझाए नए कैफे की ओर चलने लगे। वह चलते हुए खूब बातें कर रहा था। उसने मुझे हाल में देखी एक फिल्म के बारे में बताया और मुझसे पूछा कि क्या मैंने कोई फिल्म देखी थी? मैं उसकी सारी बातें सुनती रही और फिर मैंने कहा कि मुझे फिल्में देखने का समय नहीं मिलता था।

हम कैफे पहुँच गए। टेबल चटक पीले रंग के थे, जिन पर रंग-बिरंगी अमूर्त ज्यामितीय डिजाइन थी। नीबू के रंग की रॉट आयरन की कुरसियाँ फैशनेबल माहौल को और मजेदार बना रही थीं। मैं एकदम से खुद को बूढ़ी और क्लांत महसूस करने लगी।

'तुम क्या लोगी?' वेटर आया तो जोजफ ने पूछा।

'तुम मेरे लिए ऑर्डर कर दो।' मैंने कहा। मुझे परवाह नहीं थी।

जोजफ ने हमारे लिए दो कोल्ड कॉफी ऑर्डर कर दीं।

फिर उसने वह सवाल पूछा, जो मैं जानती थी। वह तब से पूछना चाहता था, जब से उसने मुझे स्टेज पर देखा था।

'तो, क्या हुआ था?' उसने सरलता से पूछा।

मैंने कुछ न समझने का नाटक किया, हालाँकि मैं अच्छी तरह जानती थी कि वह किस बारे में बात कर रहा है। मैं समय बिता रही थी, अपने दिमाग में जवाब तैयार कर रही थी और सावधानी से विचार कर रही थी कि मुझे उसके साथ क्या और कितना साझा करना चाहिए! तभी वेटर हमारी कॉफी ले आया। मैं चम्मच से अपनी कॉफी हिलाने लगी। बर्फ के टुकड़े एक-दूसरे से टकरा रहे थे।

''क्या हुआ' से तुम्हारा क्या मतलब है? कुछ नहीं हुआ।' मैंने जवाब दिया और

अपनी कॉफी की चुस्की लेते हुए उसकी आँखों में देखा।

यह सुनकर वह थोड़ा घबरा गया। अच्छा सबक मिला, मैंने सोचा। मुझे इस तरह मिलने के लिए उसे मजबूर नहीं करना चाहिए था।

'मेरा मतलब, तुमने एम.बी.ए. बीच में क्यों छोड़ दिया?' जोजफ बात खत्म करने को तैयार नहीं था।

'मैं उससे बोर हो गई थी।' मैंने जवाब दिया।

'तो बस, यूँ ही तुमने ड्रॉप कर दिया?'

'हाँ, जोजफ, बस, यूँ ही।'

'चलो भी! मैं इस बात पर एक पल के लिए भी विश्वास नहीं कर सकता।'

'यह तुम्हारे ऊपर है। मुझे वह कोर्स पसंद नहीं था। मैंने दूसरा कोर्स करने का फैसला किया।' मैंने कहा।

'लेकिन…तुमने मुझे मँझधार में छोड़ दिया।' उसने शिकायत की।

इस पर मुझे गुस्सा आ गया।

'क्या मतलब मँझधार में? क्या मैंने तुम्हारे साथ सेक्स किया था?'

'अरे…नहीं…लेकिन…'

'लेकिन क्या?' मैंने उसे बात पूरी करनी की चुनौती देते हुए बीच में टोका। मुझे उसके सवालों का रुख अच्छा नहीं लग रहा था। मैं ये सब हमेशा के लिए खत्म कर देना चाहती थी।

'चलो, अंकिता। तुम जानती हो, हमने क्या शेयर किया था। तुम उसे स्वीकार करने से मना क्यों कर रही हो?' जोजफ अपने सवाल पर कायम रहा।

'हमने कुछ शेयर नहीं किया था। एक कार राइड और कुछ नहीं।'

'तुम भूल कैसे सकती हो? तुम पैरापेट (रेलिंग) पर डांस कर रही थीं। याद है?'

जोजफ अतीत की वे सभी यादें कुरेद रहा था, जो वह कर सकता था और उन्हें मेरे सामने चारे की तरह झुला रहा था। मैं उसे काटने के लिए तैयार नहीं थी।

'तो? तुम क्या जताना चाहते हो? कि मैंने अपना जीवन तुम्हारे नाम कर दिया है?' मैंने जवाब में कहा।

'नहीं…नहीं…बिल्कुल नहीं। मुझे लगा…वो…मुझे लगा, हमारे बीच कुछ था। तुमने कैब में मुझे किस किया था। तुमने कहा था, तुम मुझसे प्यार करती हो और फिर बिना किसी सूचना के तुम गायब हो गईं। मैं पागलों की तरह तुमसे संपर्क करने की कोशिश कर रहा था। मैंने कम-से-कम बीस बार तुम्हारी माँ से बात की होगी। मैं तुम्हारे घर भी गया था। मुझे तुम्हारा पता कॉलेज ऑफिस के रिकॉर्ड्स से मिला। मैंने चपरासी को

रिश्वत दी थी, लेकिन फिर, मुझे तुम्हारे घर पर ताला मिला। मैं तीन बार और गया। आखिरी बार जब मैं गया तो मुझे पता चला कि तुम लोग वहाँ से चले गए थे। मैंने बहुत कोशिश की, अंकिता। कम-से-कम मुझे सच तो बताओ। प्लीज, यह बहाना मत बनाओ कि जो कुछ भी था, उसका कोई अस्तित्व नहीं था।'

तब मुझे उसको सब बताना पड़ा। उसके चेहरे पर हैरानी और दर्द का भाव मुझे बहुत भारी लग रहा था। मैं वहाँ पीड़ा देख सकती थी। मैंने उसे कुछ न बताकर अच्छा नहीं किया था। यदि किसी ने मेरे साथ ऐसा किया होता तो मेरे लिए भी बरदाश्त करना मुश्किल होता। मैंने उसके साथ जो भी किया था, उसके लिए मैं खुद को दोषी मान रही थी, हालाँकि वह सब अनजाने में हुआ था। उसे भी ये सब खत्म करने की उतनी ही जरूरत थी, जितनी कि मुझे। इसलिए मैंने हिम्मत जुटाई और उसे सच्चाई बताने का फैसला कर लिया।

'सुनो, मैं तुम्हारी जिंदगी से इस तरह गायब हो जाने के लिए बहुत शर्मिंदा हूँ।' मैंने शुरू किया। फिर मैंने उसे 'बाइपोलर डिसऑर्डर' के बारे में समझाया, ठीक उस तरह, जैसे डॉ. मधुसूदन ने मुझे समझाया था। मैंने उसे मेनिया (उन्माद) के बारे में बताया और यह भी बताया कि कैसे उस समय मैं उसी स्थिति में थी और इसीलिए इतने अजीब तरह से व्यवहार कर रही थी। मैंने उसे अभि के बारे में बताया और यह भी कि कैसे इतने समय बाद भी अपराध-भाव मुझे खाए जा रहा था। मैंने उसे बताया कि कैसे उस दिन मैंने उसमें अभि को देखा था। मैंने उसे बताया कि कैसे उसके कुछ ही समय बाद मुझे पैनिक अटैक शुरू हो गए थे और मैं कितनी डर गई थी। मैंने उसे उन मनोचिकित्सकों के बारे में बताया, जिनसे हम मिले थे। मैंने उसे उस निराशा के बारे में बताया, जिसने मुझे घेर लिया था। मैंने उसे अपने आत्महत्या के प्रयासों के बारे में भी बताया।

लेकिन इस बार मैं रोई नहीं। मैं यह सब वैभव को पहले ही बता चुकी थी। अब दूसरी बार जोजफ को यह सब बताना, मुझे लगा कि उतना कठिन नहीं था। मैंने उसे ऐसे सुनाया, जैसे वह किसी और की कहानी थी। मैंने खुद को उससे दूर रखना सीख लिया था।

जब मैंने अपनी बात खत्म की तो जोजफ सदमे में लग रहा था।

फिर उसने कहा, 'तो तुम मेरे लिए कुछ महसूस नहीं करती थीं?' उस समय वह एक बच्चे की तरह लग रहा था।

लेकिन मैं उससे झूठ नहीं बोल पाई।

'जोजफ, मैं सच में शर्मिंदा हूँ कि मैंने तुम्हें चोट पहुँचाई। मैं अपने आप में नहीं थी। उसका कोई मतलब नहीं था। आई एम सो सॉरी।' मैंने कहा।

मेरी बात सुनकर उसके कंधे झुक गए। वह दूसरी ओर देखकर पलकें झपकाने लगा। कुछ देर तक हम दोनों चुपचाप बैठे रहे। शायद वह मेरी कही बातों को पचाने की कोशिश कर रहा था। उसके लिए यह सब अचानक था, जबकि मेरे पास इस सबकी प्रकिया के लिए कई महीने थे। फिर उसने कहा, 'मुझे बहुत, बहुत दुःख है कि तुम्हें यह सब सहना पड़ा। मुझे तुम्हारे लिए बहुत बुरा लग रहा है।'

उसकी दया वह अंतिम चीज थी, जो मुझे नहीं चाहिए थी। मुझे उसकी आवश्यकता नहीं थी। मैं नहीं चाहती थी, वह मेरे लिए बुरा महसूस करे।

'मेरे लिए दुःखी मत हो। इसने मुझे मजबूत बना दिया है। जो हुआ, वो हुआ। यदि वो नहीं हुआ होता तो मैं क्रिएटिव राइटिंग कोर्स नहीं कर रही होती।' मैंने कहा।

'सही बात है। तुम जानती हो, तुम्हारी यही बात कमाल की है, अंकिता। तुम हर विपरीत परिस्थिति का सामना करती हो और उसे उलट देती हो। तुम एक विजेता हो।' उसने कहा।

काश, उसे पता होता! काश, उसे पता होता कि मैं हर एक दिन खुद से कितनी लड़ाइयाँ लड़ती हूँ! काश, उसे पता होता कि वह सब कितना मुश्किल था! काश, उसे पता होता कि कैसे मैं आत्म-संदेह से भरी थी, कैसे मैं रातों को जागती रहती हूँ—बहुत अधिक चिंता करते हुए और बहुत कम नींद लेकर!

मैंने उसे यह सब नहीं बताया। उसने केवल मेरा बाहरी रूप देखा।

'थैंक्स।' मैंने सरलता से कहा।

'सुनो, मैं तुम्हें बताना चाहता हूँ कि मैं हमेशा तुम्हारे साथ हूँ। मुझे कभी भी कॉल कर लेना, ठीक है? मैं सच कह रहा हूँ। दिन हो या रात, बस, मुझे कह देना और तुम जहाँ भी होगी, मैं आ जाऊँगा।' उसने कहा। उसने एक कागज पर अपना नंबर लिखा और मुझे पकड़ा दिया।

मैंने कागज लेकर अपने बैग में रख लिया।

'इसे खोना मत, ओ.के.? और क्या मुझे तुम्हारा नंबर मिल सकता है? मुझे तुमको फिर से बाहर ले जाने में बहुत खुशी होगी।' उसने कहा।

अह···ओह। यह सब मेरी उम्मीद के अनुसार बिल्कुल नहीं हो रहा था। अब वह मुझे दूसरी डेट के लिए पूछ रहा था। उसने हमारी इस मुलाकात को डेट समझा था। अब, जबकि मैं उसे सबकुछ बता चुकी थी, मुझे लगा था, मैंने मामला खत्म कर दिया है। मेरे लिए उसे यह समझाना कि मैंने उसे क्यों चूमा था और यह कि मेरे लिए उसका कोई मतलब नहीं था, राहत की बात थी। मुझे लगा था, मैंने यह स्पष्ट कर दिया है कि मैं कहाँ खड़ी थी!

लेकिन ऐसा लग रहा था कि जोजफ मेरी बात का अर्थ बिल्कुल नहीं समझा था। उसने मेरे लंबे स्पष्टीकरण को इस संकेत के रूप में लिया था कि मैं उस पर भरोसा करती थी। मुझे लगता है, उसने खुद को मेरे 'संरक्षक' और 'अभिभावक' के रूप में नियुक्त कर लिया था। मुझे इसकी आवश्यकता कतई नहीं थी।

'जोजफ, मैं जानती हूँ, तुम्हारा इरादा नेक है, लेकिन माफ करना, मैं तुम्हारे साथ डेट पर नहीं जा सकती।' मैंने कहा।

'और, अगर इजाजत हो तो क्या मैं पूछ सकता हूँ, क्यों?' वह बोला।

मैंने उसको वही शब्द कहे, जो मैंने इतने सालों पहले अभि से कहे थे। उस समय भी मैं वैभव के बारे में बात कर रही थी और विडंबना से, मैं फिर वैभव के बारे में ही बोल रही थी।

'मेरा पहले से एक बॉयफ्रेंड है।' मैंने कहा।

□

20

पार्टी कहाँ है ?

जब मैं कॉलेज वापस आई तो मैंने जोजफ के नंबर वाला कागज छोटे-छोटे टुकड़ों में फाड़कर डस्टबिन में फेंक दिया। मेरा सिर अब बुरी तरह दुःख रहा था। जोजफ से मुलाकात बहुत तनावपूर्ण थी। ऐसा लग रहा था कि एक छोटा सा व्यक्ति मेरी खोपड़ी के अंदर था और उस पर हथौड़ी से प्रहार कर रहा था। मेरा मन हो रहा था कि भागकर घर चली जाऊँ और आराम करूँ, लेकिन चूँकि यह कॉलेज का अंतिम दिन था, मैं छोड़ नहीं सकती थी। यदि हम छुट्टियों के बाद कॉलेज खुलने के पहले दिन या छुट्टियाँ शुरू होने से पहले अंतिम दिन कॉलेज की छुट्टी करते थे तो भारी जुरमाना देना पड़ता था। हमारा सत्र समाप्त हो रहा था और अगले दिन से छुट्टियाँ शुरू हो रही थीं, इसलिए मैं कॉलेज आने पर मजबूर थी।

पारुल और जानकी—दोनों जानना चाहती थीं कि जोजफ के साथ मेरी मुलाकात कैसी थी ?

'ठीक थी। अब मुझे सिरदर्द हो रहा है।' मैंने कहा।

पारुल हँसने लगी। 'आज नहीं, डियर, मुझे सिरदर्द है। केवल शादीशुदा जोड़े ऐसा कहते हैं, पता है !'

'सच में, पारुल। मेरे सिर में बहुत तेज दर्द है।' मैंने कहा।

'लो, ये खा लो।' जानकी ने अपने बैग में से एक गोली ढूँढ़कर निकाली।

'जानकी अपने बैग में पूरी फर्स्ट एड किट लेकर चलती है। तुम कुछ भी माँगो, वह निकालकर दे देगी। उसका बैग जादू का पिटारा है।' पारुल ने टिप्पणी की।

मैं गोली के लिए आभारी थी और मैंने उसे तुरंत ले लिया।

'थैंक्स, तुमने मेरी जान बचा ली।' मैंने उससे कहा।

हालाँकि दोनों मुझे छोड़ने के लिए तैयार नहीं थे।

'तो अब हमें बताओ, जोजफ ने क्या कहा ?' जानकी ने पूछा।

मैं उन्हें कैसे बता सकती थी कि मैंने जोजफ से क्या कहा था ! वे दोनों कैसे समझ

सकती थीं कि स्थिति कितनी उलझी हुई थी! जहाँ तक मेरा सवाल था, यह वास्तव में एक डेट नहीं थी। मैं इसे उस तरह से नहीं देख रही थी, जैसे वे दोनों देख रही थीं, लेकिन वे नहीं समझ सकती थीं। उनके लिए और अधिकांश लोगों के लिए यदि एक लड़का और एक लड़की कॉफी शॉप में अकेले मिले थे तो वह डेट थी। इसलिए मैंने उनसे वह कह दिया, जो वे सुनना चाहती थीं।

'वही सब कि मैं सुंदर लगती हूँ और वह मेरे साथ दोबारा डेट पर जाना चाहता है।' मैंने उनके मन की बात कह दी। यह सच था, लेकिन पूरे सच का एक हिस्सा ही था। उसने वास्तव में, ये दोनों बातें कही थीं। मैं जानकी के सवाल का चतुराई भरा जवाब सोच पाने पर खुद से खुश थी।

'तो फिर तुमने 'हाँ' कहा?' पारुल ने पूछा।

'नहीं। मैंने कहा, मैं नहीं आ सकती।'

'क्यों नहीं?' जानकी ने पूछा।

'क्योंकि वह मेरी तरह का नहीं है।' मैंने कहा, इस आशा से कि वे आगे कुछ नहीं कहेंगी।

'तुम्हारी पसंद क्या है? पाँच सौ शब्दों में निर्दिष्ट करो और अपने तर्कों का समर्थन करने के लिए अपने लेखन को उदाहरणों के साथ स्पष्ट करो।' पारुल ने मिसेज हेडन की नकल करते हुए कहा।

'हाँ! और क्या तुम उसको ग्रेड दोगी?' मैंने उस दिन पहली बार सच्चे आनंद में मुसकराते हुए पूछा।

'अरे, इस सवाल के लिए हमें प्रैक्टिकल चाहिए, थ्योरी नहीं। इसके लिए ग्रेड का कोई उपयोग नहीं है। तुम बस, अपनी पसंद का विवरण दो और हम तुम्हारे लिए लड़का खोज लाएँगे।' जानकी बोली।

पारुल हँसने लगी। मैं बस, मुसकरा दी।

'हमें बताओ, तुम एक लड़के में क्या चाहती हो?' जानकी ने जोर दिया।

मुझे वास्तव में नहीं पता था। मैंने सोचा नहीं था कि मैं एक लड़के में क्या चाहती थी? मैं ऐसी सौ चीजें सोच सकती थी, जो मुझे नहीं चाहिए थीं और इस समय मैं बस, इतना चाहती थी कि जोजफ मुझसे दूर रहे। मैं अपनी आँखों के सामने विस्फोट की प्रतीक्षा में अभि जैसी एक और स्थिति नहीं चाहती थी। उस अकेली स्थिति ने मुझे जीवन भर के लिए घाव दे दिए थे और मैं अभी तक अपने भीतर उसका भार लेकर चल रही थी।

मेरी खुशकिस्मती से उसी समय मिसेज हेडन क्लास रूम में आ गईं और मैं जवाब देने की मुश्किल से बच गई।

'गुड मॉर्निंग, क्लास।' मिसेज हेडन ने अपनी कोमल आवाज में शुरू किया। उनके आते ही क्लास में शांति छा गई। उन्होंने अपनी फाइल टेबल पर रखी और बैठ गईं। फिर उन्होंने कहा, 'पिछले कुछ असाइनमेंट्स के लिए जिस तरह का काम जमा किया गया है, उससे मुझे बहुत निराशा हुई है। जब आप लिखते हैं तो आपको प्रभावपूर्ण तरीके से लिखना याद रखना चाहिए। आपको अपनी राय बतानी है। आपके काम में मौलिकता होनी चाहिए। वह तभी आ सकती है, जब आप खुद के साथ समय बिताएँगे। जैसे-जैसे हम कोर्स में आगे बढ़ेंगे, विषय कठिन होते जाएँगे। मैं आप में से प्रत्येक से बेहतर की आशा करती हूँ। सबसे पहले यह सोचिए कि आपने यह कोर्स करने का निर्णय क्यों लिया? सोचिए कि आप लेखिका क्यों बनना चाहती हैं? आपको भारी शब्दों या आडंबरपूर्ण भाषा का प्रयोग नहीं करना है। पाठक को ये नहीं खींचते। पाठक को खींचता है, आपका ठीक वही लिखना, जो आपका तात्पर्य है—अपना सच सुनाना, सबसे अच्छे तरीके से, जो केवल आप कर सकते हैं।'

फिर उन्होंने आगे की पंक्ति में बैठी एक लड़की को पेपर्स दिए और सबको बाँटने के लिए कहा।

'यह आपका हॉलिडे होमवर्क है। मैं चाहती हूँ, आप सब इस पर विचार करें और अपने दिल से लिखें।' उन्होंने कहा।

प्रत्येक छात्रा ने एक पेपर लिया और बंडल को आगे बढ़ा दिया। मैं फिर से अच्छे ग्रेड पाना चाहती थी। मुझे इस पाठ्यक्रम को लेकर अपनी क्षमताओं पर जो विश्वास था, उसके लिए मेरे अंतिम निबंध पर मिसेज हेडन का आकलन एक बड़ा झटका था। 'उत्साहहीन', 'मौलिक नहीं', 'मेरी अपेक्षाओं के अनुरूप नहीं', 'गड्ड-मड्ड-से शब्द'—यही वे शब्द थे, जिनका उन्होंने प्रयोग किया था। इसके बावजूद कि मैंने अब तक अच्छा प्रदर्शन किया था, इस एक आकलन ने मेरा संतुलन बिगाड़ दिया था। यदि कोई एक चीज थी, जिसमें मैं सबसे ऊपर थी तो वह मिसेज हेडन की क्लास थी। मैं समय पर असाइनमेंट्स जमा करती थी, उनके दिए प्रत्येक असाइनमेंट के बारे में पढ़ती थी और कड़ी मेहनत करती थी। मैंने पिछले निबंध पर भी बहुत मेहनत की थी; लेकिन मिसेज हेडन से बात होने के बाद से मुझे खुद पर संदेह होने लगा था।

'अन्य असाइनमेंट्स के लिए तुम्हें जो अच्छे ग्रेड मिले थे, वे संयोग से मिले थे।
एक लेखक के रूप में तुम्हारे पास कोई प्रतिभा नहीं है।
तुम एक दिखावा, एक स्वाँग हो।
तुम किसी लायक नहीं हो।
बेकार···बेकार···बेकार।'

मेरे भीतर की आवाज ने फिर से अपना राग अलापना शुरू कर दिया।

बुरी बात यह थी कि मैं उस पर विश्वास करने लगी थी। शायद अब तक मैंने जितने भी असाइनमेंट्स किए थे, सब भाग्यवश अच्छे हुए थे। मेरा आत्मविश्वास हिल गया था। क्रिएटिव राइटिंग जैसे कोर्स के लिए यह एक मृत्यु-नाद था। पेपर का बंडल अब हमारी डेस्क पर पहुँच गया था। पारुल ने तीन शीट्स निकालीं और बंडल हमारे पीछे की बेंच पर दे दिया। उसने जानकी को और मुझे हमारे असाइनमेंट्स सौंप दिए। जब मैंने उसे पढ़ा तो मेरी तत्काल प्रतिक्रिया घबराहट थी।

'यदि आप समय में पीछे जा सकते तो अपने जीवन के बारे में क्या बदलना चाहते?'

हमें इस पर तीन हजार शब्दों का एक निबंध लिखना था। मैं अपना सिर पकड़कर बैठ गई। मैं क्या लिख सकती थी? मैं निश्चित रूप से सच तो नहीं लिख सकती थी। सच्चाई तो यह थी—मैंने जिस दिन से केरल में उस कॉलेज में दाखिला लिया था, उस दिन से जो हुआ, वह सब बदलना चाहती थी। तब मैं अभि से नहीं मिली होती। तब मैं हर उस लड़के, जो मुझे पसंद करता था, में अभि को नहीं देखती। तब मुझे यह सामान नहीं उठाना पड़ता, जिसका वजन कभी-कभी बरदाश्त के बाहर हो जाता था। मैंने जोजफ से नहीं कहा होता कि मैं उससे प्यार करती थी, जबकि मैं नहीं करती थी। मैंने अपने मेनिया को रोक लिया होता। मैं तथ्य को बदल देती कि मुझे 'बाइपोलर डिसऑर्डर' था और मैं ठीक होने के लिए मानसिक अस्पताल में भरती की गई थी। मैं इस तथ्य को बदल देती कि मेरे माँ-पापा मुझे वहाँ छोड़कर चले गए थे।

मैंने अपनी लड़ाई खुद लड़ी थी। मुझे बिजली के झटके दिए गए थे। मैं एक विपथन थी, एक सनकी। मैं वह सब बदल देती।

लेकिन वास्तव में, जीवन हमें विकल्प नहीं देता, है न! हमें जो मिलता है, हम उससे काम चला लेते हैं और कभी-कभी वह भी हमसे छीन लिया जाता है।

मुझे पता नहीं, मैं कितनी देर उसी तरह बैठी रही। मैं अपने विचारों में खोई हुई थी। तभी अचानक पारुल ने मुझे कुहनी मारी।

'क्या हुआ, अंकिता? तुम ठीक तो हो? तुम सिर पकड़कर क्यों बैठी हो?' मिसेज हेडन अब हमारी डेस्क के पास खड़ी थीं।

उनके मुँह से अपना नाम सुनकर मेरा चेहरा लाल हो गया। मुझे इस तरह पुकारा जाना बिल्कुल पसंद नहीं था। क्लास में सभी मुड़कर मुझे देखने लगे।

'आई एम सॉरी, मिसेज हेडन। आज मुझे बहुत बुरा सिरदर्द हो रहा है।' मैंने कहा।

'ओह, डियर। तुम कॉलेज डिस्पेंसरी में जाकर कुछ लेना चाहती हो?' उन्होंने पूछा।

'नहीं, मिसेज हेडन। मैं ठीक हो जाऊँगी। मैंने अभी-अभी दवा ली है।' मैंने कहा।

लेक्चर समाप्त होने तक मेरा सिरदर्द कम हो गया था; लेकिन नए असाइनमेंट का विचार जो डूबता एहसास लाया था, वह नहीं गया।

सब लोग जश्न के मूड में थे, क्योंकि मिसेज हेडन ने हमें जल्दी छोड़ दिया था।

'चलो, कहीं चलकर मस्ती करते हैं। अब कम-से-कम तीन हफ्ते हम नहीं मिलेंगे।' जानकी बोली। असाइनमेंट को लेकर मेरे अलावा कोई परेशान नहीं लग रहा था।

'चलो, शॉपिंग करने चलते हैं।' पारुल बोली।

जानकी ने हामी भर दी।

'वैसे, मैं शुक्रवार को एक पार्टी दे रही हूँ, फ्रेडी के लिए एक सरप्राइज पार्टी। मैं चाहती हूँ, तुम दोनों आओ। मना मत करना। हमारे पास पूरा घर होगा, क्योंकि माँ शूट के लिए शहर से बाहर जा रही हैं।' पारुल बोली।

'मैं तो जरूर आऊँगी। मुझे नए कपड़े चाहिए। चलो, फैशन स्ट्रीट चलते हैं।' जानकी ने घोषणा की।

'मुझे तो लगा था, तुम्हारा दर्जी घर आकर तुम्हारे लिए कपड़े सिलता है?' पारुल ने पूछा।

'हाँ, आता है, लेकिन यह मेरे दर्जी के लिए बहुत कम समय है। पारुल, तुमने पार्टी की बात अचानक बताई।' जानकी ने कहा।

'मुझे भी कल शाम तक नहीं पता था। माँ ने कल ही बताया कि वह जा रही हैं। तभी मेरे मन में सरप्राइज पार्टी का विचार आया।' पारुल ने हमारे साथ क्लास से बाहर निकलते हुए कहा।

मैं उनके साथ शॉपिंग पर नहीं जाना चाहती थी, न ही मैं पारुल की पार्टी में जाना चाहती थी। जोजफ के पूरे मामले को लेकर मैं आज के दिन के लिए पर्याप्त उत्तेजना का सामना कर चुकी थी। मैं बस, घर जाना चाहती थी। मैं बहुत थकी हुई थी। इसलिए मैंने उनसे माफी माँग ली। मैंने उनसे कहा कि मैं लाइब्रेरी जाकर कुछ पुस्तकें लाना चाहती थी, ताकि सत्र की छुट्टियों के लिए मेरे पास पर्याप्त पुस्तकें रहें।

पारुल और जानकी ने मुझे उनके साथ चलने के लिए बहुत समझाया।

'तुम पहले से इतना अच्छा कर रही हो और कितना पढ़ोगी? और कितनी पुस्तकें पढ़ोगी?' जानकी ने मुझे मनाने की कोशिश की।

लेकिन मैंने उनसे कहा कि मेरा सिरदर्द लौट आया था और मुझे आराम की जरूरत थी।

'तो मैं तुमसे मेरी पार्टी में मिलूँगी फिर? आना जरूर, ठीक है?' पारुल ने कहा। उसने मुझे तब तक नहीं जाने दिया, जब तक मुझसे वादा नहीं ले लिया कि मैं उसकी पार्टी में निश्चित रूप से आऊँगी। मुझे नहीं पता था, मैं जाऊँगी या नहीं, लेकिन उससे पीछा छुड़ाने के लिए मैंने 'हाँ' कह दिया।

मिसेज अस्थाना मुझे देखकर खुश हो गईं। उन्होंने पूछा, मैं कैसा कर रही थी और 'यूफोरिया' कैसा रहा? कॉलेज में एक वही थीं, जिन्होंने उस दिन मुझे अपमानित होते नहीं देखा था।

'मैं ठीक हूँ, मिसेज अस्थाना। 'यूफोरिया' शानदार था।' मैंने कहा। मैंने उनसे कहा कि मैं छुट्टियों के लिए कुछ पुस्तकें ले जाना चाहती थी।

मैंने नॉन-फिक्शन वर्ग में सपनों और नींद से संबंधित पुस्तकों के लिए सारी बुक शेल्फ छान मारीं। मुझे एक ड्रीम डिक्शनरी मिली। मैं जानना चाहती थी कि मेरे दुःस्वप्नों का क्या अर्थ था? मैंने नींद के विकारों पर भी एक पुस्तक ली। मैं जानना चाहती थी कि मैं इन दिनों क्यों नहीं सो पा रही थी और मुझे अच्छी नींद कैसे आ सकती थी? मैंने लाइब्रेरी की अलमारियों में से कहानी की कुछ पुस्तकें ढूँढ़कर निकालीं, जो दिलचस्प लग रही थीं और कुछ पुस्तकें प्रभावी लेखन पर।

'हैप्पी हॉलीडेज टू यू!' मैंने मिसेज अस्थाना के सामने काउंटर पर पुस्तकें रखीं तो वे बोलीं।

'शायद तुम्हें पता होगा कि लाइब्रेरी पूरी छुट्टियों के दौरान खुली रहती है।' उन्होंने मेरी लाई पुस्तकों की संख्या देखकर कहा। आमतौर पर मैं दो ही पुस्तकें लेती थी, लेकिन आज मैंने आठ ली थीं—दो कहानी की और आठ संदर्भ की, जो वह पूरा कोटा था, जिसकी हमें अनुमति थी।

'ओह, मुझे नहीं पता था!' मैंने कहा, 'तो आपको कोई छुट्टियाँ नहीं मिलतीं?'

'स्टाफ काम करता है। उनका प्रशिक्षण कार्यक्रम चल रहा है। हमें बस, सामान्य शनिवार और रविवार की छुट्टी मिलती है।'

'तो इसका मतलब कि मैं चाहूँ तो लाइब्रेरी आ सकती हूँ?'

'बिल्कुल। तुम कभी भी आ सकती हो।' मिसेज अस्थाना ने कहा, 'तुम्हें यकीन है, तुम्हें ये सभी पुस्तकें चाहिए? ये साथ ले जाने के लिए कुछ भारी नहीं हैं?'

मैंने इन पुस्तकों को ढूँढ़ने में आधे घंटे से अधिक समय लगाया था। मैं यह भी नहीं जानती थी कि मैं छुट्टियों के दौरान कॉलेज आऊँगी भी या नहीं! इसलिए मैंने उनसे

कहा कि मुझे ये सभी चाहिए थीं और मैं इन्हें ले जाऊँगी। पुस्तकें मेरे कॉलेज बैग में नहीं आईं। मिसेज अस्थाना ने उन्हें प्लास्टिक की एक थैली में रखकर मुझे दे दिया।

मैं थकान और उदासी की भावना के साथ घर गई। मैं नहीं जानती थी कि एक भावना दूसरी की वजह से थी या नहीं? मुझे नहीं पता था कि मिसेज हेडन के दिए निबंध में मुझे क्या लिखना है? मैं नहीं जानती थी कि जोजफ के पूरे मामले के बारे में मुझे वैभव से क्या कहना है? मुझे इस बात का भी बुरा लग रहा था कि मैंने जोजफ की कोई गलती न होने पर भी उसे यह कहकर चोट पहुँचाई थी कि मेरे मन में उसके लिए कोई भावना नहीं थी।

'तुम हमेशा उन लोगों को चोट पहुँचाती हो, जो तुम्हें प्यार करते हैं।
तुम लोगों को निराश करती हो।
तुम लेखक नहीं हो।'

मेरे भीतर की आवाजें खुशी से मेरे साथ सहमत थीं।

मेरे जीवन में कुछ भी योजना के अनुसार नहीं हो रहा था। जब मैं एन.एम.एच.आई. से बाहर निकली थी तो मेरे दिल में उम्मीद थी और होंठों पर गीत। वह गीत अब दूर की स्मृति था और मैं बहुत पहले उसके शब्द भूल चुकी थी। अब तो मुझे उसकी धुन भी याद नहीं थी। उम्मीद भी धीरे-धीरे मर रही थी। दैनिक जीवन के कामों ने मेरे भीतर से सब चूस लिया था और मुझे खाली करके छोड़ दिया था। यह सब मेरी आशा से कहीं ज्यादा मुश्किल था। मेरे विचारों ने अब मुझे काले धुएँ की तरह घेर लिया था और मैं उनके परे नहीं देख पा रही थी।

मैं बहुत सावधानी से अपने माँ-पापा से अपनी असली भावनाएँ छुपाती थी। मैं उनके साथ खाती थी, टी.वी. कार्यक्रमों पर चर्चा करती थी, पापा से उनके काम के बारे में पूछती थी, माँ से 'वॉलेंटरी रेजिडेंट्स एसोसिएशन. के बारे में बात करती थी, जिसकी वे सदस्य थीं और इधर-उधर की तमाम बातें करती थी। उन्हें कोई अंदाजा नहीं था कि मैं भीतर से क्या महसूस कर रही थी! मैंने मुखौटे पहन रखे थे; अगर आप एक मुखौटा हटाते तो आपको दूसरा मिल जाता।

मुझे डर था कि अगर मैंने सामान्य होने का दिखावा नहीं किया तो वे मुझे खींचकर साइकेट्रिस्ट के पास ले जाएँगे। मैं ऐसा बिल्कुल नहीं चाहती थी। मैं मानसिक अस्पतालों और मनोचिकित्सकों एवं दवाओं को बहुत झेल चुकी थी।

मैं बस, एक सामान्य जीवन जीना चाहती थी, बिना किसी उलझन के। मैं एक

'आदर्श जीवन' नहीं चाहती थी। उसका आधा भी मेरे लिए ठीक था।

उस दिन रात के खाने बाद जब मैं अपने कमरे की सुरक्षा में पहुँची तो मैंने 'लाइफ्स लिटिल नोट्स' खोले और लिखा—

नोट 6.

'अकसर हमें वह करने के लिए मजबूर किया जाता है, जो हम नहीं करना चाहते। हमें ऐसी जगहों पर जाने के लिए मजबूर किया जाता है, जहाँ हम नहीं जाना चाहते। जब हमारा चीखने का मन होता होता है तो हमें मुसकराने के लिए मजबूर किया जाता है। ये सामाजिक दायित्व हैं, जो हम दूसरों के लिए निभाते हैं। हम समाज में फिट होना चाहते हैं। हम दूसरों द्वारा स्वीकार किए जाना चाहते हैं। हम चाहते हैं, लोग हमें पसंद करें। हम चाहते हैं, लोग हमें प्यार करें। इसलिए हम अपनी इच्छाओं को किनारे कर देते हैं और वह करते हैं, जिसकी हमसे अपेक्षा की जाती है। ये बड़ी चीजें नहीं हैं। ये छोटी-छोटी चीजें हैं। छोटी-छोटी चीजें, जो दूसरों को खुशी देती हैं।

जब बात बड़ी चीजों पर आती है तो सच बोलना महत्त्वपूर्ण होता है, चाहे वह कितना ही कठिन, कितना ही अप्रिय क्यों न हो! यदि हम बड़ी चीजों में सच नहीं बोलते हैं तो अंत में खुद को ही चोट पहुँचाते हैं।

ये छोटी चीजें और बड़ी चीजें ही हैं, जो जीवन को बनाती हैं। हमारे भीतर इतनी समझदारी होनी चाहिए कि हम छोटी चीज और बड़ी चीज के बीच अंतर कर सकें। कभी-कभी जो हमारे लिए छोटी चीज होती है, वह दूसरों के लिए बड़ी चीज होती है। अन्य अवसरों पर, जो हमारे लिए बड़ी चीज होती है, वह दूसरों के लिए छोटी चीज होती है।

यदि हमारे जीवन में ऐसे लोग हैं, जो हमारी बड़ी चीजों को अपनी बड़ी चीजों की तरह लेते हैं और जो समझते हैं कि हमारी छोटी चीजें हमारे लिए कितनी बड़ी हैं तो हम खुशकिस्मत हैं। मुझे लगता है कि जब लोग एक ही वेवलेंथ पर होते हैं, वे एक-दूसरे को पूरी तरह समझते हैं।

छोटा या बड़ा, इससे कोई फर्क नहीं पड़ता, जब तक आपके पास एक-दूसरे का साथ है। आप जानते हैं कि दूसरा व्यक्ति आपके लिए हमेशा रहेगा—जीवन में छोटी और बड़ी चीजों से आपको पार करवाने के लिए और आप भी उसके लिए हमेशा खड़े रहेंगे।

यह दुर्लभ है, लेकिन यदि आपके पास है तो आप धन्य हैं। यदि आपके

पास यह है तो आप धरती के सबसे धनवान् व्यक्ति हैं।'

मैंने नोट पढ़ा। फिर मैंने तय किया कि मैं पारुल की पार्टी में जाऊँगी। वह उसके लिए बहुत मायने रखती थी। वह उसके लिए बड़ी चीज थी, लेकिन मेरे लिए छोटी चीज थी और मैं यह करूँगी।

□

21

पतन

कभी-कभी, चाहे आप कितनी भी कोशिश करें, आप विफल हो जाते हैं। यदि आप जो हासिल करने का प्रयास कर रहे हैं, वह कोई ठोस चीज है, जैसे किसी परीक्षा में निश्चित प्रतिशत अंक प्राप्त करना—तो आपके सामने एक मापने योग्य लक्ष्य है। आप कुछ कदम उठाते हैं, जैसे—पढ़ाई का टाइम-टेबल बनाना, अपने खाली समय की योजना बनाना और प्रश्न-पत्र हल करना, जो सफलता की एक बेहतर दर सुनिश्चित करेंगे; लेकिन यदि आपका लक्ष्य अमूर्त है और स्पष्ट रूप से परिभाषित नहीं है तो आपका कार्य और मुश्किल हो जाता है।

मैं अत्यधिक उदासी की भावनाओं को अपने से दूर करने की बहुत कोशिश कर रही थी, जिन्हें मैंने अपने चारों ओर लबादे की तरह पहना हुआ था, लेकिन अपनी भरपूर कोशिश के बावजूद मैं बार-बार विफल हो रही थी।

हर सुबह मैं दिन को पकड़कर चलने के निश्चय के साथ उठती थी, खुश रहने के दृढ़ संकल्प के साथ उठती थी। मैं खुद से कहती थी कि मैं भाग्यशाली थी कि मैं एन.एम.एच.आई. से बाहर आ गई। मैं धन्य थी कि मुझे प्यार करनेवाले माता-पिता मिले। मैं खुशकिस्मत थी कि मैं एक ऐसा कोर्स कर रही थी, जो मैं करना चाहती थी; लेकिन इनमें से किसी चीज ने मेरी मदद नहीं की। मैं निराशा के उस कंबल, जिसने मुझे घेर रखा था, से लड़ने की जितनी ज्यादा कोशिश कर रही थी, उतना ही मैं उसके दुःख में उलझती जा रही थी, जैसे चोर बालू (क्विक सैंड) से बाहर आने की कोशिश करना होता है। मैं फँस गई थी और अपनी पूरी कोशिश के बावजूद मैं डूब रही थी। मुझे किसी चीज में दिलचस्पी नहीं रह गई थी। मैं अपने कोर्स के काम को छूना नहीं चाहती थी। मुझे मिसेज हेडन के असाइनमेंट से डर लग रहा था। मैंने लाइब्रेरी से लाए हुए उपन्यास पढ़ने की कोशिश की, लेकिन उनके शब्द मेरी समझ में नहीं आ रहे थे। 50-60 पन्नों के बाद मैंने कोशिश छोड़ दी। मुझे समझ नहीं आ रहा था कि कथानक कहाँ जा रहा था और कहानी के पात्र क्या करना चाहते थे? मैंने अपने माँ-पापा के

साथ फिल्में देखने की कोशिश की और सही मौकों पर उनके साथ झूठ-मूठ में हँसी भी, लेकिन केवल मुझे पता था कि मुझे क्या खाए जा रहा था! दुनिया के और मेरे बीच एक परदा गिर गया था।

हालाँकि मैं बहुत अच्छा अभिनय कर रही थी। मेरे माँ-पापा बहुत खुश थे कि अंतत: सब ठीक हो रहा था। उन्हें राहत महसूस हो रही थी कि मनोचिकित्सीय देखभाल के मेरे दिन बहुत पीछे छूट चुके थे। मैं उन्हें यह मानने दे रही थी, क्योंकि मैं उनकी खुशी नहीं छीनना चाहती थी।

□

नींद मुझसे दूर भाग रही थी। पूरी ताकत से आँखें बंद करने के बावजूद वह आने को तैयार नहीं थी। ऐसा पिछली कई रातों से हो रहा था। मैं अब कोशिश करके थक चुकी थी। अत: नींद के लिए प्रार्थना करने के बजाय मैंने पुस्तक पढ़ने का फैसला किया। मैंने नींद के विकारों के बारे में लाइब्रेरी से लाई पुस्तक निकाली और उसे पढ़ने लगी। मैंने जाना कि नींद की कमी संज्ञानात्मक प्रक्रिया को धीमा कर सकती है; हमें चिड़चिड़ा, अधीर और तुनकमिजाज बना सकती है। हम सतर्क नहीं रह पाएँगे। नींद की कमी हमारे ध्यान केंद्रित करने की क्षमता और एकाग्रता में कमी ला सकती है। यह हृदय रोग, दिल का दौरा, यहाँ तक कि मधुमेह जैसी अनेक स्वास्थ्य समस्याओं का कारण बनती है; क्योंकि नींद की कमी पर इनसानी शरीर की प्रतिक्रिया इंसुलिन प्रतिरोध का कारण होती है। इन चीजों ने मुझे बैठकर ध्यान देने पर मजबूर कर दिया। मैं पढ़ती गई और कुछ घंटों में पुस्तक खत्म कर दी।

एक रात की कम नींद भी हमें नकारात्मक स्थितियों पर अधिक कठोर और आवेगपूर्ण प्रतिक्रिया करने के लिए तैयार कर देती है और अगर हम नींद के पुराने ऋण पर काम कर रहे होते हैं, तब हम बढ़ी हुई भावनात्मक प्रतिक्रिया के शिकार हो जाते हैं। मैंने जाना कि नींद की कमी एमिग्डाला में सक्रियता बढ़ाती थी, जो मस्तिष्क का वह हिस्सा होता है, जो हमारी तत्काल भावनात्मक प्रतिक्रियाओं को नियंत्रित करता है। अगर हम कम सोते हैं तो एमिग्डाला ओवरड्राइव में चला जाता है और प्री-फ्रंटल कोर्टेक्स (पूर्व-ललाट प्रांतस्था) के साथ संचार में बाधा उत्पन्न करता है। यह मस्तिष्क का वह हिस्सा है, जो बहुत सारे जटिल कार्यों को सँभालता है और साथ ही आवेग को भी सँभालता है। मैंने सबकुछ अवशोषित कर लिया।

इसका अर्थ यह था कि मैं जैसा महसूस कर रही थी, वैसा करना आश्चर्य की बात नहीं थी। यह सब मेरे एमिग्डाला की वजह से हो रहा था। मैंने पढ़ा कि आत्महीनता बार-बार की नकारात्मक सोच को प्रेरित करती थी। मस्तिष्क एक नकारात्मक स्थान

पर अटक जाता है और बार-बार वहीं लौटकर जाता है। इस चक्र को तोड़ना मुश्किल होता है।

यह मेरे लिए आत्मज्ञान का पल था। मुझे केवल अपनी नींद को ठीक करना था और तब शायद मैं बेहतर महसूस करूँगी, लेकिन समस्या यह थी कि मैं नहीं जानती थी, इसे कैसे ठीक करना है! मैं अब कारण जानती थी, लेकिन समाधान नहीं।

पुस्तक में कुछ सुझाव थे—शाम 6 बजे के बाद कैफीन का सेवन बंद करना, रोज रात को एक ही समय पर सोने जाना, एक दिनचर्या बनाना, विश्राम की तकनीकें अपनाना, लैवेंडर जैसे एसेंशियल ऑयल्स का उपयोग करना। मैंने कुछ तकनीकें आजमाईं, लेकिन मुझे उनसे कोई लाभ नहीं मिला। मैं अभी भी सो नहीं पा रही थी और हर बीतती रात के साथ मामला धीरे-धीरे हाथ से बाहर जा रहा था।

मैं हर सुबह अलार्म बजने पर बिस्तर से निकलने को लेकर सतर्क रहती थी और इससे मेरी नींद में और भी कमी आ रही थी। अगर मैं ईमानदार रहती और अपने माँ-पापा को बता देती तो शायद वे मुझे कुछ देर और सोने देते, लेकिन मैं उस मनोचिकित्सीय उलझाव से डरती थी, जिसमें वे मुझे निश्चित रूप से खींचकर ले जाते! मैं दवा का भी जोरदार विरोध कर रही थी। पिछली बार जब मैंने दवा ली थी तो उसने मेरी इंद्रियों को इस तरह सुन्न कर दिया था कि मेरे सारे विचार गायब हो गए थे। मैं एक विचारहीन व शब्दहीन दुनिया में फँस गई थी। वह अब तक की सबसे भयावह चीज थी, जो मैंने अनुभव की थी। वह नरक से भी बदतर थी। मैं किसी भी कीमत पर वापस उस स्थिति में नहीं जाना चाहती थी। अगर उसकी कीमत आत्म-हीनता थी तो मैं चुकाने को तैयार थी।

मेरे माँ-पापा को मेरे नींद के पैटर्न में कुछ असामान्य नहीं लग रहा था। वे मुझसे पूछते कि मैं कैसी थी और मैं हर एक दिन झूठ बोल देती थी। मेरी आँखों के नीचे के काले घेरे सावधानी से मेकअप द्वारा छुपाए गए होते थे। मैं चतुराई से मेकअप करके अपनी आँखों के नीचे फैले हुए नीले निशान को छुपा लेती थी। बस, रात को सोने से पहले जब मैं मुँह धोती थी, तब देखती थी कि मेरा चेहरा कितना अस्त-व्यस्त है! मैं डरावनी लगने लगी थी। मेरी आँखों की चमक चली गई थी।

□

जब मैं पारुल की फ्रेंडों को दी जानेवाली सरप्राइज पार्टी के लिए तैयार हो रही थी तो मैंने अपनी आँखों के नीचे कंसीलर की दो परतें लगाईं और साथ ही मस्कारा और काजल भी लगाया। जब मैं मेकअप के साथ पूरी तरह तैयार हो गई तो मेरा चेहरा वास्तव में दमक रहा था। मेरे पास एन.एम.एच.आई. के दिनों से पहले की घुटनों तक लंबी एक शिफॉन की घेरदार ड्रेस थी। मैंने लंबे समय से अपनी हमेशा की जींस के अलावा कुछ

नहीं पहना था। मैंने ड्रेस पहनकर देखा तो वह मुझे अभी भी फिट हो रही थी। सो मैंने उसे ही पहनने का निर्णय लिया और अपने बाल खुले छोड़ दिए। पिछली बार मैंने तैयार होने में इतनी मेहनत तब की थी, जब मैं वैभव के साथ डेट पर गई थी। मुझे एक टीस के साथ उसकी याद आ गई। अब तो हमारे बीच बातचीत का रिश्ता भी नहीं था।

'यह सच में तुम ही हो, अंकिता?' मैं कमरे से बाहर आई तो पापा ने प्रशंसात्मक स्वर में कहा।

'हम तुम्हारे वापस आने की उम्मीद किस समय तक कर सकते हैं? और क्या तुम प्लीज, पारुल का नंबर हमारे पास छोड़ सकती हो?' हमेशा की तरह व्यावहारिक, हमेशा की तरह कुछ बुरा होने की अपेक्षा करती मेरी माँ ने पूछा।

'चिंता मत करिए, माँ। मैं देर से देर 11.30 बजे तक घर आ जाऊँगी। ये रहा पारुल का नंबर।' मैंने नंबर लिखकर फोन के पास छोड़ दिया।

'सुनो, अगर तुम्हें इतनी देर होने वाली है तो मैं तुम्हें लेने आ सकता हूँ।' पापा ने प्रस्ताव रखा।

'मैं घर का रास्ता ढूँढ़ लूँगी। मुझे कोई जरूरत हुई तो मैं आपको कॉल कर दूँगी। मेरे पास घर की चाभी है। आप दोनों प्लीज, सो जाइएगा। मैं खुद आ जाऊँगी।' मैंने कहा।

मुझे उम्मीद थी कि मेरी माँ को इतनी रात मेरे अकेले आने को लेकर चिंता होगी; लेकिन हैरानी की बात थी कि वे बहुत चिंतित नहीं लग रही थीं। बिल्डिंग में रहनेवाली कई महिलाओं की बेटियाँ देर रात तक काम करती थीं और आधी रात के बाद घर आती थीं। मेरी माँ ने इस विषय पर उनसे चर्चा की थी और उन सबने उन्हें आश्वस्त किया था कि इस मामले में बॉम्बे बहुत अच्छा शहर था और रात के उस समय भी ट्रेनों में लोग यात्रा करते थे। यह शहर कभी सोता नहीं था।

उस समय लगभग 8.30 बजे थे, जब मैं ट्रेन से उतरकर पारुल के घर की ओर जा रही थी। जब तक मैं वहाँ पहुँची, पार्टी पूरे जोरों पर चल रही थी। संगीत की तेज आवाज मैं लिफ्ट में ही सुन सकती थी। जब मैंने घंटी बजाई तो हाथ में ड्रिंक लिये पारुल ने दरवाजा खोला और मुझे ऐसे गले लगा लिया, जैसे सालों से मुझे न देखा हो!

'अंकिता, मेरी सखी! मैं जानती थी, तुम मुझे निराश नहीं करोगी। वेलकम!' वह संगीत के शोर के ऊपर से चिल्लाई। संगीत इतना तेज था कि मेरे कान फटने लगे। वह एक आकर्षक गाना था और मैंने बैंड के साथ-साथ गाने को भी पहचान लिया—'एस ऑफ बेस का ऑल दैट शी वॉन्ट्स।' मैं तेज संगीत के बावजूद लोगों को बातें करते भी सुन सकती थी और उनकी हँसी भी। वातावरण युवाओं की ऊर्जा से चार्ज था। बहुत से

लोग अंदर धूम्रपान कर रहे थे और मैं समझ रही थी कि वह केवल तंबाकू नहीं था। हवा में मारिजुआना की गंध फैली थी। मुझे यकीन था, वहाँ दूसरे ड्रग्स भी थे। पारुल ने रंगीन लाइटें लगा रखी थीं और ड्रॉइंग रूम में एक बार भी लगाया हुआ था।

जानकी पहले ही आ चुकी थी। वह मुझसे गले मिली और खींचकर पारुल के बेडरूम में ले गई।

'मेरे पास तुम्हारे लिए एक खबर है!' उसने खुशी से चमकते चेहरे के साथ कहा।

'क्या?' मैंने पूछा।

'अगले हफ्ते मेरी सगाई है! मैं उससे आज ही मिली। मेरे माँ-पापा उसके परिवार को जानते हैं और हम दोनों एक-दूसरे को सच में पसंद करते हैं।' वह बोली।

'अरे वाह! बधाई हो।' मैंने कहा और उससे हाथ मिलाया।

'अभी मैं जा रही हूँ। वह मुझे लेने आ रहा है!'

मैं उसके लिए सच में खुश थी। उसे जीवन से जो चाहिए था, वो मिल गया था।

'बाद में मिलती हूँ, अंकिता! मजे करना।' उसने कहा और चली गई।

'तुम भी।' मैंने दिल से कहा।

मेरी आँखें 'बर्थडे बॉय' की तलाश करने लगीं, जिसके लिए पारुल ने यह पार्टी रखी थी। आखिर वह मुझे दिख गया। फ्रेडी एक तरह का बॉलर हैट और सस्पेंडर पहनकर घूम रहा था। उसके हाथ में एक ड्रिंक थी; लेकिन वह पहले से नशे में लग रहा था।

'हैप्पी बर्थडे, फ्रेडी।' मैंने उसे बधाई दी।

'हे, अंकिता! थैंक यू। अगर तुम्हारी उलटी करने की योजना है तो बाथरूम में जाना, ठीक है?' उसने कहा और खुद के मजाक पर हँसने लगा।

'पता है क्या? मुझे लगता है, तुम्हारा हैट मेरी उलटी को अच्छी तरह सँभाल लेगा। मैं उसी का इस्तेमाल करूँगी।' मैंने मुँहतोड़ जवाब दिया। मैं उसके बेवकूफी भरे चुटकुलों से थक चुकी थी।

'इतना तीखा बोलने की जरूरत नहीं है। मैं बस, मजाक कर रहा था।' उसने कहा।

'मैं भी।' मैंने उसे एक मीठी मुसकान दी और आगे बढ़ गई।

मुझे पार्टी बिल्कुल अच्छी नहीं लग रही थी। सब लोग शराब पी रहे थे और उत्तेजित स्वरों में बात कर रहे थे। कुछ लोग डांस भी कर रहे थे। मुझे धुआँ, शोर, भीड़—कुछ बरदाश्त नहीं हो रहा था। मैं शराब भी नहीं पीती थी। पारुल और जानकी के अलावा मैं यहाँ किसी को नहीं जानती थी। मैं सोच रही थी कि यहाँ रुकने की वह विनम्र अवधि क्या होगी, जिसके बाद मैं यहाँ से जा सकती हूँ? मैं पारुल की बालकनी में चली

गई। संगीत की आवाजें वहाँ भी सुनाई दे रही थीं। अब रिचर्ड मार्क्स का गाना 'नाउ एंड फॉरएवर' बजने लगा था। मुझे पारुल का गानों का चयन अच्छा लग रहा था और मैं रात की ठंडी हवा में साँस लेती बालकनी में खड़ी रही। शहर की रोशनी जगमगा रही थी और वहाँ से दृश्य मिलियन डॉलर का था।

खिड़की से रिचर्ड मार्क्स की आवाज तैरती हुई आ रही थी। गाने के शब्द मुझे बात करते प्रतीत हो रहे थे—

'व्हेनेवर आई एम वेअरी
फ्रॉम द बैटल्स दैट रेज इन माय हेड
यू मेक सेंस ऑफ मैडनेस
व्हेन माय सैनिटी हैंग्स बाय अ थ्रेड।'

(जब भी मैं थक जाता हूँ
उन लड़ाइयों से, जो मेरे सिर में चलती हैं
तुम पागलपन का बोध कराते हो,
जब मेरा विवेक एक धागे से लटका होता है।)

तेज और स्पष्ट स्वर में बज रहे गाने के प्रत्येक शब्द के साथ मैं वैभव के बारे में सोच रही थी। मुझे बहुत अकेलापन महसूस हो रहा था। पार्टी में हर कोई किसी के साथ था। पारुल के पास उसका फ्रेडी था, चाहे वह कितना ही अप्रिय क्यों न हो! जानकी को भी उसके सपनों का राजकुमार मिल गया था। उस पल मुझे वैभव की बेइंतहा याद आने लगी। काश, वह मुझसे बात करता! काश, मैं समय को पीछे कर पाती!

किसी ने मेरे कंधे पर थपकी दी। मैंने मुड़कर देखा तो जड़ हो गई। वह जोजफ था। मैंने इस संभावना को पूरी तरह नजरअंदाज कर दिया था कि वह भी यहाँ हो सकता था?

'तुम्हें देखकर अच्छा लगा।' उसने पास आकर कहा। उसकी आँखें लाल थीं और बाल बिखरे हुए।

मैं रेलिंग से दूर, दीवार की तरफ खिसक गई।

'तुम प्लीज, इतना डरो नहीं। जानती हो न, मैं तुमसे प्यार करता हूँ।' उसने कहा और मेरे पास आकर, अपने दोनों हाथ दीवार पर टिकाकर खड़ा हो गया, जिससे मैं उनके बीच कैद हो गई।

उसकी साँसों से शराब की और बालों से धुएँ की गंध आ रही थी।

'जोजफ, प्लीज, हटो। मुझे जाना है।' मैंने कहा।

'मैं तुम्हें चोट नहीं पहुँचाऊँगा। मैं बस, तुमसे बात करना चाहता हूँ।' उसने कहा।

अब मैं डर गई थी। वह स्पष्ट रूप से होश में नहीं था। मुझे समझ में नहीं आया,

क्या करूँ? मैं बिल्कुल स्थिर खड़ी रही। मेरे हाथ लुंज-पुंज होकर लटके थे। मेरा दिल जोरों से धड़क रहा था।

'शांत हो जाओ``शांत हो जाओ``शांत हो जाओ।'

मैं इतनी डर गई थी कि अपनी आँखें भी बंद नहीं कर पा रही थी।

'देखो, मुझे जो कहना था, वह मैं तुमसे पहले ही बता चुकी हूँ, जोजफ।' मैंने कहा।

'चलो भी, अंकिता! इतनी कठोर मत बनो। मुझे एक मौका दो, प्लीज।' वह गिड़गिड़ाया।

फिर मुझे लगा, वह मुझे चूमने के लिए झुका था। मेरा सिर, क्रोध और डर से फट रहा था।

मैंने अपने दोनों हाथ फैलाए और उसे जोर से धक्का दिया। वह लुढ़कता हुआ बालकनी के पार चला गया। मैंने अपनी आँखें बंद कर लीं। मैं उसे देखना बरदाश्त नहीं कर सकती थी।

मैं इस खयाल से बहुत डर गई थी कि मैंने उसे बालकनी से नीचे धक्का दे दिया था।

'खूनी``खूनी``खूनी`` '

मेरे सिर के भीतर उच्चारण शुरू हो गया। मैं इतनी भयभीत थी कि चीख भी नहीं पा रही थी। पहले अभि, फिर जोजफ! मेरा सबसे बड़ा दुःस्वप्न यहाँ सच हो रहा था।

लेकिन फिर मैंने धमाके की आवाज सुनी और आँखें खोल लीं। जोजफ मेरे सामने गिरा हुआ था। गिरने के डर से उसने एक हाथ से रेलिंग पकड़ी थी और उसका दूसरा हाथ फैला हुआ था। उसके पीछे एक फूलदान टूटा पड़ा था।

यह सब एक सेकंड के अंदर हो गया था।

उसी समय संगीत बंद हो गया। लोगों ने आवाज सुन ली थी और हमारे इर्द-गिर्द इकट्ठा हो गए थे। मैं डर के मारे हिल नहीं पा रही थी और मुश्किल से साँस ले रही थी।

'इट्स ओके``इट्स ओके``सब ठीक है, दोस्तो।' फ्रेडी कहते हुए बालकनी में आया और जोजफ की उठने में मदद करने लगा।

'तुम मुसीबत के सिवा कुछ नहीं हो, है न?' फ्रेडी ने नफरत से कहा।

'यह लड़की पागल है! इसने मुझे बालकनी से धक्का देने की कोशिश की।' जोजफ चीखा। एक स्तब्ध खामोशी छा गई।

लेकिन वह इतने पर ही नहीं रुका।

'इसे मानसिक विकार है``अभी-अभी मानसिक अस्पताल से आई है! ब्लडी साइको!' वह चिल्लाया।

मेरे पास वर्णन करने के लिए शब्द नहीं हैं कि उस पल मुझे क्या हुआ? मैं सदमे और अविश्वास से भरी चुपचाप वहाँ खड़ी थी। जोजफ ने अभी–अभी मेरा सबसे गहरा व अँधेरा रहस्य उन्हें बता दिया था। मैंने जो बात उस पर भरोसा करके उसे बताई थी, वह अब सबको पता चल गई थी। मुझे लगा, जैसे भीड़ के बीच मेरा बलात्कार हो गया हो! मैं डर से काँपती वहाँ खड़ी हुई थी।

'इससे इनकार करो, मैं तुम्हें चुनौती देता हूँ! तुम जानती हो, तुम नहीं कर सकतीं। तुमने खुद मुझे बताया है!' वह गरजा।

मैंने अपने होंठ हिलाने की कोशिश की। मैं इसे हँसकर टाल देना चाहती थी, इससे इनकार करना चाहती थी। मैं उन सबसे कहना चाहती थी कि जोजफ नशे में था और उसे नहीं पता था, वह क्या कह रहा है! लेकिन मैं वहाँ जड़ हो गई थी। मेरा मस्तिष्क शून्य हो गया था।

तभी फ्रेडी ने मुँह खोला। उसने अपने शब्दों से मुझे मार डाला।

'मैं जानता था!' उसने कहा, 'इसके चेहरे पर पागलपन की अचूक छाप है।'

उसके बाद सालों तक, जब भी मैं आईने में देखती, मैं सोचती थी कि क्या मैं सच में पागल लगती हूँ?

उसकी आवाज में जीत का स्पष्ट भाव था और फिर सब लोग मुझे बालकनी में अकेली छोड़कर वहाँ से चले गए।

मैं इतनी टूट गई थी कि कोई प्रतिक्रिया व्यक्त नहीं कर पाई। मैं पीड़ा और सदमे से सुन्न हो गई थी।

लेकिन बाद में जिस बात ने मुझे फ्रेडी के शब्दों से अधिक कष्ट दिया, वह ये सच था कि पारुल ने भी उन लोगों के साथ चले जाने का चुनाव किया था।

☐

22

धरातल से नीचे

दर्द मुझे दुर्बल कर रहा है। वह मेरे शरीर की हर कोशिका, हर छिद्र से होकर निकल रहा है। मैं इसे सहन नहीं कर सकती। यह गहरे घाव दे रहा है। धीमे घाव दे रहा है। यह हर जगह घाव दे रहा है। ऐसा लग रहा है, जैसे मैं अपने भीतर सीसे का तोप लेकर चल रही हूँ। इसी दर्द के साथ मैं व्यामोह की पूर्ण स्थिति में धीरे-धीरे घर की ओर जा रही हूँ। मुझे पार्टी से निकलने का, स्टेशन तक चलकर जाने का, ट्रेन में बैठने का या घर की ओर चलने का ध्यान नहीं है। मुझे इस बात का भी ध्यान नहीं है कि मैं अंदर कैसे आई?

मुझे बेडरूम से पापा के पुकारने की आवाज आती है, 'ओह तो तुम जल्दी आ गईं, अंकिता?'

मैं खुद को जवाब देते सुनती हूँ कि 'हाँ, आ गई।' मुझे लग रहा है, जैसे कोई और बोल रहा है। ऐसा लग रहा है कि मेरी आवाज बहुत दूर से आ रही है।

मेरे घर के अंदर हर जगह अँधेरा है और मैं लाइटें नहीं जलाती। मैं अपने कमरे में जाकर बिस्तर पर लेट जाती हूँ। दर्द हर जगह फैल गया है। इससे भी बुरा यह है कि वह कम नहीं हो रहा है। वह मेरे भीतर बढ़ता जा रहा है, मुझे घेर रहा है, मुझे निगल रहा है।

मैं इसे रोकना चाहती हूँ, लेकिन जैसे ही मैं कोशिश करती हूँ, वे शब्द मेरे अंदर कुंडली मार लेते हैं और अपनी पकड़ इतनी मजबूत बना लेते हैं कि मैं साँस नहीं ले पाती। मैं इस दर्द को खत्म करना चाहती हूँ। काश, मैं उस लानती पार्टी में गई ही नहीं होती! काश, मैं उनमें से किसी से—पारुल, फ्रेडी, जोजफ से—नहीं मिली होती! काश, मैं घर पर ही रह जाती!

यह असहनीय है। मेरा अपने आप में होना दर्द देता है।

फिर मेरे विचार मुझे थोड़ी और यातना देने आ गए।

'विफलता

सनकी

साइको बिच

मानसिक अस्पताल।

सूरत पर पागलपन।'

ये गोल-गोल घूम रहे हैं। मैं इन्हें रोक नहीं सकती। मैं एक असफल व सनकी लड़की हूँ और एक मानसिक रोगी भी थी। शायद मुझे अभी भी मानसिक समस्या है। शायद मुझे देखनेवालों का ध्यान इस पर तुरंत चला जाता है। शायद मेरे चेहरे पर वास्तव में पागलपन के लक्षण दिखते हैं। मैं आत्म-संदेह से भर गई हूँ। मैं अब किसी चीज को लेकर निश्चित नहीं हूँ। केवल एक चीज है, जिसके बारे में मैं निश्चित हूँ कि मैं अपने जीवन के हर क्षेत्र में असफल रही हूँ।

मैं अपने कोर्स के बारे में सोचती हूँ। कोर्स का काम, जो कभी मुझे खुशी देता था, अब कड़ा परिश्रम लग रहा है। पहले मैं इसे आसानी से कर लेती थी, लेकिन अब संघर्ष करती हूँ। मेरी प्रोफेसर ने खुद कहा था कि मेरा काम अमौलिक, निरुत्साही था। मुझे नहीं पता, मुझे इस नए असाइनमेंट से कैसे निपटना है! जब मैं एक आसान-सा लेखन कार्य पूरा नहीं कर सकती तो एक लेखक बनने की उम्मीद कैसे कर सकती हूँ? शायद यह कोर्स मेरे लिए नहीं है।

फिर मैं वैभव के बारे में सोचती हूँ। मुझे उसकी जरूरत है। मुझे अभी उसकी जरूरत है। कहाँ है वो, जब मुझे उसकी इतनी बुरी तरह जरूरत है? एक व्यक्ति, जिसने हमेशा मेरा साथ देने का वादा किया था, चाहे जो हो जाए। एक व्यक्ति, जिस पर मुझे लगा था, मैं भरोसा कर सकती हूँ, लेकिन मैंने गलत सोचा था। कैसे कोई व्यक्ति आपके जीवन में इतना महत्त्वपूर्ण बन जाता है कि आपकी संपूर्ण शारीरिक और भावनात्मक खुशहाली उसके कार्यों पर निर्भर करने लगती है? मैं वहाँ भी विफल रही हूँ।

वैभव के साथ अपने व्यवहार को लेकर मैं खुद को कोसती हूँ। पहले मैं उसके घर आने को लेकर क्रोधित रहती थी, फिर उसके साथ एक ही डेट में मैं उसकी दीवानी हो गई। मुझे अपने ऊपर उसका इतना प्रभाव नहीं पड़ने देना चाहिए था। मुझे उस पर निर्भर नहीं होना चाहिए था। मुझे उसको अपनी कमजोरियाँ नहीं दिखानी चाहिए थीं। मुझे कॉल न करके, मुझसे बात न करके और मुझे पूरी तरह नजरअंदाज करके उसने मुझे वहाँ चोट पहुँचाई है, जहाँ सबसे ज्यादा दर्द होता है। मैं नहीं जानती, ज्यादा बुरा क्या है—उसके दूरी बनाते शब्द या उस पर भरोसा करने की मेरी मूर्खता?

जब मैं सोचती हूँ कि उसने कैसे मेरे दिल में रास्ता बना लिया तो मुझे लगता है, मेरे साथ धोखा हुआ है। उसका बार-बार मेरे घर आना, मेरे माँ-पापा के साथ घुलना-मिलना, वह डेट, वे प्यारी बातें! माँ-पापा का उससे बातें करके मन नहीं भरता था। उसने ऐसे वादे क्यों किए, जिन्हें वह निभा नहीं सकता था?

मैं चाहती हूँ, वह वापस आए और मुझसे कहे कि उससे गलती हो गई थी। वह मुझे छोड़कर नहीं जाना चाहता था। मैं उसके शब्दों के बारे में सोचती हूँ। मैं चाहती हूँ, वह मुझसे कहे कि उसने गुस्से में वह सब बोला था। मैं अपने जीवन में खुशी से उसका स्वागत करूँगी।

लेकिन उसने ऐसा कुछ नहीं किया है। मेरी उम्मीदें अब टूट रही हैं, दर्द की एक ताजा लहर पैदा कर रही हैं। मैं इन सबकी तीव्रता में डूब रही हूँ। यह बहुत कष्टदायी पीड़ा है।

'प्यार को कभी छोटा मत समझना।' मुझे अभि के दादाजी के कहे शब्द याद आ गए। मैंने कभी प्यार को छोटा नहीं समझा था। मैंने उसमें विश्वास किया था और अब वह मुझे इतनी बुरी तरह चोट पहुँचाने के लिए लौट आया है कि मुझे नहीं लगता, मैं इससे उबर पाऊँगी।

'प्यार पर कभी भरोसा मत करो।'—यही समझ में आता है। यदि आप प्यार पर भरोसा करते हैं तो देर-सबेर आपको चोट अवश्य पहुँचेगी। केवल समय की बात होगी कि जिस व्यक्ति को आप प्यार करते हैं, वही आपको निराश करेगा। मैं कोचीन में अपने समय के बारे में सोचती हूँ। इस बात से कोई फर्क नहीं पड़ता था कि मैंने कितना दिया था, अभि के लिए वह कभी पर्याप्त नहीं था।

वैभव से मैंने केवल दो सुकून के शब्द चाहे थे—'मैं समझता हूँ' लेकिन नहीं, उसके बदले उसने मुझसे दूरी बना ली है। अब वह मेरी ओर देखेगा भी नहीं।

मैं बिस्तर पर एक गेंद की तरह सिकुड़ जाती हूँ। मैं गायब हो जाना चाहती हूँ। मैं इस दर्द के साथ जीना नहीं चाहती। ओह, यह पीड़ा देता है और यह पीड़ा देता है और पीड़ा देता है। दर्द के बारे में मजेदार बात यह है कि यह कितनी जल्दी फैलता है! कैंसर की तरह। जब मैं पार्टी की घटना के बारे में सोचती हूँ तो यह मेरे दिल में एक मंद धमाके के साथ शुरू होता है। फिर जब मैं अपने जीवन के अन्य क्षेत्रों के बारे में सोचती हूँ, जहाँ चीजें सही नहीं चल रही हैं तो यह फैलने लगता है। जब मैं दूसरी चीजों के बारे में सोचती हूँ तो यह दर्द मेरे शरीर में घूमने लगता है। इस समय मैं उसे अपने पेट के गड्ढे में महसूस कर रही हूँ, अपनी बाँहों में महसूस कर रही हूँ। मैं उसे अपने पैर के पंजों में और अपनी गरदन में महसूस कर रही हूँ। यह कैसे संभव है ? शारीरिक रूप से मुझे कोई समस्या नहीं है। मेरी जाँच करने पर किसी डॉक्टर को कोई शारीरिक लक्षण नहीं मिलेंगे। फिर भी, मैं केवल दर्द ही हूँ, दर्द!

मैं काफी समय से अपने भीतर इस खालीपन की भावना को लेकर घूम रही हूँ, मेरा दिल भारी है, लेकिन मैं खाली हूँ। कितना अजीब है, एक ही समय में भारी और खाली महसूस करना!

मैं हिल नहीं पा रही हूँ, क्योंकि ये सब मेरे सिर और शरीर से गुजर रहा है। मैं निश्चल हूँ। जमी हुई। मुझे और कितने समय तक यह सहना होगा? यह यातना, जो मुझे भीतर और बाहर से चीर रही है? मुझे कुछ पता नहीं।

घंटे बीत रहे हैं। मैं रात की आवाजें सुन रही हूँ। सन्नाटा, खाली सड़क पर बीच-बीच में चलते किसी वाहन की आवाज। मैं बिना चाँद के आसमान को घूरती हूँ। आज आसमान में एक भी तारा नहीं है।

मैं उतना ही खाली महसूस कर रही हूँ, जितना कि बाहर का परिदृश्य है।

मैं बहुत बुरी तरह से सोना चाहती हूँ। भागने के लिए। मैं राहत पाना चाहती हूँ।

तुम हमेशा के लिए क्यों नहीं सो जातीं? तब इन सब का अंत हो जाएगा।

एक जल्लाद के फंदे की तरह यह विचार मेरे भीतर रेंगते हुए आता है और मेरी गरदन के चारों ओर कस जाता है।

'सो जाओ—

हमेशा के लिए।

इसका अंत हो जाएगा।'

मेरे पापा के शब्द, जो उन्होंने बहुत समय पहले कहे थे, मुझे याद आते हैं, 'सबसे बुरी स्थिति के लिए तैयार रहो, लेकिन सबसे अच्छे की उम्मीद करो।'

यहाँ सबसे बुरा क्या था? कि मैं खुद अपनी जान ले लेती हूँ और सबकुछ खत्म हो जाता है! क्या यह एक तरह से सबसे अच्छा भी नहीं है?

पार्टी छोड़ने के बाद से पहली बार मैं एक उत्तेजना, एक उद्देश्य की सिहरन महसूस करती हूँ। वह अब मुझे बुला रही है।

मैं अपनी अलमारी के पास जाती हूँ और जल्दी-जल्दी कपड़ों के बीच कुछ खोजती हूँ। यह रहा वो सुसाइड मैन्युअल! मैं पन्ने पलटती हूँ और प्लास्टिक बैग के तरीके का वर्णन पढ़ती हूँ।

मैं उन गोलियों के बारे में सोचती हूँ, जो मेरे पेन स्टैंड के अंदर जमा हो रही हैं। वे चक्रीय विचारों को रोकने और मुझे आराम करने में मदद करने वाली थीं। अगर मैं गोलियाँ खा लूँ और फिर प्लास्टिक कवर का इस्तेमाल करूँ तो?

मैं मुट्ठी भर गोलियाँ निकालती हूँ। मैं उनमें से दो खाती हूँ और बची हुई वापस टेबल पर रख देती हूँ। अगर गोलियों ने काम नहीं किया और फिर मेरे पेट में से उन्हें पंप करके निकालना पड़ा तो? फिर मुझे वापस मानसिक अस्पताल जाना होगा। इस अजीब उन्मादी अवस्था में भी मैं जानती हूँ कि मैं फिर से वहाँ नहीं जाना चाहती।

मैं उस प्लास्टिक बैग को देखती हूँ, जिसमें मिसेज अस्थाना ने मुझे लाइब्रेरी की

पुस्तकें दी थीं। मैं पुस्तकें निकालती हूँ और बैग को कोमलता से छूती हूँ। क्या यह छोटी सी अहानिकर चीज एक जीवन का अंत कर सकती है? कैसे?

अब मेरे सिर में ये विचार चल रहे हैं। वे घूम रहे हैं, चक्कर लगा रहे हैं, मुझे पागल कर रहे हैं। वह दर्द, विचार, हताशा की भावना, विफलता, वह अपमान, जिसका मैंने हाल में सामना किया, उस दिन ऑडिटोरियम में फैली सन्नाटे की आवाज, वैभव के गुस्से से भरे शब्द—सब कई गुना बढ़कर मुझ पर आक्रमण कर रहे हैं। मैं राहत चाहती हूँ। मैं बस, इतना चाहती हूँ कि यह सब बंद हो जाए।

मैं दो गोलियाँ लेकर बिस्तर में घुस जाती हूँ।

शायद अब मुझे प्लास्टिक कवर का इस्तेमाल करना चाहिए! लेकिन मैं सीधा नहीं सोच पा रही हूँ।

तो मैं उसे अपने सिर के ऊपर रखकर आँखें बंद कर लेती हूँ।

मैं सभी विचारों को दूर जाते महसूस कर सकती हूँ। अब वे उतने भयावह नहीं लग रहे हैं। वे दूर किसी समुद्र की लहरों की तरह कोमल हैं।

अब मुझे नींद आ रही है।

यह परम आनंद है।

□

23

टूटकर बिखरना

यदि 'मृत व्यक्ति की नींद' जैसा कोई शब्द है तो उस रात मैंने उसका मतलब समझ लिया। मैं ऐसे सोई, जैसे महीनों से नहीं सोई थी। गहरी, स्वप्न-विहीन नींद। कोई कष्ट नहीं, कोई परेशानी नहीं; पहली बार मैं दर्द से मुक्त थी। मैं नहीं जानती, मैं कितने घंटे सोई! फिर मेरी माँ की आतंकित चीख ने मुझे रूखे झटके के साथ उठा दिया।

'अंकिता, अंकिता! तुमने यह क्या कर लिया?' वे चीख रही थीं।

उनकी आवाज बहुत दूर से आती प्रतीत हो रही थी। जैसे मैं किसी गहरे कुएँ के अंदर थी और वह कहीं ऊपर से चिल्ला रही थीं।

'अंकिता, उठ जाओ, बेटा!' यह मेरे पापा की आवाज थी—नियंत्रित, लेकिन घबराई हुई।

मैंने अपनी आँखें खोलने की कोशिश की, लेकिन हार गई। मैं थोड़ा और सोना चाहती थी।

'आप किसका इंतजार कर रहे हैं? जल्दी एंबुलेंस बुलाइए!' मेरी माँ चीखी।

इससे मेरे दिमाग में कुछ खटका और मैंने किसी तरह आँखें खोल दीं।

मेरे माँ-पापा वहाँ खड़े मुझे घूर रहे थे।

मेरी माँ का चेहरा डर से पीला पड़ गया था। पापा गंभीर लग रहे थे।

'हे भगवान्! मेरी बच्ची! तुम ठीक तो हो?' माँ ने मुझे अपने सीने से लगा लिया।

उन्होंने पहले कभी मुझे 'मेरी बच्ची' नहीं कहा था और न ही इस तरह सीने से लगाया था। ये लोग इस तरह का व्यवहार क्यों कर रहे थे? मैं उलझन में थी।

फिर मुझे सब याद आ गया और मैं चौंककर उठ बैठी।

हे भगवान्! सुसाइड मैन्युअल, दवा की गोलियाँ, प्लास्टिक बैग! ओह, नहीं... नहीं...नहीं...इससे पहले कि माँ-पापा किसी गलत नतीजे पर पहुँचें, मुझे इन चीजों को हटाना होगा।

लेकिन बहुत देर हो चुकी थी।

वे पहले ही सब चीजें देख चुके थे। कहानी बयाँ करती गोलियाँ मेरी टेबल पर पड़ी थीं, जहाँ मैंने पिछली रात उन्हें छोड़ा था। प्लास्टिक बैग भी अब टेबल पर था और सुसाइड मैन्युअल भी।

मैं इस तरह पाए जाने पर शर्मिंदा महसूस कर रही थी। यह स्पष्ट था कि उन्हें लग रहा था, मैंने अपनी जान लेने की कोशिश की थी।

पापा मुझे बहुत आहत दृष्टि से देख रहे थे।

'पापा, माँ···मैंने कुछ नहीं किया। मैंने नहीं···जैसा दिख रहा है, वैसा नहीं है···मैं··· सम···समझा सकती हूँ।' मैं हकलाते हुए बोली।

'ओह, अंकिता!' माँ ने कहा और धीमे स्वर में रोने लगीं।

'माँ, प्लीज!' मैंने कहा।

माँ रो रही थीं और उन्हें कष्ट पहुँचाने के लिए मुझे अपने आप से नफरत हो रही थी।

'मैंने केवल दो गोलियाँ खाई थीं। मैंने अपनी जान लेने की कोशिश नहीं की।' मैंने कहा। मैं उन्हें विश्वास दिलाने के लिए व्यग्र थी, लेकिन मैंने उन्हें जिस तरह की परिस्थितियों में डाला था, उसके बाद अब मेरे शब्दों में कोई विश्वसनीयता नहीं रह गई थी।

'अंकिता, तुम्हें अंदाजा भी नहीं है कि हम कितने चिंतित हो गए थे! पिछले पंद्रह मिनट से हम तुम्हें जगाने की कोशिश कर रहे हैं।' मेरे पापा बोले।

'मुझे माफ कर दीजिए। मैं इस तरह नहीं सोना चाहती थी। बात यह है कि मैं पिछले कुछ दिनों से ठीक से नहीं सो पा रही थी।' मैंने सफाई दी।

पापा ने कहा, 'तैयार हो जाओ और हमारे साथ नाश्ता करने आ जाओ। हम इस बारे में बाद में बात करेंगे।' मैं जानती थी, वे अपनी भावनाओं को नियंत्रित करने की बहुत कोशिश कर रहे थे।

मैंने मन में खुद को लात मारी। मैं उनको अच्छी तरह से डराने में सफल हो गई थी। मैं ऐसा बिल्कुल नहीं करना चाहती थी। मैं बहुत बड़ी मूर्ख थी, जो मैंने ये सब चीजें आँखों के सामने छोड़ दी थीं।

मैंने जल्दी से अपना मुँह धोया और दाँतों में ब्रश किया। पिछली रात का मस्कारा अभी भी मेरी पलकों में लगा था, जिसे मैंने धो दिया। मैंने पिछले दिन की घटनाओं के बारे में सोचा और आतंक से भर गई। अब मैं अपनी क्लासमेट्स से नजरें कैसे मिला पाऊँगी?

लेकिन नींद ने मेरे साथ कुछ अच्छा किया था। सबसे महत्त्वपूर्ण बात यह थी कि मेरी जुनूनी नकारात्मक सोच अब कुछ कम हो गई थी, हालाँकि वह पूरी तरह से बंद नहीं हुई थी। यह देखना आश्चर्यजनक था कि एक रात की अच्छी नींद क्या कर सकती है!

मेरे माँ-पापा सदमे से उबरे नहीं थे। माँ मुझे नाश्ता देते हुए लगातार मुझे देख रही थीं। उन्होंने उपमा बनाया था, जिसे उन्होंने सावधानी से मेरी प्लेट में रखा और मुझसे खाने

के लिए कहा। उन्होंने पहले कभी मेरे साथ इतना कोमल व्यवहार नहीं किया था। पापा कुछ नहीं बोले। हमने चुपचाप अपना नाश्ता खत्म कर लिया।

'आपको काम पर नहीं जाना है?' जब पापा नाश्ते के बाद भी अपनी जगह से नहीं उठे तो मैंने पूछा।

'इन्होंने आज छुट्टी ली है।' मेरी माँ ने जवाब दिया।

'क्यों?' मैंने पूछा।

अब वे शांत नहीं रह पाए।

'क्यों से तुम्हारा क्या मतलब है? जो हुआ, उसके बाद तुम्हें कैसे लगता है कि मैं काम पर जा सकता हूँ?' उन्होंने पूछा।

'कुछ नहीं हुआ। मैं आपको बता चुकी हूँ कि मैंने केवल दो गोलियाँ ली थीं। मैं... मैं बस, सोना चाहती थी।'

'हमेशा के लिए?' पापा ने भाव-शून्य होकर पूछा। उनका चेहरा गंभीर था।

'पापा, माँ! मैं आपको विश्वास दिलाती हूँ, मैं अपनी जान लेने की कोशिश नहीं कर रही थी।' मैंने कहा।

'फिर तुम उस पुस्तक के बारे में क्या कहोगी, अंकिता? और गोलियाँ? वह प्लास्टिक कवर? आखिर तुम सोच क्या रही थीं?' पापा ने अपनी मुट्ठी टेबल पर मारी और मैं काँप गई। 'मैं डॉ. नीरज से बात करूँगा और फिर हम तय करेंगे कि आगे क्या करना है!' उन्होंने कहा। उनके स्वर में अंतिमता का भाव था। उन्होंने मेरे सफाई देने का इंतजार भी नहीं किया था।

मैं नहीं चाहती थी, वे डॉ. नीरज से बात करें। मैं बस, इतना चाहती थी कि मेरे माँ-पापा मेरा विश्वास करें। यह आत्महत्या का प्रयास नहीं था। अगर वे डॉ. नीरज से बात करेंगे तो उन्हें गलत जानकारी देंगे। फिर डॉ. नीरज उसी के अनुसार दवाएँ लिखेंगे। मैं वे दवाएँ नहीं लेना चाहती थी।

मैं चुपचाप उठी और वहाँ से चली गई। मैंने खुद को अपने कमरे में बंद कर लिया। अब मैं उन्हें कैसे समझा सकती थी? यह सब कितना गड़बड़ था! हाँ, मैं दुःखी थी। मैं परेशान भी थी। मुझे अपने विचारों को नियंत्रित करने में थोड़ी कठिनाई हो रही थी, लेकिन मैं मुकाबला कर रही थी। मैं चीख-चीखकर उन्हें बताना चाहती थी कि मैं इन सबका सामना कर रही थी। मैं ठीक हो जाऊँगी, लेकिन अब कौन मेरा विश्वास करेगा?

☐

मैं खिड़की पर बैठी हूँ, बाहर पार्किंग के स्थान को घूरते हुए, नितांत अकेली और लोगों को उनकी दिनचर्या पर निकलते देख रही हूँ। मुझे सुबह उठकर एक और दिन का सामना करने में डर लगता है।

वह पुस्तक, जिसे मैं पढ़ने का प्रयास कर रही हूँ, मेरी बगल में पड़ी है। मैं अब नहीं जानती, मैं क्या कर रही हूँ? घंटे अंतहीन रूप से खिंचते जा रहे हैं। मैं एक असाइनमेंट पूरा करने की भरपूर कोशिश कर रही हूँ, जो मुझे कॉलेज खुलने पर जमा करना है, लेकिन मैं अपना ध्यान केंद्रित नहीं कर पा रही हूँ। मैं अपर्याप्त, बेकार, हीन महसूस कर रही हूँ। मुझे यह रचनात्मक लेखन (क्रिएटिव राइटिंग) का कोर्स कभी नहीं करना चाहिए था। मेरे पास वास्तव में मेरे खुद के विचार नहीं हैं। मेरे प्रोफेसर ने भी यही कहा था। मैं केवल एक दिखावा हूँ, एक ढोंगी! एक ऐसी लड़की, जो अपना एम.बी.ए. पूरा नहीं कर पाई और केवल चीजों से भागने के लिए इस कोर्स में शामिल हो गई। यह सब कितना निरर्थक और दर्दनाक है! आज छुट्टी है, लेकिन जल्दी ही मुझे फिर से कॉलेज जाना होगा और उन सबका सामना करना होगा। मैं यह नहीं करना चाहती। मैं जहाँ हूँ, वहीं रहना चाहती हूँ। एक विचार मेरे दिमाग में साँप की तरह फुफकारते हुए आता है—

'इस कोर्स को छोड़ दो! यह तुम्हारे लिए नहीं है।'

जितना मैं इस बारे में सोचती हूँ, मेरा यकीन बढ़ता जाता है। मैं सोच रही हूँ कि अपने माँ-पापा को कैसे बताऊँगी कि मैं ड्रॉप करना चाहती हूँ? दूसरी बार!

उसी समय मुझे अपने कमरे का दरवाजा खुलने की आवाज आती है। मैं जानती हूँ, मेरे पिताजी होंगे।

मैं सीधी बैठ जाती हूँ। फिर से दवाएँ नहीं। मुझे यकीन है, मैं इन बेकार दवाओं की वजह से सोच नहीं पाती। मेरे माता-पिता जोर देते हैं कि मैं इन्हें खाऊँ, लेकिन जब मैं दवाएँ लेती हूँ तो मुझे सिर में भारीपन महसूस होता है। मेरी जीभ इतनी मोटी हो जाती है कि मैं बोल नहीं पाती। मैं सोचने में असमर्थ हो जाती हूँ।

'प्लीज, चले जाइए, मैं दवा नहीं लेना चाहती।' मैं उनके बोलने से पहले ही कहती हूँ।

'देखो, मैंने डॉ. नीरज से बात की थी और उनका कहना है, तुम ये ले सकती हो। इनसे तुम्हें पहले भी मदद मिली थी, है कि नहीं? सबकुछ ठीक था, याद है?' दवाएँ हाथ में लेकर खड़े मेरे पापा बोले।

'सबकुछ दवाओं की वजह से अच्छा नहीं था, बल्कि इसलिए था, क्योंकि मैंने बहुत कोशिश की थी।' मैं जवाब देती हूँ।

'बेशक तुमने बहुत कोशिश की थी। अब एक अच्छी बच्ची बनो और इन्हें ले लो।' मेरे पापा हाथ बढ़ाते हुए कहते हैं।

'नहीं, नहीं, नहीं।' मेरी मुट्ठियाँ कसकर भिंची हुई हैं और मैं अपने पापा से आँखें नहीं मिलाती। मैं उन्हें नहीं देखना चाहती, न ही अपनी माँ को, जो उनके ठीक पीछे खड़ी हैं। मैं उनके चेहरों के असहाय भाव, उनकी प्रार्थना करती आँखें, उनकी चिंता को सहन

नहीं कर सकती; लेकिन वह उनके प्यार की गहराई है, जिसे मैं बरदाश्त नहीं कर पाती। उनके साथ ऐसा नहीं होना चाहिए। मैंने बहुत बरदाश्त कर लिया। मैं अब उनका सामना नहीं कर सकती। मैं इसमें से किसी का हिस्सा नहीं होना चाहती। मैंने पिछले एक साल में उन्हें पर्याप्त दर्द दिया है, जब उन्हें मुझे एक मानसिक अस्पताल में भरती कराना पड़ा था।

'प्लीज, अंकिता।' मेरे पापा विनती करते हैं। मुझे उनकी आवाज में कराहट अच्छी नहीं लगती।

'नहीं···कुछ मत कहिए। मेरे कमरे में मत आइए। चले जाइए!' मैं चीखती हूँ। मेरी आँखें जल रही हैं, मेरी आवाज ऊँची है।

ऐसा लग रहा है, जैसे मेरे अंदर से कोई और व्यक्ति बोल रहा है।

'सुनो अंकिता, अगर तुम दवा नहीं लोगी तो तुम्हारी हालत और खराब हो जाएगी। तुम्हें याद नहीं है, क्या हुआ था?' मेरे पापा शांत स्वर में कहते हैं।

'मुझे याद है। मुझे एक-एक चीज याद है।'

'प्लीज, अंकिता। बस, ये एक गोली। ले लो, प्लीज!' मेरे पापा हार मानने को तैयार नहीं हैं।

'भाड़ में जाइए। अभी!' मैं चीखती हूँ।

'अपने शब्दों पर ध्यान दो!' मेरी माँ मुझ पर चिल्लाती हैं। यदि कोई चीज है, जो वे बरदाश्त नहीं कर पातीं तो वह है मेरा पलटकर जवाब देना और मुझे जो करने को कहा जाए, मेरा वह न करना।

'आप···आप चुप रहिए!' मैं और जोर से चीखती हूँ। मैं अब गुस्से से काँप रही हूँ।

मैं एक पेपरवेट उठाती हूँ और अपने पापा के ऊपर फेंकती हूँ। वे इसके लिए तैयार नहीं होते और वह उनके माथे पर जाकर लगता है। उनके हाथ से दवाएँ गिर जाती हैं। उनका हाथ स्वाभाविक रूप से उनके माथे पर चला जाता है। मैं भाव-शून्यता के साथ उनके फटे हुए माथे से तेजी से बहते खून को देखती हूँ। उनका चेहरा दर्द से विकृत हो गया है।

'डायन! देखो, तुमने क्या कर दिया है!' मेरी माँ चीखती हैं और उनकी मदद के लिए दौड़ती हैं।

वे अब पीछे हट गए हैं—दर्द से कराहते हुए और उन्होंने दरवाजे का हैंडल पकड़ लिया है।

मेरी माँ बर्फ लाने के लिए फ्रिज के पास दौड़ती हैं।

मैं अभी भी वहीं खड़ी हूँ उन्हें घूरते हुए। मेरे पाँव उसी जगह पर जम गए हैं। मुझे विश्वास नहीं हो रहा है कि मैंने यह किया है!

मैं उन्हें अपने कमरे से बाहर जाते देखती हूँ। फिर मैं दरवाजा बंद कर लेती हूँ।

मैं बिस्तर पर गिर पड़ती हूँ और जोर-जोर से रोने लगती हूँ। मेरी रुलाई की आवाज

मेरे तकिए में दब जाती है। मैं नहीं चाहती कि वे मुझे रोते हुए सुनें। तकिए में मुँह दबाकर रोते व सिसकते हुए मेरा शरीर हिल रहा है। मैं अपने अंदर की गहराई से आ रही इन आवाजों को नहीं पहचानती। मैं तकिए को जोर से दबा लेती हूँ। मैं अपने माँ-पापा के साथ जो कर रही हूँ, उससे मुझे नफरत हो रही है। मैं चाहती हूँ, ये सब खत्म हो जाए।

मुझे और कितना बरदाश्त करना होगा? और कितना? क्या अस्पताल में वे सारे महीने काफी नहीं थे? यह अन्याय है···अन्याय···अन्याय। मैं अस्पताल में बिताए महीने याद करती हूँ—बिजली के झटके से इलाज, ऑक्यूपेशनल थेरैपी, वहाँ पर मेरा जीवन और पढ़ने के लिए मेरा संघर्ष, ताकि मैं सामान्य हो सकूँ। मुझे लगा था, मैं जीत गई। मुझे लगा था, मैं सफल हो गई थी। मुझे लगा था, मैंने अपने मन को जीत लिया था। मुझे लगा था, यह सब पीछे छूट गया था। मुझे लगा था, मैंने इन सब चीजों पर काबू पा लिया है, लेकिन कितनी गलत थी मैं! जिस राक्षस को हारा हुआ मान रही थी, वह प्रतिशोध लेने के लिए लौट आया था।

मेरे पापा से जो दवाएँ गिर गई थीं, वे दरवाजे के पास पड़ी हैं। मुझे उनसे नफरत है। बहुत हो चुकीं दवाएँ, डॉक्टर और साइकेट्रिस्ट! मुझे यह सब और नहीं चाहिए।

मेरे दिमाग में तर्क की छोटी से आवाज बोलती है—'दवाएँ ले लो। ले लो इन्हें।' वह कहती है। मैं जानती हूँ कि यदि मैं इन्हें नहीं लूँगी तो शायद मुझे एक बार फिर अस्पताल में भरती होना होगा। मेरे पापा सही कह रहे हैं।

लेकिन दवाएँ सबकुछ ले जाती हैं। मुझे सुन्न व उनींदा बना देती हैं। मैं 'मैं' नहीं रह जाती। वे मेरे विचारों का सफाया कर देती हैं, मेरी कल्पना को खाली कर देती हैं। इन्हें मेरी मदद करनी चाहिए, लेकिन ये बस, मुझे मार देती हैं, अंदर से मार देती हैं।

मुझे अब डर लग रहा है। अगर मैं इस तरह नियंत्रण खोकर अपने पापा को चोट पहुँचा सकती हूँ तो पता नहीं आगे क्या कर सकती हूँ!

मैं दवाएँ उठाती हूँ और कमरे से बाहर निकलती हूँ। पापा सिर पर आइस-पैक लगाकर सोफे पर बैठे हैं। मेरी माँ मुझे गुस्से से घूरती हैं।

'मुझे···मुझे माफ कर दीजिए, पापा। मैं दवा ले लूँगी।' मेरे शब्द अटक जाते हैं। 'आपको ज्यादा चोट लगी है?'

'कुछ नहीं है, अंकिता। बस, छोटा सा कट है।' वे कहते हैं।

मैं फिर से रोने लगती हूँ। मैं जानती हूँ, अब बचने का कोई रास्ता नहीं है। मेरी हालत लगातार बिगड़ती जा रही है।

'प्लीज, आप अपॉइंटमेंट ले लीजिए। मुझे डॉक्टर के पास ले चलिए।' मैं कहती हूँ, 'लेकिन उससे पहले क्या आप प्लीज, मेरी बात सुनेंगे?'

□

24

हमारे बीच कुछ गुप्त नहीं है

मेरे माँ–पापा लिविंग रूम में मेरे सामने बैठे हैं—मुझे जो कहना है, उसे सुनने के लिए तैयार। मुझे पापा के माथे पर घाव देखकर बहुत बुरा लग रहा है। भाग्यवश, कट गहरा नहीं था और उसमें से खून निकलना बंद हो गया था। मैंने एक पल के लिए नियंत्रण खो दिया था और विडंबना यह थी कि उसी वजह से वे मुझे सुनने को तैयार थे।

'पापा, मुझे माफ कर दीजिए।' मैंने ग्लानि से भरी आवाज में कहा।

पापा ने अपना हाथ उठाकर मुझे चुप करा दिया।

'सब ठीक है, मैं तुमसे पहले ही कह चुका हूँ।' उन्होंने कहा।

उन्होंने जिस सहजता के साथ यह कहा, उससे मुझे महसूस हुआ कि वे मेरे साथ ऐसा व्यवहार कर रहे थे, जैसे मैं मानसिक रूप से बीमार थी, लेकिन अब मुझे खुद पर नियंत्रण रखना ही था। अब मैं अपना गुस्सा नहीं दिखा सकती थी। अगर मैं एक बार और नियंत्रण खो दूँगी तो उनके सबसे बुरे संदेह की पुष्टि हो जाएगी। मैं एक तंग रस्सी पर चल रही थी, जो मेरे अब तक के जीवन का सबसे मुश्किल काम था।

'ठीक है।' मैंने कहा।

'अब बताओ, तुम हमसे क्या कहना चाहती थी?' मेरी माँ ने पूछा।

'मैं आपको वह सब बताना चाहती हूँ, जो मैंने अब तक आप दोनों से छुपाया है। मैं इसके बारे में बात नहीं कर पाई थी, क्योंकि इससे पहले मुझे शर्म आती थी, लेकिन कल रात पार्टी में कुछ हुआ और उसने सब बदल दिया। प्लीज, मुझे समझाने दीजिए और आप समझ जाएँगे कि मैंने उस तरह का व्यवहार क्यों किया था! मैं अपने किए को सही नहीं ठहरा रही हूँ। इसके लिए कोई बहाना नहीं है, लेकिन मैं उम्मीद कर रही हूँ कि आप दोनों समझेंगे।' मैंने कहा।

फिर मैंने उन्हें जोजफ के बारे में बताया। मैं यह बताते हुए शर्म से गड़ गई कि मेनिया की अवस्था में मैंने उसे कैसे चूमा था! उस समय जो हुआ था, उसका विवरण देते हुए मेरा गला भर रहा था। वह सब बताते हुए मेरे गाल जल रहे थे। मैं मुश्किल से

बोल पा रही थी, लेकिन मैं हताश थी। अगर मैं उन्हें नहीं समझा पाई तो वे मुझे जबरदस्ती मनोचिकित्सक के पास ले जाएँगे और वह मैं सहन नहीं कर सकती थी। मुझे उससे हर हाल में बचना था। वे मेरी बात चुपचाप सुन रहे थे।

'मैं नहीं जानती थी, मैं क्या कर रही थी? वह मैं नहीं, मेरा विकार काम कर रहा था।' मैंने धीरे से कहा।

'कोई बात नहीं, अंकिता। इसमें तुम्हारी गलती नहीं है।' मेरे पापा ने मुझे आश्वस्त किया। इस अकेले वाक्य ने मुझे आगे बोलने का साहस दे दिया।

मैंने उन्हें बताया कि मैंने अपने पब्लिक स्पीकिंग इवेंट के क्वार्टर फाइनल और सेमी-फाइनल में कितना अच्छा बोला था और कैसे मैं दिल से गोयनका कप जीतने की इच्छुक थी और कैसे मैं दुनिया को साबित करना चाहती थी कि मैं भी किसी लायक थी! उससे मुझे सम्मान मिलता। मैं वह ट्रॉफी उनके लिए, अपने माँ-पापा के लिए जीतना चाहती थी। मैंने देखा कि मेरी माँ यह सुनकर अपने आँसू रोकने की कोशिश कर रही हैं। फिर मैंने उन्हें बताया कि कैसे मैं फाइनल में पहुँच गई थी, लेकिन फिर जोजफ को दर्शकों के बीच बैठे देख कमजोर पड़ गई। उसे देखकर वे सारी पुरानी यादें वापस आ गईं और मैं अंदर से बीमार महसूस करने लगी। फिर मुझे उबकाई आई और मैंने उलटी कर दी।

'तो देखिए पापा, मैंने घबराहट और चिंता में स्टेज पर उलटी नहीं की थी। ऐसा उसके वहाँ होने से हुआ था।' मैंने कहा।

'बास्टर्ड!' मेरे पापा के जबड़े कस गए।

'शायद उसे नहीं पता था कि मैं स्टेज पर रहूँगी।' मैंने कहा, 'लेकिन बात इतनी ही नहीं है। उसके लिए मैंने उसे माफ कर दिया होता।'

माँ-पापा ने मुझे प्रश्नवाचक दृष्टि से देखा।

मैंने उन्हें बताया कि कैसे वह मुझसे मिलना चाहता था और उसके बाद क्या हुआ! मैंने उन्हें यह भी बताया कि मैंने उसे विशेष रूप से बताया था कि मेरे मन में उसके लिए कोई भावना नहीं थी और मैं उससे दोबारा नहीं मिलना चाहती थी। इन सब चीजों के बारे में अपने माँ-पापा से बात करना बहुत मुश्किल था। केवल इस बात की अत्यधिक हताशा और पीड़ा ने कि अगर मैंने उन्हें नहीं समझाया तो क्या होगा, मुझे बोलना जारी रखने के लिए प्रेरित रखा।

अगर मेरे माँ-पापा किसी बात को सुनकर असहज महसूस कर रहे थे तो भी उन्होंने दिखाया नहीं। वे सिर हिलाते हुए सुनते रहे।

मैंने उन्हें पिछली रात की पार्टी के सभी दर्दनाक और कष्टदायी विवरण सुनाए। मैंने

उन्हें बताया कि मेरे स्टेज पर उलटी करने के बाद फ्रेडी ने कैसी असंवेदनशील टिप्पणी की थी और फिर पार्टी में कैसा भद्दा मजाक किया था! मैंने कल की घटना के बारे में एक-एक चीज बताई—मेरे बालकनी में खड़े रहने के दौरान जोजफ का आना और मेरा उसे धक्का देना। उसका मुझे चीख-चीखकर मानसिक रोगी एवं 'साइको बिच' कहना और लोगों का उस पर विश्वास करना, जब उसने कहा कि मैंने उसे बालकनी से नीचे धक्का देने की कोशिश की थी। बहुत कोशिश के बावजूद मैं अपने आँसू नहीं रोक पाई। फ्रेडी की टिप्पणी के बारे में बताते हुए कि 'मैं शक्ल से पागल लगती थी', मैं रोने लगी।

'आपको पता है, मुझे सबसे ज्यादा दुःख किस बात से हुआ?' मैंने टूटी आवाज में पूछा, 'कि पारुल भी चली गई? उसने उनका साथ दिया!' मैंने कहा और फिर मैं फूट-फूटकर रो पड़ी। मेरे गाल आँसुओं से भीग गए।

मेरी माँ तुरंत मेरे पास आ गईं। वे बचपन के दिनों की तरह मेरी पीठ सहलाने लगीं। 'कोई बात नहीं···कोई बात नहीं।' उन्होंने कहा और मेरा मन हुआ कि मैं एक बार फिर बच्चों की तरह उनकी गोद में अपना चेहरा छुपा लूँ।

मेरे पापा गुस्से से आगबबूला हो गए। मैंने उन्हें इतने गुस्से में कभी नहीं देखा था। 'वह कमीना!' उन्होंने कहा, 'तुम्हें उसको नीचे धक्का दे देना चाहिए था। उसे तो मर जाना चाहिए। तुम्हें पता है, वो बास्टर्ड कहाँ रहता है?'

उस पल में, जब मेरे अपने पापा ने मेरा पक्ष लिया और कहा कि मुझे जोजफ को नीचे धकेल देना चाहिए था, मुझमें कुछ बदलाव आ गया। अब तक मैं एक अजीब तरह से, शायद अवचेतन रूप से, जोजफ को निराश करने के लिए खुद को दोषी मान रही थी, उसे यह बताकर कि मैं उससे प्यार नहीं करती थी, लेकिन पापा के इतने मजबूत समर्थन ने मुझे दोबारा सोचने पर मजबूर कर दिया। पहली बार मैं वास्तव में मानने लगी कि इसका एक वैकल्पिक परिप्रेक्ष्य भी था कि शायद इसमें मेरी गलती नहीं थी। मैंने अपना सिर हिला दिया।

'मैं नहीं जानती, वह कहाँ रहता है?'

'क्या तुम पता कर सकती हो? यह पारुल कहाँ रहती है?' पापा की कनपटियों की नसें उभरी हुई थीं। वे इतने गुस्से में थे कि फट पड़ने को तैयार थे।

'श्श्श···छोड़िए इस बात को। जो हो गया, वो हो गया।' माँ ने उन्हें शांत करने की कोशिश में कहा।

लेकिन पापा छोड़ने के लिए बिल्कुल तैयार नहीं थे।

'मुझे उस गधे से एक बार बात करनी है। तुम मुझे उस लड़की का पता दो। शायद उसे पता होगा कि वो कहाँ रहता है?' पापा गरजे।

मैंने पापा को ऐसे अपशब्द बोलते कभी नहीं सुना था।

'इधर देखिए। मैं आपसे कह रही हूँ, बात खत्म करिए। जरा सोचिए, अंकिता कॉलेज में कितनी अकेली पड़ जाएगी, अगर बात फैल गई कि उसके पापा ने एक छात्र के घर जाकर तमाशा किया था! चलिए, जो हुआ था, उसे हम भूल जाते हैं।' माँ ने कहा। वे इस मामले को लेकर व्यावहारिक और संवेदनशील थीं।

पापा ने थोड़ी देर सोचा और शायद उन्हें माँ की बातों का तर्क समझ में आ गया। वे खुद को शांत करने के लिए ड्रॉइंग रूम में इधर से उधर टहलने लगे। फिर वे आकर हमारे पास बैठ गए।

'देखिए पापा, इसीलिए मैं वे दवाएँ नहीं खाना चाहती थी, जिन्हें लेने के लिए आप दोनों मुझ पर जोर डाल रहे थे। मैं नहीं जानती थी, आपको कैसे समझाऊँ? आई एम सॉरी, मैंने उन्हें लेने का नाटक किया।' मैंने कहा।

माँ-पापा दोनों ने इस बात पर विचार किया।

'लेकिन तुम दवा लेने के बाद ही सो पाई थीं, है न?' माँ ने कहा। वे चतुर थीं। उनका ध्यान ऐसी चीज पर गया था, जो मेरे दिमाग में बिल्कुल नहीं आई थी।

'हाँ, वो तो है।' मैंने स्वीकार किया।

'तो हो सकता है, वह तुम्हारे चक्रीय विचारों को कम करने में मदद करती हो और इसलिए तुम्हें सोने में भी मदद मिली। तो मुझे लगता है, हमें डॉ. नीरज से इस बारे में बात करनी चाहिए।' उन्होंने कहा।

'लेकिन यह भी हो सकता है कि मैं बहुत थकी हुई थी, क्योंकि मैं पिछले कई दिनों से ठीक से सोई नहीं थी। आज सुबह मैं उठी तो बहुत तरोताजा महसूस कर रही थी।' मैंने कहा।

'हाँ, यह हो सकता है। मुझे लगता है, उनसे एक बार मिल लेना ठीक होगा। उनसे पूछ लेते हैं। तुम इस चीज से अकेले लड़ती रही हो। तुम भूल गई हो कि हम तुम्हारे साथ हैं। हम हैं तुम्हारे साथ, अंकिता और तुमने बहुत बहादुरी दिखाई है, लेकिन अगर हमें डॉक्टर की मदद की आवश्यकता है तो हमें वो ले लेनी चाहिए।' मेरे पापा ने कहा।

मेरा एक हिस्सा डॉक्टर की मदद नहीं लेना चाहता था। मैं ठीक थी। मैं सँभाल रही थी। मैं यह लड़ाई अपने आप लड़ सकती थी।

लेकिन मेरा दूसरा हिस्सा मेरे ऊपर चिल्ला रहा था।

'तुमने अपने पापा को चोट पहुँचाई।

तुमने अपने सिर पर प्लास्टिक कवर पहना।

तुम उन लोगों को दुःख दोगी, जो तुम्हें प्यार करते हैं।

तुम्हें मदद की आवश्यकता है। तुम्हें मदद की आवश्यकता है। तुम्हें मदद की आवश्यकता है।'

फिर मैंने रोना शुरू कर दिया।

मैं जानती थी, अब बचने का कोई रास्ता नहीं था।

'प्लीज, आप अपॉइंटमेंट ले लीजिए। मुझे डॉक्टर के पास ले चलिए।' मैंने कहा।

दुःस्वप्न फिर शुरू हो गया है। अपने शरीर में कैद, अपने सिर में कैद मैं अपनी खुद की कैदी हूँ।

'अंकिता, क्या हुआ ? तुम डॉक्टर से नहीं मिलना चाहतीं ?' माँ ने फिर से मेरी पीठ सहलाते हुए पूछा।

'मुझे डर लग रहा है। मैं मनोचिकित्सकों और दवाओं से थक चुकी हूँ। मैं फिर से अस्पताल में भरती नहीं होना चाहती।' मुझे बोलने में कठिनाई हो रही थी। डॉ. नीरज से मिलने का विचार ही मेरे भीतर पुरानी सुनामी को जगा रहा था। मैं उससे भागना चाहती थी, लेकिन जानती थी कि नहीं भाग पाऊँगी।

'तुम्हें अंदाजा नहीं है कि तुम्हें वहाँ छोड़ना हमें कितना बुरा लगा था। हम मर रहे थे, हम अपराधी महसूस कर रहे थे; हालाँकि हम जानते थे कि हम यह सब तुम्हारी भलाई के लिए कर रहे थे और सबसे बुरी बात ये थी कि हम नहीं जानते थे, तुम्हारी हालत में सुधार होगा या नहीं! वहाँ इसकी कोई गारंटी नहीं थी।' पापा ने कहा। उनकी आवाज में बहुत पीड़ा थी।

'वह हमारे द्वारा लिया गया सबसे कठिन निर्णय था, लेकिन तुम्हें याद है न, चीजें कैसी थीं! और कोई चारा नहीं था, अंकिता।' माँ ने कोमलता से कहा।

'देखो, हम तुमसे केवल इतना कह रहे हैं कि तुम डॉ. नीरज से मिल लो, ताकि चीजें और न बिगड़ें। तुम्हें अभी जो हो रहा है, वह उससे बहुत अलग है, जो पहले हुआ था। एन.एम.एच.आई. से छुट्टी मिलने के बाद तुम एक बार भी मेनिया की स्थिति में नहीं आई हो। तुमने इस बात पर ध्यान दिया है ?' पापा बोले, 'देखो, हमने तुम्हारे व्यवहार पर कड़ी नजर रखी है। मुझे नहीं लगता, तुम्हें एहसास है कि तुम पहले से कितनी बेहतर हो गई हो, अंकिता !'

यह पहली बार था, जब मैंने वास्तव में इसके बारे में सोचा। मैंने वह सबकुछ याद किया, जो मेरे नया कोर्स शुरू करने के बाद हुआ था और इससे पहले जब मैंने एम.बी.ए. में दाखिला लिया था, तब कैसा व्यवहार कर रही थी! पापा सही कह रहे थे। दोनों के बीच बहुत स्पष्ट अंतर था। एन.एम.एच.आई. जाने से पहले, जब मैं अपने विकार के चरम पर थी, मुझे मेनिया हुआ था। एक बार मैंने अपनी जान की परवाह या

चिंता किए बिना रेलिंग पर डांस किया था। मैंने जोजफ को चूमा था। मैंने जंगली तथा नियंत्रण से बाहर व्यवहार किया था। मैंने उस समय के बारे में सोचा, जब मैंने अपनी नसें काट ली थीं, अपनी जान लेने की कोशिश की थी—दो बार।

अब, मेरे वहाँ से निकलने के बाद से, ऐसी कोई घटना नहीं हुई थी। जो भी मैं महसूस करती थी, सब मेरे सिर के अंदर होता था। हाँ, कुछ बाहरी चीजें भी हुई थीं—जैसे स्टेज पर असफल होना और जो पार्टी में हुआ, लेकिन फिर, शायद एक 'सामान्य' व्यक्ति ने भी वैसी ही प्रतिक्रिया दिखाई होती, जैसी मैंने दिखाई थी।

'चलो, ऐसा फिर से होने की किसी भी संभावना से इनकार करते हैं। शायद तुम्हें किसी दवा की जरूरत नहीं है, लेकिन अगर हमें इसका सामना दवाओं के साथ करना है तो हम वह भी करेंगे। चिंता मत करो। यह पिछली बार की तरह बिल्कुल नहीं है, लेकिन हमें उनसे मिलना चाहिए, बस, यह सुनिश्चित करने के लिए कि हम जो कदम उठा रहे हैं, वे सही हैं।'

'ठीक है, पापा। मैं डॉ. नीरज से मिल लूँगी।' मैंने कहा। मैंने अपने हाथों को कसकर पकड़ लिया, ताकि उन्हें काँपने से रोक सकूँ।

'शांत हो जाओ।

शांत हो जाओ।

शांत हो जाओ।'

'तुम अविश्वसनीय रूप से एक बहादुर लड़की हो।' मेरे पापा ने कहा।

अगर हम ऐसा परिवार होते, जो शारीरिक स्नेह का प्रदर्शन करता है तो मैंने उन्हें गले लगा लिया होता, लेकिन मैंने ऐसा नहीं किया। हम ऐसी चीजें नहीं करते थे। इसलिए मैं सिर हिलाती और अपने माँ-पापा का आभार मानती बैठी रही। उन्हें सबकुछ बताकर मुझे बहुत बड़ी राहत महसूस हो रही थी। मैंने जो एकमात्र चीज उनसे छुपाई थी, वह थी वैभव के साथ हुई गलतफहमी। मैं उस बारे में उनसे बात नहीं करना चाहती थी। एक लड़की को अपने माता-पिता से कुछ बातें छुपाने का अधिकार होता है।

'मुझे तुमसे एक और सवाल पूछना है।' मेरे पापा ने कहा, 'तुम्हें वह पुस्तक कहाँ से मिली? वह जो तुम्हारे बिस्तर के पास पड़ी थी?'

मैं जानती थी, वे 'सुसाइड मैन्युअल' के बारे में बात कर रहे हैं।

'आई एम सॉरी, पापा···मैं बस, उत्सुक थी। ईमानदारी से, मैं अपनी जान नहीं लेने वाली थी।' मैंने एक बार फिर जोर देकर कहा।

'यह मेरे सवाल का जवाब नहीं है।' उन्होंने एक भौंह उठाई।

तब मुझे उनको बताना पड़ा, लाइब्रेरी में उस पुस्तक के मिलने के बारे में। हालाँकि मैंने उन्हें नोट के बारे में नहीं बताया।

'तुम्हें वह तुम्हारे अपने कॉलेज में मिली? मुझे जाकर तुम्हारी उस लाइब्रेरियन से मिलना पड़ेगा।' मेरे पापा ने कहा, 'और मुझे वह पुस्तक दो।'

'नहीं, प्लीज, उनसे मत मिलिए। कॉलेज खुलने पर मैं पुस्तक लौटा दूँगी।' मैंने विनती की।

'तुमने मुझे उस कमीने को ढूँढ़ने से मना किया, मैं मान गया, लेकिन ये···ये बात मैं नहीं मानूँगा। एक कॉलेज लाइब्रेरी ऐसी पुस्तक का समर्थन कैसे कर सकती है? मैंने देखी है वो पुस्तक। कितनी भयंकर है!' उन्होंने कहा।

'यह लाइलाज बीमारियों से ग्रस्त उन लोगों के लिए है, जो अपने जीवन का अंत करना चाहते हैं।' मैंने समझाने की कोशिश की।

'मैं जानता हूँ, यह किस बारे में है! मैंने पढ़ा था उसमें और इसीलिए मैं उनसे बात करना चाहता हूँ।'

'प्लीज, पापा! पुस्तक स्टॉक रूम में थी, शेल्फ में नहीं।'

'मुझे परवाह नहीं है कि वह कहाँ थी! ऐसी पुस्तकें स्टूडेंट्स की पहुँच में नहीं होनी चाहिए। तुम्हें एहसास भी है कि हम पर क्या गुजरी थी? सुबह तुम्हें ऐसे देखकर मेरी जान निकल गई थी। सोचो, अगर तुम्हें कुछ हो गया होता तो? बस, इतना सा अंतर था, अंकिता, इतना सा?' उन्होंने अपनी तर्जनी और अँगूठा जोड़कर दिखाया।

मैं उन्हें बताना चाहती थी कि मैंने प्लास्टिक कवर अपनी गरदन पर चिपकाया नहीं था; बस, अपने सिर पर रखा था, लेकिन मैं जानती थी, मेरा कोई भी स्पष्टीकरण बात को और बिगाड़ देगा।

'मैंने इस मामले में फैसला कर लिया है। तुम मुझे रोक नहीं सकतीं, अंकिता।' पापा ने कहा, 'अब वह पुस्तक लेकर आओ और मुझे दे दो। मैं उसे कॉलेज वापस ले जा रहा हूँ।'

मैंने माफी माँगी, विनती की और भीख माँगी, लेकिन पापा सुनने को तैयार नहीं थे। वे मिसेज अस्थाना से बात करने पर दृढ़ थे। मैं जानती थी, अब मेरे पास कोई चारा नहीं था। मैं अपने कमरे में गई। मैंने जल्दी से अंतिम पृष्ठ खोला और वह नोट निकाल लिया, जो मुझे उस पुस्तक में मिला था। मेरे अंदर से आवाज आई कि मुझे वह नोट रख लेना चाहिए। मुझे चिंता थी कि अगर मैंने पुस्तक पापा को दी और वह नोट कहीं गिर गया तो वह हमेशा के लिए गुम हो जाएगा।

मैंने पुस्तक उसी प्लास्टिक कवर में रख दी, जिसने मुझे इतनी मुसीबत में डाला था। फिर मैं बाहर आई और उसे पापा को दे दिया।

□

25

हर कोई आहत होता है

मेरे पापा को गए पंद्रह मिनट ही हुए थे और मैं अभी से बेचैन हो गई। मैं जानती थे, उन्हें मेरे कॉलेज जाकर वापस आने में कम-से-कम दो घंटे लगेंगे।

'माँ, उनको कॉलेज जाकर मिसेज अस्थाना से बात करने की क्या जरूरत थी? आपने उन्हें रोका क्यों नहीं?' मैंने माँ से पूछा।

उन्होंने मेरे लिए चाय बनाई थी और हम दोनों डाइनिंग टेबल पर एक-दूसरे के सामने बैठी थीं।

'उन्होंने मेरी बात नहीं सुनी होती। तुमने देखा न, वे कितने गुस्से में थे!' उन्होंने कहा।

'मैंने कभी उनको इतने गुस्से में नहीं देखा।' मैंने स्वीकार किया।

'तुम उनकी दुनिया हो, अंकिता। वे हमेशा दिखाते नहीं, लेकिन वे तुम्हारे प्रति बहुत सुरक्षात्मक हैं और तुम एक बात जानती हो? मुझे खुद लग रहा था कि मैं उस लड़के की जान ले लूँ!' माँ ने सरलता से कहा। मैं जानती थी, वे जोजफ की बात कर रही थीं।

'पता नहीं, माँ! मैं बस, बहुत डर गई थी, जब वह इस तरह मेरे सामने खड़ा हो गया। उसे दूर धकेलना एक सहज क्रिया थी। मैं यह सोचकर काँप जाती हूँ कि अगर वह बालकनी से नीचे गिर जाता तो क्या होता!' मैंने कहा।

'जब तुमने अपने इरादे साफ बता दिए थे तो उसे तुमसे दूर रहना चाहिए था। उसे तो आकर तुमसे बात भी नहीं करनी चाहिए थी।' गोरी माँ इतने गुस्से में थीं कि उनकी आँखें सिकुड़कर छोटी हो गई थीं। मैंने उन्हें इस तरह कभी नहीं देखा था। हमेशा माँ से मैं ही बातें छुपाने की कोशिश करती आई थी। मैंने कभी उनसे खुले शब्दों में लड़कों की बात नहीं की थी।

मैंने जो कुछ भी सहा था—और जिसके प्रत्यक्ष परिणाम के रूप में जो मेरे माँ-पापा को सहना पड़ा था—उसके बाद मेरी माँ बहुत बदल गई थीं। यह उनका एक नया संस्करण था—एक ऐसा संस्करण, जो मुझे बहुत अच्छा लग रहा था।

'तुम दोपहर के खाने में क्या लोगी?' उन्होंने पूछा।

'कुछ भी। मैं आपकी मदद करूँ?'

'नहीं, अपने कमरे में जाओ और पुस्तक पढ़ो या कुछ और करो। मैं तुम्हारे लिए कुछ खास बनाऊँगी।'

मैं अपने कमरे में आ गई और 'लाइफ्स लिटिल नोट्स' निकाल लिये।

मैंने नोटबुक खोली और लिखा—

नोट 7.

'चाहे हमारे माता-पिता का जीवन के प्रति दृष्टिकोण हमसे कितना भी अलग हो, वो एक चीज, जो हम नजरअंदाज कर देते हैं, यह है कि वे हमेशा हमारी तरफ होते हैं। वे कोशिश करके वही करते हैं, जो हमारे लिए सबसे अच्छा होता है। जब हम बहुत छोटे होते हैं तो जहाँ हमारी सुरक्षा का सवाल होता है, वे हमारे ऊपर प्रतिबंध लगाते हैं। जब उन्हें लगता है कि हम खतरे में पड़ सकते हैं तो वे हमें कुछ विशेष काम करने के लिए मना करते हैं। 'माचिस से मत खेलो। बिजली के तार मत छुओ। छत के किनारे मत जाओ। बिना देखे सड़क मत पार करो।' वे इन बातों को इतनी बार दोहराते हैं कि ये हमारे अंदर जड़ जमा लेती हैं। हम इन नियमों पर कभी सवाल नहीं उठाते, क्योंकि इन्हें तोड़ने के निहितार्थ स्पष्ट होते हैं।

लेकिन कभी-कभी निहितार्थ उतने स्पष्ट नहीं होते। तब हम उन पर संदेह करते हैं।

मुझे लगता है, उन पर संदेह करना ठीक है। बल्कि वास्तव में, उन पर सवाल करना महत्त्वपूर्ण होता है। यही एक तरीका है, जिससे हम बड़े होते हैं। यही एकमात्र तरीका है, जिससे हम वयस्क बनते हैं—अपनी राय को मजबूती के साथ उनकी राय से तौलते हैं और फिर उन तथ्यों के आधार पर निर्णय लेते हैं, जो हमारे सामने स्पष्ट होते हैं। कभी-कभी हम यह तथ्य अपने माता-पिता से छुपा लेते हैं। हम जानते हैं कि वे नहीं समझेंगे, क्योंकि विश्व-दृष्टिकोण पर उनका दृष्टिकोण हमसे अलग है।

सबकुछ अच्छा रहता है, जब तक हम किसी मुसीबत में नहीं पड़ जाते और अपने बूते पर चीजें सँभाल लेते हैं, लेकिन हमारे नियंत्रण में कुछ नहीं होता। चीजें बुरी तरह बिगड़ जाती हैं। हमें पता नहीं होता कि क्या करना है? तब हम अपने माता-पिता की ओर मुड़ते हैं।

चाहे हम नियमों का पालन करें या नहीं, वे हमारे लिए हमेशा मौजूद रहते हैं। वे दी गई परिस्थितियों में जितना अच्छा कर सकते हैं, करते हैं। वे हमें डाँट

सकते हैं, धमका सकते हैं, हम पर चिल्ला सकते हैं, लेकिन अधिकांश समय, वे हमारा ध्यान रखते हैं।

अगर आपके पास ऐसे माता-पिता हैं, जो आपके पक्ष में होते हैं—चाहे कुछ भी हो जाए—तो यह बहुत बड़ी ताकत है। जब आपके पंख टूट जाते हैं और आपको उड़ने के लिए थोड़ी मदद की आवश्यकता होती है तो माता-पिता आपके पंख बन सकते हैं।

परवाह, प्रेम और आपसी समझ से सबकुछ ठीक हो सकता है, सबकुछ!'

□

जब मेरे पापा घर लौटे तो मैं दौड़कर बाहर गई।

'क्या हुआ, पापा? आप मिले मिसेज अस्थाना से?' मैंने पूछा।

'हाँ, मिला।' पापा बोले। मैं देख सकती थी कि उनका गुस्सा काफी हद तक ठंडा पड़ चुका था।

'और?' मैंने पूछा।

'अजीब बात है। उन्होंने कहा कि उन्हें इस पुस्तक के बारे में कोई जानकारी नहीं थी। उन्हें इसकी याद नहीं थी। उन्होंने कहा कि फाइल में इसका कोई रिकॉर्ड नहीं था। यह अनुक्रमित भी नहीं थी। उन्होंने कहा, वे इस मामले को देखेंगी और पता करने की कोशिश करेंगी कि यह वहाँ कैसे पहुँची? इसलिए मैंने उसे उनके पास छोड़ दिया।' उन्होंने कहा।

'अरे, नहीं! आपने ऐसा क्यों किया?' मैंने पूछा। मुझे अभी भी वह पुस्तक चाहिए थी। मिसेज अस्थाना ने साफ कहा था कि मैं उसे रख सकती थी। कितनी दुर्लभ पुस्तक थी! लेकिन मेरे पापा के विचार अलग थे।

'देखो, अंकिता! मुझे हमारे घर में वह पुस्तक नहीं चाहिए। उसमें एक नकारात्मक ऊर्जा है। इस समय तुम ऐसी कोई पुस्तक पढ़ने की स्थिति में नहीं हो। तुमने देखा कि पिछली बार तुमने उसे खोला था तो क्या हुआ? अगर दोबारा ऐसा कुछ हुआ तो? मैं यह जोखिम नहीं उठा सकता। तुम्हारा जीवन बहुत कीमती है, अंकिता! अगर किसी नकारात्मक परिणाम की एक प्रतिशत भी संभावना है तो मैं उसका जोखिम नहीं लेना चाहता।' पापा बोले।

'मैं इनसे सहमत हूँ। ऐसी कोई चीज मत देखो, जो तुम्हारे मन पर नकारात्मक असर डाल सकती है। वैसे भी, यह किस तरह की पुस्तक है? इसे प्रतिबंधित कर देना चाहिए।' माँ ने कहा।

'शायद यह फ्रांस में प्रतिबंधित कर दी गई है।' मैंने धीरे से कहा।

'देखा! वे लोग स्मार्ट हैं। सबको उनका अनुसरण करना चाहिए।' मेरी माँ ने घोषणा की।

उनकी तीव्र चिंता ने मुझे छू लिया। भले ही मैं पहले चिढ़ जाती थी, लेकिन अब मैं देख सकती थी कि वे ऐसा क्यों कह रहे थे! वे अपना प्यार गले लगकर नहीं, बल्कि अपने कामों से अभिव्यक्त करते थे···जैसे मेरी माँ का मेरी पसंद के पकवान बनाना और मेरे पापा का अधिकारियों से मिलने कॉलेज दौड़े चले जाना।

मेरे पापा ने एक और काम किया। उन्होंने डॉ. नीरज के ऑफिस में फोन किया और अगले दिन का अपॉइंटमेंट ले लिया। इससे मुझे बहुत घबराहट होने लगी। मुझे पिछले सभी मनोचिकित्सक याद आ गए, जिनसे मैं मिली थी। डॉ. मुक्ता मुझे अभी भी सपनों में डराती थीं; डॉ. कोहली भी। मुझे याद था कि वे कितने असंवेदनशील थे! फिर मुझे डॉ. मधुसूदन याद आए, जो बहुत सहृदय थे। मैंने स्वयं से तर्क करने की कोशिश की। अच्छे और बुरे लोगों की तरह अच्छे मनोचिकित्सक और बुरे मनोचिकित्सक भी होते थे, लेकिन इससे मुझे कोई मदद नहीं मिली। मैं अभी भी बहुत डरी हुई थी। मैं नहीं जानती थी, डॉ. नीरज किस श्रेणी में आएँगे!

इसके अलावा, मैं जानती थी कि मेरे पापा सही हैं। केवल इसलिए कि मैं डरी हुई थी, उनका विरोध करने का कोई मतलब नहीं था। अगर मैंने अभी यह नहीं किया तो कौन जानता है, आगे चीजें कैसा मोड़ लेंगी? पछताने से अच्छा सुरक्षित रहना है।

इसलिए मैंने आनेवाली मुलाकात के लिए खुद को तैयार कर लिया। मुझे उसका सामना करना ही था।

मैं डॉक्टर से मुलाकात के बारे में सोचकर इतने तनाव में थी कि उस रात फिर मैं सो नहीं पाई। मैं बिस्तर पर पड़े-पड़े नकारात्मक बातें नहीं सोचना चाहती थी। अपॉइंटमेंट लिया जा चुका था।

जागते हुए बिस्तर पर लेटे रहने के बजाय, जैसा कि मैं आमतौर पर नींद न आने की स्थिति में करती थी, मैंने 'ड्रीम डिक्शनरी' पढ़ने का फैसला किया। मैं जानना चाहती थी कि भयानक बुरे सपने आने का क्या मतलब होता है! मैं जानना चाहती थी कि उस विचित्र जीव का सपना आने का क्या मतलब था!

'ड्रीम डिक्शनरी' में सभी सामान्य सपनों को समझाया गया था। उसमें बताया गया था कि हम सपने कैसे देखते हैं और हमारे सपनों के छुपे अर्थ क्या हैं? उसमें सपनों के प्रतीकवाद के बारे में लिखा था और यह भी बताया गया था कि हम जिस संस्कृति में पले-बढ़े हैं, उसके आधार पर वह कितना अलग-अलग होता था! उसमें समझाया गया था कि अगर आप सपना देखते हैं कि आप नग्न हैं या आपका एक दाँत टूट गया है या आप नीचे गिर रहे हैं तो इन सबका क्या मतलब है! उसमें हजारों सपनों को समझाया

गया था और वर्णमाला क्रम में क्रमबद्ध किया गया था।

लेकिन मैंने जो सपना देखा था, उसके निकट उसमें कुछ भी नहीं था। मैंने जो जीव देखा था, उसका कोई वर्णन नहीं था। मैं उसे अपने दिमाग से निकाल नहीं पा रही थी। मैंने उसमें ड्रैगन के साथ सपने का अर्थ देखने का फैसला किया, हालाँकि जो जीव मैंने देखा था, वह ड्रैगन नहीं था। मैं उसकी व्याख्या पढ़कर हैरान हो गई। उसमें लिखा था कि सपने में ड्रैगन किसी उग्र व्यक्तित्ववाले व्यक्ति (संभवतः मैं) का प्रतिनिधित्व करता है। इसका यह अर्थ भी हो सकता था कि व्यक्ति जुनून के प्रभाव में आकर नियंत्रण खो देता है। पूर्वी धर्मों में, यह भाग्य और समृद्धि का प्रतिनिधित्व कर सकता है। फिर मैंने ऐसे सपने का अर्थ ढूँढ़ा, जिसमें एक व्यक्ति को एक दानव या समुद्री जीव खा लेता है। 'ड्रीम डिक्शनरी' का कहना था कि दानव समाज या ऐसी परिस्थितियों का प्रतिनिधि हो सकता था, जो व्यक्ति के लिए खतरा थीं। यह आपके जीवन में घटित कुछ चीजों के लिए घृणा का संकेत हो सकता है, जिन्हें आपको संबोधित करने की आवश्यकता है। यह इस बात का भी संकेत हो सकता है कि दानव आपके आसपास के लोगों की 'बेकार गपशप' है; शायद वे आपके बारे में बात कर रहे थे।

ये सभी स्पष्टीकरण मेरी समझ में आ गए। मैं कॉलेज में सबका सामना करने से डरती थी। जब तक मैं घर में थी, अपने माँ-पापा द्वारा संरक्षित और उनकी देखभाल में सुरक्षित थी। मैं एक कोकून में थी—भले व परवाह करने वाले हाथों में।

लेकिन जल्दी ही कॉलेज फिर से खुल जाएगा। तब मुझे दुनिया के फ्रेडी जैसे लोगों का सामना करना पड़ेगा। मुझे पारुल का सामना भी करना पड़ेगा।

पारुल, जिस पर मैंने दोस्त के रूप में भरोसा किया था।

पारुल, जो मुझे छोड़कर चली गई थी।

पारुल, जिसने मुझे धोखा दिया।

फिर मुझे मिसेज हेडन का असाइनमेंट याद आ गया और मैं ठंडे पसीने से नहा गई। मैं अपने जीवन की गलतियों के बारे में लिखने के लिए बिल्कुल तैयार नहीं थी। मैं यह असाइनमेंट नहीं कर पाऊँगी। जो हुआ था, उसके बाद मैं अपने कॉलेज के साथियों का सामना करने के लिए तैयार नहीं थी।

दानव केवल मेरे सपनों में नहीं था। अब वह बाहर था और मुझे बिल्कुल अंदाजा नहीं था कि उसका सामना कैसे करना है! वह मुझे अंदर और बाहर—दोनों तरफ से कष्ट दे रहा है। उसने मेरे मन की शांति, मेरी नींद चुरा ली थी और मुझे डर था कि वह मेरा जीवन भी चुरा लेगा।

□

26

जागो, जीवन बुला रहा है

अगले दिन मुझे मेरी माँ ने जगाया। मैंने मुश्किल से पलक झपकाई थी। मेरी आँखें फिर जल रही थीं। बहुत कम सोकर काम करते रहना अब मेरे जीने का तरीका बन गया था। मैं बिना नखरे किए बिस्तर से बाहर आ गई। फिर मैं तैयार हो गई। पूरे नाश्ते के दौरान माँ और पापा ने मुझसे बातचीत करने की कोशिश की, लेकिन मैंने केवल 'हाँ-हूँ' में जवाब दिया। मैं बस, डॉक्टर से मिलकर यह किस्सा खत्म करना चाहती थी। मैं ठीक से नाश्ता भी नहीं कर पाई। मैंने केवल एक टोस्ट लिया था और उसे भी खत्म नहीं कर पाई।

'खा लो, अंकिता। इतना घबराओ मत।' पापा ने कहा।

'परेशान मत हो। हम तुम्हें वहाँ छोड़ने वाले नहीं हैं। हमने इस बारे में कल बात की थी, याद है? तुम मान गई थीं कि उनसे एक बार मिलना सही होगा।' माँ ने मुझे याद दिलाया।

मैंने सिर हिला दिया। वे ठीक कह रहे थे। फिर भी, मेरे लिए कुछ आसान नहीं हो रहा था।

डॉ. नीरज का क्लीनिक सांताक्रूज में था और पापा हमें कार में वहाँ ले गए। मैं पीछे की सीट पर बैठी थी और मेरे पेट में ऐंठन हो रही थी। जब मैं एन.एम.एच.आई. से बाहर निकली थी तो इस विश्वास से भरी थी कि यह सब मैं पीछे छोड़ चुकी हूँ, लेकिन मैं एक बार फिर यहाँ थी। मेरे पापा के शब्द—कि यह बात अलग थी कि इस बार स्थिति इतनी बुरी नहीं होगी कि अस्पताल में भरती होना पड़े—सब खिड़की से बाहर उड़ गए थे। मुझे कुछ याद नहीं आ रहा था। मेरे सिर में राग फिर से शुरू हो गए—

'बेकार।

मानसिक रोगी।

असफल।

तुम उन्हें दुःख देती हो, जो तुम्हें प्यार करते हैं।'

मैं अपने आप को शांत करना चाहती थी। अगर मनोचिकित्सक से मिलते समय मैं इतने तनाव में रहूँगी तो मेरा कुछ भला नहीं होगा। मैंने अपनी आँखें बंद कर लीं। पापा ने रियर-व्यू मिरर से मुझे देखा।

'परेशान मत हो, हम तुम्हारे साथ हैं।' उनकी नजरें कह रही थीं।

लेकिन मुझे उससे कोई मदद नहीं मिली।

डॉ. नीरज का क्लीनिक एक पुरानी व्यावसायिक इमारत की चौदहवीं मंजिल पर था। हम लिफ्ट से उतरे और गलियारे से होते हुए उनके क्लीनिक की ओर बढ़ गए। इस मंजिल में अन्य ऑफिस भी थे—एक ट्रैवल एजेंसी, एक फाइनेंशियल कंपनी और एक विज्ञापन एजेंसी। उनके पास से गुजरते हुए मेरी घबराहट बढ़ रही थी। मैं उन कार्यालयों में काम करनेवाले लोगों की तरह क्यों नहीं थी? यह सबकुछ मेरे साथ ही क्यों होना था? मैं इतनी अलग क्यों थी?

रिसेप्शनिस्ट ने हमारा अभिवादन किया और पूछा, 'पेशेंट कौन है?'

उस समय मैं चीखकर कहना चाहती थी—

'मैं पेशेंट नहीं हूँ। मैं ठीक हूँ। यह केवल एक जाँच है।'

लेकिन मैंने कुछ नहीं कहा। मेरे पापा ने उसे मेरा नाम बता दिया।

हम और लोगों के साथ बाहर इंतजार करने लगे। हमारे आगे दो लोग थे—एक वृद्ध व्यक्ति, जिनके हाथ में एक फाइल थी और दूसरी एक माँ, जिसके साथ उसका बच्चा था। मैं सोचने लगी, उन्हें क्या हुआ था और वे यहाँ क्यों आए थे? वे बिल्कुल ठीक लग रहे थे।

फिर मुझे एहसास हुआ कि बाहर से तो मैं भी ठीक लगती थी। कोई नहीं कह सकता था कि मेरे साथ मानसिक समस्या थी! तब मुझे फ्रेडी के शब्द याद आ गए—

'इसके चेहरे पर पागलपन झलकता है।'

मैं सिर झुकाकर बैठी थी और अपने पैर के पंजों को देख रही थी। जब मेरी माँ ने मेरा हाथ पकड़ने की कोशिश की तो मैंने गुस्से से हाथ खींच लिया। मैंने वृद्ध व्यक्ति को अंदर जाते और फिर कुछ देर बाद बाहर आते देखा। मैंने माँ व बच्चे को अंदर जाते और फिर बाहर आते देखा। अंत में, मेरी बारी आ गई।

मेरे पापा और माँ दोनों मेरे साथ अंदर गए।

मैंने सोचा था, डॉ. नीरज युवा होंगे। वे एक वृद्ध, दुबले-पतले, दाढ़ीवाले व्यक्ति थे। उनकी दाढ़ी में सफेदी झलक रही थी और उनके सिर के विरल बाल उससे मेल खा रहे थे। उन्होंने हलके नीले रंग की पूरी बाँह की शर्ट पहनी थी।

'हैलो, अंकिता! हैलो मिसेज एंड मिस्टर शर्मा! बैठिए।' उन्होंने कहा।

मैं उन्हें निरे आतंक से देखती हुई अपने माँ-पापा के बीच बैठ गई, यह उम्मीद करती हुई कि मेरे अंदर चल रही उथल-पुथल को मेरे चेहरे के भाव प्रकट नहीं करेंगे।

'डॉ. मधुसूदन और मैं बैच-मेट थे। हमारी दोस्ती बहुत पुरानी है।' उन्होंने कहा।

यह सुनकर मैं थोड़ी-बहुत आश्वस्त हुई। अगर कोई एक मनोचिकित्सक था, जिसके साथ मैं सहज थी तो वे डॉ. मधुसूदन थे। मैंने साँस छोड़ी। मुझे एहसास भी नहीं था कि मैंने साँस रोकी हुई थी।

'तो, कैसा महसूस कर रही हो?' उन्होंने पूछा। वे मृदुभाषी और सौम्य थे। उनकी आवाज लगभग संगीतमय थी।

'मुझे ठीक लग रहा है।' मैंने कहा।

'कोई चिंता? नींद आने में कोई परेशानी?' उन्होंने पूछा।

उनके पास मेरी फाइल थी और वे जल्दी-जल्दी उसे देख रहे थे।

मैंने अपने पापा को देखा; मुझे समझ नहीं आ रहा था कि क्या कहूँ?

पापा ने उन्हें बताया कि कुछ घटनाएँ हुई थीं, जो तनावपूर्ण थीं; लेकिन मेरी प्रतिक्रिया असामान्य या चरम पर नहीं थी। उन्होंने कहा कि मेनिया के कोई लक्षण नहीं थे।

मैं गायब हो जाना चाहती थी। वे मेरे बारे में ऐसे बात कर रहे थे, जैसे मैं पिंजरे में बंद कोई जंगली जानवर थी, जो किसी भी पल बचकर निकल सकता था! मैं वहाँ से उठकर भाग जाना चाहती थी। इस तरह की जाँच के अधीन होना भयावह था। मैंने अपनी बाँहें मोड़कर छाती पर रख लीं और अपने नाखून कुहनियों में चुभोने लगी। अगले ही पल मैं रुक गई। मैं ऐसा कुछ नहीं करना चाहती थी, जिसे देखकर यह आदमी कहे कि मुझे अस्पताल में भरती होने की आवश्यकता थी। मैं बिना एक शब्द बोले बिल्कुल स्थिर बैठी रही।

डॉ. नीरज ने मेरे पापा को ध्यान से सुना। फिर उन्होंने कहा कि वे मुझसे अकेले में बात करना चाहते थे। पापा-माँ बाहर जाकर इंतजार करने लगे।

'अंकिता, मैं जानता हूँ, यह तुम्हारे लिए तनावपूर्ण है। जिन हालात से तुम गुजरी हो, उसके बाद आकर मुझसे इस तरह मिलना! मैं पूरी तरह समझता हूँ।' उन्होंने कहा।

मैंने सिर हिला दिया।

उन्होंने मुझसे पूछा कि क्या मैं उन्हें उन घटनाओं के बारे में बताना चाहती हूँ, जिनसे मुझे तनाव हुआ था? मैं फिर से वह सब नहीं समझाना चाहती थी। मैंने अभी-अभी वह सब माँ-पापा को बताया था, लेकिन अगर मैं उन्हें नहीं बताऊँगी तो वे वास्तविक स्थिति कैसे समझेंगे? इसलिए मैंने खुद को दोबारा सबकुछ बताने के लिए मजबूर किया—जोजफ का आना, उसके आने से मेरा परेशान होना, सबसे महत्त्वपूर्ण

बात कि मैं उसके आने से क्यों परेशान हुई थी, मिसेज हेडन का दिया लंबित निबंध और कॉलेज जाकर एक बार फिर सबका सामना करने का तनाव।

मेरे बोलते समय डॉ. नीरज सावधानी से नोट्स बना रहे थे। उनका नोट लिखना मुझे बेचैन कर रहा था। मुझे यह अच्छा नहीं लग रहा था, लेकिन मेरे पास अपनी बात जारी रखने के अलावा कोई विकल्प नहीं था।

जब मैंने अपनी बात खत्म की तो वे बोले, 'मैं देख सकता हूँ कि तुमने मुश्किल समय बिताया है। मुझे लगता है, तुमने बहुत शानदार तरीके से उसका मुकाबला किया है।' फिर उन्होंने मेरे माँ-पापा को बुलाया।

उन्होंने कहा कि उन्हें नहीं लगता था, मुझे फिर से लीथियम की आवश्यकता थी, क्योंकि मेनिया की कोई घटना या लक्षण दिखाई नहीं दे रहे थे। उन्होंने पूछा कि क्या उन दवाओं को, जो एन.एम.एच.आई. से निकलने के बाद मेरे लिए लिखी गई थीं, धीरे-धीरे कम करके बंद किया गया था? पापा ने जवाब दिया कि हमने दवाओं के लिए निर्धारित तरीके का ही पालन किया था।

'यह बहुत महत्त्वपूर्ण है कि हम अचानक दवाएँ बंद न करें। हमें उनको धीरे-धीरे कम करना होगा, ताकि शरीर को आदत डालने का समय मिल सके।' उन्होंने कहा, 'चूँकि तुमने वास्तव में वे दूसरी दवाएँ नहीं ली हैं, जो मैंने तनाव के लिए लिखी थीं, हमें उनकी चिंता करने की आवश्यकता नहीं है।'

फिर उन्होंने पूछा, 'अंकिता, क्या तुम्हें लगता है कि तुम इतनी मजबूत हो कि बिना दवाओं के सब सँभाल लोगी?'

मैं यकीन से नहीं कह सकती थी। मैं डरी हुई थी, लेकिन मैं कोशिश करना चाहती थी। मुझे कोई जवाब नहीं सूझ रहा था।

'घबराओ मत। जो भी तुम्हारे मन में है, खुले शब्दों में कह दो।' डॉ. नीरज ने मुझे प्रोत्साहित किया।

'मुझे लगता है, पिछली बार जब मैंने दवाएँ ली थीं तो मेरी भावनाएँ सुन्न पड़ गई थीं। दवाओं ने मुझे सुस्त कर दिया था। उन्होंने मेरे विचार, मेरी कल्पना—सबकुछ छीन लिया था। मुझे दवाओं से नफरत है। मैं चाहती हूँ, मैं महसूस कर सकूँ। मैं लिखती हूँ। मैं कविताएँ लिखती हूँ। मैं क्रिएटिव राइटिंग का कोर्स कर रही हूँ। मैं महसूस नहीं करूँगी तो लिखूँगी कैसे?' मैंने पूछा।

कमरे में एक स्तब्ध खामोशी फैल गई।

फिर खामोशी को तोड़ते हुए डॉ. नीरज ने कहा, 'अंकिता, यह बहुत ही अच्छा पेशा है। तुम एक सच्ची कलाकार हो। अगर तुम्हें लगता है कि तुम अपनी स्थिति का

मुकाबला कर सकती हो और मेनिया की कोई घटना नहीं होती तो मुझे लगता है, दवा न लेने में कोई हर्ज नहीं है। हालाँकि जैसा मुझे समझ में आया, रात को सोना एक परेशानी है। मैं नींद की एक दवा लिख रहा हूँ, जो पूरी तरह हर्बल है और जिसका कोई दुष्प्रभाव नहीं है। यह गिंगको के पेड़ से बनी है, जो दुनिया की सबसे पुरानी पेड़ प्रजाति है। यह हजारों साल से उपयोग में लाई जा रही है। तुम्हें जब भी जरूरत महसूस हो, तुम इन्हें ले सकती हो। तुम अपनी नींद को अपने आप नियंत्रित करो।' उन्होंने कहा और दवा लिखकर दे दी।

'तो और किसी दवा की जरूरत नहीं है?' मेरे पापा ने पूछा।

'देखिए, मिस्टर शर्मा, मनोचिकित्सा चिकित्सा की ऐसी शाखा है, जिसमें कोई भी दो रोगी एक समान नहीं होते। चिकित्सा की अन्य शाखाओं में यदि किसी को मान लीजिए, मलेरिया है तो हम जानते हैं कि अगर हम इलाज के लिए क्लोरोक्विन का प्रयोग करेंगे तो वह सबके लिए एक जैसा काम करेगी, लेकिन जब मनोचिकित्सा की बात आती है तो कहा नहीं जा सकता कि एक दवा का असर दो रोगियों पर एक समान होगा या नहीं! अंकिता ने मुझे जो बताया है, उसके आधार पर मैं आसानी से पाँच दवाएँ लिख सकता हूँ, जो उसकी मदद कर भी सकती हैं और नहीं भी कर सकती हैं, लेकिन क्या उनकी आवश्यकता है—सवाल यह है।' वे कोमलता से मुसकराए।

मैंने यह सुनकर राहत की साँस ली। तभी मैंने फैसला किया कि डॉ. नीरज एक अच्छे मनोचिकित्सक थे। वे यूँ ही दवाएँ नहीं लिख देते थे। उन्होंने धैर्य से मेरी बात सुनी।

'एक चीज, जो तुम्हारी मदद कर सकती है अंकिता, वह साइकोथेरैपी है। अगर तुम्हें जुनूनी विचार आते रहते हैं तो तुम उसके बारे में सोच सकती हो। अगर उसके बाद भी वे तुम्हें अधिक परेशान करते हैं तो मेरा सुझाव है, तुम मुझसे दोबारा मिलना।' उन्होंने कहा।

मैंने सहमति में सिर हिला दिया।

'जिंदगी बुला रही है, अंकिता।' हम कमरे से बाहर निकलने लगे तो डॉ. नीरज बोले, 'जाग जाओ!' फिर उन्होंने मुसकराकर हाथ हिला दिया।

'देखा, यह इतना बुरा भी नहीं था, है न?' कार की ओर जाते हुए पापा ने पूछा।

'ये साइकेट्रिस्ट अच्छे निकले, लेकिन अगर इन्होंने पाँच दवाएँ लिख दी होतीं तो? आपने मुझे वे दवाएँ खिलाई होतीं तो?' मैंने सवाल के बदले सवाल पूछा।

पापा सोच में पड़ गए। उनके पास मेरे लिए कोई जवाब नहीं था।

'पता है, मैं सोचती हूँ कि कितने लोग वे दवाएँ खाते हुए घूम रहे हैं, जिनकी उन्हें जरूरत नहीं है और कितने लोग गलत दवाएँ ले रहे हैं—और कितने लोग ऐसे भी हैं, जो

दवाएँ नहीं ले रहे हैं, जबकि उन्हें वास्तव में उनसे लाभ होगा।' माँ ने कहा।

'यह सब डॉक्टर पर निर्भर करता है। अगर आपको आपके इलाज के लिए सही व्यक्ति मिल जाता है तो आप भाग्यशाली हैं।' पापा बोले।

मैंने कहा, 'मुझे लगता है, यह मरीज पर भी निर्भर करता है। यह इस बात पर निर्भर करता है कि वे कितनी बुरी तरह से किसी चीज पर काबू पाना चाहते हैं और जो भी उनकी मदद करना चाहता है, उसके साथ कितना सहयोग करने को तैयार हैं!'

मैं जानती थी, यह कितना मुश्किल था! मुझे पता था कि मैं हर एक दिन कितना तड़पती थी? हाँ, मुझे मानसिक रोग था। मैंने इसे स्वीकार कर लिया था। जब मैं एन.एम.एच.आई. में थी तो मैंने वह सब किया था, जो उन लोगों ने करने के लिए कहा था। वे जो भी दवा देते थे, मैं खा लेती थी। मुझे वह समय याद आया, जो मैंने बच्चों की पुस्तकें पढ़ने की कोशिश में लगाया था—जब मैं पढ़ने की क्षमता खो चुकी थी। मैंने बार-बार कोशिश की थी। मैंने हार नहीं मानी थी।

मैं जानती थी, मुझे दोबारा वैसा ही करना होगा। मुझे खुद को मजबूत करना होगा और इन नकारात्मक विचारों का अंत करना होगा। मुझे अपने कॉलेज के साथियों का सामना करना होगा। मुझे वह निबंध लिखना होगा। मेरे माँ-पापा मेरे लिए वह सब नहीं कर सकते थे।

यह एक बहुत बड़ा काम लग रहा था और समस्या यह थी कि मैं नहीं जानती थी, शुरुआत कहाँ से करनी है? मनोचिकित्सक के क्लीनिक में मैंने बहादुरी से बोला था, लेकिन अब मेरे साहस ने मेरा साथ छोड़ दिया था और मैं यह सोचकर डर रही थी कि आगे क्या होगा और मैं उसका सामना कैसे करूँगी?

□

27

हो सके तो मुझे कॉल करना

घर के रास्ते में पापा ने एक मेडिकल स्टोर के सामने कार रोकी और डॉक्टर की लिखी नींद की गोलियाँ खरीद लीं।

'अंकिता, अगर तुम्हें जरूरत हो तो मुझसे आकर ले लेना, ठीक है?' माँ ने अपने बैग में दवा का पैकेट रखते हुए कहा।

'क्यों? आपको डर है कि मैं ज्यादा गोलियाँ ले लूँगी? मैंने आपसे कहा है, माँ, मैं ऐसा नहीं करूँगी। आप मुझ पर विश्वास क्यों नहीं करतीं?'

'सवाल विश्वास का नहीं है, अंकिता। बस, ये दवा तुम्हारी माँ के पास रहेंगी तो उन्हें चिंता कम होगी। हम जानते हैं, तुम इन्हें नहीं लोगी, लेकिन अगर प्रलोभन का छोटा सा, मामूली मौका भी आया···तुम जानती हो, ओवरडोज क्या कर सकती है! विशेष रूप से क्योंकि तुमने शायद वह पुस्तक पढ़ी है।···' पापा ने वाक्य पूरा नहीं किया।

'सारे प्लास्टिक के बैग भी छुपा दीजिए और जब कर ही रहे हैं तो बालकनी में ग्रिल भी क्यों नहीं लगवा देते?' मैं तड़ककर बोली।

मुझे गुस्सा आ रहा था कि माँ-पापा को सबकुछ साफ-साफ बता देने के बाद भी वे मुझ पर भरोसा नहीं कर पा रहे थे। डॉ. नीरज ने कहा था कि मैं दवाएँ अपने हिसाब से ले सकती थी। मैं निराश भी थी कि मेरी किसी समस्या के लिए कोई 'समाधान' नजर नहीं आ रहा था।

पापा ने कोई प्रतिक्रिया नहीं दी। फिर मुझे इस तरह चिढ़ने पर बुरा लगने लगा।

'मुझे माफ कर दीजिए। मैं समझती हूँ कि आप लोग चिंतित हैं।' मैंने कहा।

'ठीक है, अंकिता, छोड़ो इस बात को।' माँ ने कहा।

पापा ने हमें घर छोड़ा और काम पर चले गए। मेरी माँ और मैं उस गली की शुरुआत में उतर गईं, जो हमारे आवासीय परिसर की ओर जाती थी और वहाँ से पैदल घर की तरफ चलने लगीं।

'माँ, आप कटिंग चाय लेंगी? मेरा मन हो रहा है पीने का।' चाय की दुकान के

पास से निकलते हुए मैंने पूछा। मुझे याद आया कि कैसे वैभव ने एक बार यहाँ मेरा इंतजार किया था। मुझे उसकी कमी बहुत महसूस हो रही थी।

'क्यों नहीं? मैं खुद अपने लिए चाय बनाकर थक गई हूँ।' माँ ने कहा।

'जानती हैं, ये डॉक्टर भी डॉ. मधुसूदन जितने अच्छे हैं।' चमकते सूरज के नीचे खड़े चाय की चुस्कियाँ लेते हुए मैंने कहा।

'मुझे खुशी है, हमने उनकी राय ले ली। कम-से-कम हमें पता तो है कि हम सही दिशा में चल रहे हैं।' उन्होंने कहा।

उसके बाद हम चलते हुए अपनी बिल्डिंग की लॉबी में पहुँच गए। वहाँ पहुँचकर मैं हैरानी से खड़ी रह गई। मुझे अपनी आँखों पर विश्वास नहीं हो रहा था।

क्या हमारी लॉबी में मिसेज हेडन खड़ी हैं? यह यहाँ क्या कर रही हैं? शायद ये हमारी बिल्डिंग में किसी से मिलने आई थीं?

मुझे पहला खयाल छुप जाने का आया। मैं मिसेज हेडन से नहीं मिलना चाहती थी। शायद वे मुझसे पूछें कि मैं निबंध पर काम कर रही थी या नहीं और मेरे पास इसका कोई जवाब नहीं था।

'माँ, यह मेरी प्रोफेसर हैं।' मैं माँ को कुहनी मारते हुए फुसफुसाई।

'कहाँ? कौन?' उन्होंने चारों ओर देखते हुए पूछा।

'हे भगवान्! माँ, क्या आप थोड़ी देर शांत नहीं रह सकतीं? उन्होंने हमें देख लिया है!' मैं गुस्से से बोली।

मिसेज हेडन हमें देखकर हाथ हिला रही थीं।

अब बचने का कोई रास्ता नहीं था।

मैंने भी जवाब में हाथ हिलाया।

'हैलो, मिसेज हेडन! ये मेरी माँ हैं, मिसेज शर्मा।' मैंने उनका परिचय कराते हुए कहा।

'हैलो, मैम।' मेरी माँ ने कहा।

'ओह! प्लीज, आपको मुझे 'मैम' कहने की आवश्यकता बिल्कुल नहीं है।' मिसेज हेडन ने माँ से कहा।

'तो मिसेज हेडन, क्या आप यहाँ रहनेवाले किसी व्यक्ति से मिलने आई हैं?' मैंने पूछा। मैं अपनी उत्सुकता रोक नहीं पा रही थी।

'तुम ऐसा कह सकती हो।' मिसेज हेडन की आँखें चमकने लगीं, 'लेकिन केवल तभी, जब वह मुझे अपने घर के अंदर बुलाएगी।'

मुझे उनकी बात का मतलब समझने में कुछ सेकंड लग गए। मिसेज हेडन मुझसे

मिलने आई थीं? लेकिन क्यों? मुझे समझ नहीं आ रहा था, क्या कहूँ?

'हमें आपके आने से खुशी होगी।' मैं कुछ कहती, इससे पहले माँ ने कह दिया।

'क्या आप पास में ही रहती हैं?' मिसेज हेडन ने हमारे साथ लिफ्ट में प्रवेश किया तो माँ ने पूछा।

'मैं काफी पास रहती हूँ। यहाँ से दस मिनट की ड्राइव का रास्ता है। मैं अकसर इस इलाके में आती हूँ, क्योंकि मैं माउंट मैरी चर्च से जुड़ी हूँ, जो यहाँ बांद्रा में है।' उन्होंने कहा।

माँ ने दरवाजा खोला और मिसेज हेडन हमारे पीछे अंदर आ गईं।

'बैठिए, प्लीज।' माँ ने कहा।

मिसेज हेडन हमारे लिविंग रूम में बैठ गईं। मुझे सबकुछ बहुत अवास्तविक-सा लग रहा था। मैं उन्हें केवल कॉलेज में, अपने क्लास रूम में देखने की आदी थी। उनका मेरे घर में होना कितना अजीब लग रहा था!

माँ ने मिसेज हेडन से पूछा कि वे क्या लेंगी, जिस पर उन्होंने जवाब दिया कि वे ठीक थीं और उन्हें कुछ नहीं चाहिए था; लेकिन माँ ने जोर दिया कि उन्हें चाय, कॉफी या नीबू-पानी कुछ तो लेना ही होगा। अंत में, मिसेज हेडन ने नीबू-पानी के लिए हामी भर दी।

मुझे समझ में नहीं आ रहा था, उनसे क्या बात करूँ!

अब तक मिसेज हेडन हमारी बालकनी में आ चुकी थीं और मेरी माँ द्वारा प्यार से पाले हुए पौधों की प्रशंसा कर रही थीं।

'आपका बालकनी गार्डन बहुत सुंदर है, मिसेज शर्मा।' माँ नीबू-पानी लेकर आईं तो उन्होंने प्रशंसात्मक स्वर में कहा।

यहाँ हो क्या रहा था? क्या मिसेज हेडन हमारी बालकनी के पौधों की प्रशंसा करने आई थीं? मेरी बहुत सुंदर, बहुत भारतीय, साड़ी पहननेवाली, बिंदी व मंगलसूत्र पहननेवाली माँ और नीले स्कर्ट व हील के सैंडल पहने लंबी, सुरुचिपूर्ण मिसेज हेडन के बीच कुछ भी समान नहीं था और फिर भी वे पुराने दोस्तों की तरह बालकनी के पौधों पर चर्चा कर रही थीं। यह पागलपन था! मैं उस वास्तविक कारण को जानने के लिए भी बेचैन थी, जिसके लिए वे आई थीं।

अंततः पौधों, खाद, फूलों और पौधा-घरों के बारे में उनकी बातचीत खत्म हुई और दोनों अंदर आ गईं।

फिर मिसेज हेडन ने कहा, 'मिसेज शर्मा, मैं आपसे और आपके पति से एक साथ मिलने की आशा कर रही थी। मुझे बताया गया कि आपके पति कॉलेज आए थे। मैं उनसे

और साथ ही आपसे भी माफी माँगने आई हूँ।' यह कहते हुए उनकी नजरें झुकी हुई थीं और उनकी कोमल आवाज और कोमल हो गई थी।

'माफी? लेकिन किसलिए?' माँ ने पूछा।

'उस पुस्तक के लिए, जो आपके पति कॉलेज लाए थे। वह मेरी है। मैं रुथ हेडन हूँ।' उन्होंने कहा।

यह बात हजम होती, उससे पहले एक पल का सन्नाटा छा गया।

वह पुस्तक मिसेज हेडन की थी! रुथ ये हैं! उस नोट का क्या मतलब था? किसी ने उन्हें वह पुस्तक उपहार में क्यों दी थी? मैं स्तब्ध थी।

'मैं आपसे और आपके पति से उस दु:ख के लिए माफी माँगना चाहती हूँ, जो उसकी वजह से आपको हुआ।' उन्होंने कहा।

मेरी माँ शर्मिंदा हो गईं। उन्होंने कहा, 'नहीं नहीं, ठीक है। मैं अपने पति को बता दूँगी।'

'प्लीज, उन्हें बता दीजिएगा कि पुस्तक मुझसे खो गई थी। मेरा ऐसा इरादा नहीं था कि वह लाइब्रेरी में पहुँच जाए। यह तो निश्चित रूप से मेरा इरादा नहीं था कि वह अंकिता को मिल जाए! जब मुझे पता चला कि वे कॉलेज आए थे और पुस्तक लौटा गए हैं तो मुझे आश्चर्य हुआ। मैं यह सोचकर परेशान हो गई कि उसकी वजह से आपके परिवार पर संकट आया। यह सब बिल्कुल अनजाने में हुआ और मैं इसकी पूरी जिम्मेदारी लेती हूँ। यह पुस्तक छात्रों के लिए नहीं है और अब फिर से किसी छात्र के हाथ नहीं आएगी। मुझे बहुत खेद है।' उन्होंने कहा।

'ठीक है, कोई बात नहीं।' माँ ने फिर कहा। मैं देख सकती थी कि वे कुलबुला रही थीं और मन-ही-मन उन्हें इस स्थिति में डालने के लिए पापा को कोस रही थीं और अगर मैं एक साथ इतनी शर्मिंदा और हैरान नहीं होती तो मुझे हँसी आ जाती।

अब वातावरण में कुछ असहजता आ गई थी। मुझे लगता है, मिसेज हेडन को भी इसका एहसास हो गया था। हमें शीघ्र ही विषय बदलने की आवश्यकता थी।

'तो मिसेज हेडन, आप माउंट मैरी चर्च में कौन सी गतिविधियों में सेवाएँ देती हैं? मैंने उसे बाहर से देखा है। बहुत शानदार इमारत है।' मैंने कहा।

'हाँ, वो तो है। उसके कोरिंथियन पिलर्स (खँभे) और सेमी-गोथिक आर्किटेक्चर (वास्तुकला) बहुत सुंदर हैं। वह सौ साल से अधिक पुरानी है।' मिसेज हेडन बोलीं, 'मैं वहाँ कई गतिविधियों में शामिल हूँ। अभी मेरा ध्यान उन्हें क्षेत्र में एक पुस्तकालय स्थापित करने में मदद करने पर है। हमें दान में बहुत सारी पुस्तकें मिली हैं और मेरा सबसे बड़ा

काम है, उन्हें व्यवस्थित ढंग से रखना। अभी वे मेरे घर में बेतरतीब से ढेर में पड़ी हैं।' मिसेज हेडन ने कहा।

'ओह, यह तो बहुत अच्छा काम है, मिसेज हेडन।' मैंने कहा।

'हाँ, है तो, लेकिन काम बहुत अधिक है, क्योंकि पुस्तकें भारी हैं और दान की पुस्तकों का ढेर हर दिन बढ़ता जा रहा है।' उन्होंने कहा।

मैंने पुस्तकों के ढेर की कल्पना करने लगी और उन्हें पढ़ने की भी। मुझे वैभव के साथ अपनी डेट याद आ गई, जब हमने फ्लोरा फाउंटेन में पुस्तकों का अंबार देखा था। कितनी खुशी मिली थी हमें! तभी मुझे एक विचार आया।

'मिसेज हेडन, मुझे वॉलंटियर करके खुशी होगी। मैं पुस्तकें छाँटने में आपकी मदद कर सकती हूँ।' मैंने प्रस्ताव रखा।

'यह तुम्हारा बड़प्पन है, अंकिता। मैं तुमसे एक वॉलंटियर के लिए पूछने ही वाली थी।' मिसेज हेडन बोलीं। फिर वे मेरी माँ की ओर मुड़कर बोलीं, 'मिसेज शर्मा, अगर अंकिता एकाध घंटे के लिए मेरे घर आती है तो आपको कोई परेशानी तो नहीं होगी? मेरी बहुत मदद हो जाएगी।'

'जरूर जा सकती है! वैसे भी, यह घर पर कुछ खास नहीं कर रही है।' माँ ने कहा।

'क्या माँ! मुझे इतना बेकार तो मत बनाइए।' मैंने विरोध किया।

मिसेज हेडन हँसने लगीं। 'सभी माँएँ यही कहती हैं। मैं भी यही कहती थी।' उन्होंने कहा। उनकी आँखें कहीं दूर देख रही थीं। मैं कसम खा सकती थी कि उनकी आँखें डबडबा गई थीं।

फिर उन्होंने मुझसे एक कागज व कलम लाने के लिए कहा। उन्होंने सावधानी से अपना पता लिखा और घर के रास्ते का नक्शा भी बना दिया।

'यह उस गली की सबसे पुरानी इमारत है। यह गली के बिल्कुल अंत में है और तुम्हारी नजरों से छूट नहीं पाएगी। वह जगह बड़े और घने पेड़ों से भरी है। मैं ग्राउंड फ्लोर पर रहती हूँ।' उन्होंने कहा।

मुझे एक दिन बाद से उनकी मदद करनी थी।

'आदर्श रूप से, मैं कल से तुम्हारी मदद लेना पसंद करती, लेकिन मुझे एक शादी में जाना है। इसलिए अच्छा होगा कि तुम परसों से शुरू करो, लगभग 11 बजे से। तुम्हारे लिए यह समय ठीक रहेगा?' उन्होंने पूछा।

मैंने उनसे कहा कि मैं पहुँच जाऊँगी। मिसेज हेडन के मुझे पुस्तकों के बारे में बताने के बाद अपनी प्रोफेसर के साथ एकाध घंटा बिताने की संभावना मुझे बिल्कुल भी

बुरी नहीं लग रही थी। उनके घर में पुस्तकों का ढेर मुझे एक खजाने की तरह प्रतीत हो रहा था और मैं उनकी मदद करने के लिए उत्सुक थी।

उनके जाने के बाद भी उनके परफ्यूम की भीनी सुगंध हमारे ड्रॉइंग रूम में बसी हुई थी। हवा में लैवेंडर की खुशबू थी।

'क्या महिला है! यह तो किसी अंग्रेज रानी की तरह लगती हैं।' मेरी माँ ने कहा।

'हाँ, माँ! जब ये पहले दिन हमारे क्लास रूम में आई थीं, तब मैंने भी यही सोचा था।' मैंने कहा।

'और मुझे खुशी है, तुम्हारे पापा जब कॉलेज गए थे तो इनसे नहीं मिले। ये कितनी कोमल हैं! मुझे बिल्कुल अच्छा नहीं लगता, अगर तुम्हारे पापा गुस्से में इन पर चिल्लाए होते या इनसे झगड़ा किया होता? ये इसके लायक नहीं हैं।' माँ ने कहा।

'निश्चित रूप से नहीं हैं।' मैंने सहमति जताई।

उस शाम, जब पापा घर आए तो माँ ने उन्हें मिसेज हेडन के हमारे घर आने के बारे में बताया। उन्होंने मिसेज हेडन का विस्तार से वर्णन किया और उनके आने का अभिप्राय बताया। पापा को यह जानकर आश्चर्य हुआ कि वे माफी माँगने हमारे घर तक आई थीं!

'इससे पता चलता है कि वे एक आभिजात्य महिला हैं और पुस्तक के गलत हाथों में पड़ने को लेकर वास्तव में पछता रही हैं।' पापा ने कहा।

मैं अपने कमरे में गई, अलमारी में से वह कार्ड खोजकर निकाला, जो 'सुसाइड मैन्युअल' में से गिरा था और उसे सँभालकर अपने बैग में रख लिया।

मैंने फैसला किया कि जब मैं उनके घर जाऊँगी तो उन्हें वह कार्ड लौटा दूँगी।

□

अगली सुबह मुझे पता चला कि वैभव वापस आ गया था और उसने मेरे पापा के साथ बैडमिंटन भी खेला था। जब पापा ने नाश्ते के समय यह बात बताई तो मैं स्तब्ध रह गई।

'आज वैभव ने बहुत अच्छा खेला। वह नहीं होता तो हम इतनी आसानी से नहीं जीत पाते।' पापा ने कहा। मेरे पेट की मांसपेशियाँ अकड़ गईं।

'ओह! वह वापस कब आया?' मैंने भ्रमित न दिखने की कोशिश करते हुए पूछा। वैभव ने मुझसे संपर्क भी करने की कोशिश नहीं की! मुझे यकीन था कि वापस आने के बाद वह मुझसे संपर्क अवश्य करेगा। उसने कितनी आसानी से मुझे छोड़ दिया था और मेरे पापा से मिला था! वह ऐसा कैसे कर सकता था? मैं आशा कर रही थी कि मेरा दर्द मेरे चेहरे पर नहीं दिख रहा होगा।

'मुझे लगता है, वह परसों लौटा है। उसने कहा था, वह मुझे आज कोर्ट में मिलेगा।' पापा ने कहा।

यह सुनकर मेरे दिल की धड़कन रुक-सी गई। तो वह मुझे मिलने से बच रहा था, इसीलिए वह ऊपर नहीं आया था। मुझे यकीन था, लेकिन मेरी बेचारी माँ नहीं जानती थीं। वैभव के शहर से बाहर जाने से एक दिन पहले जो हुआ था, उसके बारे में मैंने अपने माँ-पापा को कुछ नहीं बताया था।

'वह ऊपर क्यों नहीं आया?' माँ ने हैरानी से पूछा। मुझे लगता है, उन्हें भी वैभव के हमारे घर आने का उतना ही इंतजार रहता था, जितना अब मुझे था।

'वह कह रहा था, उसे जल्दी जाना था, क्योंकि उसके बॉस आने वाले थे और उसका एक प्रेजेंटेशन था। लगता है, वह अपनी ट्रेनिंग के काम में बहुत व्यस्त है।' पापा बोले।

मेरे पापा कितनी आसानी से संतुष्ट हो गए थे, लेकिन मैं नहीं हुई थी। मुझे यह बात बहुत परेशान कर रही थी कि वैभव ने ऐसा किया!

'उसने कल आपको किस समय फोन किया था, पापा?' मैंने पूछा।

'शाम को 6-6.30 बजे के बीच में। जब उसका फोन आया, तब मैं न्यूज देख रहा था।' पापा ने जवाब दिया।

मैं उस समय माँ के साथ सुपर मार्केट गई थी। वे चाहती थीं, मैं उनके साथ जाऊँ और मैं चली गई थी। आश्चर्य की बात नहीं थी कि मुझे इस फोन कॉल की जानकारी नहीं थी।

मैं जानना चाहती थी कि मैं वैभव के साथ कहाँ खड़ी थी? यह कौन सा अजीब खेल था, जो वह खेल रहा था? मुझे पता करना था। मेरे पास उसका फोन नंबर नहीं था, लेकिन मैं जानती थी, मुझे वह आसानी से मिल सकता था। हमारा इलेक्ट्रॉनिक कॉर्डलेस फोन, जो हमारे ड्रॉइंग रूम में गर्व से रखा था, आनेवाली अंतिम पाँच कॉल्स स्टोर करता था।

उस रात, जब माँ-पापा सो गए तो मैंने कॉर्डलेस फोन लिया और अंतिम पाँच नंबर देखे। वैभव का नंबर पहचानना आसान था। बाकी की चार कॉल्स एक ही नंबर से आईं थीं। वह मेरे पापा के ऑफिस का नंबर था, जिसे मैंने तुरंत पहचान लिया। वह एकमात्र नंबर, जो मैं नहीं पहचानती थी, वैभव का था।

मैंने उसे कॉल करने के लिए फोन के बटन दबाए तो मेरा हाथ काँप रहा था। मेरा एक हाथ अँधेरे में फोन को थामे हुए था और मैं दूसरे हाथ का नाखून चबाते हुए तथा दूसरे छोर पर बज रही घंटी की आवाज सुनते हुए उसके फोन उठाने का इंतजार कर रही थी। मैं नहीं जानती थी, मैं उससे क्या कहूँगी? मैं बस, इतना जानती थी कि मैं उससे बात करना चाहती थी। मैं उसकी आवाज सुनने के लिए बेचैन थी। मैं उसके साथ कहाँ खड़ी थी, यह जानने के लिए मैं एक मिनट भी और नहीं रुक सकती थी; लेकिन फोन की घंटी बजती रही, किसी ने जवाब नहीं दिया।

□

28

मेरा साथ दो

हालाँकि मैं बहुत कम सोई थी, फिर भी मैं जल्दी उठ गई। बिस्तर के पास रखी घड़ी पर नजर डाली तो पता चला कि अभी केवल 6 बजे थे। घर में छाई शांति से मैं जान गई कि माँ-पापा अभी तक जगे नहीं थे। अगर वे उठ गए होते तो मुझे किचन में माँ की खटर-पटर सुनाई दे रही होती और पापा बैडमिंटन के लिए तैयार हो रहे होते। मैं सुबह की शांति को अवशोषित करते हुए चुपचाप लेटी रही। दूर से पक्षियों की उत्साहित चहचहाहट, क्षितिज पर सूरज की किरणों की धुँधली-सी चमक—सब मेरी खिड़की से अंदर आकर मुझे भोर के आगमन का संकेत दे रही थीं। इनसे मुझे खुशी मिलनी चाहिए थी, लेकिन नहीं मिली। वैभव के मुझसे संपर्क न करने का दुःख मेरे दिल में पत्थर की तरह धँस गया था। मुझे बहुत बुरा लग रहा था। मैं समझ नहीं पा रही थी कि कैसे वह मेरी बिल्डिंग तक आकर, मेरे पापा के साथ बैडमिंटन खेलकर वापस लौट सकता था? जैसे मैं कहीं थी ही नहीं! मैं उसके साथ ऐसा कभी नहीं कर सकती थी।

मैंने अपनी नोटबुक निकाली और लिखा—

नोट 8.

'एक रिश्ते में हम दूसरों से भी वैसे ही व्यवहार की आशा करते हैं, जैसा हम उनके साथ करते हैं। यह हमारी सबसे बड़ी गलती होती है। हम सोचते हैं कि सिर्फ इसलिए कि हम दयालु और विचारशील हैं, दूसरे भी हमारे प्रति वैसे ही होंगे। हमें हैरानी होती है, जब वे हमारी आशा के विपरीत व्यवहार करते हैं। वे हमारे साथ ऐसा कैसे कर सकते हैं, हम सोचते हैं। हम इसके लायक नहीं हैं, हम सोचते हैं। हमने उनके साथ ऐसा कभी नहीं किया होता, है न?

लेकिन शायद हम उनकी जगह पर नहीं होते हैं। शायद एक रिश्ते के लिए उनका मापदंड हमसे अलग होता है। शायद प्यार की उनकी परिभाषा अलग होती है और वह हमसे मेल नहीं खाती।

प्यार का निर्माण किन चीजों से होता है, उसका माप हर किसी के लिए अलग

होता है। कुछ लोगों के लिए, सप्ताह में एक बार कॉल करना और थोड़ी देर बात कर लेना प्यार की पर्याप्त अभिव्यक्ति है। दूसरों के लिए, दिन में एक बार कॉल करना पर्याप्त है। फिर कुछ ऐसे लोग हैं, जो दिन में कई बार छोटी-छोटी कॉल्स करना पसंद करते हैं। जब प्यार की बात आती है तो ऐसा कोई नाप नहीं होता, जो सबको फिट हो जाए। प्यार उसके लिए विशेष नाप से बना होता है, जो प्यार करता है।

अगर प्यार को पनपना है तो आपसी संपर्क बहुत आवश्यक है। अगर आप संपर्क में नहीं रहते तो प्यार मर जाता है। साथ ही, व्यस्त रहना केवल एक बहाना होता है, जब लोग संपर्क में नहीं रहना चाहते। अगर आप सच में संपर्क में रहना चाहते हैं तो आपको रास्ता मिल जाएगा। आप हर चीज से ऊपर उस व्यक्ति को प्राथमिकता देंगे। अगर कोई आपसे बात करना चाहता है तो वह समय निकाल लेता है, वरना बहाना बना देता है।

अगर किसी ने संपर्क नहीं रखा है और आप उससे संपर्क बनाए रखना चाहते हैं तो आपको एक बार या अधिक-से-अधिक दो बार उससे बात करने की कोशिश करनी चाहिए। उसके बाद चाहे आपको कितनी भी पीड़ा हो, आपको उसे जाने देना चाहिए। एक ऐसे व्यक्ति के पीछे जाने का कोई अर्थ नहीं है, जो आपके जीवन में नहीं रहना चाहता हो।

जाने दीजिए।

यही सबसे अच्छा रास्ता है और एकमात्र रास्ता है। इससे आपको दर्द होगा, लेकिन अगले दिन आपका दर्द थोड़ा कम हो जाएगा और उसके अगले दिन थोड़ा और कम।

अंत में, दर्द होना बंद हो जाता है और हम ठीक हो जाते हैं।

लेकिन हम हमेशा उस जगह एक खालीपन लेकर चलते हैं, जहाँ उनका प्यार हुआ करता था।'

मेरी माँ ने मेरे कमरे में झाँका।

'इतनी सुबह उठकर पढ़ रही हो, अंकिता? देखकर बहुत अच्छा लगा।' वे चहकीं।

'हाँ, माँ। आज मुझे मिसेज हेडन के घर जाना है।' मैंने कहा।

'अरे हाँ, तैयार हो जाओ, लेकिन नाश्ता तो करोगी न? उन्होंने तुम्हें 11 बजे बुलाया है।'

'हाँ, बिल्कुल।' मैंने कहा।

मैं दरवाजे की घंटी बजने का इंतजार करती रही, वैभव के आने की उम्मीद करती

रही। जब पापा बैडमिंटन खेलने के लिए निकल रहे थे तो मैं खुद को पूछने से नहीं रोक पाई, 'वैभव के साथ खेलने जा रहे हैं?'

'अरे, नहीं। उसने कहा था, उसे टीम के साथ महाबलेश्वरम् जाना था। वह फिर से शहर के बाहर है।'

आखिर वैभव मुझे मिलने से बचने के लिए कितने बहाने बनाएगा? उसमें कम-से-कम मेरे सम्मुख यह कहने का साहस होना चाहिए कि सब खत्म हो चुका है! मैंने फैसला किया कि अब कभी उसको फोन नहीं करूँगी। उसके पास मेरा नंबर था, मेरे घर तक पहुँच थी और वह कभी भी आ सकता था। मुझे असहाय महसूस करने से नफरत थी। मैं चाहती थी, वह मुझे फोन करे और अपनी चुप्पी की सफाई दे, लेकिन मुझे याद आ गया कि मैंने नोट में क्या लिखा था।

चाहे यह कितना भी मुश्किल हो, मुझे खुद को रोकना होगा। चाहे मुझे कितना भी दर्द हो, मुझे उसे जाने देना सीखना होगा।

□

मुझे मिसेज हेडन का घर आसानी से मिल गया। उन्होंने मुझे जो दिशा-निर्देश दिए थे, वे सटीक थे। मैंने जो कैब ली थी, वह सीधे उनके परिसर के गेट तक चली गई। मैं वहाँ का दृश्य देखते ही खुशी से किलक उठी। कितना शानदार था! बॉम्बे के बीचोबीच एक जंगल! मैंने ड्राइवर को पैसे दिए और कार से बाहर आ गई। एक पल के लिए मैं खड़े होकर विस्मय से पेड़ों को देखती रही। मुझे कुछ दिख रहा था तो बस, विशाल हरे पेड़ों की एक छतरी। वे ऊपर और ऊपर उठते प्रतीत हो रहे थे और घने हरे पत्तों के बीच से चमकीले नीले आसमान के छोटे-छोटे टुकड़े मेरी ओर ऐसे झाँक रहे थे, जैसे सूरज हँस रहा हो!

इमारत बहुत पुरानी थी, शायद ब्रिटिश युग के दौरान बनाई गई; लेकिन उसकी देखभाल त्रुटिहीन रूप से की गई थी। खिड़कियों में अलंकृत सजावटी ग्रिल्स लगी थीं, जो खूबसूरती से बाहर की ओर मुड़ी थीं।

मैं उनके घर तक जानेवाली पत्थर की दो सीढ़ियाँ चढ़ गई। सीढ़ियों के दोनों तरफ बड़े-बड़े गमलों में विशाल पोइंसेतिआस रखे थे और लग रहा था, जैसे मैं सीधे क्रिसमस के माहौल में आ गई हूँ! वह जगह लगभग जादुई-सी थी। दरवाजे पर घंटी के स्थान पर शेर के मुँह वाली लोहे की कुंडी लगी थी, जिसे मैंने दो बार खटखटाया। फिर मैं इंतजार करने लगी। यह सब एक जादुई जंगल में स्थित घर का एहसास दे रहा था।

एक अधेड़ उम्र की महिला ने दरवाजा खोला और कहा कि मिसेज हेडन थोड़ी देर में आ रही हैं। लिविंग रूम में बहुत बड़ा सा, गहरा भूरा, चमड़े का आरामदेह सोफा रखा

था, जिसमें मैं धँस सकती थी। एक ओर की दीवार पर एंटीक बुकशेल्फ लगे थे। कमरा एक खुले आँगन में खुलता था, जो विभिन्न प्रकार के पौधों से भरा था—क्राइसेंथेमम, डेजी, गुलाब, चमेली और कई अन्य, जिनके मैं नाम नहीं जानती थी। एक नन्हे से तालाब में खूबसूरत गुलाबी लिली के फूल खिले थे। बगल में संगमरमर का एक बर्ड-बाथ (पक्षियों के नहाने के लिए) रखा था, जिसके किनारे पक्षी फुदक रहे थे और डुबकी लगाकर बाहर उड़ रहे थे। चारों तरफ हरी लताएँ और हरे रंग के फूल खिले हुए थे।

तभी मिसेज हेडन आ गईं।

'हैलो, अंकिता। तुम्हें समय पर आया देख बहुत अच्छा लगा।' उन्होंने कहा।

'मिसेज हेडन, आप परी कथा में रहती हैं!' मैंने कहा।

'मैं भाग्यशाली हूँ कि मुझे विरासत में यह घर मिला, जो कि एक उपभवन है। अगर तुम ध्यान दोगी तो मेरे घर के ऊपर कोई और घर नहीं है। बगल की मुख्य इमारत में दस मंजिलें हैं। अगर मुझे वहाँ घर मिला होता तो मेरे घर के ऊपर भी अपार्टमेंट होता। यहाँ मेरे पास खुला आसमान है।' मिसेज हेडन ने कहा।

'आपने इसे कितने अद्भुत रूप से सजाया है! मैंने अपने जीवन में इस तरह की कोई चीज कभी नहीं देखी है।'

'आह, अंकिता।' मिसेज हेडन बोलीं, 'हम सबको अपने जीवन में जितने तरीकों से हो सके, सौंदर्य का सृजन करने की आवश्यकता होती है। जीवन बहुत कठिन हो सकता है।' उन्होंने कहा और दूसरी ओर देखने लगीं।

मैं मिसेज हेडन के लिविंग रूम को घूर-घूरकर देख रही थी। उसमें एक असली फायरप्लेस भी थी। एक दीवार पर अमूर्त कलाकृतियों की एक श्रृंखला लगी थी और हर एक चित्र एक सादे से काले लकड़ी के फ्रेम में लगा था। न्यूनतम फ्रेमिंग हर एक चित्र से उछलते जीवंत रंगों को उभार रही थी। जहाँ भी मैं नजर घुमा रही थी, केवल खूबसूरती दिख रही थी।

'ये पेंटिंग्स कितनी अद्वितीय हैं, मिसेज हेडन!' मैंने कहा।

'थैंक यू, डियर! ये सब मेरे बेटे ने पेंट की हैं।' उन्होंने कहा।

'वे क्या करते हैं, मिसेज हेडन? क्या वे प्रोफेशनल आर्टिस्ट (व्यावसायिक कलाकार) हैं?'

वे चुप रहीं। फिर उन्होंने थूक निगला और बोलीं, 'था और बहुत अच्छा आर्टिस्ट था। अब वह इस दुनिया में नहीं है।'

'ओह, मुझे बहुत अफसोस है।' मैंने कहा।

'नहीं, कोई बात नहीं, डियर। अब वह अच्छी जगह है।' मिसेज हेडन बोलीं।

फिर उन्होंने अपना चश्मा उतारा और साफ करने लगीं। मैं सोच रही थी कि काश, मैंने उनके बेटे के बारे में नहीं पूछा होता! लेकिन उनकी बात खत्म नहीं हुई थी।

'वह उधर उसकी तसवीर है।' उन्होंने फायरप्लेस के ऊपर मैंटल की ओर संकेत किया।

मैं पास से देखने के लिए मैंटल तक चली गई। वहाँ चाँदी के फ्रेमों में जड़ी तीन तसवीरें थीं। एक तसवीर सुनहरे बालों और हरी आँखोंवाले, मुसकराते हुए एक आकर्षक युवा की थी। दूसरी तसवीर विवाह के सफेद जोड़े में एक महिला और सूट पहने एक लंबे व सुनहरे बालोंवाले पुरुष की थी। महिला हँसते हुए पुरुष की आँखों में देख रही थी और पुरुष महिला को देख रहा था। उस तसवीर में बहुत सारा प्यार और खुशी थी। वह विवाह की एक आदर्श तसवीर थी। तीसरी तसवीर हरी आँखों और सुनहरे बालोंवाले मुसकराते बच्चे की थी, जो सीधे कैमरे में देख रहा था।

'मिसेज हेडन, शादी की इस फोटो में आप हैं? और यह आपके बेटे के बचपन की फोटो है?' मैंने पूछा।

'हाँ, डियर, तुम्हारा अनुमान सही है। वह मेरे पति माइकल हैं। हमारी शादी इंग्लैंड में एक चर्च में हुई थी। अभी भी जितनी बार मैं इस फोटो को देखती हूँ, मुझे वह गाना याद आ जाता है, जो उस दिन बज रहा था, जब यह फोटो ली गई थी।' उन्होंने कहा।

'वह कौन सा गाना था, मिसेज हेडन?' मैंने पूछा।

'अबाइड विद मी। तुमने सुना है?' मिसेज हेडन उसके बारे में बताते हुए शांत लग रही थीं और फिर भी उनकी आँखों में उदासी थी।

'नहीं मिसेज हेडन, मुझे नहीं लगता कि मैंने सुना है।'

'बहुत सुंदर भजन है। मैं इसे हर समय सुनती हूँ। तुम सुनना चाहोगी?' उन्होंने पूछा।

'बहुत खुशी से।' मैं चहकी।

मिसेज हेडन एक रोजवुड साइडबोर्ड पर रखे रिकॉर्ड प्लेयर के पास गईं। हालाँकि मैं जानती थी कि रिकॉर्ड प्लेयर क्या होता है, मुझे नहीं लगता था कि लोग अब भी उसका उपयोग करते होंगे! उन्होंने एक रिकॉर्ड लगाया और पूरे घर में संगीत फैल गया।

संगीत बहुत पवित्र लग रहा था और शब्दों में कहना मुश्किल है कि उसे सुनकर मुझे कैसा महसूस हुआ! मैं कहीं ऊपर पहुँच गई थी, किसी और स्थान पर। उस संगीत ने मेरे अंदर गहराई में कुछ छू लिया और मेरी आत्मा को झकझोर दिया। वह दैवीय था। उस संगीत को सुनकर मेरे आँसू निकलने वाले थे।

हम खामोशी से बैठकर भजन सुनते रहे। उसके शब्दों में उदासी थी, लेकिन फिर

भी उसमें ऑर्केस्ट्रा का उल्लास था। जब वह खत्म हो गया तो मिसेज हेडन ने कहा, 'तुम जानती हो, जिस व्यक्ति ने यह अद्‍भुत भजन लिखा था, उसकी मृत्यु इसे लिखने के तीन सप्ताह बाद ही हो गई थी। कहते हैं कि कई साल पहले वह एक मरते हुए दोस्त से मिलने गया था। वह दोस्त बार-बार कह रहा था, 'अबाइड विद मी' (मेरा साथ दो)। यह बात उसके दिमाग में बस गई और सालों बाद, जब वह जान गया था कि वह मरने वाला है, उसने यह कविता लिखी।'

'यह बहुत खूबसूरत है, मिसेज हेडन।' मैंने कहा।

'हम जो शब्द बोलते हैं, उनके बारे में यही बात होती है। हमें सावधानी से उनका चुनाव करना होता है। उनमें दूसरों को प्रभावित करने की शक्ति होती है और शायद वे चीजों के क्रम को भी ऐसे तरीकों से प्रभावित करते हैं, जिनकी हम कभी कल्पना नहीं कर सकते। कभी-कभी हमें किसी की कही बात सालों बाद याद आती है। वह हमारी स्मृति में अंकित हो जाती है और कभी दूर नहीं जाती।'

उस समय मुझे फ्रेडी की कही बात याद आ गई।

'हाँ, और अगर वे शब्द दर्द देते हों तो यह दुर्भाग्य होता है।' मैंने कहा।

'अगर वे दर्द देते हैं तो तुम्हें उनको जाने देना सीखना होगा, अंकिता।' मिसेज हेडन बोलीं।

अब वे मेरी ओर ध्यान से देख रही थीं। ऐसा लग रहा था, जैसे वे मेरे बारे में कुछ जानती थीं और उस बारे में मेरे बोलने का इंतजार कर रही थीं।

'यह बहुत मुश्किल है, मिसेज हेडन।' मैं बुदबुदाई।

उन्होंने गहरी साँस ली। 'हाँ, सच में मुश्किल है। मैं बहुत अच्छी तरह जानती हूँ, लेकिन यह असंभव नहीं है।' उन्होंने कहा।

फिर वे मुझे अंदर ले गईं, जहाँ पुस्तकों का ढेर इंतजार कर रहा था।

□

29

नीला गुब्बारा

दान में मिली सभी पुस्तकें डाइनिंग रूम के एक कोने में पैटर्न वाली दीवार से सटी एक के ऊपर एक रखी हुई थीं।

'मिसेज हेडन, डाइनिंग रूम का दरवाजा भी बगीचे में खुलता है!' मैं उनके पीछे-पीछे आई तो वहाँ का दृश्य देखकर मेरे मुँह से निकला।

'हाँ, डियर। यह पूरा घर इस तरह से बनाया गया है कि हर एक कमरा बगीचे में खुलता है।'

'बेडरूम्स भी?' मैंने पूछा।

'हाँ, सभी कमरे, किचन भी। आपको बस, बाहर निकलना है और आप बगीचे में होंगे।' उन्होंने कहा।

उस पल मुझे उनके घर से प्यार हो गया। प्रत्येक कमरा सुरुचिपूर्ण तरीके से सजा हुआ था। डाइनिंग रूम में शीशम की छह सीटवाली एंटीक टेबल थी, जिसके पैरों पर महीन नक्काशी थी और जिससे मेल खाती कुरसियों पर चमड़े का वैसा ही गहरा भूरा कवर था, जैसा सोफों पर था। टेबल के बीच में एक अलंकृत मोमबत्ती स्टैंड था, जिसमें तीन मोमबत्तियाँ लगी थीं। सफेद परदों में लेस के पैनल लगे थे, जो फर्श तक लटक रहे थे।

मिसेज हेडन ने मेरे लिए दरवाजा खोलनेवाली महिला का परिचय अपनी हाउसकीपर, ग्रेस के रूप में दिया। उन्होंने कहा कि ग्रेस भी पुस्तकें छाँटने में हमारी मदद करेगी।

मिसेज हेडन ने अपनी कार्य-प्रणाली तय कर रखी थी। वह आदेश जारी करने वाले एक सैन्य हवलदार की तरह थीं और 'ऑपरेशन बुक सॉर्टिंग' के विवरण सावधानीपूर्वक योजनाबद्ध थे। उन्होंने हमसे कहा कि हम शुरुआत उन पुस्तकों को अलग करके कर सकते थे, जो बहुत अधिक क्षतिग्रस्त या फटी हुई थीं और पढ़े जाने की स्थिति में नहीं थीं। उसके बाद हमें उनको वर्णक्रम के अनुसार अलग करना था, ताकि मिसेज हेडन

के लिए उन्हें लाइब्रेरी में व्यवस्थित करना आसान हो जाए। ग्रेस कुछ मार्कर्स और चार्ट पेपर ले आईं। हमने वर्णमाला के प्रत्येक अक्षर के साथ 26 कार्ड बनाए और उन्हें कमरे के एक छोर से दूसरे छोर तक पंक्तिबद्ध कर दिया। प्रत्येक पुस्तक को ध्यान से जाँचकर लेखक के अंतिम नाम के अनुसार उसके सही स्थान पर रखना था। सभी नॉन-फिक्शन पुस्तकों को एक साथ रखना था।

अगले ढाई घंटों तक हम तीनों ने पुस्तकों के ढेर को छाँटने हुए एक साथ काम किया। जब भी मुझे अपनी पढ़ी हुई कोई पुस्तक मिलती, मैं खुश हो जाती। निरपवाद रूप से वह मिसेज हेडन की भी पढ़ी हुई होती और हम उसके कथानक, पात्रों एवं सेटिंग के बारे में विस्तृत चर्चा करने लगते। मिसेज हेडन से इतना खुलकर बात करना मुझे बहुत अच्छा लग रहा था। मुझे बहुत आनंद आ रहा था और इसमें काम जैसा कुछ नहीं लग रहा था। किसी समय की पढ़ी हुई कोई पुस्तक मिलना किसी पुराने दोस्त से लंबे समय बाद मिलने जैसा लगता है।

मैंने कुछ पुस्तकों का नाम नहीं सुना था और मिसेज हेडन ने मुझे बताया कि उनमें से कौन सी थीं, जो मुझे अवश्य पढ़नी चाहिए थीं और वे किस बारे में थीं। उन्होंने कहा कि मैं कुछ पुस्तकें अलग रख सकती थी और उन्हें पढ़ने के बाद लौटा सकती थी।

'ओह, थैंक यू सो मच!' मैंने कहा।

'माय प्लेजर! एक और पुस्तक-प्रेमी के साथ पुस्तकों पर चर्चा करना हमेशा आनंद देता है।' उन्होंने कहा।

वे मेरी प्रोफेसर थीं; लेकिन जब पुस्तकों की बात आई तो हम बंदरों की तरह बक-बक कर रहे थे। मैं उनके साथ पुस्तकें छाँटने में जितना समय बिता रही थी, हमारी दोस्ती उतनी ही गहरी होती जा रही थी। पुस्तकें हमें एक अजीब तरह से साथ में बाँध रही थीं और हमारे बीच की दूरी को मिटा रही थीं।

जब हम लगभग तीन घंटे काम कर चुके तो ग्रेस खाना बनाने चली गई।

'तुम हमारे साथ लंच क्यों नहीं कर लेतीं, अंकिता?' मिसेज हेडन ने मुझे निमंत्रण दिया।

मैं जानती थी, माँ मेरा इंतजार कर रही होंगी, इसलिए मैंने उन्हें धन्यवाद दिया और कहा कि मैं नहीं रुक सकती थी।

'ठीक है, मुझे लगता है, हमने आज के लिए काफी काम कर लिया है। अब काम बंद करते हैं। हमने अपने लिए स्ट्रॉबेरी क्रश कमा लिया है।' मिसेज हेडन बोलीं।

'मैं बनाकर बगीचे में ले आऊँ, मैडम?' ग्रेस ने पूछा।

'हाँ, यह बहुत अच्छा रहेगा।' मिसेज हेडन ने कहा और मुझे बगीचे में ले गईं।

ग्रेस हमारे लिए लंबे गिलासों में स्ट्रॉबेरी क्रश ले आईं, जो बहुत स्वादिष्ट था। मिसेज हेडन ने बताया कि उन्होंने कंसन्ट्रेट खुद बनाया था। हर साल मौसम आने पर वे पंचगनी से स्ट्रॉबेरी मँगाती थीं और फिर सिरप बना लेती थीं, जिसे पतला करके साल भर में कभी भी पिया जा सकता था।

हम पेड़ों की छतरी के नीचे बैठे हुए थे और मैं उनके बगीचे को देख रही थी।

'किसी दिन जब मेरे पास मेरा अपना घर होगा, मैं भी ऐसा बगीचा चाहूँगी, मिसेज हेडन।' मैंने कहा।

'क्या तुम जानती हो कि मैंने इंग्लैंड के अपने बगीचे का यहाँ पुनर्निर्माण करने की कोशिश की थी? वहाँ का मौसम अलग है; कई पौधे, जो वहाँ फलते-फूलते हैं, यहाँ नहीं चलते। मुझे विकल्प ढूँढ़ने पड़े थे। अजीब बात है कि एक जैसे रंग के कई फूल होते हैं, लेकिन देखभाल के मामले में उनकी आवश्यकताएँ बहुत अलग होती हैं। एक बगीचे की योजना बनाने में बहुत मेहनत लगती है।' मिसेज हेडन बोलीं।

मैंने सिर हिला दिया। मैंने अपनी माँ को घर पर पौधों की देखभाल करते हुए देखा था और मुझे पता था कि इसके लिए बहुत सावधानी बरतने की जरूरत होती है।

हम जब वहाँ बैठे हुए स्ट्रॉबेरी क्रश की चुस्कियाँ ले रहे थे तो मिसेज हेडन बोलीं, 'जानती हो, अंकिता, हर बार जब मैं यहाँ बैठती हूँ, यह सोचे बिना नहीं रह पाती कि एक बगीचा जिंदगी से कितना मिलता-जुलता होता है! हम एक सामान्य योजना बनाते हैं, बीज बोते हैं, लेकिन बाद में जो होता है, उस पर हमारा अधिक नियंत्रण नहीं होता। हम केवल उम्मीद कर सकते हैं।'

'कितनी सही बात है, मिसेज हेडन! योजना के अनुसार कुछ नहीं होता।' मैंने सहमति व्यक्त की।

तभी मुझे अपने बैग में रखा नोट याद आया।

'ओह! मिसेज हेडन, मेरे पास कुछ है, जो शायद आपका है।'

मैं उनसे इजाजत लेकर अंदर गई, अपने बैग से वह नोट निकालकर लाई और उन्हें दे दिया।

मैंने उनकी आँखों में पहचान की चमक देखी। वे उसे लेकर उस पर हाथ फिराने लगीं। फिर उन्होंने उसे कोमलता से मोड़कर रख लिया। कुछ पल वे चुप रहीं, जैसे सावधानी से सोच रही हों कि उन्हें क्या कहना चाहिए!

मैं उनके बोलने का इंतजार कर रही थी।

फिर उन्होंने कहा, 'बहुत-बहुत धन्यवाद अंकिता, इस नोट को लौटाने के लिए। यह मेरे लिए बहुत मायने रखता है। मुझे लग रहा था, मैंने इसे हमेशा के लिए खो दिया

है। जब मिसेज अस्थाना ने मुझे वह पुस्तक लौटाई तो सबसे पहले मैंने इस नोट को ढूँढ़ा था। जब यह नहीं मिला तो मैं निराश हो गई थी।'

'मैंने इसे रख लिया था, क्योंकि मैं नहीं चाहती थी, जब मेरे पापा मिसेज अस्थाना को वह पुस्तक लौटाएँ तो यह कहीं खो जाए।' मैंने कहा।

यह पहली बार था, जब हमने पुस्तक के संदर्भ में बात की थी।

'मुझे लगता है, मुझे इस नोट के बारे में तुमको स्पष्टीकरण देना चाहिए, लेकिन क्या तुम मुझे बताना चाहोगी कि तुम्हारे पापा को उस पुस्तक के बारे में किस चीज ने इतना परेशान कर दिया था?'

मेरा दिल तेजी से धड़कने लगा। मेरी चिंता, मेरे विचार, मेरे डर—सब तेजी से वापस आ गए। अभी तक मैं ठीक थी, लेकिन अब मिसेज हेडन ने मेरे अतीत के बारे में पूछ लिया था। मैं अपने जीवन की पूरी कहानी सुनाए बिना उन्हें कैसे समझा सकती थी कि मेरे पापा क्यों परेशान थे? उस पल तक हमारे बीच सब अच्छा था, लेकिन अगर मैंने उन्हें वह सब बता दिया, जो हुआ था तो क्या वे मुझे जज करेंगी? मैं नहीं जानती थी।

मेरे लिए इस बारे में बात करना मुश्किल था; हालाँकि मैं पहले वैभव को और फिर जोजफ को सबकुछ बता चुकी थी। दोनों ने ही वैसी प्रतिक्रिया नहीं दी थी, जैसी मैंने उम्मीद की थी। अब यहाँ मिसेज हेडन मुझसे उस बारे में पूछ रही थीं। मुझे समझ नहीं आ रहा था कि उन्हें कैसे बताऊँ और कैसे समझाऊँ? इसलिए मैं बिना कुछ बोले चुपचाप बैठी रही। मैं बहुत तेजी से कोई होशियारी भरा जवाब सोच रही थी, लेकिन मेरे दिमाग में कुछ नहीं आ रहा था। मैं बस, पलकें झपकाती, थूक निगलती और इधर-उधर देखती बैठी रही।

'मैं देख सकती हूँ कि यह बात तुम्हें असहज कर देती है, अंकिता। हमें अपने अतीत के साथ शांति बनाना सीखना होगा। हमें खुद को स्वीकार करना सीखना होगा। तभी हम आगे बढ़ सकते हैं।'

'मिसेज हेडन, आपके लिए यह कहना आसान है। आपको अंदाजा भी नहीं है कि मुझ पर क्या गुजरी है! उसे जाने देना आसान नहीं है। लोग आपको भूलने नहीं देते।' मैंने सिर हिलाया।

अगले ही पल मुझे अपने कहे पर पछतावा होने लगा। मैं इतने क्षोभ और कड़वाहट के साथ यह नहीं कहना चाहती थी, लेकिन मैं इन सब चीजों की अनुचितता पर खामोशी से सुलग रही थी और जब मिसेज हेडन ने इतने सामान्य रूप से इस तरह की टिप्पणी की तो मैं बोलने पर मजबूर हो गई, जैसे कि जाने देना इतना आसान था!

'लोग बहुत सी चीजें कहेंगे, अंकिता, लेकिन तुम्हारे अंदर की आवाज तुमसे क्या कहती है? तुम्हें केवल अपने अंदर की आवाज को सुनना है।'

'मेरे अंदर की आवाज कहती है—मैं बेकार हूँ।
बेकार।
बेकार।
बेकार।'

'और अगर वह आपसे ऐसी चीजें कहती है, जो आप नहीं सुनना चाहते तो?' मैंने पूछा।

मेरी आवाज भारी थी।

'तुम्हें उसको चुप कराना सीखना होगा। तुम्हें अपने मन को वश में करना सीखना होगा, अंकिता।' मिसेज हेडन ने कहा, 'यह मेरे लिए भी आसान नहीं था, लेकिन इतने सालों में मैंने यह सीख लिया है।'

मैं कुछ पल तक बिना कुछ बोले उनकी कही बातों पर विचार करने लगी।

'मिसेज हेडन, अगर इसे भरपूर कोशिश के बाद भी चुप नहीं कराया जा सके तो? अगर आपकी अंदरूनी आवाज आपसे लगातार कहती हो कि आप बेकार हैं, तो?' मैंने पूछा।

मैं नहीं जानती थी, मैं उन्हें यह क्यों बता रही थी! शायद मेरे अंदर चीजें बहुत लंबे समय से बंद थीं और अब बाहर निकलना चाहती थीं। शायद यह बगीचे के शांत वातावरण का असर था या शायद जिस तरह मिसेज हेडन मेरी ओर—मेरे अंदर—देख रही थीं और इतनी दयालुता से बात कर रही थीं, उसका असर था, या शायद ऐसा केवल इसलिए था, क्योंकि मैं मिसेज हेडन से किसी प्रकार का सत्यापन चाहती थी कि मैं केवल एक मानसिक रोगी नहीं, बल्कि और भी बहुत कुछ थी।

'क्या तुम सच में मानती हो कि तुम बेकार हो?' मिसेज हेडन ने कोमलता से पूछा।

'कभी-कभी।' मैंने फुसफुसाकर कहा।

'तब तुम्हें उन नकारात्मक आवाजों को सकारात्मक आवाजों से बदलने की आवश्यकता है। यह जरूरी है कि तुम ऐसा करो। अगर नहीं तो तुम आत्म-विनाश के पथ पर हो।'

'कैसे? मैं यह कैसे करूँ? मैं इसे काबू में कैसे कर सकती हूँ?' मैंने पूछा।

'अंकिता, हमारे पास दृश्य व्यायाम जैसी एक चीज है। मैं अपने छात्रों को वह सिखाती थी और उन सबने कहा कि उन्हें उससे बहुत मदद मिली थी।'

'मुझे लगता है, मुझे उसकी जरूरत है, मिसेज हेडन। मैं भूलने की चाहे कितनी भी कोशिश करूँ, कुछ चीजें बार-बार मुझे याद आती हैं।' मैंने स्वीकार किया।

मुझे लगा, मैं मिसेज हेडन पर विश्वास कर सकती थी और उससे अधिक मुझे लगा, वे मेरी मदद कर सकती थीं। शायद यह उस जगह का ही जादू था या फिर वह भजन, जो मिसेज हेडन ने लगाया था, या फिर जिस तरह वे मेरी आत्मा में झाँककर देख रही थीं, उसका असर था।

वे बिल्कुल ठीक तरह समझ गईं कि मैं किस बारे में बात कर रही थी। वे अपनी आँखों में गहरे ज्ञान के साथ मेरी ओर देख रही थीं। हालाँकि वे मेरी प्रोफेसर थीं, लेकिन मैं जानती थी कि मुझे उनमें एक दोस्त मिल गया है।

हमारे बीच कुछ बदल गया था।

मिसेज हेडन को भी इसका एहसास हो गया था।

'मैं तुम्हें वह सिखा सकती हूँ, अंकिता। जब भी तुम कोई नकारात्मक विचार आता महसूस करो, तुम इसका अभ्यास करके उस विचार को नष्ट कर सकती हो।'

फिर उन्होंने मुझे मेरी आँखें बंद करने के लिए कहा।

मैंने कर लीं।

'अब तुम जो भी नकारात्मक वाक्यांश सुनती हो, उसे अपने मन में ढूँढ़ो—'तुम बेकार हो' या जो भी तुम्हारे मन में चलता है। अपने मन के हर आले को छान डालो।'

वे रुक गईं।

मैंने उनके कहे अनुसार किया और वे सभी वाक्यांश, जो मैं अपने दिमाग में सुनती आई थी, चलने लगे। यह मेरे लिए असहनीय था। जो वाक्यांश सबसे अधिक चल रहा था, वह था—

'तुम बेकार हो।'

मेरे दर्द को काटते हुए मिसेज हेडन की सुखदायी आवाज आई—'वाक्यांश के प्रत्येक शब्द को हवा में लिखा हुआ महसूस करो। उनका आकार तुम जितना चाहो, उतना बड़ा हो सकता है।'

मैंने अपने दिमाग में अक्षरों की कल्पना की।

'अब एक गुब्बारे की कल्पना करो, जो उन अक्षरों से बड़ा हो।' मिसेज हेडन ने कहा।

मैंने एक विशाल गुब्बारे की कल्पना की।

'गुब्बारे का रंग क्या है?' उन्होंने पूछा।

'नीला, आसमानी नीला।' मैंने बंद आँखों के साथ जवाब दिया। उनकी आवाज में सम्मोहन था। वे धीमे स्वर में बोल रही थीं और मैं मोहावस्था (ट्रांस) में थी।

'अब उन शब्दों को लो, उन्हें छोटा करो और अपने आसमानी नीले गुब्बारे के अंदर रख दो।'

मैंने वैसा ही किया।

'अब गुब्बारे को कसकर बाँध दो।' मिसेज हेडन ने निर्देश दिया।

मैं आँखें बंद करके बैठी रही और ठीक उनके कहे अनुसार करती रही।

'अब यह सब दोबारा करो।' उन्होंने कहा।

मैंने बड़े अक्षरों में लिखे 'तुम बेकार हो' की कल्पना की। अक्षर आसमान में लटके हुए मेरा उपहास कर रहे थे। मैंने कल्पना की कि एक-एक करके सारे अक्षर गुब्बारे के अंदर जा रहे हैं और अंत में एक भी नहीं बचा है। फिर मैंने गुब्बारे को बाँधने की कल्पना की।

फिर मिसेज हेडन ने मुझे एक और नकारात्मक वाक्यांश लेकर वैसा ही करने के लिए कहा। इस बार मैंने 'तुम उन्हें दुःख पहुँचाती हो, जो तुम्हें प्यार करते हैं' लिया। उन्होंने मुझसे यह भी दोबारा कराया। फिर उन्होंने मुझे एक और वाक्यांश लेकर वैसा करने के लिए कहा। मैंने उनके निर्देशों का पालन किया। अब मेरे पास नकारात्मक वाक्यांशों से भरे छह गुब्बारे थे।

'अब इन गुब्बारों को ऊपर उड़ता हुआ महसूस करो...ऊपर...और ऊपर... और बहुत दूर। वे छोटे...और छोटे...और छोटे होते जा रहे हैं। अब वे आसमान में नन्हे कणों की तरह हैं। वे उड़कर बहुत दूर चले गए हैं। सभी नकारात्मक चीजें, जो तुम लगातार सुनती हो, चली गई हैं। वे गायब हो गई हैं...हमेशा के लिए चली गई हैं।' मिसेज हेडन अपनी कोमल आवाज में कह रही थीं।

मैं सम्मोहन की अवस्था में आँखें बंद किए बैठी रही।

मैं उन गुब्बारों को ऊपर उड़ते देखती रही और जैसे-जैसे वे मुझसे दूर जा रहे थे, मुझे हलका और हलका महसूस हो रहा था।

'अब तुम अपनी आँखें खोल सकती हो।' मिसेज हेडन बोलीं।

मैंने धीरे से पलकें झपकाईं और आँखें खोल दीं।

'क्या तुम बेहतर महसूस कर रही हो?' उन्होंने पूछा।

मैं कैसा महसूस कर रही थी, यह समझाने के लिए मेरे पास शब्द नहीं थे। मैंने 'हाँ' में सिर हिला दिया।

'यह एक बहुत शक्तिशाली अभ्यास है, अंकिता। हर बार जब तुम आत्म-संदेह या नकारात्मकता से भर जाओ तो इसका अभ्यास अवश्य करना। इसकी खूबसूरती ये है कि तुम इसका अभ्यास कहीं भी कर सकती हो। तुम्हें किसी उपकरण या तैयारी की आवश्यकता नहीं है। जब भी तुम चाहो, अपनी आँखें बंद करके यह अभ्यास कर सकती हो। इसे करने में कुछ ही मिनट लगते हैं, लेकिन परिणाम लंबे समय तक चलते हैं।'

'लेकिन मुझे कैसे पता चलेगा कि वे वापस नहीं आएँगे?' मैंने पूछा। मुझे विश्वास नहीं हो रहा था कि एक सरल-सा दृश्य अभ्यास मेरे सभी नकारात्मक विचारों को दूर कर सकता था!

'इन विचारों ने तुम्हारे दिमाग में मजबूत जगह बनाने में समय लिया है और ये रातोरात गायब नहीं होंगे, लेकिन हर बार जब तुम यह करोगी, वे हलके होते जाएँगे।' मिसेज हेडन बोलीं, 'मैं सालों से इसका प्रयोग कर रही हूँ और मुझे इससे मदद मिली है। तुम जितनी कल्पना कर सकती हो, उससे अधिक।' उन्होंने संकोच से मेरी तरफ देखा। 'क्या तुम मेरी कहानी सुनना चाहोगी?'

□

30

दोनों तरफ की कहानी

मैं सुनना चाहती थी।

'बहुत लंबी कहानी है। तुम पक्का इसे सुनना चाहती हो, डियर?' मिसेज हेडन ने फिर पूछा।

'हाँ।' मैंने पुष्टि की। मैं सुनना चाहती थी। मैं जानना चाहती थी कि वे इतनी शांत और ज्ञानपूर्ण कैसे हो गईं? अगर वे यह कर सकती थीं तो शायद मैं भी कर पाऊँ!

उन्होंने अपना गला साफ किया—'आठ वर्ष की उम्र तक मैं भारत में रही थी। फिर मेरे पिता, जो भारत में नियुक्त एक ब्रिटिश अफसर थे, वापस इंग्लैंड बुला लिये गए। वे उन कुछ अफसरों में से थे; जिन्होंने अपनी भारतीय पत्नियों को अपने साथ इंग्लैंड ले जाने का निर्णय लिया था, हालाँकि ऐसा करके उन्होंने सामाजिक बहिष्कार का जोखिम उठाया था। कई ब्रिटिश पुरुषों ने भारत में 'दूसरी पत्नियाँ' कर ली थीं, जबकि उनकी पत्नियाँ उनके घर इंग्लैंड में थीं, लेकिन मेरे पिता अलग थे। मेरी माँ उनके जीवन में अकेली स्त्री थीं। वे एक-दूसरे से दूर रहना सहन नहीं कर सकते थे और इसलिए, हालाँकि मेरी माँ भारत छोड़कर नहीं जाना चाहती थीं, वह उनके साथ चली गईं। उन्होंने कसम खाई कि पहला अवसर मिलते ही वह वापस आ जाएँगी। मुझे याद है कि मुझे मेरी प्यारी आया से अलग होने का कितना दुःख हुआ था, जिसे मैं अपने जन्म से जानती थी। एक बच्ची के रूप में मेरे लिए भारत छोड़ना बहुत कष्टदायी था—वह एकमात्र दुनिया, जिसे मैंने जाना था। हालाँकि मेरे पिता ने मुझे इंग्लैंड के बारे में बताया था, मुझे लगता है, मैंने अपनी माँ के डरों को अपना लिया था—वहाँ की ठंड, संस्कृति और पराई दुनिया को लेकर। सन् 1938 में हम पानी के जहाज द्वारा बॉम्बे से लिवरपूल के लिए रवाना हुए।' उन्होंने एक गहरी साँस ली और आगे बोलना शुरू किया—

'जहाज की यात्रा ने मेरी माँ के स्वास्थ्य पर प्रतिकूल असर किया। इंग्लैंड में असहनीय ठंड थी। उनके न कोई दोस्त थे, न परिवार। मेरे पिता को छोड़ दें तो वे बिल्कुल अकेली थीं। मैंने कभी अपने माता-पिता को लड़ते नहीं देखा था; लेकिन इंग्लैंड

में मैं महसूस कर सकती थी कि उनके बीच चीजें वैसी नहीं थीं, जैसी हुआ करती थीं। मेरी बेचारी माँ को निमोनिया हो गया और कुछ ही समय बाद उनकी मृत्यु हो गई। मैं टूट गई। मुझे एक आंटी ने पाल-पोसकर बड़ा किया, जो अविवाहित थीं और हमारे साथ रहने आ गई थीं। उन्होंने मेरी भारतीय जड़ों को स्वीकार नहीं किया था और जब भी मैं भारत का नाम लेती थी, उनकी त्योरियाँ चढ़ जाती थीं। उनके लिए यह बहाना करना आसान था कि मेरा भारत से कोई संबंध नहीं था, क्योंकि मुझे मेरे पिता की शक्ल-सूरत मिली थी। मेरे पिता भारत में मेरे नाना से संपर्क में रहते थे और मैं भारत वापस आने के लिए, अपने नाना-नानी से मिलने के लिए तरसती थी।'

अपने अतीत की याद ताजा करते हुए मिसेज हेडन की आँखें कहीं दूर देख रही थीं। मैं समझ सकती थी कि उस समय वे कितनी कमजोर और असहाय महसूस करती होंगी! मुझे उनके लिए बहुत दुःख हुआ।

'तो क्या आप उनसे मिल पाईं?' मैंने पूछा।

आगे बताते हुए उनकी आँखों में चमक आ गई—'जब मैं उन्नीस साल की थी तो एक बार भारत आने में सफल हुई थी। कॉलेज के दौरान एक स्टूडेंट एक्सचेंज प्रोग्राम के हिस्से के रूप में मुझे भारत आने का मौका मिला। मैं अपने भारतीय रिश्तेदारों से मिली। मेरे नाना व नानी दोनों ही मुझे देखकर बहुत खुश हुए। मुझे कभी इतना सारा प्यार और बिना शर्त स्वीकृति नहीं मिली थी। उन्होंने खुली बाँहों से मेरा स्वागत किया। मेरी माँ की तरफ के सभी रिश्तेदार मुझसे मिले और उत्साहित होकर मुझसे बातें कीं। मैं खुद को अपूर्ण समझ रही थी, क्योंकि मुझे अंग्रेजी के अलावा कोई भाषा नहीं आती थी। मैं अपनी माँ की तसवीरें देखती रही। मुझे अपने नाना-नानी की बताई कहानियों से प्यार हो गया।'

यह सब सुनकर मन में उत्पन्न छवि पर मैं मुसकराए बिना नहीं रह सकी—एक युवा लड़की के रूप में मिसेज हेडन की कल्पना करना, उनके भारतीय रिश्तेदारों से भरे एक घर में—वे रिश्तेदार, जिन्हें वे ठीक से जानती भी नहीं थीं, उनके लिए कितना अजीब रहा होगा!

'थोड़ा-थोड़ा करके' वे कह रही थीं, 'मैंने अपनी माँ को जान लिया। वे मेरे जीवन के सबसे खुशी भरे दिन थे। मेरे नानाजी ने कहा कि यह घर मेरी माँ की विरासत था और उनके बाद मेरा होगा। मैं यह देखकर हैरान थी कि कैसे वे मेरे साथ परिवार की तरह व्यवहार कर रहे थे, जबकि मैं इतने सालों से उनसे मिली भी नहीं थी!'

'लेकिन फिर आप इंग्लैंड वापस चली गईं?' जब वे अपने सुखद अतीत की यादों में खोकर चुप हो गईं तो मैंने उन्हें प्रोत्साहित किया।

'हाँ, डियर, मैं चली गई। मुझे जाना पड़ा। मेरे पिता और आंटी चाहते थे कि मैं

अपनी शिक्षा पूरी करूँ और मैं भी कॉलेज वापस जाना चाहती थी, लेकिन मैं अपना दिल यहाँ भारत में छोड़ गई थी। भारत की यात्रा के बाद मुझे इंग्लैंड में कुछ भी रोमांचक नहीं लग रहा था। तभी मैं माइकल से मिली, जो कॉलेज में मेरे प्रोफेसर थे। मैं अब तक जिन पुरुषों से मिली थी, वे उनसे बिल्कुल अलग थे। उनके लेक्चर के बाद मैं कोर्स के बारे में या असाइनमेंट्स के बारे में पूछने के बहाने उनसे मिलने लगी। मुझे धीरे-धीरे उनसे प्यार होने लगा था और मैं कह सकती थी कि वे भी मुझे प्यार करने लगे थे। मैं इक्कीस वर्ष की थी और वे छब्बीस के। मेरी आंटी और मेरे पिता इस बात से बेहद खुश थे कि मैंने एक उच्च शिक्षित ब्रिटिश पुरुष का चुनाव किया है। मुझे लगता है, उन्हें चिंता थी कि मैं एक भारतीय पुरुष से शादी कर लूँगी, क्योंकि मैं अपनी भारतीय जड़ों से इतनी आकर्षित थी।'

'फिर क्या आप भारत के बारे में सब भूल गईं?' मैंने पूछा।

'नहीं, कभी नहीं। कैसे भूल सकती थी? भारत मेरा एक हिस्सा है, जैसे मैं भारत का एक हिस्सा हूँ, लेकिन मुझे वापस आने का मौका कभी नहीं मिला।' मिसेज हेडन बोलीं।

मैंने सिर हिलाया और वे आगे बताने लगीं, 'अगले साल, यानी मेरे ग्रेजुएशन के एक साल बाद, हमारी शादी हो गई। एक साल के अंदर मैंने अपने बेटे को जन्म दिया। ईथान शुरू से बहुत प्यारा था और सबको मोहित कर लेता था। सब ईथान को प्यार करते थे। जब ईथान लगभग दो साल का हुआ तो मैंने आगे पढ़ने का फैसला किया। मेरी आंटी बच्चे को सँभालने में मेरी मदद करती थीं। डॉक्टरेट करने के दौरान मुझे छात्रवृत्ति भी मिलने लगी। साथ-साथ मैं यूनिवर्सिटी में पढ़ाती भी थी। जब तक मेरा डॉक्टरेट पूरा हुआ, ईथान नौ साल का हो चुका था।

उनकी आँखें स्वप्निल हो गईं।

'हम एक खुशहाल परिवार थे। मैं ईथान को उसके परनाना और परनानी से मिलाने भारत लाना चाहती थी, लेकिन फिर हम पर आपदा आ गई। अगले चार साल के अंदर मैंने अपने पिता और आंटी दोनों को खो दिया। मुझे बहुत बुरा सदमा लगा और सँभलने में थोड़ा समय लग गया। तब तक ईथान किशोर हो चुका था और मेरी भारत-यात्रा एक सपना बनकर रह गई। मुझे पहले मेरे नाना की और फिर नानी की मृत्यु की खबर मिली। मैं बुरी तरह रोई और मुझे दुःख हुआ कि मैं उनके अंतिम संस्कार में शामिल होकर उन्हें अपनी अंतिम श्रद्धांजलि भी नहीं दे पाई।'

मैंने सिर हिला दिया। मुझे मिसेज हेडन के लिए तीव्रता से दुःख महसूस हो रहा था। इस तरह लगभग अपना पूरा परिवार खो देना मेरे लिए अकल्पनीय था।

'फिर एक और बड़ी आपदा आ गई। मुझे नहीं लगता, मैं उससे कभी उबार पाऊँगी, कम-से-कम इस जन्म में तो नहीं।' उनकी आवाज लड़खड़ा गई।

'ईथान जब 24 वर्ष का हुआ तो उसने खुद को खत्म कर लिया। वह बहुत ही सौम्य, अत्यधिक प्यार करनेवाला और दयालु लड़का था, जो हमेशा मैनाओं, कबूतरों और घायल जानवरों को बचाता रहता था। वह पशु आश्रयों में स्वेच्छा से सेवाएँ देता था। जैसी कि तुम कल्पना कर सकती हो, माइकल और मैं बुरी तरह टूट गए। वह हमारी दुनिया का अंत था। जो विवरण सामने आए, उन्होंने मुझे एहसास दिलाया कि मैं अपने ईथान को कितना कम जानती थी; हालाँकि सभी माँओं की तरह मुझे लगता था कि मैं उसे जानती थी। सच्चाई यह है कि माता-पिता अपने बच्चों को बिल्कुल नहीं जानते। बच्चे अपने माता-पिता से बहुत कुछ छुपाते हैं।'

मैं इस बात से अपना नाता जोड़ सकती थी। मैंने खुद अपने माँ-पापा से बहुत सी बातें छुपाई थीं। मैं समझ सकती थी कि ईथान कैसा महसूस करता होता!

'ईथान ने···क्यों··· ?' मैंने पूछा।

'ईथान अपने एक दोस्त से मिलने स्कॉटलैंड गया था, जहाँ वह बीमार हो गया। जब हमने और पता किया तो हमें पता चला कि उसे 'हंटिंगटन्स' डिजीज हुई थी। बीमारी की शुरुआत करीब चार साल पहले हुई थी, जब वह आर्ट स्कूल में था। क्या तुम इसकी कल्पना कर सकती हो? पूरे चार साल और उसे पता भी नहीं था कि उसकी बीमारी बढ़ रही थी, न ही हमें पता था। यह रोग धीरे-धीरे बढ़ता है और इस भयानक बीमारी के भ्रामक लक्षणों के बारे में आपको कोई सुराग नहीं मिलता।

'इस बीमारी के साथ क्या होता है कि यह आपके मस्तिष्क में तंत्रिका कोशिकाओं पर धीरे-धीरे हमला करती है और उन्हें खा जाती है। अंततः यह घातक हो जाती है। इससे बचने का कोई रास्ता नहीं है, लेकिन इससे भी भयानक बात यह है कि आप अपनी सोचने की और तर्क करने की क्षमता खो देते हैं, स्मृति खो देते हैं, समन्वय खो देते हैं, शरीर की हरकतें खो देते हैं। आप बस, अपने खुद के शरीर में कैद हो जाते हैं और मृत्यु का इंतजार करते हैं। हर बीतते दिन के साथ आपकी हालत बदतर होती जाती है। कोई उम्मीद नहीं रहती। केवल अँधेरा!'

मैं स्तब्ध खामोशी में बैठी मिसेज हेडन की कहानी खुलते सुन रही थी। उनके दुःखी शब्द मेरे खुद के दिल में तीरों की तरह धँस रहे थे।

'क्या आप···आप कुछ कर नहीं सकती थीं?' मैंने यह सब सुनकर असहाय स्वर में पूछा।

'मैं कई सालों तक खुद को कोसती हुई यही सवाल पूछती रही, लेकिन सच यह है

कि मैं चाहते हुए भी कुछ नहीं कर सकती थी। पहली बात, उसने हमसे यह बात छुपाई थी। दूसरे, 'हंटिंगटन्स' का कोई इलाज नहीं है और जैसे कि यह काफी नहीं है, आप मानसिक विकारों का शिकार भी हो जाते हैं। यह बीमारी आपके दिमाग पर कहर ढाती है। आपको चिंता रहती है, व्यामोह होता है और आप जुनूनी व बाध्यकारी विचारों और विकारों का शिकार हो जाते हैं।'

अब वे सीधे मेरी ओर देख रही थीं। 'मेरे बेटे ने हमारे लिए एक पूरी नोटबुक छोड़ी थी, जिसमें उसने लिखा था कि वह हमें कितना प्यार करता था! उसने लिखा था कि वह इन सब चीजों से नहीं गुजरना चाहता था। मैंने इससे अधिक दिल तोड़ने वाली बात पहले कभी नहीं पढ़ी थी।

'हंटिंगटन्स रोग आनुवंशिक होता है। माइकल के पिता की मृत्यु भी इसी से हुई थी, लेकिन उस समय उन्हें एक मानसिक अस्पताल में रखा गया था और हम ठीक तरह से नहीं जानते थे कि उन्हें क्या रोग था? यह एक पीढ़ी को छोड़ सकता है और अगर दोषपूर्ण जीन आगे बढ़ गया है तो यह अगली पीढ़ी में दिखाई दे सकता है।'

उन्होंने अपनी आँखें बंद कर लीं। मेरी तीव्र इच्छा हुई कि मैं आगे बढ़कर उनके हाथ पर अपना हाथ रख दूँ; लेकिन मैं उनको परेशान नहीं करना चाहती थी। उन्होंने बंद आँखों से ही आगे कहना शुरू किया, 'माइकल और मैं अपने दुःख का सामना अलग-अलग तरीकों से कर रहे थे। मैंने काउंसलिंग में एक कोर्स किया और युवा लोगों के साथ काम करने लगी, ताकि अवसाद का सामना कर रहे लोगों की मदद कर सकूँ। मैंने कई साल यह काम किया, क्योंकि जिन युवाओं के साथ मैं काम करती थी, उनमें मैं अपने बेटे को देखती थी। युवा हर जगह एक जैसे होते हैं—हर एक पीढ़ी में, हर एक महाद्वीप में। यह इस भयानक नुकसान से उबरने का मेरा तरीका था।'

'और आपके पति?' मैंने कोमलता से पूछा। मैं कल्पना भी नहीं कर सकती थी कि मिसेज हेडन कितने दर्द में रही होंगी!

'माइकल इस दुःख को सह नहीं पाए। उन्होंने खूब शराब पीनी शुरू कर दी। वह अकसर नशे में धुत होकर घर आते और सीधे सोने चले जाते थे। माइकल के करीबी दोस्त स्कॉट, जो एक डॉक्टर भी हैं, ने कहा कि ईथान बहादुर था और उसने इस रास्ते का चुनाव किया था। उसने माइकल को मजबूत बनने के लिए कहा। उसने कहा कि इस तरह चले जाना बीमारी के प्रकोप से पीड़ित होने से बेहतर था, लेकिन माइकल सुनने के लिए तैयार नहीं थे। वह हमारे बेटे की मृत्यु को लेकर खुद को कोस रहे थे। वह बार-बार कहते थे कि काश, बीमारी ने हमारे बेटे की जगह उसकी जान ले ली होती, लेकिन आपको अपनी इच्छा प्रकट करते समय सावधान रहना चाहिए। पाँच साल पहले हमें पता

चला कि माइकल को भी वही बीमारी हो गई है। हम पूरी तरह सदमे की स्थिति में आ गए। उसे इस बीमारी की शुरुआत देर से हुई। यह जीन का प्रकार होता है, जो निर्धारित करता है कि आप में रोग की शुरुआत जल्दी होगी या देर से।'

मैं धक् से रह गई। मैं इतनी बड़ी त्रासदी की कल्पना नहीं कर सकती थी। मिसेज हेडन ने इनका सामना भी कैसे किया होगा?

मिसेज हेडन ने सिर हिलाया—'तुम कल्पना कर सकती हो कि हमारे ऊपर क्या गुजरी थी! पहले हमारा बेटा, अब माइकल। माइकल मृत्यु को लेकर जुनूनी होने लगा। उसके लिए कोई उम्मीद नहीं बची थी। उसकी हालत बद-से-बदतर ही होनी थी। वह उस तरह नहीं जीना चाहता था। वह उस समय तक भी सक्रिय और कार्यात्मक था, क्योंकि बीमारी अभी अपनी आरंभिक अवस्था में थी। उसने इच्छा-मृत्यु और लाइलाज बीमारियों से ग्रसित लोगों के लिए चिकित्सकीय रूप से उपलब्ध विकल्पों के बारे में विस्तार से पढ़ना शुरू कर दिया। वह अकादमिक हलकों में कुछ लोगों को जानता था और उनके माध्यम से उसका संपर्क 'हेमलॉक सोसाइटी' के सदस्यों से हुआ। उसने गरिमा के साथ मरने के अधिकार की वकालत शुरू कर दी।

'मैंने देखा कि बीमारी माइकल के साथ क्या कर रही है! वह उन्हें धीरे-धीरे मार रही थी। शुरू में मैं लोगों के अपना स्वयं का जीवन लेने के खिलाफ थी, चाहे वह किसी भी कारण से हो, लेकिन जब मैंने माइकल को पीड़ा में देखा तो मैंने अपना विचार बदल दिया। आप जिस व्यक्ति को प्यार करते हैं, उसे इस तरह नष्ट होते देखना मौत से भी बदतर होता है। माइकल की हालत बिगड़ते देखना मेरे लिए दिन-पर-दिन असहनीय होता जा रहा था। कई महीने मैंने बिना सोए बिताए। अगर मैं सोती भी थी तो एक बार में कुछ मिनटों से अधिक नहीं। 'हंटिंगटन्स' रोग के मरीजों को बहुत अधिक देखभाल की आवश्यकता होती है। इसका प्रभाव मेरी सेहत पर हो रहा था। मेरे बाल सफेद हो गए और मैं कमजोर हो गई। मुझे पता नहीं चलता था कि कब दिन शुरू होता था और कब खत्म होता था। महीने बीतते गए। मैं बहुत निराश हो गई थी। माइकल देखते थे कि उनकी बीमारी मुझे क्या कर रही है और वे क्रोधित, अपराधी और असहाय महसूस करने लगे।'

मिसेज हेडन की आवाज धीमी हो गई थी। मैं उठी और डाइनिंग टेबल से उनके लिए पानी ले आई। उन्होंने 'शुक्रिया' कहकर गिलास ले लिया; लेकिन बोलने से पहले पानी नहीं पिया—'माइकल, स्कॉट और मेरे बीच कई बार इसे लेकर बहस हुई। माइकल हमसे प्रार्थना करते थे कि हम उनकी मदद करें। धीरे-धीरे मैं माइकल का दृष्टिकोण समझने लगी थी, स्कॉट भी। फिर जब पुस्तक 'द बेस्ट वे टु गो' छपी तो माइकल ने

स्कॉट पर उसे खरीदने का जोर डाला। फिर उन्होंने वह पुस्तक मुझे उपहार में दी। तभी उन्होंने यह नोट लिखा था। वह बहुत मुश्किल से पेन पकड़ पा रहे थे। उन्होंने बहुत संघर्ष किया। उन्हें वह नोट लिखने में कई घंटे लगे होंगे। उन्होंने मुझसे कहा कि मैं मरने में उनकी मदद करूँ और जब मैं यह करूँ तो मजबूत रहूँ। उन्होंने कहा कि यह एकमात्र रास्ता था। उन्होंने कहा कि उन्होंने अपना मन बना लिया था और अब वह और बरदाश्त नहीं कर सकते थे। तब तक वह मुझ पर पूरी तरह निर्भर हो चुके थे।'

अब उन्होंने रुककर पानी का घूँट लिया—'मैं तब भी चाहती थी कि वह जीवित रहें, अंकिता! लेकिन एक रात माइकल अत्यधिक निराशा में चीख रहे थे और हम पर चिल्ला रहे थे। उन्होंने कहा कि अब वह इस यंत्रणा को और बरदाश्त नहीं कर सकते थे। उन्होंने मुझसे और स्कॉट से कहा कि अगर हमने उनकी मदद नहीं की तो वो खुद अपनी मदद करेंगे। उन्होंने पुस्तक पढ़ ली थी और माइकल ने कहा कि वह जानते थे, क्या करना है!

'तब स्कॉट ने निर्णय लिया कि वह उनको एक घातक इंजेक्शन देगा। उसने माइकल से पूछा कि क्या वह निश्चित थे? उन्होंने चिल्लाकर कहा कि 'हाँ, वे थे।' स्कॉट ने उनसे पूछा कि क्या उनकी कोई अंतिम इच्छाएँ थीं? माइकल ने कहा कि वह उस भजन को सुनते हुए जाना चाहते थे, जो हमने हमारी शादी के दिन बजाया था। मैं उनका हाथ पकड़कर उनके बिस्तर के पास बैठ गई और स्कॉट ने वह भजन लगा दिया। माइकल ने मुझसे कहा कि वह मुझसे प्यार करते थे। उन्होंने दिल की गहराई से स्कॉट को शुक्रिया कहा।

'फिर स्कॉट ने इंजेक्शन लगा दिया। माइकल को सात मिनट के अंदर मर जाना चाहिए था, लेकिन उनका शरीर ऐंठने लगा। स्कॉट और मैं एक-दूसरे को असहाय होकर देख रहे थे। माइकल संघर्ष कर रहे थे। मुझसे और सहन नहीं हुआ। मैंने तकिया उठाया और उनके चेहरे पर दबा दिया और इसमें स्कॉट ने मेरी मदद की। हमने तब तक उसे दबाए रखा, जब तक कि माइकल ने संघर्ष करना बंद नहीं कर दिया और फिर वह चले गए।'

हग दोनों चुपचाप बैठे रहे। कुछ देर तक हम दोनों ही बोल नहीं पाए।

कुछ देर बाद उन्होंने दोबारा बोलना शुरू किया, 'उसके बाद मैं यू.के. में नहीं रह पाई। मैं भारत वापस आ गई। चूँकि मुझे पढ़ाने का कई सालों का अनुभव था, कॉलेज ने मुझे स्थायी पद दे दिया, लेकिन मैं केवल पार्ट-टाइम काम करना चाहती थी। मैं इंग्लैंड में जिस चर्च में जाती थी, उसने मुझे यहाँ इस चर्च में डाल दिया, जहाँ मैं अभी वॉलंटियर करती हूँ। मैंने खुद को उन सभी गतिविधियों में झोंक दिया, जो मैं कर सकती थी। मैंने

इस घर को भी सजाया, जो मेरी भारतीय विरासत है। जिन सालों में मैं इंग्लैंड में थी, मेरे नाना-नानी ने सारी कागजी काररवाई कर ली थी और यह सुनिश्चित कर दिया था कि मुझे यह घर मिल जाए। मैं तुम्हें बता नहीं सकती कि इस जगह के लिए—जो मेरी शरण-स्थली है—मैं उनकी कितनी आभारी थी!

'जब मैं यह बगीचा तैयार कर रही थी तो धीरे-धीरे ठीक हो रही थी। बगीचे के बढ़ने के साथ-साथ मैं भी विकसित हो रही थी; हालाँकि तब मैं यह नहीं जानती थी। इस बगीचे ने मेरी बहुत मदद की है। हर दिन जब मैं इसका सौंदर्य देखती हूँ, मुझे याद आ जाता है कि अभी भी जीवन में सौंदर्य और उम्मीद बची हुई है।

'तो तुम कल्पना कर सकती हो, अंकिता कि मैं कितना अपराध-भाव लेकर चल रही हूँ और हर एक दिन कितने नकारात्मक विचार मुझ पर हावी होने की कोशिश करते हैं, लेकिन मैंने उन्हें काबू में करना सीख लिया है। मैं यह गीत, 'अबाइड बाय मी' सुनती हूँ, क्योंकि मेरे लिए इसे सुनना मुश्किल होता है। पहले मैं जब भी इसे सुनती थी, रो पड़ती थी। फिर मैंने अपने दुःख को नियंत्रण में करके अपने अंदर रखना सीख लिया।'

मिसेज हेडन उठ गईं और बगीचे की तरफ जाने लगीं। मैं उनके प्रत्येक शब्द को सुनने की कोशिश में उनके पीछे चलने लगी।

'जिन दिनों में मेरा दुःख और मेरा अपराध-भाव असहनीय हो जाता है, मैं खुद को मन भर के रो लेने देती हूँ; लेकिन केवल दस मिनट के लिए, बाथरूम में। फिर उस दिन के लिए मेरा रोना खत्म हो जाता है। उसके बाद मैं यहाँ बगीचे में बैठती हूँ और जो भी नकारात्मक विचार मेरे मन में आता है, उसे 'बैलून ट्रीटमेंट' देती हूँ। अब वे सब लगभग गायब हो चुके हैं।'

उन्होंने मुड़कर मेरी तरफ देखा—'हमारा मन हमारा सबसे बड़ा दुश्मन है, अंकिता, लेकिन यह हमारा सबसे अच्छा दोस्त भी हो सकता है। जीवन में कितनी खूबसूरती है! हमें बस, उसे देखना है।'

□

31

तुम पर भरोसा

मिसेज हेडन की कहानी ने मुझे इतना हिला दिया, जिसकी मैंने कभी उम्मीद नहीं की थी। उस दिन जब मैं घर गई तो मैंने पूरे विस्तार से उनकी कहानी अपने माँ–पापा को सुनाई। मैंने वह हिस्सा छोड़ दिया, जहाँ मिसेज हेडन ने कहा था कि उन्होंने अपने पति का गला दबाकर मरने में उनकी मदद की थी। मैंने उन्हें यह भी नहीं बताया कि इस पूरे मामले में स्कॉट की भूमिका क्या थी! मुझे लगा, मेरे माँ–पापा उस बात को नहीं समझेंगे और कौन जानता था, शायद वे मिसेज हेडन को जज करते, जो मैं नहीं चाहती थी। जब हम चरम तक धकेल दिए जाते हैं तो हम ऐसे काम करने लगते हैं, जिन्हें हम असंभव समझते हैं। मैं जानती थी, मिसेज हेडन के लिए ऐसी ही स्थिति थी। मेरे मन में उनके प्रति अजीब सी सुरक्षा की भावना उत्पन्न हो रही थी।

उनकी कहानी मेरे अंदर एक भँवर की तरह घूम रही थी। बाहर से मिसेज हेडन कितनी परफेक्ट लगती थीं। फिर भी उनके अंदर कितना अंधकार था! मैंने अपनी जान लेने की कोशिश की थी—दो बार। यह एक बोझ था, जिसे मैं इतने लंबे समय से लेकर घूम रही थी, लेकिन जब मैंने मिसेज हेडन की कहानी के बारे में सोचा और उस अपराध–भाव के बारे में सोचा, जो वे हर एक दिन लेकर चलती हैं तो मुझे लगा कि मेरा बोझ अब बहुत बड़ा नहीं रह गया था। जिस दिन मैंने अपनी जान लेने की कोशिश की थी, उसके बाद से पहली बार मैं ठीक महसूस कर रही थी। मैं जान गई थी कि वे परिस्थितियाँ होती हैं, जो आपसे किसी विशेष तरीके से काम करवाती हैं। हमें उनसे समझौता करना चाहिए, अपने किए कामों की जिम्मेदारी लेनी चाहिए और फिर आगे बढ़ जाना चाहिए। यह एक प्रतिमान बदलाव था। मैंने उसे इस तरह से कभी नहीं देखा था।

मेरे माँ–पापा दोनों ने माना कि उनकी कहानी प्रेरणादायक थी। मैंने उन्हें उस 'दृश्य व्यायाम' के बारे में भी बताया, जो मिसेज हेडन ने मुझसे करवाया था और मेरे पापा को यह सुनकर खुशी हुई कि मुझे उससे मदद मिली थी।

'इसे रोज किया करो, अंकिता। इसे तुम्हारी दिनचर्या का हिस्सा बन जाना चाहिए।

देखो, मिसेज हेडन अपने जीवन में आई मुश्किलों को लेकर कितनी हिम्मत दिखाती हैं!' उन्होंने कहा।

काश, अगर आप पूरा सच जानते तो वे आपको और अधिक प्रेरणादायक लगतीं, मैंने सोचा, लेकिन मैं कुछ बोली नहीं।

मैं उस रात मिसेज हेडन के जीवन के बारे में सोचती हुई बैठी रही। उन्होंने यह सब कैसे सहा था? उन्होंने अपने जीवन में लगभग सबको खो दिया था। वे साहसी थीं, इसमें कोई संदेह नहीं था। मैं उनके जीवन की कहानी के बारे में सोचती रही और मैं उसे अपने मस्तिष्क में एक फिल्म की तरह देख पा रही थी। उन्होंने कितने नुकसान का सामना किया था और फिर भी उन्होंने कैसे जीवन को गले लगाया था!

मैंने अपनी नोटबुक निकाली और लिखा—

नोट 9.

'जिंदगी मुश्किल होती है। यह आपको कुछ चीजें दे सकती है। थोड़ी देर के लिए आप खुश भी हो सकते हैं, क्योंकि आप जो लक्ष्य अपने सामने रखते हैं, उन्हें प्राप्त कर लेते हैं—एक कॉलेज डिग्री, एक नौकरी, एक अच्छा घर और शायद अपने सपनों के साथी से विवाह भी। जिंदगी आपको सांसारिक चीजों के साथ व्यस्त रखती है और आप उसके साथ चलते रहते हैं—उस तरक्की को प्राप्त करके, एक बड़े घर में जाकर, एक बेहतर कार ड्राइव करके और अधिक पैसे कमाकर।

अंत में, जिंदगी इकट्ठा करने के लिए आती है। यह आपसे वो सब ले लेती है, जो आपके लिए सबसे ज्यादा मायने रखता है। यह आपसे आपकी जवानी ले लेती है और अगर आप सावधान नहीं हैं तो आपका स्वास्थ्य और आपके मन की शांति भी और अपनी जिंदगी के दौरान आप अंततः अपने दादा-दादी, नाना-नानी और फिर अपने माता-पिता को खो देते हैं। शायद आप अपने जीवनसाथी या एक बच्चे को भी खो देते हैं।

फिर आप चलते कैसे रहते हैं? आप इन सबका क्या अर्थ निकाल सकते हैं? आप अपने सब प्रियजनों को खोने के कमजोर कर देने वाले दुःख से कैसे उबरते हैं?

दुःख का सामना करिए, उसे स्वीकार करिए। स्वीकार करिए कि वह है। अगर आपको रोना है तो रो लीजिए, लेकिन उसके लिए दस या फिर बीस मिनट की सीमा तय कर लीजिए।

उसके बाद ऐसे काम करिए, जो आपकी आत्मा को स्वस्थ करते हों। पता

करिए कि कौन सी चीज आपको गहरे स्तर तक संतुष्ट करती है? शायद वह एक सुंदर सा बगीचा विकसित करना हो या संगीत अथवा कला का अभ्यास—या कुछ भी, जो आप अपनी व्यस्तता में भूल गए थे।

जिंदगी को और अर्थपूर्ण बनाने के लिए हमें स्मृतियों का एक खजाना बनाने की आवश्यकता है, जो हमें मजबूत बनाए रखेगा। हमें अपनी खुद की छोटी-छोटी रियायतें ढूँढ़ने की आवश्यकता है, जो हमें आराम देती हों।

इन सबसे अधिक, हमें वहाँ भी सौंदर्य खोजने की आवश्यकता है, जहाँ वह नहीं है। उसका अस्तित्व होता है। हमेशा। हमें यह पता होना चाहिए कि हमें कहाँ देखना है?

मैं जानती थी कि मैंने अपने नोट में वही सब लिखा था, जो मैंने उस दिन मिसेज हेडन के घर पर सीखा था। मुझे इस बात ने भी गहराई से छुआ था कि उन्होंने मुझ पर इतना भरोसा किया। उन्होंने खुलकर मुझसे बात की थी और मुझे समझाया था कि जो नोट मुझे पुस्तक में मिला था, वह किस बारे में था और उनके लिए इतना महत्त्व क्यों रखता था! उन्हें इस बात का डर नहीं था कि मैं उन्हें जज करूँगी।

तब मैंने निर्णय लिया कि मैं उन्हें बता दूँगी कि मेरे पापा मेरे पास वह पुस्तक देखकर इतने परेशान क्यों हुए थे और क्यों उन्होंने कॉलेज जाने का फैसला किया था। मुझे लगा, वे मेरे स्पष्टीकरण की अधिकारी थीं।

□

साझा करना और भरोसा करना लोगों को इस तरह से करीब ले आता है, जैसा उन्होंने कभी सोचा नहीं होता। अगली सुबह जब मैं मिसेज हेडन के घर पहुँची तो उन्होंने दरवाजे पर गले मिलकर मेरा स्वागत किया। मैं उनके लैवेंडर परफ्यूम की खुशबू से घिर गई। अब हम केवल टीचर और स्टूडेंट नहीं थे, हम दोस्त थे।

उन्होंने मुझे चॉकलेट चिप्स कुकीज खाने को दीं।

'मैंने कल तुम्हारे जाने के बाद इन्हें बेक किया। ईथान को बहुत पसंद थीं ये।' उन्होंने कहा।

मैंने इससे पहले इतनी स्वादिष्ट कुकीज नहीं खाई थीं। मैंने उनसे यह कहा भी।

मेरी बात सुनकर वे हँसीं तो उनकी आँखें सिकुड़ गईं। एक पल के लिए वे युवा और बेपरवाह लगने लगीं। उन्होंने कहा, 'मेरा ईथान भी बिल्कुल यही कहता था।'

उस दिन हमने तीन घंटे काम किया, ठीक वैसे ही जैसे पिछले दिन किया था। काम खत्म होने तक पुस्तकें ठीक तरह से वर्गीकृत हो गई थीं।

'थैंक यू सो मच, अंकिता। मैं तुमको बता नहीं सकती कि मेरी कितनी बड़ी मदद हो गई है!' उन्होंने कहा।

'क्या इसका मतलब यह है कि मैंने एक और स्ट्रॉबेरी क्रश कमा लिया है?' मैंने पूछा।

'बिल्कुल, माय डियर।' वे मुसकराईं, 'आओ, बगीचे में चलते हैं।'

हम बगीचे में बैठ गए और ग्रेस फिर से हमारे लिए स्ट्रॉबेरी क्रश ले आई। इस बार बोलने की बारी मेरी थी। मैंने अपने जीवन की कहानी वैभव को, जोजफ को और डॉ. नीरज को सुना दी थी और अब यहाँ मैं मिसेज हेडन को सुना रही थी। हर बार उसे सुनाना और आसान होता जा रहा था, लेकिन मिसेज हेडन के साथ मैं एक कदम और आगे बढ़ गई। मैंने कुछ नहीं छोड़ा। मैंने उन्हें वैभव के साथ अपने रिश्ते के बारे में भी बताया और यह भी कि उसके मेरे घर आना बंद करने से मैं कितना दुःखी थी। मैं जानती थी, वे समझेंगी।

मिसेज हेडन ने मेरी बात ध्यान से सुनी—बीच-बीच में सिर हिलाते हुए, जैसा डॉ. नीरज ने किया था। अंतर केवल इतना था कि वे नोट्स नहीं बना रही थीं।

जब मेरी बात खत्म हुई तो उन्होंने कहा, 'अब मैं समझी, तुम्हारे पापा जब कॉलेज आए थे तो इतने परेशान क्यों थे! ठीक ही तो है। तुमने खतरनाक काम किया था, अंकिता। तुम्हारे माँ-पापा डर गए होंगे।'

'हाँ, वे डर गए थे, मिसेज हेडन, लेकिन मेरा उन्हें डराने का इरादा कभी नहीं था।'

'मैं जानती हूँ, नहीं था, लेकिन तुम्हें एक बात याद रखनी चाहिए। तुमने उस तरह की हरकत इसलिए की, क्योंकि तुमने जोजफ के शब्दों को खुद को दुःख पहुँचाने दिया। मैं तुमसे एक बात पूछती हूँ। अगर मैं कहती कि तुम्हारे बाल हरे हैं तो क्या तुम्हें दुःख होता?'

'हरे बाल! बिल्कुल नहीं, लेकिन मेरे बाल हरे नहीं हैं। मेरे बाल तो काले हैं।' मैंने कहा।

'यकीनन। जब आप इस बारे में आश्वस्त होते हैं कि आप क्या हैं या आप कौन हैं तो इससे कोई फर्क नहीं पड़ता कि दूसरे क्या कहते हैं! तुम्हें याद रखना चाहिए कि यह उनका दृष्टिकोण है। अगर मैं कहती हूँ कि तुम्हारे बाल हरे हैं तो ऐसा इसलिए है, क्योंकि मेरी आँखों में कुछ गड़बड़ है। इसका यह मतलब नहीं है कि तुम्हारे बाल हरे हैं। इसलिए तुम्हें यह सुनकर दुःख नहीं होता।'

यह मेरे लिए रहस्योद्घाटन का क्षण था।

फिर मैंने इस बारे में थोड़ा और सोचा।

'लेकिन अगर मेरे बाल वास्तव में हरे हों तो?' मैंने पूछा।

'तब तुम्हें विचार करना चाहिए कि क्या उनका हरापन तुम्हें परेशान करता है? अगर करता है तो तुम्हें सोचना चाहिए कि क्यों परेशान करता है? क्या ऐसा इसलिए है, क्योंकि तुम सब में घुलने-मिलने की कोशिश कर रही हो? क्या ऐसा इसलिए है, क्योंकि तुम अलग होने से डरती हो? तुम्हारे लिए इसका क्या मतलब है?'

कितनी सही थीं मिसेज हेडन! मैं दुःखी क्यों महसूस करती थी? क्योंकि मुझे डर था कि उसने जो कहा था, वह सच था।

'अंकिता, हम सब अलग-अलग तरीके से बने हुए हैं। इसके लिए हम कुछ नहीं कर सकते। जिंदगी हम सबको ताश के अलग-अलग सेट देती है। हम केवल इतना कर सकते हैं कि अपने निर्णय का उपयोग करके उन पत्तों का सबसे अच्छा इस्तेमाल करें। तुम 'बाइपोलर डिसऑर्डर' से लड़ी हो, तुमने मानसिक अस्पताल में समय बिताया है और इन सबका सफलतापूर्वक सामना किया है। यह तुम्हारी ताकत है, तुम्हारी कमजोरी नहीं। तुम रचनात्मक हो, होशियार हो और तुम्हें बहुत दूर जाना है। तुम किसी और के शब्दों की वजह से खुद को कैसे रोक सकती हो?'

उनके शब्द मुझ पर ऐसे बरस रहे थे, जैसे प्यासी धरती पर बारिश! मैं उनके हर शब्द को सोख रही थी। अपने मन की गहराई में मैं जानती थी कि वे सही थीं। मुझे बस, खुद को बार-बार याद दिलाना था, जब तक वे मेरे अंदर समा नहीं जाते।

मिसेज हेडन की बात अभी पूरी नहीं हुई थी।

'जानती हो, अंकिता, हम दूसरे लोगों के कामों के लिए जिम्मेदार नहीं हैं। वे उनके चुने विकल्प होते हैं। क्या हम दूसरों के व्यवहार को नियंत्रित कर सकते हैं? जोजफ या वैभव या अभि ने तुम्हारे साथ जैसा व्यवहार किया, उसे तुम नियंत्रित नहीं कर सकतीं। तुम यह मानकर खुद को दोष नहीं दे सकतीं कि वह तुम्हारा किया कोई काम था, जिसने उनसे एक निश्चित तरह से काम करवाया। वे अपने विकल्प चुनने के लिए स्वतंत्र हैं। ठीक वैसे, जैसे मेरे ईथान ने अपने लिए चुना था। मैं उसे रोकने के लिए या उसका मन बदलने के लिए कुछ नहीं कर सकती थी। हम दूसरों को नियंत्रित नहीं करते। हम केवल अपने मन को नियंत्रित करते हैं। उसे काबू में रखने के लिए हमें सबकुछ करना चाहिए।'

वे कितनी सही थीं! मुझसे यह बात पहले किसी ने नहीं कही थी। दूसरे लोगों के चुनावों पर हमारा कोई नियंत्रण नहीं था, फिर भी हम उसे लेकर परेशान रहते थे।

फिर मुझे याद आया कि मैं मिसेज हेडन से पूछना भूल गई थी कि वह पुस्तक लाइब्रेरी में कैसे पहुँच गई थी?

'जानती हो, मैं भी इस बारे में सोचती रही। फिर मुझे समझ में आया। वह ग्रेस थी।

मैंने कॉलेज लाइब्रेरी से कुछ पुस्तकें ली थीं। करीब दो महीने तक वे मेरे बिस्तर के पास टेबल पर रखी थीं, क्योंकि वे संदर्भ पुस्तकें थीं और मुझे उन्हें पूरा करने में समय लग रहा था। ग्रेस शिकायत करती थी कि उसे सफाई करने में दिक्कत होती है तो मैंने उससे कहा कि वह उन सबको एक बैग में रख दे, सिवाय उस पुस्तक के, जो मैं पढ़ रही थी। मेरा काम पूरा होने के बाद मैं बैग लाइब्रेरी में ले गई, इस बात से अनजान कि उसने 'द बेस्ट वे टु गो' भी पैक कर दी थी। उस दिन जब मैं लाइब्रेरी पहुँची तो मिसेज अस्थाना जाने की जल्दी में थीं और उन्होंने कहा कि मैं पुस्तकें वहीं छोड़ दूँ और वे अगले दिन उन्हें छाँटकर 'रिटर्न्ड' (वापस) का निशान लगा देंगी। तब मैंने इसके बारे में ज्यादा नहीं सोचा था, लेकिन अब पीछे मुड़कर देखती हूँ तो सब समझ में आ रहा है। मजेदार बात यह है कि मैं हमेशा यही मानकर चलती थी कि वह पुस्तक अन्य पुस्तकों के साथ मेरे ड्रॉइंग रूम में रखी थी। मुझे उसकी कमी भी नहीं महसूस हुई।' मिसेज हेडन ने समझाया, 'वो तो जब मिसेज अस्थाना ने उसके बारे में मुझे कॉल किया, तब मुझे एहसास हुआ कि वह यहाँ नहीं थी। वे तुरंत समझ गई थीं कि पुस्तक मेरी है, क्योंकि हम एक-दूसरे को पहले नाम से बुलाते हैं। तुम्हें अंदाजा भी नहीं है कि मैं कितना बुरा महसूस कर रही थी और साथ ही राहत भी, क्योंकि मुझे वह वापस मिल गई थी।

'पुस्तक मिलते ही सबसे पहले मैंने उसके अंदर माइकल का लिखा नोट देखा। जब मुझे वह नहीं मिला तो मैंने मान लिया था कि वह पुस्तक के अंदर से गिर गया था और कहीं खो गया था। बाद में मुझे लगा कि मुझे तुम्हारे पैरेंट्स से माफी माँगनी चाहिए। मैंने कॉलेज रिकॉर्ड्स से तुम्हारा पता लिया और आगे की बात तुम जानती हो।'

'मैं बहुत, बहुत खुश हूँ, मिसेज हेडन कि आप आईं, वरना मुझे आपका बनाया यह जादुई बगीचा कभी नहीं मिलता।'

'और हमें एक-दूसरे की कहानी कभी पता नहीं चलती।' उन्होंने कोमलता से कहा।

□

मिसेज हेडन के साथ बिताया समय बेशकीमती साबित हो रहा था। उस शाम जब मेरे पापा घर आए तो मैंने उत्साहित होकर उन्हें और माँ को अपने दिन के बारे में बताया। मैंने उन्हें बताया कि मिसेज हेडन ने हरे बालों के बारे में क्या कहा था। मैंने उस तरह से कभी नहीं सोचा था।

'मैं तुमसे कहती रहती थी कि दूसरों की बातों की चिंता मत किया करो, लेकिन तुम कहती थीं, यह संभव नहीं है।' माँ ने मुझे याद दिलाया।

'माँ, मैं बस, इतना कहती थी कि यह आसान नहीं था। जब आप उस तरह से

कहती थीं तो मुझे समझ में नहीं आता था। मैं जानती थी कि उन लोगों ने ये बातें कही थीं और उन बातों से मुझे दुःख हुआ था। तो मैं कैसे उनसे परेशान न होती! आप मुझसे वही करने के लिए कह रही थीं।'

'हाँ, मिसेज हेडन ने अंकिता को इस तरह से समझाया कि आपको क्यों परेशान नहीं होना चाहिए कि इसकी समझ में आ गया। उनका समझाने का तरीका अद्‌भुत है।' पापा ने कहा।

'जो भी हो, मुझे खुशी है कि तुम्हें बात समझ में आ गई।'

'अंकिता, मिसेज हेडन ने जो कहा, उससे मुझे एक और कहावत याद आ गई कि आपकी अनुमति के बिना कोई आपको चोट नहीं पहुँचा सकता। यह हमेशा याद रखना।' पापा ने कहा।

'इसका क्या मतलब है?' मैंने पूछा।

'गांधीजी ने सविनय अवज्ञा आंदोलन के समय यह बात कही थी। उन्हें शारीरिक चोट पहुँचाई गई थी, लेकिन उन्होंने कहा कि उन पर उसका कोई प्रभाव नहीं हुआ था, क्योंकि उनके अंदर की नैतिकता और मान्यताएँ अनछुई थीं। उन्होंने कहा कि वे अंदर प्रवेश करने की अनुमति किसी को नहीं देते थे, इसलिए वे अनछुए थे। इसका मतलब यह है कि अगर आप किसी के शब्दों को अपने दिल में प्रवेश करने देते हैं तो आप खुद उसे अनुमति दे रहे हैं। इस बात के प्रति बहुत सावधान रहना, अंकिता कि तुम किसे अनुमति दे रही हो? तुम्हें सबको अंदर आने की अनुमति नहीं देनी है।' मेरे पापा ने कहा।

उस समय मैंने फैसला किया कि मैं इन शब्दों को हमेशा याद रखूँगी। अब से मैं सावधानी से चुनाव करूँगी कि किसे अंदर आने देना है और किसे बाहर छोड़ना है। मैंने तय कर लिया कि मैं अपने मन के अंतरिक्ष में हर किसी को जगह नहीं दूँगी।

पहली बार मैंने निर्णय लिया कि मेरे लिए मेरी भलाई महत्त्वपूर्ण थी। मैं लड़ूँगी। मैं अपने विचारों को हावी नहीं होने दूँगी। अगर मिसेज हेडन अपने सभी नुकसानों के बाद भी जीवन को गले लगाकर आगे बढ़ सकती थीं तो मैं भी ऐसा कर सकती थी।

मैं जिंदगी को पकड़ लूँगी और उसे जिऊँगी।

□

32

प्यार को एक मौका दो

अगली सुबह मुझे मिसेज हेडन के घर जाने की बुरी तरह याद आ रही थी। मुझे उनके बगीचे की याद आ रही थी, स्ट्रॉबेरी क्रश की याद आ रही थी, कुकीज की याद आ रही थी और उनकी कोमल आवाज की याद आ रही थी। पिछले दो दिन बाम की तरह बीते थे। मैंने जो समय वहाँ बिताया था, वह आराम से भी परे था। उन्होंने मुझसे कहा था कि मैं जब चाहूँ, वहाँ आ सकती हूँ, लेकिन अगर मैं आज ही चली जाती तो मुझे लगा, यह बहुत जल्दी होता।

इसलिए मैंने इसका सामना उस तरीके से किया, जो मुझे सबसे अच्छी तरह आता था; मैंने अपनी नोटबुक निकाली और लिखा—

नोट 10.

'हम अपने दोस्तों के साथ हमेशा अच्छा समय बिताते हैं, लेकिन क्या दोस्ती आपके लिए अच्छी होती है? इसे परखने का एक आसान तरीका है।

एक प्रकार की दोस्ती वह होती है, जहाँ सभी एक साथ कोई काम करके अच्छा समय बिताते हैं। वह साझा रुचि होती है, जो मित्रता को बनाए रखती है। हम एक साथ एक रेस्टोरेंट में जा सकते हैं; हमारे आसपास जो हो रहा है, उस पर चर्चा कर सकते हैं, थोड़ी-बहुत गपशप कर सकते हैं, थोड़ा हँस सकते हैं और फिर घर जा सकते हैं। हम एक जगह इकट्ठा हो सकते हैं, शायद एक-दो खेल खेल सकते हैं या किसी समूह गतिविधि में शामिल हो सकते हैं, जिसमें सबको आनंद आता हो और सब खा-पीकर घर जा सकते हैं।

फिर एक अन्य प्रकार की दोस्ती होती है, जहाँ आप वह साझा करते हैं, जो आपके दिल के सबसे करीब है। आप अपने जीवन की योजनाओं के बारे में बात करते हैं। आप दूसरे व्यक्ति पर पूरी तरह भरोसा करते हैं और मानते हैं कि वह आपके लिए सबसे अच्छा चाहता है। जब आप कोई गलती कर रहे होते हैं तो आपको बताने से हिचकता नहीं। वह आपको वे चीजें बताता है, जो आप

सुनना नहीं चाहते, जो आपको और कोई नहीं बताएगा।
यह दूसरा प्रकार है, जो आपको विकसित करता है। जहाँ आप पहले प्रकार की दोस्ती में मजे करते हैं, वहीं दूसरी आपको ट्रैक पर रखती है; उस रास्ते पर रखती है, जो आपने चुना है। दूसरे प्रकार की दोस्ती आपको स्पष्ट रूप से देखने में मदद करती है।
पहले प्रकार की दोस्ती आप किसी भी ऐसे व्यक्ति के साथ कर सकते हैं, जो आपके साथ कुछ रुचियाँ साझा करता हो, लेकिन दूसरे प्रकार की? वह मुश्किल होती है। चुनौती होती है दूसरे प्रकार की दोस्ती के लिए सावधानी से व्यक्ति का चुनाव करना। अगर आप गलत व्यक्ति का चुनाव कर लेते हैं तो इस बात का बहुत वास्तविक खतरा होता है कि वह आपको धोखा देगा। केवल समय बताएगा कि कौन सच्चा है?
अगर आपको कोई ऐसा मिल गया है, जो पूरी तरह भरोसेमंद है और दूसरे प्रकार की दोस्ती के लिए सही है तो आप भाग्यशाली हैं।
आपको एक असली खजाना मिल गया है।'

मैं और किसी में नहीं, बल्कि अपनी कॉलेज प्रोफेसर में दूसरे प्रकार की दोस्त पाकर खुद को भाग्यशाली समझ रही थी। तभी टेलीफोन की घंटी की तेज आवाज ने मेरे विचारों में बाधा डाल दी। माँ ने फोन उठाया। मैं उनकी बात सुनने की कोशिश करने लगी; लेकिन मैं केवल एक तरफ की बात ही सुन पा रही थी।

'कैसे हो? बहुत दिन हो गए।' फिर वे सुनने लगीं।

'तुम्हें उससे पूछना पड़ेगा!' और 'नहीं-नहीं, मैं समझती हूँ।' और फिर 'जरूर! प्लीज, आ जाओ।'

'कौन आ रहा है, माँ?' मैं अपने कमरे से चिल्लाई।

'तुम पढ़ रही हो या फोन पर हो रही मेरी बात सुन रही हो?' वे मुसकराईं।

'दोनों।' मैंने कहा, 'आप जानती हैं, मैं एक साथ कई काम कर सकती हूँ।'

उसके बाद उन्होंने जो कहा, उससे मेरा दिल नाचने और गाने लगा।

'वैभव आ रहा है। वह जानना चाहता था कि वह तुम्हें फिर से बाहर ले जा सकता है क्या? मैंने उसे सीधे तुमसे पूछ लेने को कहा है।'

मुझे लगा, मेरा दिल खुशी से फट जाएगा। मेरा एक हिस्सा इतने दिनों तक न आने के लिए उससे नाराज था, लेकिन मेरा दूसरा हिस्सा खुशी से पागल हो रहा था कि अंततः वह आ तो रहा था।

मेरे उल्लसित हिस्से ने कहा, 'वैभव आ रहा है। उसने फोन किया था। वह तुमसे मिलना चाहता है!'

मेरे नाराज हिस्से ने कहा, 'उसे नजरअंदाज कर देना। अपनी आतुरता मत दिखाना। वह कैसे तय कर सकता है कि कब तुम्हारे जीवन से चले जाना है और कब लौट आना है!'

'ओह, ठीक है।' मैंने कहा और लिखने का नाटक करने लगी। मैं माँ को नहीं दिखाना चाहती थी कि मैं कितना विरोधाभास महसूस कर रही थी, लेकिन मुझे लगता है, माँ जानती थीं। माँओं को हमेशा पता होता है।

'अपने रोज के कपड़ों में बैठे रहने के बजाय जाकर तैयार हो जाओ।' माँ ने मुझे टोका।

'किसलिए? मैंने अभी कहा नहीं है कि मैं बाहर जा रही हूँ।' मैंने जवाब दिया और अपनी नोटबुक के अंतिम पन्ने पर कुछ लिखने लगी। मैं बिना सोचे डूडल बना रही थी।

'अपना मन बना लो।' माँ ने मुसकराकर कहा।

मैंने अपने बनाए डूडल देखे। वे सब खिले हुए फूलों और उड़ती हुई तितलियों की तसवीरें थीं। मैंने एक कैक्टस भी बनाया था।

मैं अंदर से भी वैसा ही महसूस कर रही थी। मैं खुश थी, लेकिन फिर भी कुछ चुभ रहा था। मुझे लंबी व कठोर सर्दियों के बाद वसंत जैसा महसूस हो रहा था।

मैं बाथरूम में भागी और जल्दी से अपना हुलिया सुधारा। पहले जब वह रोज आता था तो मैं अपने हुलिए को लेकर ज्यादा परेशान नहीं होती थी, लेकिन अब मैं अच्छी लगना चाहती थी। मैं आईलाइनर लगाकर हटी ही थी कि दरवाजे की घंटी बजी।

मैं माँ के दरवाजा खोलने का इंतजार करने लगी।

'हैलो! अंदर आओ।' मैंने उन्हें कहते सुना।

मैं कुछ सेकंड रुकी रही, फिर एक गहरी साँस ली और बाहर आ गई।

'हे, अंकिता!' उसने मेरा अभिवादन किया, जैसे मुझे पहली बार देख रहा हो, जैसे हमारे बीच कुछ हुआ ही नहीं था!

'हाय।' मैंने जवाब में कहा।

माँ ने उससे पूछा कि उसका ट्रेनिंग प्रोग्राम कैसा था? उसने कैसे उसका आनंद लिया था?

'यह शहर में काम करने से कितना अलग अनुभव है, आंटी। मुझे गाँव के जीवन का सही स्वाद मिला।' उसने कहा। उसने अपने रहने की जगह का वर्णन किया, जो बिल्कुल देहाती थी और साथ ही गाँव के सादे भोजन का और गाँववालों के कृषि-प्रधान जीवन का भी। उसे गाँव के एक परिवार के साथ झोंपड़े में रहना था; प्रत्येक वर्ष मैनेजमेंट ट्रेनी ऐसा करते थे और यह गाँववालों के लिए आय का अतिरिक्त स्रोत था। उसने फैक्टरी के सेटअप

का और उसके काम करने के तरीके का भी वर्णन किया। मैं देख सकती थी कि वह माँ से बात करते हुए भी मेरी ओर देखता जा रहा था। हमारी आँखें कई बार मिलीं और जब भी वे मिलीं, मुझे अपने पेट में एक स्पंदन-सा महसूस हुआ।

मेरी माँ ने उसे लंच के लिए रुकने को कहा और वह रुक गया। मैं उसके गायब हो जाने पर अपना गुस्सा निकालने से खुद को मुश्किल से रोक पा रही थी। मैंने बहुत मुश्किल से खुद को नियंत्रण में रखा था।

'यह अंकिता की प्रिय चीज है, वेजिटेबल पुलाव।' माँ ने डोंगे पर से ढक्कन हटाते हुए कहा। उसकी खुशबू से मेरे मुँह में पानी आ गया।

'इसकी खुशबू कितनी अच्छी है!' वैभव ने उसे सूँघते हुए सराहना की।

मैं जल्दी से खाना खत्म करना चाहती थी। मैं सुनना चाहती थी, जो उसे कहना था, लेकिन मेरी माँ ने खाना बनाने में बहुत मेहनत की थी, इसलिए हम इधर-उधर की बातें करते हुए आराम से खा रहे थे। अधिकतर बातें मेरी माँ और वैभव कर रहे थे। आखिर लंच खत्म हुआ और मैं टेबल साफ करने में माँ की मदद करने लगी।

'अंकिता, हम थोड़ी देर के लिए बाहर चलें?' वैभव ने पूछा।

मैंने 'हाँ' में सिर हिला दिया।

'आंटी, ठीक है न? मैं इसे दो घंटे में वापस ले आऊँगा।' वैभव बोला।

'मैं तुम्हारे साथ चल सकती हूँ?' माँ ने पूछा और फिर जोर से हँसने लगीं, 'मैं तो मजाक कर रही थी। तुम बच्चे जाकर मजे करो।'

पहले जब मैं वैभव के साथ बिल्डिंग की लॉबी तक जाती थी तो हम मेरे कोर्स या उसके काम के बारे में बात करते थे।

अब वह सहज सी गपशप खत्म हो चुकी थी और हम दोनों औपचारिक बने हुए थे। हालाँकि हमारे बीच का मौन बेचैनी वाला मौन नहीं था। यह मौन प्रत्याशा का था।

'बीच के पास एक कैफे है। हम वहाँ चलें?' उसने पूछा।

'ठीक है।' मैंने कहा। मेरे दिल में उथल-पुथल मची हुई थी। शायद वह मेरे साथ रिश्ता खत्म करने के लिए मुझे कैफे ले जा रहा था। पता नहीं। मुझे जल्दी ही पता चल जाएगा।

'चलो, कैब ले लेते हैं। इस बार मैंने किराए पर कार नहीं ली है।' उसने कहा।

'मैं खुश हूँ कि नहीं ली है। हम जानते हैं कि पिछली बार तुमने कार ली थी तो क्या हुआ था!' मैंने कहा।

मेरा इरादा इस बात को आरोप की तरह बाहर लाने का नहीं था। सच्चाई यह थी कि मैं कुछ अजीब और नाराज महसूस कर रही थी और मैं नहीं जानती थी, मुझे क्या कहना चाहिए था!

'सुनो, उसके लिए मुझे माफ कर देना। मैं सब स्पष्ट कर दूँगा।' उसने कहा।

उसने कैब रोकी और हम पाँच मिनट से कम समय में उस जगह पर पहुँच गए।

'ओह, जब यह इतना पास था तो तुमने कैब क्यों बुलाई?' मैंने पूछा।

'मैं नहीं चाहता था, तुम पैदल चलो।' वह बोला।

कैफे एक लॉग केबिन जैसा लग रहा था। पूरी सजावट का जोर और केंद्रबिंदु लकड़ी के पैनल थे, जो दीवारों पर क्षैतिज रूप से लगे थे और फर्श तक लंबी छड़ों जैसे लटक रहे थे। कैफे का एक हिस्सा लकड़ी के डेक जैसा था। हम वहीं बैठे, क्योंकि वहाँ से समुद्र का दृश्य बहुत सुंदर दिख रहा था। हमें दूर से उसकी गरज की आवाज सुनाई दे रही थी।

'तुम क्या लोगी?' वैभव ने पूछा।

'मुझे सच में कुछ नहीं चाहिए। हमने अभी-अभी तो खाना खाया है।'

'मुझे भी, लेकिन अगर हम कुछ ऑर्डर नहीं करेंगे तो मुझे लगता है, ये हमें बाहर फेंक देंगे।'

अंत में, हमने एक कैमोमाइल चाय (मेरे लिए) और एक तुलसी चाय (उसके लिए) मँगवा ली।

अब, जबकि हम बैठ गए थे, हमारे साथ जो हुआ, उसके बारे में बात करने के अलावा कोई विकल्प नहीं था।

'अंकिता, सुनो, मैंने पिछली बार जिस तरह का बरताव किया, उसके लिए मैं बहुत शर्मिंदा हूँ।' उसने सरलता से कहा।

'ठीक है।' मैंने कहा। यह एक स्वतः प्रतिक्रिया थी, क्योंकि मैं नहीं जानती थी, क्या कहना चाहिए! मैं उसे बताना चाहती थी कि मुझे उसके लंबे मौन से चोट पहुँची थी, इस बात से दुःख हुआ था कि उसने मुझे पूरी तरह अलग कर दिया था, लेकिन मैंने ऐसा कुछ नहीं कहा; क्योंकि उस पल वहाँ उसके साथ होकर मैं भी खुश थी।

'ठीक नहीं है। मैंने एक बेवकूफ की तरह हरकत की थी। मुझे इतनी जलन हुई थी, अंकिता। मुझे खुद पर काबू रखना चाहिए था। उसके बाद कई दिनों तक मैं उस बारे में सोचता रहा। मेरी प्रतिक्रिया बहुत बचकानी थी। अब मुझे एहसास हो रहा है कि मैं कितना स्वार्थी हो गया था! तुमने मुझे जितनी बातें बताईं, मैंने उनमें से एक पर ध्यान केंद्रित करने का फैसला किया।' उसने कहा।

'मुझे भी तुमसे छुपाना नहीं चाहिए था। मेरी भी गलती थी। हमारे जीवन में कितना कुछ हो रहा था। हम एक-दूसरे से इतने दूर थे और चिट्ठियों में सबकुछ नहीं लिखा जा सकता। उसके अलावा, यह अभि का मामला—मैं खुद भी उसकी आकस्मिकता की चपेट में थी और फिर, वह बहुत पहले की बात थी, वैभव। मैं अठारह साल की थी। मैं जानती ही क्या थी!'

'जानता हूँ' 'जानता हूँ। यह सब मुझे तभी समझ में आया, जब मुझे उसके बारे में सोचने का समय मिला। तुम्हें अंदाजा भी नहीं है कि उसके बाद मैं खुद को कितना बेवकूफ समझ रहा था! मैं तुम्हें अपने ट्रेनिंग कार्यकाल के बारे में उसी दिन बताना चाहता था, जिस दिन हम बाहर गए थे, लेकिन मेरा दिमाग खराब हो गया था। फिर मुझे मेरी ट्रेनिंग के लिए जाना पड़ा। मैं तुम्हें केवल अपने फैक्टरी मैनेजर के कमरे से कॉल कर सकता था। गाँववालों, मेरे मेजबानों के पास फोन नहीं था। तुम्हें उनका जीवन देखना चाहिए, अंकिता। वह एक अलग दुनिया है। फिर वापस आने के बाद मैंने तुम्हारे पापा को कॉल किया। मैं ऊपर आकर तुमसे मिल सकता था, लेकिन मुझे सच में जल्दी लौटना था। मुझे वह मॉड्यूल प्रेजेंट करना था और मुझे शर्म भी आ रही थी। इसलिए मैंने सोचा कि मैं तुम्हें बाहर ले जाऊँगा और सबकुछ विस्तार से समझा दूँगा। फिर वह टीम आउटिंग आ गई। मैं तुम्हें कॉल करना चाहता था, लेकिन ये बातें मैं फोन पर नहीं कर सकता था। अब मुझे काम से दो दिनों की छुट्टी मिली तो मैं पहला मौका मिलते ही भागा चला आया। प्लीज, मुझे माफ कर दो।'

'मुझे' 'मुझे लगा, तुमने मुझसे रिश्ता तोड़ लिया है।' मैंने कहा।

तभी वेटर हमारे चाय के कप टेबल पर रखने आ गया। वैभव उसके जाने तक रुका रहा।

'मैं कभी भी तुमसे रिश्ता कैसे तोड़ सकता हूँ, अंकिता? नहीं तोड़ सकता, इस जीवन में तो नहीं। चाहे तुम मुझसे कुछ भी बताओ, मुझे फर्क नहीं पड़ेगा। मैं तुमसे प्यार करता हूँ—इसका कोई तो मतलब होगा, है कि नहीं?' उसने कहा।

मैंने अभी भी उसे जोजफ के बारे में नहीं बताया था। मैं जान रही थी कि उसे बताने का यही सही समय है।

मुझे मिसेज हेडन के शब्द याद आ गए—'तुम दूसरों के कामों के लिए जिम्मेदार नहीं हो।'

'जानते हो, मैंने 'आई लव यू' का इस्तेमाल तब किया था, जब मेरे लिए उसका कोई मतलब नहीं था। अब मैंने अपना सबक सीख लिया है।' मैंने कहना शुरू किया। मैंने उसे वह सब बताया, जो जोजफ के साथ हुआ था। हालाँकि मैं उसकी प्रतिक्रिया को लेकर डर रही थी, फिर भी मैं बोलती गई। इसे बताना आवश्यक था। मैं फिर से पहले जैसी स्थिति नहीं चाहती थी। वैभव बहुत ध्यान से सुनता रहा। मैं उसके चेहरे पर देख सकती थी कि वह कितना चिंतित और हैरान था।

'हे भगवान्!' मेरे चुप होने के बाद वह बोला, 'तुम्हें मेरी जरूरत थी और मैं नहीं था।'

उसने सीधे मेरे दिमाग से शब्द चुरा लिये थे। मैंने भी यही महसूस किया था, लेकिन उससे कभी कहा नहीं था। वह समझ गया था।

बस, यही चीज मायने रखती थी।

वैभव मुझे वापस ले जाने के लिए कैब बुलाना चाहता था, लेकिन मैंने पैदल चलने पर जोर दिया, क्योंकि मेरा घर पास में ही था। हमारे बीच अब एक नई समझ पैदा हो गई थी। मेरी ओर से सारा आक्रोश और प्रतिरोध चला गया था। मैंने उसे अंदर आने दिया था।

'तुम एक बात जान लो, अब से मैं तुम्हें अकेले किसी पार्टी में नहीं जाने दूँगा। तुम्हें मुझको साथ ले जाना होगा, मिस अंकिता शर्मा! मैं खुद को तुम्हारा बॉडीगार्ड नियुक्त करता हूँ। मैं तुम्हारे प्रति वफादार और ईमानदार रहूँगा।' वैभव ने हाथ आगे करते हुए कहा, जैसे कोई शपथ ले रहा हो?

मैं खिलखिलाकर हँस पड़ी। 'लेकिन मैंने तुम्हें नियुक्त नहीं किया है।' मैंने कहा।

'स्वयं-नियुक्त। कुछ चीजों को पुष्टीकरण की आवश्यकता नहीं होती। खासकर अगर वह एक स्वैच्छिक सेवा है।' उसने कहा।

मैंने मुसकराकर उसका हाथ दबा दिया। तब उसने मेरा हाथ कसकर पकड़ लिया। वह उसे छोड़ नहीं रहा था। मैं यकीन से नहीं कह सकती थी कि मैं उससे प्यार करती थी। अभि और जोजफ के बाद मुझे 'प्यार' शब्द से डर लगने लगा था, लेकिन वैभव के साथ मैं संरक्षित व सुरक्षित महसूस करती थी। मैं खुश थी और अभी के लिए इतना काफी था।

'चूँकि हम एक-दूसरे के साथ ईमानदारी दिखा रहे हैं, मुझे एक और बात स्वीकार करनी है।' उसने कहा।

'क्या? कृपया यह मत कहना कि तुम बॉम्बे छोड़कर जा रहे हो!' मैंने कहा।

'नहीं, बिल्कुल नहीं। मैं तुम्हें एक ऐसी बात बताना चाहता हूँ, जो मैंने तुमसे छुपाई थी।'

'क्या? मुझे अभी बताओ!' मैंने माँग की। मुझे बिल्कुल अंदाजा नहीं था कि वह क्या कहने जा रहा था और मैं इस रहस्य को बरदाश्त नहीं कर सकती थी।

'जानती हो, वे तुम्हारे माँ-पापा थे, जिन्होंने मुझे रोज घर आने के लिए कहा था, ताकि तुम धीरे-धीरे दोस्त बनाना शुरू कर दो।' वैभव ने कहा।

'क्या?' मैं हैरान हो गई, 'धीरे-धीरे दोस्त बनाना शुरू कर दो' से तुम्हारा क्या मतलब है? मैं समझी नहीं।'

'तुम्हें याद है, जब मैं पहली बार तुम्हारे घर आया था?'

'हाँ, बिल्कुल। मैं जब कॉलेज से आई तो तुम सोफे पर बैठे मेरा इंतजार कर रहे थे। मैं कैसे भूल सकती हूँ!'

'तो मैंने आवेग में आकर तुम्हारे घर आने का फैसला नहीं किया था। वे तुम्हारे पैरेंट्स थे, जिन्होंने मुझसे अनुरोध किया था कि मैं जब भी आ सकूँ, आ जाऊँ। वे नहीं चाहते थे कि तुम्हें पता चले।'

'तुम्हारा मतलब है, मेरे माँ-पापा ने मेरी पीठ पीछे तुम्हारे साथ साजिश की थी?'

वह मुसकराया। 'जब मैंने तुम्हारी माँ से फोन पर बात की थी तो उन्हें बताया था कि मैं बॉम्बे आ रहा हूँ। उन्होंने ही सुझाव दिया था कि मैं तुम्हें चिट्ठी लिखूँ।'

'हे भगवान्! मतलब, यह उनके लिए अचरज की बात नहीं थी? तुम्हारा बार-बार आना उनकी योजना का हिस्सा था?'

'हाँ, तुम्हें अंदाजा भी नहीं है कि वे तुम्हें कितना प्यार करते हैं, अंकिता। तुम एन.एम. एच.आई. के बाद असली दुनिया में कदम रख रही थीं। वे निश्चित नहीं थे कि तुम स्थिति का सामना कैसे करोगी? उन्हें लगा, मेरे होने से तुम्हें मदद मिलेगी। मैं जानता था, तुम मुझे एक चिपकू के रूप में देखती थीं। कम-से-कम शुरुआत में।' उसने कहा।

मैं अचंभित थी। मैं कभी सोच भी नहीं सकती थी कि मेरे रूढ़िवादी माँ-पापा मेरी पीठ पीछे वैभव के साथ मिलकर साजिश रच सकते थे! यह सब योजनाबद्ध था?

'अच्छा, रुको। तो अगर मेरे माँ-पापा ने तुमसे अनुरोध नहीं किया होता तो तुम घर नहीं आए होते?' मैंने पूछा।

क्या वह मुझसे प्यार करता था?

क्या ये सब केवल मेरे माँ-पापा की खातिर कर रहा था?

क्या मुझ पर दया कर रहा था?

मेरी असुरक्षाओं ने एक बार फिर मेरे दिमाग में अपना ड्रम बजाना शुरू कर दिया।

'चलो भी, अंकिता। आई लव यू। मैं तुमसे निश्चित रूप से मिलता, लेकिन मैंने तुम्हारी तरफ से किसी संकेत का इंतजार किया होता तो मैं कोई स्टॉकर (पीछा करनेवाला) या पाइल-ऑन नहीं हूँ।' वैभव बोला, 'तुम्हारे पैरेंट्स के मुझे बार-बार आने के लिए अनुरोध करने से मेरे लिए यह सब आसान हो गया, बस। मैं खुशी से आने के लिए तैयार था।'

अब तक हम मेरे आवासीय परिसर के फाटक तक पहुँच गए थे, सो वैभव ने मेरा हाथ छोड़ दिया।

'बाय, अंकिता। अपने अतीत के बारे में ज्यादा न सोचने की कोशिश करो। जरूरत हो तो अपनी गोली लेना और सो जाना। तुम्हें तुम्हारी नींद की जरूरत है, ओ.के.?' उसने कहा। उसकी आवाज में कितनी कोमलता और परवाह थी!

मैंने सिर हिला दिया और एक अचानक के आवेग पर उसके गाल पर चुंबन अंकित कर दिया। फिर मैं दौड़ते हुए घर तक गई। खुशी मेरे दिल से प्रवाहित हो रही थी और मेरे अंदर गरमाहट पैदा कर रही थी। कितना अच्छा लग रहा था सोचकर कि कोई था, जो सिर्फ मेरा था!

□

33

आगे बढ़ना

जब मैं घर पहुँची तो माँ-पापा दोनों लिविंग रूम में थे।

'सिर्फ मैं ही नहीं थी, जो आपसे बातें छुपा रही थी। आप दोनों ने भी मुझसे इतनी बड़ी बात छुपाकर रखी थी।' मैंने कहा।

'हमने क्या छुपाया?' माँ ने हैरानी से पूछा।

'आप दोनों ने वैभव से रोज आने के लिए कहा और मुझे बताया भी नहीं! आपको क्या लगा कि मुझे कभी पता नहीं चलेगा?' मैंने कहा।

पापा ने जोर से ठहाका लगाया।

'देखा, मैंने तुमसे कहा था न! मैं शर्त जीत गया!' उन्होंने माँ से कहा।

'क्या? आपने शर्त लगाई थी? क्या चल रहा है?' मैंने पूछा।

'मैंने तुम्हारी माँ से कहा था कि वैभव यह बात तुम्हें बता देगा। तुम्हारी माँ ने शर्त लगाई थी कि वह नहीं बताएगा। मैं जीत गया! देखा, मैं आदमियों को जानता हूँ।' पापा ने डींग मारी।

माँ भी हँसने लगीं—'हाँ, मैं मानती हूँ कि आप जानते हैं।'

'हमें इतनी चिंता हो रही थी, अंकिता। तुम्हारे कॉलेज शुरू करने से पहले यहाँ तुम्हारा एक भी दोस्त नहीं था। तुम किसी से मिलना भी नहीं चाहती थीं। बस, तुम्हारी माँ और मैं ही तुम्हारे दोस्त थे। यह बिल्कुल ठीक नहीं था। हम नहीं जानते थे कि एन.एम.एच.आई. के बाद तुम कॉलेज को कैसे अनुकूल बनाओगी? इसलिए मुझे विचार आया कि वैभव को आने के लिए कहा जाए।' पापा ने स्वीकार किया।

'और क्या छुपा रहे हैं आप लोग मुझसे?' मैंने पूछा, लेकिन मैं मुसकरा रही थी।

'जासूस तुम हो। जाओ और पता करो, हम और क्या छुपा रहे हैं?' मेरी माँ ने कहा। वे भी मुसकरा रही थीं।

'हम कुछ नहीं छुपा रहे हैं, अंकिता। हम बस, चिंतित थे और तुम्हारे ऊपर ध्यान दे रहे थे। बस, आखिर हम तुम्हारे माता-पिता हैं।' पापा बोले।

'मैं जानती हूँ और मैं भाग्यशाली हूँ।' मैंने कहा।

मुझे अपने आँसू रोकने पड़े, जब मेरी माँ ने कहा, 'हम तुमसे ज्यादा भाग्यशाली हैं।'

मैंने अब तक उन्हें परेशानी और दर्द के सिवा कुछ नहीं दिया था। ऐसा नहीं था कि मैंने ऐसा जान-बूझकर किया था, लेकिन मेरी हालत हम सबको नरक की यात्रा करवाकर लाई थी। तभी मैंने तय किया कि एक दिन मैं उन्हें गर्व महसूस करवाऊँगी। मैं नहीं जानती थी, मैं यह कैसे करूँगी? मेरे पास कोई निष्पादन योग्य कार्य-योजना नहीं थी, लेकिन मैं दुनिया की किसी भी चीज यह ज्यादा ये करना चाहती थी।

'मुझे माफ कर दीजिए, माँ-पापा। मैं आपसे वादा करती हूँ कि मैं कभी भी अपनी जान लेने की कोशिश नहीं करूँगी, न ही कोई ऐसा काम करूँगी, जिससे आपको चिंता हो। अगर मुझे मदद की जरूरत होगी तो मैं आपके पास आऊँगी।'

मैंने एक-एक शब्द पूरी ईमानदारी से कहा था।

'यह सुनकर कितनी मीठी-सी राहत हो रही है, अंकिता! तुम एक योद्धा हो। तुम्हारी माँ और मुझे—हम दोनों को तुम पर गर्व है।' पापा ने कहा।

□

'प्लीज, कल सुबह मुझे मत जगाइएगा। पता नहीं मुझे कब नींद आएगी! अगर मैं देर से सोई तो मैं पक्का करना चाहती हूँ कि मैं तभी उठूँ, जब मेरे शरीर को पूरा आराम मिल जाए। आपको पता है, एक दिन की नींद भी आपके सोचने और काम करने के तरीके पर असर डाल सकती है।' मैंने रात को खाना खाने के बाद अपने कमरे में जाते हुए कहा।

फिर मैं स्लीप (नींद) पैटर्न पर पुस्तक निकालकर लाई और पापा को दिखाई।

'हाँ, तुम्हें इसी तरह की पुस्तकें पढ़नी चाहिए।' उन्होंने संतुष्टि से अथवा सिर हिलाया और उसे खोलकर विषय-सूची देखने लगे।

फिर मैंने मिसेज हेडन का दिया हुआ निबंध निकाला। अब वह उतना कठिन नहीं लग रहा था। अब मैं उसे एक नए दृष्टिकोण से देख रही थी। मुझे केवल किसी असफलता के बारे में लिखना था। मैंने तय किया कि मैं उस समय के बारे में लिखूँगी, जब मैं गोयनका कप जीतने में असफल रही थी। मैं उसे विनोदपूर्ण बना दूँगी। मैं शब्दों से खेलूँगी, जैसे कि मैं अपने अतीत से कुछ चीजें पचा नहीं पाई थी, जिसका परिणाम मेरी उलटी के रूप में सामने आया। मैं दिखाऊँगी कि वे 'चीजें' मेरी खाई हुई कोई चीज या कोई घटना थी। यह चतुराई से लिखा गया एक निबंध होगा।

शब्द अब आसानी से प्रवाहित हो रहे थे। अब मुझे अपने अतीत की कोई शर्म नहीं

थी। मैं जो थी, वह इसलिए थी, क्योंकि मेरे साथ वह सबकुछ हुआ था। मैं लड़ी थी। मैंने उसका सामना किया था। मैं और मजबूत बन गई थी।

वह क्या था, जो मिसेज हेडन ने कहा था?

'हम केवल अपने कार्यों पर नियंत्रण रख सकते हैं, दूसरों के नहीं।' उनके शब्दों ने मुझ पर वज्र की तरह प्रहार किया।

मैं अभि की मौत के लिए जिम्मेदार नहीं थी। वह विकल्प उसने खुद चुना था।

मैं जोजफ की हरकतों के लिए जिम्मेदार नहीं थी। उसने खुद उस तरह का व्यवहार करने का चुनाव किया था।

मैं वैभव के वापस आने के लिए भी जिम्मेदार नहीं थी। वह चाहता था कि मैं उसके जीवन में रहूँ।

'तुम हमेशा उन लोगों को चोट पहुँचाती हो, जो तुम्हें प्यार करते हैं।'—यह वाक्य बिना चेतावनी के उड़कर मेरे पास आया, लेकिन इस बार मैं तैयार थी। मेरे पास वह गुप्त हथियार था, जिससे मिसेज हेडन ने मुझे लैस किया था। मैंने कल्पना की कि वे शब्द गुब्बारे में बंद होकर उड़ रहे हैं। फिर मैंने उन सभी शब्दों को बुलाया, जिन्होंने मुझे अतीत में परेशान किया था।

मैंने 'मानसिक रोगी', 'साइको बिच' और उन सभी शब्दों की, जिन्हें मेरे अंदर की आवाज कभी-कभी चिल्लाकर मुझसे कहती थी, बड़े-बड़े अक्षरों में कल्पना की। फिर मैंने उन्हें छोटा किया, गुब्बारों में बंद किया और दूर भेज दिया।

मैं आजाद महसूस कर रही थी।

मैं हलका महसूस कर रही थी।

मैं बहुत अच्छा महसूस कर रही थी।

मैं जीवंत महसूस कर रही थी।

जिंदगी बुला रही थी और मैं जाग रही थी।

□

उपसंहार

कुछ महीनों के बाद

मैं ऑडिटोरियम में उस मंच पर खड़ी हूँ, जहाँ कुछ महीने पहले खड़ी थी और बीमार हो गई थी। आज भी ऑडिटोरियम भरा हुआ है। आज हमारे ग्रेजुएशन का दिन है। मुझे भाषण देने के लिए बुलाया गया है, क्योंकि मैं अपने बैच में अव्वल आई हूँ।

मैं पारुल व जानकी और अपनी क्लास की सभी लड़कियों को देख सकती हूँ। कॉलेज के दोबारा खुलने के बाद से पारुल ने मुझसे ज्यादा बात नहीं की है, लेकिन अब यह बात मुझे परेशान नहीं करती। मैंने घटनाओं को भी गुब्बारों में बंद करके दूर उड़ाना शुरू कर दिया है। मैं सचेत रूप से हर उस चीज को जाने दे रही हूँ, जो मेरे विकास में सहायता नहीं करती। मिसेज हेडन के 'दृष्टि व्यायाम. ने चमत्कार कर दिया है। पिछले कुछ महीनों में मैंने कई बार उसका अभ्यास किया है।

मिसेज हेडन ने मुझे एफर्मेशंस भी सिखाए हैं। 'मैं रचनात्मक हूँ', 'मैं भाग्यशाली हूँ कि मेरे पास ये सब योग्यताएँ हैं' जैसे सकारात्मक विचार। ये काड्र्स पर लिखे हुए हैं, जो मैं अपने साथ लेकर चलती हूँ। हर बार जब कोई नकारात्मक विचार महसूस होता है, मैं एक कार्ड निकाल लेती हूँ और एक सकारात्मक विचार दोहराती हूँ। मैं अब मजबूत हो गई हूँ। मेरे मस्तिष्क में मांसपेशियाँ विकसित हो गई हैं।

मैं मंच पर गर्व से खड़ी हूँ और सभी दर्शकों को देख रही हूँ। मेरे माँ-पापा पहली पंक्ति में बैठे हैं, जहाँ कभी जोजफ बैठा था। वैभव भी आया है।

मंच पर मिसेज हेडन, कॉलेज की प्रिंसिपल और मुख्य अतिथि बैठे हैं, जो एक राष्ट्रीय समाचार-पत्र के संपादक हैं।

'देवियो एवं सज्जनो और मंच पर बैठे सम्मानित सदस्यो!' मैं शुरू करती हूँ। मेरी आवाज ऑडिटोरियम में गूँज रही है—स्पष्ट और तेज—'एक समय था, जब मैं इस कोर्स को छोड़ देना चाहती थी।' मैं कहती हूँ। जब मैं यह कहती हूँ तो सब लोग सीधे

बैठकर ध्यान से सुनने लगते हैं। मैं उन्हें कोर्स के दौरान सीखी विभिन्न चीजों के बारे में बताती हूँ। मैं उन्हें बताती हूँ कि कैसे हम में से प्रत्येक ने प्रतिष्ठित मीडिया हाउसेज में इंटर्नशिप हासिल की है। मैं शिक्षकों के योगदान के बारे में बात करती हूँ। मैं विशेष रूप से मिसेज हेडन और उनके सभी कार्यों का उल्लेख करती हूँ। मैं बोलते हुए उनकी ओर देखती हूँ और उनके चेहरे पर अपने लिए असंदिग्ध गर्व देख सकती हूँ। उनकी आँखें मुझ पर टिकी हुई हैं, जैसे मुझे आश्वस्त कर रही हों कि वे समझती हैं और वे मेरे साथ हैं।

मैं भाषण का अंत इन शब्दों से करती हूँ—'मुझे एक बार एक निबंध लिखने को दिया गया था, जिसका विषय था, 'जीवन में की गई गलतियाँ और मैं उनमें क्या बदलना चाहूँगी?' आप लोग जानते हैं, ऐसी एक भी चीज नहीं है, जिसे मैं अलग तरह से करना चाहूँगी। हमारी प्रत्येक गलती हमें और अधिक मजबूत बनाती है। ये हमारे जीवन के सबक हैं। ये हमें विकसित होने में मदद करते हैं और मुझे लगता है, जीवन में सबसे महत्त्वपूर्ण यही चीज है। गलतियाँ करते रहना और उनसे सीखना, ताकि हमारा विकास कभी न रुके। तो यह गलतियों के लिए और खुद जीवन के लिए।'

लोग खड़े होकर मेरे लिए तालियाँ बजा रहे थे और मुझे लगता है, सबसे तेज आवाज मेरे माँ-पापा की तालियों की थी।

□

लेखक की ओर से

यदि आपने यह पुस्तक पूरी पढ़ ली है तो आपने इसके असामान्य अध्याय शीर्षकों पर ध्यान दिया होगा। उन्हें एक बार फिर देखिए। उनमें से प्रत्येक (अध्याय 26 के अलावा) एक गाने का शीर्षक है! ये सभी मेरी पसंद के गाने हैं। आप कितने कलाकारों को पहचान सकते हैं?

पूरी सूची निम्नलिखित है—

जब भी दो कलाकारों ने एक ही गाना गाया है, मैंने उस संस्करण का उल्लेख किया है, जो मुझे बेहतर लगता है।

1. (जस्ट लाइक) स्टार्टिंग ओवर (जॉन लेनन)
2. लाइक ए वर्जिन (मैडोना)
3. हियर इज योर लैटर (ब्लिंक 182)
4. द विजिट (चाड ब्रोक)
5. विद अ लिटिल हेल्प फ्रॉम माय फ्रेंड्स (बीटल्स)
6. दिस चार्मिंग मन (स्मिथ्स)
7. कॉन्फिडेंट (डेमी लोवातो)
8. द बुक (शेरिल क्रो)
9. किलिंग मी सॉफ्टली (फ्युगीस)
10. व्हेन अ मैन लव्स अ वुमन (माइकल बोल्टन)
11. अ काइंड ऑफ मैजिक (क्वीन)
12. टोटल एक्लिप्स ऑफ द हार्ट (बोनी टाइलर)
13. व्हेन यू आर गॉन (एवरिल लाविन)
14. विशिंग, वेटिंग, होपिंग (टोनी ओवेन्स)
15. वन मोमेंट इन टाइम (व्हिटनी हौस्टन)
16. द विनर टेक्स इट ऑल (आब्बा)

17. आई टुक अ पिल इन इबिजा (माइक पोस्नेर)
18. कमिंग बैक टू लाइफ (पिंक फ्लॉयड)
19. समबडी दैट आई यूस्ड टू नो (गोत्ये)
20. व्हेयर इज द पार्टी (मैडोना)
21. फॉलिंग ऑफ (एरोस्मिथ)
22. रॉक बॉटम (एमिनेम)
23. फॉलिंग अपार्ट (पापा रोच)
24. वी हैव नो सीक्रेट्स (कार्ली साइमन)
25. एवरीबडी हर्ट्स (आर.ई.एम)
26. वेक अप, लाइफ इज कॉलिंग
27. कॉल मी मेबी (कार्ली रे जेप्सन)
28. अबाइड विद मी (ऑड्रे असाद)
29. ब्लू बैलून (रॉबी बेन्सन)
30. बोथ साइड्स ऑफ द स्टोरी (फिल कॉलिंस)
31. ट्रस्ट इन यू (लॉरेन डेगल)
32. लेट लव स्टैंड अ चांस (चार्ल्स ब्रेडली)
33. मूविंग ऑन (मार्शमेलो)

□□□